KB008120

역사소설, 자미(滋味)에 빠지다

역사소설, 자미(滋味)에 빠지다

2011년 6월 20일 초판 1쇄 펴냄

펴낸곳 (주)도서출판 **삼인**

지은이 김병길
펴낸이 신길순
부사장 홍승권
책임편집 오주훈
편집 김종진 양경화
마케팅 이춘호 한광영
관리 심석택
총무 서장현

등록 1996.9.16. 제 10-1338호
주소 121-837 서울시 마포구 서교동 339-4 가나빌딩 4층
전화 (02) 322-1845
팩스 (02) 322-1846
전자우편 saminbooks@naver.com
홈페이지 www.saminbooks.com

표지디자인 (주)끄레어소시에이츠
제판 문형사
인쇄 대정인쇄
제책 성문제책

ISBN 978-89-6436-030-9 93810

값 20,000원

새로 쓰는 한국 근대 역사소설의 계보학

역사소설, 자미(滋味)에 빠지다

김병길 지음

삼인

이름만큼 넓은 권세를 누리지 못하고 생을 마감한 나의 아버지와
그 빈자리를 채워준 성미에게

책머리에

*「文壇漫畵- 其一: 大家와 野談」(《동아일보》, 1936. 1.1)

1936년 1월 1일자 《동아일보》에 실린 「大家와 野談」이라는 제목의 한 컷 만화다. 만화 좌측에 붙은 "野談의 文壇進出! 아니 文學의 野談界進出!"이라는 만평은 이광수와 김동인과 같은 기성 역사소설 작가들이 사담을 비롯한 역사담물 쓰기에 참여하는가 하면 이와 반대로 상당수 야담 작가들이 역사소설가로의 변신을 꾀했던 1930년대 문단의 세태에 대한 풍자를 담고 있다. 흥미 본위의 역사물이 신문 지면 도처에 만연했던 당시 상황에서 작가들의 무분별한 야담 쓰기 행태를 향한 쓴 소리였던 것이다. 그것은 소설적 자질을 구비하지 못한 채 양적으로만 비대해져 간 역사소설의 저급성에 대한 비판이기도 했다. 이른바 '역사소설 전성기'는 이렇듯 그 글쓰기가 '滋味', 곧 대중성과 손잡은 순간과 정확히 맞아떨어진다. 그러나 그 대의적 명분은 다름 아닌 '민족 이야기'로서의 역사 글쓰기였다.

> 이소설은오늘날과 가튼 시국하에서 희생과 봉공과 고행의정신을 체득하는데 하나의 경전이될만한 귀한작품인줄 생각한다.

이광수의 『元曉大師』 연재를 앞두고 《每日申報》는 위와 같은 문구로 광고했다. 같은 지면에 소개된 「作者의말」 가운데 "원효의 인간으로서의 고로와성자로서의 수행을 그려보고십다"는 이광수의 소박한 바람에 견줄 때, 신문사의 그 기대는 다소 허황된 것으로 보인다. 그러나 해방이 되고 세 해가 지난 즈음 이광수는 「解放과 나」라는 글에서 편집자의 말이 허언이 아니었음을 다음과 같은 회고로 공증하고자 한다.

> 원효대사는 내가 친일파 노릇을 하는 중에 매일신보에 연재하였던 것이다. 나는 검열이 허하는 한 이 소설 속에서 우리 민족의 전통적 정신과 영

> 광과 애국심과 민족의식을 그려서, 천황 만세를 부르고 황국 신민서사를 제창하지 아니 하면 아니 될 운명에 있는 동포들에게 보낸 것이었다.

역사소설 『元曉大師』의 역사는 이러했다. 이광수의 역사소설 창작 이력이 그러했고, 한국의 근대 역사소설이 밟아간 전철이 또한 이로써 대표된다. 이 시기 역사소설은 민족서사와 제국서사의 양 갈래 길을 걸어야 하는 운명에 갇혀 있었다. 『恭愍王』 연재에 부쳐 "잘하려고 깨끗하려고, 애를 쓰면서도 안 되는 그의 운명의 절반은 그의 국민의 업보요, 절반은 그 자신의 업보입니다"라고 말하며 이광수가 식민지 조선의 문사로서 감당해야 했던 비극을 공민왕의 환생에서 목도했듯이 역사소설의 작가들은 자신의 현재를 마치 천형의 숙명처럼 과거에 투사했다. 그리고 그 결과는 미래의 기시감으로 재현되곤 했다.

네 해 전 「한국 근대 신문연재 역사소설의 기원과 계보」라는 논문을 내놓고, 그 글을 기워 다시 이렇게 한 권의 책을 내놓는 지금 나는 우리의 근대 역사소설이 어떠한 글쓰기였는지 자신 있게 말할 용기가 없다. 차라리 역사소설의 텃밭이었던 그 곰팡내 나는 신문들을 구석구석 들춰보지 않았다면, 이 글이 더 큰 확신 속에서 쓰였을지 모를 일이다. 연구자로서의 원죄를 물어 재차 역사소설이 무엇이(었)냐 추궁한다면, 역사소설의 역사를 모로 걷다 만난 텍스트들의 계보도라 할 이 글 전체가 답하고 있지 않느냐고 궁색하게 항변할 수밖에 없다. 아직 미련을 버리지 못한 독자라면 한국의 근대 역사소설을 어떻게 평할 수 있냐는 과분한 물음을 덧붙일 것이다. 부끄러운 이야기지만 그간 한참을 궁싯대다 그 답이 될 만한 글 한 소절을 우연히 김수영의 시에서 최근에 발견했다.

> 역사는 아무리 더러운 역사라도 좋다
> 진창은 아무리 더러운 진창이라도 좋다
> 나에게 놋주발보다도 더 쨍쨍 울리는 추억이
> 있는 한 인간은 영원하고 사랑도 그렇다(「巨大한 뿌리」 중에서)

한국의 역사소설은 서구와 동양, 과거와 현재가 조우하던 순간 잉태된 사생아, '민족 이야기'라는 이름으로 탄생했다. 그 주체는 신문저널리즘이었다. 이 글이 신문연재 역사소설에 주목한 이유다. 아울러 이 글을 신문소설사로 읽어도 무방한 이유다. 베네딕트 앤더슨이 정의한 '상상된 공동체로서의 민족'을 김기진이 '조선문학의 큰집'이라 말한 역사소설에서

만나게 되는 것은 결코 우연이 아니다. '역사소설, 자미(滋味)에 빠지다' 라는 제목이 이 글에 붙게 된 내력을 밝히는 일은 그 역사를 거슬러 읽고자 한 필자의 몫일 터다.

클리셰 중의 클리셰를 덧붙일 참이다. 글을 쓸 당시 은사님들의 꾸짖음이 얼마나 큰 격려의 말씀이었는지 몰랐던 부끄러움을 고백하는 것으로 그분들에게 감사드리고 싶다. 나의 문체에 숨어 있는 공격성을 반성케 해주신 김철 선생님, 편협한 논의에 비판적 질문을 가감 없이 던져주시고 때론 답까지 찾게 해주신 이윤석 선생님, 글보다도 늘 마음을 먼저 읽어주신 정명교 선생님, 주석 하나까지도 세심히 살펴주신 이경훈 선생님께 감사드리지 않을 수 없다. 그리고 신형기 선생님께…….

"망각만이 기억을 구원할 일이다"

2011년 5월 '푸른 언덕' 연구실에서

차례

I.

서론: 역사, 역사소설, 역사소설 비평에 관한 네거티브

1. 사실인가? 허구인가?

1920년대 중반부터 해방 직전까지의 한국근대소설사에서 신문연재 역사소설과 그에 대한 비평 및 연구가 차지하는 비중은 양적인 면에서 결코 작지 않다. 그러나 선행 연구들은 이 시기 역사소설이 대체로 신문소설이었다는 사실을 들어 그 문학성에 지속적으로 의혹을 제기해왔다. 때문에 대부분의 연구는 소수의 개별 텍스트를 대상으로 한 작품 분석에 집중되었다. 1980년대 이후 특정 작가의 역사소설을 전면적으로 문제 삼은 연구 성과들이 상당수 발표되었지만, 이 또한 작가론에 귀속되고 있어 앞서의 연구 행태와 크게 다르다 할 수 없다. 최근 들어서는 특정 시기의 역사소설 전반을 다루는 통시적 접근방식으로 연구 방향이 일부 선회하고 있다. 이와 함께 단편적이나마 역사소설의 기점과 전통, 장르적 혹은 양식적 특성에 관한 논의 또한 진행되어 왔다. 그러나 정작 한국 근대 역사소설의 발원과 형성 과정, 그리고 그 배경에 관한 고찰은 행해지지 못했다.

신문연재소설란에 처음 등장한 데서 알 수 있듯이 역사소설이라는 문화 상품을 처음 고안하고 소개한 주체는 신문저널리즘이었다. 그동안 연구자들은 이러한 사실에 주목하지 않은 채 개별 작품과 작가 연구에만 몰두해왔다. 분석 대상으로서 역사소설 텍스트가 놓인 사회 문화적 좌표를 가늠한다든지, 그것이 문화 상품으로서 유통되고 소비된 경로를 추적한다든지 하는 일에는 그만큼 소홀했다. 말하자면 역사소설이 어떻게 발화되었는지를 설명하는 과정에서 그 주요한 발표 지면의 성격과 매체적 특성을 계산에 넣지 않은 것이다. 그 결과 '역사소설'을 하나의 장르 내지는 양식으로 보는 통념이 부지불식간 생겨났다. 이 과정에서 역사소설이 지닌 외래적 기원은 자연스럽게 소거되었다. 일종의 번역물로서 조선의 문화적 환경에서 새롭게 파생되고 굴절된 잉여 부분을 이해하려는 노력 자체가 시도될 수 없었던 이유다. 아이러니한 것은 조선의 문화적 산물로 그 기원이 전도되어 버린 이 역사소설을 연구자들이 하나같이 서구의 텍스트와 이론을 전범 삼아 논의해왔다는 사실이다. 그 분석 대상이 몇몇 작가의 소수 텍스트에 한정되어온 사정과도 이는 관련이 깊다. 역사소설이 토착적 글쓰기임을 실증해줄 텍스트만으로 연구 대상을 제한해 온 셈이다.

19세기 서구의 '정치소설' 또는 '성직소설' 등은 주제에 입각한 분류, 즉 순전히 사회학적인 분류에 지나지 않은 것이었다. '역사소설' 또한 이와 다르지 않다. 역사소설의 개별성은 그것이 함축하고 있는 과거에 관한 새로운 감정과 태도 때문에 가정될 수 있다. 실제로 서구의 경우 역사소설은 미학적 차이에 근거해서가 아니라 낭만주의 운동이나 민족주의와 맺고 있는 유대들 때문에 다른 소설들과 변별되는 글쓰기였다.[1] 그러나 1920년대 중반 식민지 조선에 역사소설이 처음 출현한 시점에서부터 작

1) 르네 웰렉 · 오스틴 워렌, 이경수 옮김, 『문학의 이론』, 문예출판사, 1987, 345~6쪽.

가와 비평가 양측 모두는 역사와 문학이 결부된 글쓰기라는 사실에 경사되어 그 독자성을 의심치 않았다. 그 결과 역사소설만의 미학을 확인해보지도 않은 채 막연히 양식적 특질을 상상하고 급기야 어느 순간부터 이를 확신하는 상태에까지 이르렀다. 고유한 양식성을 역으로 소급하여 역사소설을 정의해온 한국 근대 역사소설사, 곧 역사소설에 관한 메타내러티브는 이렇게 만들어졌다. 최근까지도 대다수의 역사소설 연구자들은 이를 당위적 전제로 받아들이고 있다.

역사소설의 기점을 둘러싼 논의의 쟁점은 이러한 착시 현상의 연장선에 놓여 있다. 장형의 역사소설과 단형의 역사소설 가운데 어느 쪽을 기준으로 최초의 역사소설을 선정할 것인가의 문제, 허구와 사료(史料)적 전거 사이에 맺어지는 관계 중 어떠한 형태가 역사소설에 이상적인가, 그리고 전대 역사전기소설과 역사소설은 연속성을 지니는가 또는 역사물 일반의 관점에서 계보적 관련성만을 갖는가 등이 그와 관련된다. 이에서 나아가 사실(史實)의 반영 정도와 다층적인 독자 수용의 국면을 새로운 변수로 개입시키게 될, 역사소설이 어떤 텍스트로부터 시발되었는지를 밝혀내는 일은 더더욱 어려워진다. 무엇보다도 연구자들이 개별적으로 제시하고 있는 자의적인 기준이 합의점의 도출을 가로막는 제1의 요인이다. 흥미로운 사실은 기점 논의에서의 이 같은 시각차에도 불구하고, 역사전기소설을 역사소설의 모태로 상정한다는 점에서 다수의 연구자들은 일치된 관점을 보인다. 이는 기(記)와 작(作) 사이에 존재하는 서술 태도상의 차이를 괄호 친 상태에서 오로지 사실(史實)에 기댄 글쓰기라는 공통점만을 강조함으로써 얻어진 합의라고 할 수 있다. 결과적으로 서술

(narration)의 특정한 양태와 방법을 통해서 현실화된 내러티브의 층위, 즉 내용 층위 또는 줄거리(스토리, histoire)와 대치되는 개념으로서의 '담화'[2]적 차이를 무시하고 '역사'라는 '담론'적 공약수만을 선택적으로 부각시켜온 셈이다. 역사소설을 민족사의 대체물로 보고자 하는 정치적 무의식이 그와 같은 관점의 근저에 작동하고 있다는 사실은 새삼 놀랄 만한 일이 아니다. 그러나 역사전기소설과 역사소설은 별개의 글쓰기였다. 표기 방식과 독자층, 그리고 필자는 물론이거니와 글쓰기가 궁극적으로 지향한 목적에서도 양자는 판이하게 달랐다. 전자가 계몽적 구도 아래서 광범위한 민족주의에 역사를 접목시키려 한 일종의 강화(講話)였다면, 후자는 신문기사의 하나로서 문화적 상품이었던 것이다.

광의의 민족주의 진폭 안에서 한국 근대 역사소설의 부침을 한 방향으로 구획해온 관점이 교정될 필요가 여기에 있다. 역사소설이 대중적으로 흥행할 수 있었던 내막을 들여다볼 때, 그 이유는 더욱 명백해진다. 역사소설은 역사 담론보다는 소설적 재미에서 대중적 친화성을 보임으로써 신문소설의 요건에 적극 부응한 글쓰기였다. 신문저널리즘의 상업적 전략은 역사소설이 번성을 구가할 수 있었던 버팀목이었다. 민족주의와 같은 정치적 담론의 적극적인 수용이 역사소설 전개의 전면적 양상은 결코 아니었다. 신문소설의 총아로 떠오른 이래 일제 말 단 한 편의 연재소설만이 게재되는 상황에서 역사소설이 살아남을 수 있었던 내력이 이를 반

2) 현재 학계에서는 'discourse'를 '담화' 혹은 '담론'으로 번역하여 사용하고 있다. 이 글에서 담화는 서사학적 용어로, 담론은 사회적·역사적·제도적인 여러 조건 아래 놓인 넓은 의미의 '발화 방식' 및 언표 행위의 실천을 가리키는 용어로 구분한다.

증한다. 물론 민족의식의 고취 또는 조선인의 민족성을 탐구하기 위한 글쓰기의 일면을 전적으로 부정할 수는 없을 것이다. 그러나 그와 같은 창작 동기의 표방과 실제 텍스트 사이의 간극을 간과해서는 곤란하다. 1940년대 이르러 역사소설이 '대동아공영론' 전파의 한 통로가 된 경력을 굳이 거론하지 않더라도, 민족주의 지향의 글쓰기로 역사소설을 단정 짓기는 힘들다. 독자 수용의 측면에서의 편차를 감안한다면, 역사소설이 민족이야기로서 갖는 전언성과 효력을 장담하기란 더더욱 어려워진다.

최근 연구의 주요한 경향으로 야담류와 같은 역사담물(歷史譚物)[3]을 역사소설의 맹아로 상정하고서 둘 사이의 연계성을 밝히려는 시도를 들 수 있다. 이러한 접근에서는 대체로 역사소설이 역사담물과 갖는 공조적 관계가 강조되는 반면 경합의 국면은 경시된다. 역사소설의 독자적 성격을 찾으려는 이 같은 노력은 연구자들이 사후적으로 역사소설의 양식성을 가정하게 되는 계기였다. 그러나 역사소설은 신문연재소설란을 터전 삼아 전개되었던 근대소설의 한 양상이자 신문문예란을 장식했던 다종의 역사물 가운데 하나의 글쓰기 현상에 지나지 않았다. 그런 만큼 역사소설의 독자성은 신문소설 일반의 미학적 관점에서 이해될 필요가 있다. 일제강점기 신문저널리즘의 성격 변화 선상에서 한국 근대 역사소설의 변천

3) '역사담물(歷史譚物)'이라는 용어는 안회남에 의해 만들어진 신조어로 추정된다. 안회남은 역사소설이 되기에는 함량 미달인 서사물로 야담류를 평가하는 문맥에서 이 용어를 사용했다(안회남, 「通俗小說의 理論的 檢討」, 『文章』, 1940. 11, 152쪽.). 이 글에서는 '야담(野談)', '강담(講談)', '사담(史譚)', '사화(史話)', '사상(史上)의 로만쓰' 등 역사소설을 제외한 일련의 역사 서사물을 '역사담물(歷史譚物)'로 지칭하고자 한다. 아울러 역사담물과 역사소설, 그리고 역사 기술까지를 포괄하는 개념으로 '역사물(歷史物)'이라는 용어를 사용하고자 한다.

이 설명되어야 마땅한 것이다. 그럼으로써 역사소설 개념의 이입 경로와 창작의 발화 지점을 밝힐 수 있을 뿐만 아니라 그간의 소모적인 기점 논의에 마침표를 찍을 수 있는 실증적 근거 또한 마련할 수 있다. 같은 맥락에서 역사소설의 대중성 역시 신문이라는 매체의 성격을 적극 고려함으로써 해명될 수 있을 것이다.

역사소설과 관련하여 기존 연구의 가장 큰 업적은 그 수를 헤아리기조차 어려울 정도로 방대한 텍스트 분석에 있다. 대체로 이 연구 성과들은 주제적 접근에서 크게 벗어나 있지 않다. 텍스트가 놓여 있는 전후 문맥을 소거한 상태에서 작품의 주제 의식을 곧 작가 의식과 등치시키는 도식성을 하나같이 드러내고 있는 것이다. 작가의 역사의식을 변별적 자질로 삼아 유형화를 꾀한 연구들 또한 역사소설의 전반적인 전개 양상을 재구하는 데 한계를 드러내기는 마찬가지다. 텍스트가 다루고 있는 서사의 일부만을 취하여 이를 작가 의식에 결부시킴으로써 편의적인 해석을 가한다든지, 또는 그 과정에 연구자 자신의 담론을 과도하게 개입시켜 텍스트의 함의를 왜곡하는 등의 문제점을 안고 있기 때문이다. 이는 역사를 선택적으로 읽어내는 역사소설가의 서사 재현 방식을 연구자들이 고스란히 추수함으로써 나타난 결과이다. 한편으로 선규정적인 정의, 즉 하나의 독립된 양식 또는 장르적 글쓰기로 역사소설을 전제하고서 연구를 시작한다는 점에서 선행 연구들의 시각은 일치한다.

역사소설의 성격을 규정하는 문제와 관련하여 기존 연구들의 초점은 역사와 문학의 관계를 어떻게 설정할 것인가에 모아졌다. "사실성(史實性)과 허구성의 모순을 조화시킨 것"[4], "사실성과 상상성이란 이중성을 함께 갖고 있는 특이한 서사문학 형태"[5], 그리고 "역사적 사실과 문학적 요소가 합해서 이루어낸 것"[6] 등의 정의가 말해주듯이 길항하는 역사와 문학의 이질성이 결합된 글쓰기로 역사소설을 규정하는 데 다수의 논자들은 동의한다. 그러나 실제 창작의 결과물들을 놓고 볼 때, 사실과 허구의 관계 양상을 판별하기란 둘 사이의 모순적인 성격만큼이나 해결이 쉽지 않은 딜레마다. '소설인 만큼 소설적 의장, 곧 인물의 성격 창조나 서사 전개 등이 작가의 개성적 측면에서 갖추어져야 한다'는 주장처럼 미학적 자율성에 무게를 두는 견해와 '정전화된 역사를 매끄럽게 베끼어내는 전사(轉寫)'로 규정짓는 시각이 첨예하게 대립해온 사태가 이를 단적으로 말해준다. 물론 소설 미학의 독자성을 강조하는 관점이든 사실(史實)에 충실할 것을 주장하는 창작관이든 이분법적인 구도 아래 양자의 차이를 전제로 삼는다는 점에서는 크게 다르지 않다. 역사 서술과 소설적인 글쓰기가 갖는 상동성을 간과하고 있기는 두 견해 모두 마찬가지이기 때문이다. 지금까지 다수의 연구자들은 이 문제에 대한 해결의 실마리를 서구 이론에서 찾았다.

루카치의 역사소설론을 적극 수용하여 "통속한 전기류나 중세의 로만스와 구분되는 근대적인 장편소설로서, 현재와 획기적으로 구별될 수 있는, 적어도 두 세대 이전의 과거사를 명백히 역사적 과거라는 인식 하에 형상화한 소설"[7]로 정의한 강영주의 논의가 그 대표적인 예라 할 수 있

---

4) 최일수, 「歷史小說과 植民史觀-春園과 東仁을 中心으로」, 『한국문학』, 1978. 4, 302~3쪽.
5) 이재선, 「역사소설의 성취와 반성」, 『현대 한국문학 100년』, 민음사, 1999, 119쪽.
6) 이주형, 「한국 역사소설의 성취와 한계」, 위의 책, 154쪽.

다. 이는 "역사소설의 본질이 사실의 재현에 있어서 대상을 객관적으로 파악하려는 객관정신을 고양시키고 있고, 역사적 시대와 삶에 대해서 총체적인 접근을 지향하는 데 있다"[8]는 이해에서 도출되었다. 그리고 그로부터 "현재를 역사의 소산으로 보고 과거를 현재의 전신으로 파악하는 정신"[9], 곧 '역사의식'을 매개로 총체성에 대한 인식이 가능하다는 결론이 내려지는 것을 볼 수 있다. 한국의 근대 역사소설을 근대 리얼리즘 소설의 산실로서 파악하는 견해가 피력된 것이다.

또 하나의 주류적 관점으로 "역사라는 사실과 소설이라는 허구의 두 상반된 개념을 용해시켜 역사가 주는 역사적 진실성과 소설이 내포하고 있는 허구적 예술성을 동시에 나타내야 한다."[10]는 플레이쉬먼의 주장을 반영한 논의를 들 수 있다. 이 또한 역사소설을 역사와 문학의 중간 항쯤으로 간주하여 고유한 양식적 미학을 가정한다는 점에서 전자와 유사한 인식을 보여준다.[11] 그러나 이처럼 한정적인 역사소설 정의를 연구의 당

---

7) 강영주, 「韓國 近代 歷史小說 硏究」, 서울대학교 박사학위논문, 1986, 8쪽.

8) 홍성암, 「韓國 近代 歷史小說 硏究」, 한양대학교 박사학위논문, 1988, 4쪽.

9) 백낙청, 「歷史小說과 歷史意識」, 『창작과 비평』, 1967. 봄호, 6쪽.

10) Avorom Fleishman, *The English Historical Novel*, Baltimore and London: The Johns Hopkins Press, 1971, pp. 6~8.

11) 1950년대 이후부터 최근까지의 비평적 논의들 또한 양식적 특질을 지닌 서사 구조로 역사소설을 파악하여 수용하고 있다. 그 주요한 논의들을 보면 다음과 같다.

백철, 「歷史小說의 現場적 意義-『歷史文學론』 그 序說」, 《서울신문》, 1954. 11. 11./ 정창범, 「역사소설과 리아리티」, 『현대문학』, 1955. 10./ 윤고종, 「歷史小說과 散文情神」, 『펜』, 1955. 12./ 조연현, 『한국현대문학사』, 인간사, 1956./ 전광용, 「遺産繼承과 창작의 방향」, 『자유문학』, 1956. 12./ 홍효민, 「歷史小說의 近代文學的 位置」, 『현대문학』, 1958. 8./ 김윤식, 「歷史文學方法論序說」, 『현대문학』, 1963. 4./ 백낙청, 「歷史小說과 歷史意識」, 『창작과 비평』, 1967. 봄호./ 홍기삼, 「歷史意識과 文學」, 『현대문학』, 1970. 3./ 김우종, 「역사

위적 전제로 수용하기는 어렵다. 무엇보다도 한국 근대 역사소설의 실제 텍스트들이 이에 이반되기 때문이다.

서구 이론의 무차별적인 수용과 적용이 역사소설의 기원을 전도시키는 데서 그치지 않고 그 전개 양상마저 선별적으로 역사화함으로써 가져온 왜곡의 파장은 작지 않다. 역사소설 일반에 관한 오해, 이를테면 역사소설을 민족서사와 동의어로 간주하는 통념은 실상 그 같은 규정적 연구 방식이 만들어낸 '사실 효과'의 하나였다. 한국 근대 역사소설에 부여된 이러한 아우라(aura)는 일제강점기와 현재 사이의 시간적 거리로 텍스트와 그것이 생산된 시대적 배경을 자의적으로 연관 짓는 과정에서 산출되었다고 할 수 있다. 해방 이후 역사소설 연구가 하나같이 그 심미적 아우라를 역사소설 일반으로 확대한 후 양식적 특질을 사실화해 개별 장르로서의 문학적 의의를 사후적으로 추인해왔다는 의혹이 이로부터 제기된다. 그 하나의 예로 백낙청과 같은 논자는 이광수와 김동인의 역사소설을 포함한 초기 문학이 민족주의와 개화사상의 발아 과정에 기여한 역할을 지적하면서 그 문학적 성과가 당시 민족주의 계몽운동의 특성과 한계를 반영하고 있다는 주장을 편다. 이는 한국 민족주의의 '터'로서 한국사를 찾는 과업이 심각하게 요청됨에도 불구하고, 민족사적 기록의 빈곤으로 인해 민족사를 구체적으로 재현하지 못하고 있다는 문제의식에서 산출된 결론이었다.[12] 즉, 민족주의적 관점에서 행해진 새로운 역사 쓰기로 역사

의 투영체와 작가의 눈」, 『현대문학』, 1970. 6./ 이재선, 『한국 현대 소설사』, 홍성사, 1982./ 이주형, 「한국 역사소설의 성취와 한계」, 『현대 한국문학 100년』, 민음사, 1999.

12) 백낙청, 앞의 글, 14~21쪽.

소설을 정의하는 가운데 거기에 문학사적 의의를 부여하고 그 개별성을 자연스럽게 전제함으로써 역사와 문학 간의 위계 구도를 정당화한 것이다.

규정적이 아닌 진술적(陳述的, constative)인 방향에서 한국 근대 역사소설의 전개 양상에 다가가려는 노력이 요청되는 이유가 여기에 있다. 역사는 과거에 대한 진술의 자격으로 이야기되는 현재적 시점에서의 실천이라 할 수 있다. 기술(記述)이라고 하는 이야기의 행위, 즉 언어 행위를 오로지 사상(事象)과 그 사상의 기술 간 대응의 완전성에 주목하는 방법이 진술적 접근이다.[13] 역사와 교섭하는 소설적 글쓰기의 한 양상으로서 역사소설에 관한 사적 기술에서도 이는 유효한 접근 방법일 터다. 그와 같은 시도로 도출된 결과는 우선 해방 이후 역사소설에 관한 선행 연구를 재검토하는 데 시사하는 바가 적지 않다. 식민 시기뿐만 아니라 해방 이후에 창작된 텍스트들 중 상당수는 역사 담론에 의탁할 수밖에 없는 글쓰기의 특성상 문학적 자질과 무관하게 그 의의가 고평되어 온 것이 사실이기 때문이다. 따라서 이에 대한 엄정한 검증을 위해서 그 문학적 전통이라 할 근대 역사소설의 기원과 계보에 관한 비판적 재구가 불가피하다는 것을 알 수 있다. 소재와 역사 전유 방식 양면에 걸쳐 한국 근대 신문연재 역사소설이 여러 이질적인 담화 층위와 함께 다양한 주제상의 폭을 가지고 전개되었던 사실을 세세히 밝힐 때, 이러한 문제제기의 타당성은 입증될 수 있을 것이다.

13) 사카이 나오키, 이득재 옮김, 『사산되는 일본어 · 일본인』, 문화과학사, 2003, 138~9쪽.

2. 메타내러티브는 메타 가능한가?

'역사소설'이란 용어가 식민지 조선에 처음 등장한 시점과 관련하여 지금까지의 연구들은 특별한 관심을 보이지 않았다. 문헌상의 기록들을 살핀다면 쉽게 답할 수 있는 이 문제는, 그러나 간단치 않은 문맥을 지닌다. 단순히 명칭의 출현만을 문제 삼을 경우 1900년대 최남선의 번역물 「A B C 契」로까지 거슬러 올라가지만, 근대소설의 함의를 실질적으로 담지한 용어로서 '역사소설'은 그로부터 한참 뒤인 1920년대에 이르러서야 발견된다. '역사소설'은 작품으로 등장하기에 앞서 근대소설에 관한 논의의 장에서 개념적 용어로 대중에게 첫선을 보였다. 이 같은 정황은 역사소설이 역어(譯語)적 글쓰기로 시작된 사정을 말해준다. 이 글은 그 명칭의 외래적 성격을 우선적으로 밝히고 그것이 구체적인 창작으로 이어지는 과정을 탐색하고자 한다. 그것은 역사소설이 신문저널리즘과 맺은 특수한 관계 속에서 조선에 안착될 수 있었던 내력을 해명하는 일이 될 것이다. 아울러 이를 통해 '역사소설'의 번역이 조선의 문화 질서에 새롭게 파생시킨 결과들을 설명할 것이다. 신문문예란의 특성과 역사소설 사이의 함수관계를 밝히는 작업이 역사소설 연구에서 선행 과제로 다루어져야 한다고 판단하기 때문이다. '역사소설'이라는 표제가 고안된 배경, 다양한 소설 형식이 신문 지면에 실험되는 과정에서 역사소설이 연재장편소설로서 입지를 굳혀 간 내막, 그리고 역사담물과의 특수한 관계망 등이 그 세목들에 해당한다.

고정된 신문소설 연재란은 1920년대 중반 역사소설의 최초 출연 무대였다. 이 같은 사실은 역사소설이 역사전기소설과는 다른 태생적 배경을 갖는 글쓰기임을 말해주는 결정적 증거이다. 역사전기소설을 역사소설의 문학적 전통으로 간주해 온 기존의 시각에 의문을 제기하게 만드는 근거인 셈이다. 그 시원에 안자산의 『朝鮮文學史』와 김태준의 『朝鮮小說史』가 놓여 있다. 역사전기소설과 역사소설 사이의 계보가 가정되고 정립되는 데 끼친 이 두 텍스트의 역할은 지대했다. 사실상 후대의 논의들은 이를 오독하거나 추수하고 있을 뿐 전복적인 비판을 가하지 못했다. 이 글은 이들 텍스트에 대한 다시 읽기를 통해 사(史)의 정신과 허구(虛構)의 정신 사이에 존재하는 간극을 확인하고, 기(記)와 작(作)이라는 키워드를 중심으로 그러한 의식의 분화 정도와 습합의 양상을 밝힐 것이다. 그럼으로써 당시 역사소설 창작의 기저를 이루었던 작가들의 역사 수용 양상을 설명해내고자 한다.

역사소설의 남상(濫觴)을 확정하는 문제를 두고 그동안 연구자들은 허구적 또는 설화적 인물이나 사건에 관계없이 과거에서 소재를 취한 이야기를 모두 역사소설로 볼 것인가, 단편 양식의 역사물을 역사소설의 맹아로 인정할 것인가로 논의의 초점을 좁혀왔다. 그러나 연구자들의 자의적인 기준 탓에 이 같은 논쟁은 처음부터 합의가 어려운 사안이었다. 이 글은 역사소설이 신문 지면을 통해 첫발을 내딛었다는 사실에 주목함으로써 이 문제에 관해 새로운 논의 방향을 제안하고자 한다. 역사소설의 기점을 밝히는 일이 곧 역사소설의 출현 배경 및 정착 과정과 연계되어 있는 문제라고 판단해서다. 역사소설의 이입과 굴절 과정을 탐색함으로써 최초의 역사소설을 판명해내는 데 준거가 될 실증적인 근거들을 추출해 내려는 것이다.

역사소설이 식민지 기간 내내 가장 인기 있는 대중물로 자리 잡기까지는 신문저널리즘이라는 매체의 역할이 컸다. 3대 민간 신문의 창간 이후 1920년대 신문문예란에는 신문연재소설의 주도권을 놓고서 다양한 소설류가 실험되는 풍경이 연출된다. 역사소설 역시 그 대열에 있었다. 다른 한편으로 역사소설은 여타 소설류 및 역사담물과도 경쟁 구도에 있었다. 하지만 역사소설과 역사담물의 경합은 상생적 관계를 동시에 안은 것이었다. 역사담물을 포함하여 역사물 전체에 관한 독자 대중의 지대한 관심이 곧 연재소설로서의 특권적 위치를 역사소설이 차지하는 데 밑바탕이 된 것이다. 결과적으로 신문저널리즘은 연재소설의 대표 주자로 역사소설을 공인하기에 이른다. 이러한 일련의 사태를 효과적으로 부감하기 위해서는 장편 연재소설란의 성격과 역사물 전반의 소비 메커니즘 및 번성 동인을 먼저 이해할 필요가 있다.

1910년대 《매일신보》가 처음 소설 연재에 앞서 광고를 게재한 이래 '소설 예고'는 일종의 서문 격으로 신문소설 연재가 갖추어야 할 필수 항목의 하나였다. 신문사 편집자의 '소개의 말'과 '작자의 말'로 구성된 '소설 예고'란의 활성은 신문소설의 흥행을 노린 전형적인 기사 광고였다.

'소설 예고' 담론이 연재소설의 성격을 알리는 광고 콘텐츠였던 셈이다. 따라서 소설 예고 담론의 추이를 살펴보는 일만으로도 당대 신문저널리즘 문예 정책의 일면과 신문소설의 미학을 간접적으로 가늠해 볼 수 있다. 이러한 이유에서 이 글은 역사소설을 비롯하여 여타의 연재소설 광고를 적극적으로 논의에 끌어들이고자 한다. 예컨대 '신소설', '가정소설', '장편소설', '연재소설' 등 다양한 광고 타이틀에 내포되어 있는 의미가 분별될 때, 신문소설 미학의 일단과 역사소설이 연재소설의 수위에 오를 수 있었던 내막의 일단이 설명될 수 있을 것이라 판단하기 때문이다.

'소설 예고' 담론 분석은 역사소설의 대중성을 규명하는 데도 중요한 실마리를 제공한다. 저널리즘에 의해 지속적으로 다듬어진 신문소설의 미학은 역사소설에 고스란히 수용되었고, 그 결과 역사소설은 대중적 인기를 구가할 수 있었다. 김동인, 최독견, 이태준 등 당대를 대표할 만한 작가들이 신문소설의 형식적 요건을 논하는 자리에 참여했을 정도로 대중성 측면에서 신문소설은 문단의 국부적 현상이 아닌 주류이자 대세였다. 그 가운데서도 역사소설은 김기진의 표현처럼 "조선문학의 큰집의 전면을 차지한"[14] 대중물이었다. 그러나 역사소설은 1930년대 후반 들어 그 통속성이 시비되면서 급기야 문예 권역 밖에 놓인 강담의 일부로 취급받게 된다. 이렇듯 역사소설이 통속소설 내지는 강담(講談)과 다를 바 없는 글쓰기로 폄하되기에 이른 상황은 그 대중성 획득의 요인이 무엇이었는가에 주목하게끔 한다. 이 글은 서사 재현 방식의 내적 원리에 초점을 맞추

14) 김기진, 「朝鮮文學의 現段階」, 『新東亞』, 1935. 1, 143쪽.

어 역사소설이 신문연재소설의 최적의 모델로 낙착될 수밖에 없었던 심층적 요인을 밝히고자 한다. 그럼으로써 민족사의 대체물로 역사소설의 대중적 소비를 설명해온 기존의 관점들을 비판적으로 검토하고자 한다.

이 글은 역사소설에 대한 비평 담론을 역사소설에 관한 일종의 메타내러티브로 보는 관점에서 이를 또 하나의 주요한 논의거리로 삼고 있다. 역사담물을 대타항으로 상정함으로써 역사소설의 독자적 영역을 구획해 내려 한 데서부터 역사소설 비평 담론은 시발되었다. 이후 사실과 허구 간의 삼투 정도를 근거로 역사소설을 분별하려는 방향에서 민족문학 진영과 프로문학 진영의 공방이 거듭된다. 그 종착점은 기존 역사소설의 통속성을 반면교사 삼아 전작소설(全作小說)로서 장편소설의 가능성을 타진하는 일이었다. 비평적 관점의 차이와 무관하게 문단의 공통된 관심사는 역사소설의 고유한 양식성을 찾아 이를 본질화하는 데 있었다. 그러나 역사소설의 성격 규명 문제만을 놓고 보면, 별반 소득 없는 논의의 공전이었다. 역사소설을 야담류의 역사담물과 구분 짓는 성과를 낳았다고 하나 정치한 수준에서 그 미학적 차이를 드러내 보여주지는 못한 것이다. 역사소설이 어디까지 허구적 요소를 용인해야 하는가의 논의는 애초에 결론이 요원한 난제였기 때문이다. 뿐만 아니라 역사소설에 쏟아진 통속성에 대한 비판적 논의들 역시 긍정적 대안을 찾는 데까지는 이르지 못했다. 아이러니하게도 역사소설만의 양식성이 실재하지 않는다는 사실만을 확인하게 된 계기였다. 하지만 '역사소설'이라는 타이틀과 표제를 내걸고서 신문지상에 연재되고 있던 텍스트들을 근거로 그 고유한 양식성을 실체로 전제하는 데 논자들은 주저하지 않았다. 따라서 역사소설의 양식성

존재 여부를 판단하기 위해서는 그 비평 담론의 전개, 곧 메타내러티브 형성 과정을 비판적으로 검토하는 작업이 필요하다.

메타내러티브에 의해 역사소설의 양식적 독자성이 소급적으로 구축되는 상황은 역사소설이 신문연재소설로 물화되는 지점에서 그 구체적 실태가 드러난다. 미학적 성취의 차이와 무관하게 역사소설로 호명된 텍스트들을 균질적으로 묶어낼 수 있었던 기표는 역사에 관한 장형의 연재물이라는 소재상의 최소공약수와 연재소설란의 규정성에 있었다. 이 글이 이 시기 신문 지면을 통해 발표되었던 작품들 전체를 논의 대상으로 아우름으로써 그 다채로운 흐름을 조망하려는 이유는 이 때문이다. 작품 텍스트 분석을 중심으로 새로운 계보학을 써나가는 과정에서 주요한 결절점으로 상정할 '민족서사로서의 양면성' '자미(滋味)의 역사 글쓰기로서의 통속성', 그리고 '제국주의 국가 담론과 역사의 서사적 재해석' 등은 그 가시적 표지라 할 수 있다. 그에 앞서 전대 서사문학 전통과의 교섭 및 근대소설로의 지향 양상을 담화적 층위에서 살피고자 한다. 텍스트를 유형화하거나 연대기상의 경계를 설정하는 방식을 적극 지양하려는 취지에서다. 역사소설의 변전이 신문저널리즘의 성격 변화에 고스란히 조응했다는 전제하에서 양자의 긴장 관계는 적극적으로 고찰될 수 있을 것이다.

II.

'역사소설' 개념의 번역과 도래

1. 용어의 이입과 굴절

(1) 명칭의 외래성

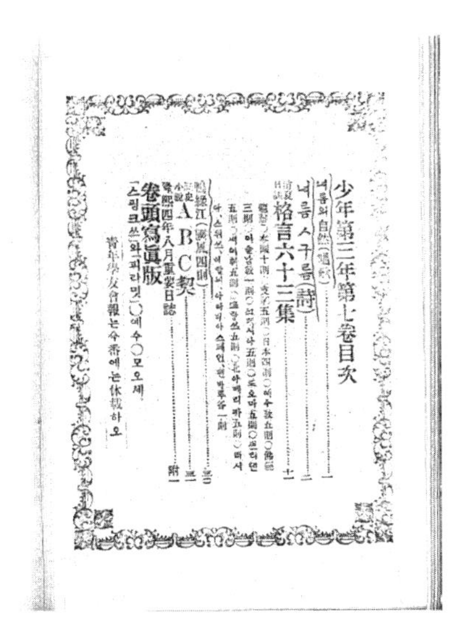
少年第三年第七卷目次

녀름의 自然

녀름ㅅ구름(詩)

格言六十三集

鴨綠江(歌風四闋)

歷史小說 A B C 契

隆熙四年八月重要日誌

卷頭寫眞版

「스핑크쓰」와「피라밋」○예수○모오세

靑年學友會報는今番에는休載하오

* 역사소설 「A B C 契」의 게재를 알리는 『少年』 제3년 제7권(1910. 7)의 목차

근대 계몽기 서구의 문예 작품을 이 땅에 처음 이식시킨 대표적인 공로자 가운데 하나가 잡지 『少年』이다. 『少年』지 1910년 7월호 제3년 7권 목차에 등장하는 「A B C 契」는 그와 같은 번역물 가운데 하나였다. 비슷한

시기에 번역된 문예 작품 중에서 이 텍스트가 유독 시선을 잡아끄는 이유는 '歷史小說'이라는 타이틀 때문이다. 현재까지 확인된 바에 따르면, 한국 근대문학 관련 문헌에서 '歷史小說'이라는 명칭이 사용된 최초의 경우이다. 게재 첫 면 앞 장에는 다음과 같은 표지 내용이 적혀 있다.

歷史小說 A에이 B쎄 C시

으프랑쓰國 옉토르, 유우고 原作

(『미써리쐘』에서摘譯)

번역된 작품의 이름과 원작 명, 그리고 원작자 등 일련의 서지 사항을 이에서 알 수 있다. 표지 다음 장에는 역자 서문이 실렸다. 역자 최남선은 이 글에서 "여긔 譯하난 것은 某日人이 그中에서 「ABC契」에 關한 章만 剪裁摘譯한 것을 重譯한 것이니"[15]라는 설명으로 원전의 존재를 밝힌다. 그러나 저본에 대한 상세한 서지 사항은 더 이상 언급하고 있지 않다. 최남선이 구체적으로 거론하지 않은 일역서(日譯書), 즉 저본은 原抱一庵主人(原餘五郎)의 『ABC 組合』이다. 해당 텍스트는 일본에서 발간된 『少年園』이란 아동 잡지에 1895년 4월 두 차례에 걸쳐 같은 역자의 이름으로 연재된 바 있다. 이후 이 텍스트는 합본 출간되었다.[16] 이 일역본(日譯

15) 최남선, 『少年』 제3년 제7권, 1910. 7. 15, 32쪽.

16) 『少年園』은 비슷한 시기에 창간된 『小國民』(1889~1902) 및 1895년 창간된 『소년세계』와 더불어 일본 아동 잡지사의 신기원을 이룩했음은 물론, '아동' '소년'이란 집단 정체성의 확립과 근대 문명의 성취에 발 빨랐던 일본의 예비 국민 창출에도 혁혁한 공헌을 한 것으로 평가된다(上田信道, 「大衆少年雜誌の成立と展開」, 『國文學』, 學燈社, 2001. 5./ 최현식,

本) 또한 영역(英譯)의 중역(重譯)이었다.[17] 육당의 번역은 이 번역문을 충실하게 옮긴 축자역(逐字譯)이며, 내용·외형 병중(倂重)의 풍(風)을 갖추고 있었다.[18] 결과적으로 육당(六堂)의 한글 번역은 삼중역(三重譯)이었던 셈이다.

'『미써리쏄』에서摘譯'이라는 표지 정보가 말해주듯이 그 원작은 빅토르 위고의 장편소설 『레 미제라블』이다. 19세기 초 프랑스의 정치적 격동기를 배경으로 하고 있는 『레 미제라블』(1862)은 그 방대한 규모만큼 다채로운 성격을 지닌 작품으로 알려져 있다. 평자에 따라 이 작품은 낭만파 사회소설의 대표적인 거작으로 평가되며 워털루 대전과 왕정복고의 소란을 그린 역사소설로 분류되기도 한다. 그런가 하면 민중의 영광을 희원하는 인도주의의 시 또는 혁명가 마리우스(Marius)를 통한 작가 자신의 자화상적 서정소설로 취급되기 한다. 저열하고 비속한 당시의 풍속을 폭로한 사실소설(寫實小說)로 구분하는 이도 있다.[19] [20] 물론 '적역(摘譯)',

---

「1910년대 번역·번안 서사물과 국민국가의 상상력」, 『한국 근대 서사양식의 발생 및 전개와 매체의 역할』, 소명출판, 2005, 211쪽.).

17) 이 텍스트의 일역본 서지사항은 다음과 같다.

佛國 ユーゴ原著, 原抱一庵主人(原餘五郎)譯 , 初版, 明治, 35年(1902) 2月 3日, 再版, 明治 35年 3月 15日, 內外出版協會刊, 文庫版, p. 136.

18) 김병철, 『한국근대번역문학사연구』, 을유문화사, 1975, 291~2쪽.

19) 김붕구 외, 『새로운 프랑스 문학사』, 일조각, 1983, 262쪽.

20) 이후 『레 미제라블』은 다른 역자와 다른 텍스트 저본을 통해 몇 차례 더 조선에서 번역된 바 있다. 신문연재소설로는 《每日新報》(1918. 7. 28~1919. 2. 8.)에 총 152회에 걸쳐 게재된 민태원 역의 『哀의史ᄉ』가 유일하다. 그 대본(臺本)은 번안(飜案)의 중역이었던 아래의 일역서였다.

〈噫無情〉 黑岩淚香譯, 扶桑堂刊, 上 1906. 1. 2., 下 1906. 4. 25., 菊版, 9pt, 上 p. 284, 下 p. 252, 上 70錢, 下 70錢.

곧 요점만을 가려 번역한 육당이 이와 같은 문학사적인 평가들을 고려하여 「A에이 B씨 C시 契(The Friends of the A B C)」를 '歷史小說'이라는 타이틀을 사용해 판명해냈다고 보기는 어렵다. 일역 저본 표지에 그 같은 타이틀이 쓰이지 않았다는 사실은 한글 번역 과정에서 최남선이 이를 첨부했음을 뜻한다. 그렇다고 해서 최남선이 이 명칭을 처음 고안해낸 것은 아니다. 따라서 그 이입(移入)의 출처가 밝혀져야 할 과제로 남는다. 이 시기 번역 문예물은 漢·日譯本의 중역이거나 漢·日書를 대본(臺本)으로 삼은 결과물이었다.[21] 육당이 조선에서 문예 사업을 펼치는 과정에서 주로 일본의 잡지들을 그 모델로 삼았던 사실에 주목한다면, 그가 처음 사용한 '역사소설'이라는 타이틀 역시 그의 일본어 독서 체험의 산물일 가능성이 높다. 그리고 그 원출전은 서구 번역어의 이중역일 공산이 크다.

메이지 10년대 중반부터 20년대에 걸쳐서 자유민권운동기의 정치가들은 각자의 정치적 입장을 주장하기 위해 전 유럽 공화국의 상징이 된 빅토르 위고의 정치적 주장을 엮은 소설을 번안하거나 자신의 정치사상을 실은 창작을 하고, 많은 양의 소설을 발표했다. 그 작품들과 흐름에 있는 소설을 총칭하여 '정치소설'이라고 한다. 여기에는 스콧의 소설 번안(우시야마 가쿠도(牛山鶴堂)의 政治小說 『梅雷余薰』(1886)) 등도 섞여 있다. 또한 다카다 사나에(高田早苗, 1860~1938)의 『한보 옛이야기』(1927)의 1절에는 1880년경 도쿄 대학생들이 빅토르 위고의 『레 미제라블』, 알렉상드르 페르 뒤마의 『몽테크리스토 백작』, 스콧의 『아이반호』 등 서양 문학,

21) 김병철, 앞의 책, 308쪽.

특히 소설을 읽고 서로 소개하는 분위기가 형성되기 시작했다고 쓰여 있다.[22] 이러한 사실은 조선에 역사소설이란 명칭이 유입된 유력한 경로가 일본의 근대 번역문학이었다는 것을 말해준다.

일찍이 일본에는 시대물과 세화물을 구분하는 전통이 있었다. 그 기원은 18세기 인형극에까지 거슬러 올라간다. 지카마쓰 몬자에몬(近松門左衛門)이 그린 인형 조루리(淨瑠璃)의 각본 중에서 역사상의 사건과 전설을 취재한 것으로 충의의 정신을 변화 있게 그려 낸 텍스트가 일명 '時代物'이다. 그리고 당시 실제 일어났던 사건을 각색한 시대물로 의리와 인정 사이에서 고민하는 조닌(町人)의 모습을 그린 텍스트들은 '世和物'로 분류됐다.[23] 이 같은 전통의 연장선에서 쓰보우치 쇼요(坪內逍遙)는 『小說神髓』(1885~1886)에서, 기재된 사건의 성질에 따라 현세 이야기를 「세와모노가타리」(世話物語), 옛적 이야기를 「지다이모노가타리」(時代物語)로 각각 구분 짓는다. 기왕의 사적을 본(本)으로 삼아 또는 역사상의 인물을 주인공 삼아 각색한 텍스트를 '시대물어'로, 현세의 정태를 재료 삼은 텍스트를 '세화물어'로 각기 규정한 것이다. 쇼요는 이 시대물어를 "시대소설" 또는 "역사소설"로 불렀다.[24] 그는 다른 글에서 시대물어의 네 가지 목적을 거론하거니와, 그 직접적인 목적으로 독자들의 쾌락을 들고 있다. 그리고 나머지 세 가지는 간접적인 목적으로 구분 짓는데, 사학의 보조가

---

22) 스즈키 사다미, 김채수 옮김, 『일본의 문학개념』, 보고사, 2001, 54~5, 278~280쪽.
23) 加藤周一, 김태준·노영희 옮김, 『日本文學序說 2』, 시사일본어사, 1996, 98~104쪽.
24) 坪內逍遙, 『小說神髓』, 岩波書店, 1999, pp. 71~137.

되는 것(이는 역사소설의 비익(裨益)이 정사(正史)의 유루(遺漏)를 보충하는 데 있다는 주장으로 구체화 된다), 풍속사로서의 쓰임을 다하는 것, 역사상 인물의 성질을 밝히는 것 등이었다.[25] 시대물어의 첫 번째 목적이 쾌락에 있다는 쇼요의 이 같은 주장처럼 당시 일본에서는 '시대물어'를 통속문학의 범주 안에 드는 것으로, '세화물어'를 순문학의 범주에 드는 것으로 차등을 두어 인식하는 분위기가 지배적이었다.

1920년대 이후 조선의 역사소설 논의에 끼친 일본 문학의 영향은 결코 작지 않았다. 일례로 재래의 역사를 뒤집어 놓은 이면사(裏面史), 즉 야사(野史) 속에서 그 재료를 뽑아낸 만큼, 현대적인 오락물이라고 야담을 정의했던 김진구의 논의나[26], 역사소설은 과거 시대의 풍물지(風物誌)로서의 가치를 구유하고 있으니 후세에 가서 당대 풍속지로서의 가치를 발휘할 것이라는 염상섭의 역사소설론[27]에서 쇼요의 『小說神髓』와 유사한 설명을 만나게 된다. 이러한 사실은 '역사소설'이란 명칭의 유력한 수입 경로가 어디인지를 다시금 말해준다. 육당이 『ABC 組合』을 적역하는 과정에서 일본 시대물어와 동의어로 '역사소설'이라는 명칭을 참고한 가운데 「A에이 B씨 C시 契(The Friends of the A B C)」의 타이틀로 이를 활용하였으리라는 사실을 어렵지 않게 추론해낼 수 있는 것이다.

단순한 명칭으로서만이 아니라 개념까지 수반한 최초의 예는 1926년

25) 坪内逍遙, 「小說神髓 拾遺-시대이야기론」, 『중앙학술잡지』 제6호, 1885.
26) 김진구, 「民衆의 娛樂으로 새로나온 野談」, 《동아일보》, 1928. 1. 31.
27) 염상섭, 「歷史小說時代」, 《매일신보》, 1934. 12. 20~2.

《동아일보》 1월 12일자 「文藝通俗講話」에서 발견된다. 이 글에서는 "배경이 근대소설에 있어서 인물보다 더 중요한 지위를 가진 경우가 있다."는 주장과 함께 그 실례로 '통칭하는 역사소설 사회소설'이 거론된다. 송아(頌兒)라는 필명으로 주요한이 발표한 이 글의 목적은 근대소설의 면면을 일반 독자들에게 소개하는 데 있었다. 그는 월터 스콧의 『아이반호』와 『湖上美人』을 역사소설의 대표적인 예시작으로 제시한다. 이때 주요한이 언급한 '역사소설'은 중층의 문맥을 지닌 용어였다. 첫째로 그 등장 무대가 '근대소설'[28]에 관한 논의의 장이었다는 사실이다. 주요한은 종래의 소설을 "하나의 곡절(曲折)[29]이 중심이 되어 기이신통(奇異神通)한 사실을 그린" 글쓰기로 평가한다. 그리고 근대소설은 이와 구별되는 "자연스러운 것, 필연적인 것"을 자질로 갖춘 글쓰기로 규정한다. 『海王星』, 『무쇠탈』, 『붉은 실』 등 당대 신문지상에 통속소설로 번역된 작품들이 전자의 예라면, 이광수의 『開拓者』가 후자의 대표적인 사례에 해당한다는 것이 주요한의 설명이다.[30] 결론적으로 주요한에게 '역사소설'은 바로 후자와 같은 지향의 글쓰기를 가리키는 것이었다.

둘째로, 서구에서 근대적인 역사소설의 전범으로 회자되어온 월터 스

28) '근대소설'과 '근대적인 소설' 사이의 자의적일 수밖에 없는 구별은 논의의 편의상 불가피해 보인다. '근대소설'에서 말하는 '근대'가 '근대적인'이라는 수식어와 다른 지시 영역 안에서 일반명사의 어근으로 널리 통용되고 있기 때문이다. 이 글에서의 '근대소설'은 근대적인 '역사소설'과 1900년대에 일시 번성한 '역사전기소설'을 변별하고 이를 적시하기 위한 목적에서 사용된 것임을 밝혀둔다.

29) 주요한은 이를 각색(脚色)과 동의어로 쓰고 있다. 문맥상 소설 구성의 한 요소로서 '사건' 개념에 가까운 용어임을 알 수 있다.

30) 頌兒, 「文藝通俗講話 - 小說의 四要素」, 《동아일보》, 1926. 1. 9~13.

콧의 작품을 예로 들었다는 점이다. 이인직의 『鬼의 聲』에 문단사적 의의를 부여하며 그것을 사회소설의 전형으로 꼽았던 그가 역사소설의 경우 일반 독자 대중이 접하기 쉽지 않았을 스콧의 작품을 거론한 것이다. 근대소설의 범주에 넣을 만한 역사소설의 전례를 조선에서 찾을 수 없다는 것이 주요한의 판단이었을 터다. 이러한 추론이 맞다면, 1900년대 역사전기소설은 적어도 주요한에게 역사소설과는 별개의 범주에 속하는 글쓰기로 인식되었음이 분명하다. "중세시대의 歐羅巴의 人情풍습을 알자하면 역사책을 십 권을 보는 것보다 스콧의 소설 일 권을 보는 것이 낫"[31]다는 그의 주장이 이를 뒷받침한다. 주요한은 1913년 메이지 학원 중등부에 입학했을 당시 갓 나온 세계 문학 전집을 비롯한 문학 서적을 김동인으로부터 빌려 읽었다고 회상한 바 있다. 일본어를 통해 세계 문학 작품을 처음 접한 것이다. 한편 영어 실력 역시 뛰어났던 그는 1920년 상하이 선교회에서 경영하는 호강대학에 입학하여 5년 동안 화학을 전공하면서 교내의 영문 잡지 『天籟』의 주필을 맡기도 했다. 영문학에 대한 그의 소양이 적지 않았음을 짐작해 볼 수 있는 대목이다. 주요한이 월터 스콧의 작품을 일어와 영어 가운데 어떤 언어로 접했는지는 정확히 알 수 없다. 그러나 전자든 후자든 그가 '역사소설'을 독립된 글쓰기로 인지하는 과정에서 일본의 '역사소설'과 서구 문예와의 비교가 행해졌던 것만은 분명해 보인다.[32] 주요한의 위와 같은 관점은 1930년대 후반 월터 스콧의

31) 頌兒, 「文藝通俗講話 - 小說의 效能」, 《동아일보》, 1926. 2. 3.
32) 주요한, 『주요한 문집 새벽 1』, 요한기념사업회, 1982, 17~20쪽.

역사소설을 근대적인 역사소설의 효시로 거론한 루카치의 견해와 연결된다. 루카치는 이른바 월터 스콧 이전의 역사소설에는 그 시대의 역사적 특성으로부터 등장인물의 특수성을 도출하는 것이 결여되어 있으며, 근대적인 역사소설은 19세기 초 대략 나폴레옹의 몰락과 때를 같이 하여 발생하였다고 말한다.[33] 루카치의 이 같은 설명을 전제로 서구의 근대적인 역사소설을 준거 삼아 주요한의 논의가 펼쳐진 것이라고 추정해 볼 수 있을 것이다.

신문지상에 연재된 작품과 함께 '역사소설'이란 용어가 최초로 출현한 것은 1926년 1월 23일자 《조선일보》의 『熱風』 연재 예고[34]를 통해서다. 공교롭게도 이 광고는 주요한의 「文藝通俗講話」와 같은 해 같은 달에 게재됐다. 『熱風』의 작자는 일본의 계급문학론자 나카니시 이노쓰께(中西伊之助)였다. 그는 '작자의 말'에서 이 작품을 "역사소설이자 역사소설이 아니다"라고 자평한다. 인도 현대사의 일면을 그려냈다는 점에서 역사소설이라 할 수 있지만, 상상력에 의한 가공의 인물과 사건이 등장한다는 점에서 역사소설이라고 말할 수 없다는 것이 그의 논리였다. 그러나 작자의 말과는 별개로 신문에 연재된 텍스트를 대상으로 '역사소설'을 운위한 첫 사례라는 점에서 그 의의가 작지 않다. 아울러 일본인 작가 원작의 번역 투고작이 신문연재소설로서 장편 역사소설의 가능성을 타진한 시발이었다는 사실 역시 특별히 기억할 필요가 있다. 장형의 역사소설을 신문연

---

33) 게오르그 루카치, 이영욱 옮김, 『역사소설론』, 거름, 1987, 13쪽.
34) 「小說豫告『熱風』」, 《조선일보》, 1926. 1. 23.

재소설과 동의어로 간주하는 관례가 이로부터 시작되었다고 볼 수 있기 때문이다.

동아일보

朝鮮問題 檢討會

妓生이 飮毒

離婚하고십허 本夫를毒殺企圖

車中에서解産

海上에서 寶物爭奪

金東成氏는執行猶豫 金炯元氏는禁錮

歷史小說 麻衣太子(春園作) 再明十日부터本紙連載됩니다

* 1926년 5월 8일자 《동아일보》 5면의 『麻衣太子』 광고

몇 달의 차이를 두고 연재소설 예고의 '작자의 말'이 아닌 광고 문구에 '역사소설'이 등장한다는 사실은 대단히 흥미롭다. 이광수의 역사소설 『麻衣太子』 연재 시작 이틀 전인 1926년 5월 8일 《동아일보》 5면에는 "歷史小說 麻衣太子(春園作) 再明十日부터本紙連載됩니다"라는 광고가 게재된다. 그리고 이보다 열흘 앞서 4월 26일자에는 '歷史小說'이란 타이틀과 함께 '連載小說豫告'라는 제하의 다음과 같은 광고가 실렸다.

> 여러분의 만흔 환영을밧든『천안긔(天眼記)』는 오래중단되엿든 관계로 독자의 흥미가 업슬것뿐아니라 작자의 생각하는바이잇서 단연히 중지하고 본보속간을 긔념하기위하야 새로지은 **력사소설『마의태자』**를 련재하게되엿습니다 마의태자는 신라(新羅)최후의 님금인 경순왕(敬順王)의 왕자로서 신라가 망하게되매 부왕에게최후의 결젼을권하다가 듯지아니함으로 어머니되는이를 모시고 금강산에 드러가 일생을마친이외다. 작자 춘원은 그의 웅걸한붓을새롭게하야 신라구백년사직이 멸망하는비극을 줏대로하고 궁예(弓裔) 현훤(甄萱)왕건(王建)등의 절세영웅의 삼각젼(三角戰)을 여실히 그려냇습니다. 소설인동시에 력사이오 비극인동시에 활극인 이새작품이 만쳔하독자에 공젼(空前)의 환영을 바들 것을 의심치 안습니다.[35] (이하 굵은 글씨 인용자 강조)

위 광고는 역사소설과 신문저널리즘간의 친연성 문제와 관련하여 꽤 음미해 볼만한 문맥을 가진 글이다. 편집자가 장기간 중단되었던 이광수의 『天眼記』 연재를 다시 재개하지 않고 새로운 작품 『麻衣太子』를 연재하기로 결정한 것은 독자의 흥미, 곧 오락성을 중시한 결과였다. 무엇보다도 그 선택이 이광수의 최초 장편 역사소설로 결정되었다는 사실이 특기할 만하다. 역사소설이 선정적인 수사를 내걸어 매력적인 소비 대상으로 광고되어야 마땅한 신문소설 일반의 문맥에서 발흥했음을 말해주고 있기 때문이다.

35) 「連載小說豫告 歷史小說 『麻衣太子』」, 《동아일보》, 1926. 4. 26.

(2) 표제의 고안

1920년대 《조선일보》, 《동아일보》, 《조선중앙일보》 3대 민간 신문의 등장과 함께 독자 유치를 둘러싼 신문사 간 경쟁은 치열했다. 신문소설의 대중성 문제가 현안으로 떠오른 것은 이 같은 배경에서였다. 역사소설이 독자층에 처음 선을 보이게 된 시기가 이때다. 신문저널리즘이 번역을 통해 수입해온 역사소설을 상품으로 출시하기에 이른 것이다. 《동아일보》 이광수의 연재소설 『麻衣太子』에 '역사소설'이라는 광고 타이틀이 등장한 사건은 그 서막이었다. 이 같은 타이틀의 출현은 주요한의 행적과 관련하여 몇 가지 흥미로운 사실을 전해준다. 주요한은 1926년 봄 중국에서 귀국하여 그해 4월 《동아일보》에 입사한다. 한 해 전인 1925년 겨울 그는 당시 학예부장이었던 춘원의 부인 허영숙의 부탁으로 김안서 대신 한 달간 학예부원 노릇을 했다. 월터 스콧의 작품을 예로 들며 그가 '역사소설'이라는 용어를 소개한 「文藝通俗講話」는 이즈음 게재된 글이다. 그리고 『麻衣太子』가 광고되기 시작한 시점은 주요한이 학예부원으로 정식 입사한 시기와 정확히 일치한다. 따라서 "歷史小說 麻衣太子(春園作)" 광고 기획은 학예부원이었던 주요한의 제안으로 이루어졌을 가능성이 크다. 이와 같은 추측이 사실이라면, 『麻衣太子』는 주요한의 관점에서 서구의 역사소설 개념에 근접한 최초의 텍스트로 인정받은 셈이 된다. 주요한은 자서전에서 이 무렵 《동아일보》 학예면의 구성이 일신된 사실을 인상 깊게 술회하고 있다.[36] 신문의 판매 부수를 늘리기 위해 독자의 구미에 맞

---

36) 주요한, 앞의 책, 48쪽.

는 지면 혁신을 자신의 제안으로 단행했다는 것이다. 이광수의 『麻衣太子』가 연재 중단된 『千眼記』의 차기 연재작으로 선정된 내막과 그것이 '역사소설'이라는 타이틀을 걸고 대대적으로 광고되었던 사실은 이러한 정황과 결코 무관하지 않았을 것으로 생각된다.

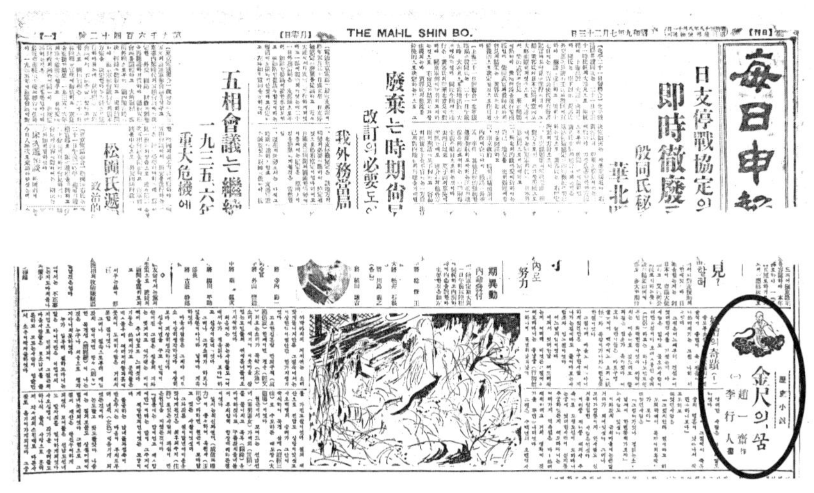
THE MAHL SHIN BO.

每日申報

日支停戰協定의 即時撤廢

廢棄는時期尙早

改訂의必要도

我外務當局

五相會議는繼續

重大危機에

松岡氏

歷史小說

金尺의 꿈

(一)

趙一齋 作

李行人 畫

* 1926년 7월 23일자 《매일신보》의 『金尺의 꿈』 연재 첫 회

그러나 1930년대 초까지만 하더라도 '역사소설'이라는 용어는 아직 문예면의 안정적인 기표로 자리 잡지 못했다. 여러 형태의 역사물과 다양한 소설 양식이 경합하고 시험되는 와중에 오늘날 역사소설로 분류되는 작품들 역시 다양한 타이틀로 광고되거나 다른 표제를 달고서 연재되었던 것이다. 『麻衣太子』가 '역사소설'이라는 타이틀로 처음 광고된 이래 차회 연재작 예고에 이 용어가 다시 등장한 것은 1933년 11월 16일자 《매일신보》에 실린 민태원의 『天鵝聲』 광고를 통해서이다. '역사소설'이

란 용어는 이후 연재 예고의 중요한 타이틀로 빈번히 나타나면서 일종의 양식명처럼 사용된다. 한편 '歷史小說'이라는 표제가 고정적으로 연재 시에 사용된 것은 1934년 7월 23일자부터 《매일신보》에 연재되기 시작한 조일제의 『金尺의 꿈』에서부터다. 이 작품은 6월 30일자에 '新歷史小說連載豫告'라는 광고명과 '歷史小說'이라는 타이틀로서 이미 광고된 바 있다. 이후 '歷史小說'이란 표제의 사용 빈도가 현저히 증가하는 것을 볼 수 있다.

'歷史小說' 표제의 등장은 적지 않은 함의를 지닌 사건이었다. 무엇보다도 거기에는 신문연재소설을 하위분류하려는 편집자의 의식이 담겨 있다. '탐정소설' 또는 '장편소설'처럼 역사소설만의 독자적인 양식성이 거기에 전제되어 있었던 것이다. 표제는 독자 대중에게 이러한 메시지를 지속적으로 인지시키기 위해 신문 편집자가 의도적으로 사용한 표지라 할 수 있다. 독자적인 미학의 검증을 바탕으로 양식적 분화의 가능성을 타진한 것이 아니라 양식명을 우선 상정하는 방식으로 글쓰기의 성격을 단정지은 셈이다. 즉, 구체적인 텍스트를 물증 삼아 양식성을 추후에 공인한 것이 아니라 '역사소설'이라는 타이틀 또는 표제만으로 그 양식적 특질을 가정하고 독자에게 제안했던 것이다. 이러한 경로를 거쳐 '역사소설'이 새로운 소설 양식으로 선전됨으로써 그 특성을 고려한 독서 행태가 신문 독자에게 요청되기 시작했다. 이후 신문저널리즘의 이러한 암묵적 요구에 독자들이 열독으로 답한 결과 근대소설의 한 양식 혹은 장르로 역사소설을 바라보는 일종의 신화가 만들어지기에 이른다.

매일 매일의 연재에 따라붙는 표제는 단순히 그 글의 성격을 밝혀주는 데 그치지 않고 작지 않은 광고 효과를 동시에 발생시켰던 것으로 보인다. 일 회 분의 신문연재소설이 그날의 지면 가운데 가장 상품성 높은 기사의 하나였던 상황에서 '歷史小說'이라는 표제의 사용은 역사물에 관심을 지닌 독자들을 적극적으로 유인해내(혹은 창출해내) 고정적으로 붙들 수 있는 수단이었을 것이기 때문이다. 한 예로 '歷史小說'이라는 표제를 처음 사용하여 연재 기간 내내 이를 광고 문구처럼 달고 나온 『金尺의 꿈』은 1년 5개월에 걸쳐 장기간 연재되는 성과를 거두기도 했다.

(3) 역어(譯語)로서의 잉여

실제 작품을 지칭하는 용어로 역사소설이 최초 언급된 『熱風』의 소설 예고는 주요한의 글과 같은 해 같은 달에 광고되었다. 공교롭게도 '歷史小說'이란 타이틀을 처음 예고 문구로 내건 이광수의 『麻衣太子』 역시 이해 5월에 연재가 시작된다. 그리고 그 지면은 모두 신문지상이었다. 역사소설과 신문저널리즘의 연이 맺어지는 순간은 이렇듯 기묘한 우연의 연속이었다. 『熱風』이라는 번역 텍스트를 대상으로 그 용어가 최초로 시현된 사실, 그리고 주요한이 근대소설에 관한 논의의 장에서 월터 스콧의 작품을 거론하며 역사소설 개념을 처음 개진한 사실 사이에는 연대기상의 일치 이상의 행간적 의미가 존재한다. 식민지 조선에서 역사소설이 수입된 글쓰기로 탄생한 배경을 이 같은 정황이 말해주기 때문이다. 번역과 함께 최남선이 처음 그 명칭을 도입한 사건은 그 예고편이었다고 볼 수 있다.

단편적인 지식, 즉 작가명이나 작품명 내지 문학 용어와 문예 사조의 술어 등이 선행되고, 그 뒤를 따라서 번역이 이루어지는 통례적 순서가 근대 조선에서 외국 문학의 일반적인 이입 과정이었다. 번역된 글쓰기로서 '역사소설'의 경우도 예외가 아니었다. 1900년대에 이미 역사소설가 월터 스콧의 이름은 조선에 알려져 있었다. "小說家에ᄂᆞᆫ「스코트」가其名이最著ᄒᆞ고哲學及宗教에ᄂᆞᆫ「코렐리치」가有ᄒᆞ더라"[37], "小說은英國에最盛ᄒᆞ니「스코트」의後에「씌켄스」,「닥커레」가有ᄒᆞ야[38]", 그리고 "英國伯倫**斯葛德**舍列等은當時文學界代表尤物이라"[39] 등의 기록이 이를 말해준다. 그러나 스콧을 처음 알린 이 기록들의 역서들은 그의 작품과 그가 역사소설가라는 사실까지 언급하고 있지는 않다. 순전히 작가명의 소개에만 그쳤을 따름이다. 1926년 주요한의 논의에서야 비로소 스콧이 근대문학의 역사소설가로 소개되고 그의 작품이 열거되기에 이른다. 번역작 『熱風』은 이와 거의 동시에 신문지상을 통해 발표되었다. 그리고 연이어 일본을 통해 굴절된 형태로 수용된 서구의 역사소설이 이광수에 의해 한국 근대문학의 한 글쓰기 양상으로 발현된다. 조선의 역사소설은 이렇듯 근대적인 번역의 일반적인 경로를 착실히 밟아간 산물이었다.

번역은 번역할 수 없는 것을 낳게 마련이다. 번역 작업은 처음에 존재한 차이를 하나의 언어공동체와 또 하나의 언어공동체 사이의 이미 한정된 차이로서 표상할 수 있게 만드는 동시에 전달의 배분 질서로 전유할

---

37) 유승겸 編述, 『中等萬國史』, 1907, 206쪽.
38) 위의 책, 243쪽.
39) 이채우 譯述, 『十九世紀歐洲文明進化論』, 右文館, 1908, 55쪽.

수 없는 약분 불가능성을 확인케 한다.[40] 그러나 상이한 문화 간의 접촉과 충돌에서 발생되는 번역의 약분 불가능성은 차이로만 고정되어 남지 않는다. 그 차이는 기존의 문화 질서를 재편하는 한편 새로운 담론의 생산에 기여하는 잉여의 부분을 필연적으로 파생시킨다. 따라서 번역이란 외래 텍스트의 문자적인 역(譯)을 지칭하는 소극적인 차원에서 나아가 번역의 대상(용어, 개념, 작품 등) 및 그와 분절되는 일련의 번역 행위, 그리고 그로부터 새롭게 생성되는 의미 영역까지를 포괄하는 과정으로 이해될 필요가 있다. 통칭하는 '역사소설'의 이입과 정착 과정은 이러한 맥락에서 문화적 번역이었다고 할 수 있다.

외래로부터 이입된 이후 식민지 조선의 역사소설은 지속적으로 여러 상이한 심급에서 문화적 잉여를 산출해갔다. 'Historical Novel'과 '歷史小說', 그리고 그 역어로서 '역사소설'이라는 용어상의 교환을 넘어 기의의 전이, 기존 기의에 대한 반역, 그리고 새로운 기의의 포섭 과정이라는 역동적인 번역의 실천계를 나타낸 것이다. 그 잉여의 실태는 일차적으로 신문저널리즘의 성격 변화와 관련하여 드러났다. 1920년대 민간 신문의 등장과 함께 신문사 간 경쟁이 치열해지면서 신문저널리즘의 상업성 추구는 점차 노골화되기 시작한다. 경쟁력 강화 차원에서 신문사들은 참신한 연재물을 찾기에 골몰했다. 이 같은 형국에서 장형의 문예 기사로서 역사소설이 발견되고, 그 연재가 결정된 것이다. 정확히 말하자면, 신문저널리즘이 새로운 대중물로서 역사소설이라는 글쓰기를 번역 수입한 것

40) 사카이 나오키, 후지이 다케시 옮김, 『번역과 주체』, 이산, 2005, 63~4쪽.

이다. 이처럼 외래에서 본 따온 역사소설이라는 글쓰기는 대체적인 문화 이식(trans-culturation)이 그러하듯 순수한 박래품으로 남지 않고 유동적인 행태를 보이며 전개되었다. 역어(譯語)였던 만큼 조선이라는 이질적인 문화적 환경에서 그 기의의 재해석이 불가피했던 것이다. 뿐만 아니라 그에 조응하는 형식의 안출, 이를테면 조선의 사회 문화 환경에 걸맞은 글쓰기 양태가 필연적으로 요구되었다. 외견상 신문연재 장편소설이라는 틀이 그 결론이었다.

역사소설이 신문소설계에 진입함으로써 가져온 가장 큰 변화는 현대물과 역사물의 분화였다. 이때부터 두 서사물이 균등한 비중에서 고정적으로 동시에 연재되기 시작했다. 일례로《동아일보》의 경우 이광수의『麻衣太子』가 연재 종료된 다음 해인 1928년 5월부터 현대물(염상섭의『사랑과 죄』)과 역사물(윤백남이 번역한『新譯水湖志』)을 지면을 달리하여 동시에 연재한다. 여기에는 역사물을 과거의 이야기로 간주하여 현대물과 대타항에 위치시키는 자각적 의식이 담겨 있다. 신문 편집자의 그 같은 지면 혁신의 의도는 무엇보다도 구독자 견인에 있었다. "각계급각층의 독자에 각々 만족을 늣기게 하기위하야 종래에도 소설을 녯날력사에서 재료를 취한소설과 현대의소설을 아울러실엇"[41]던 것이다. 신문사의 입장에서 볼 때, 현대물과 역사물의 연재 비중을 조율함으로써 안정적인 독자층 확보가 가능하다고 판단했을 것이다. 특히 역사물의 대표 격이라 할 역사소설의 고정적인 연재는 기존 독자를 붙들어 놓는 데 그치지 않고 새로운 독

41)「新春本紙의劃期的大推進」,《매일신보》, 1936. 12. 29.

자를 만들어내는 방편으로 기대를 모았다. 독자층의 기존 취향을 충족시키려는 의도에서라기보다 오히려 다양화하려는 기획에서 역사물(역사소설) 연재를 위한 편집 체계가 만들어진 셈이다. 무엇보다도 역사소설 연재는 독자층의 양적인 증가뿐만 아니라 계층적 확대를 동시에 노린 시험이었던 것으로 보인다. 종래 신문소설의 주류를 차지했던 것은 단연 연애서사였다. 신문사 편집진들은 그 같은 연애서사의 시공간이 역사적 무대로 확장될 때, 독자층의 폭 역시 넓힐 수 있으리라 예상했을 터다. 소설적 재미와 함께 역사 지식을 제공한다는 측면에서도 역사소설은 신문 편집자들의 주목을 받기에 매력적인 글쓰기였다. 역사소설만이 갖는 후자의 특질이 신문소설에 따라붙는 통속성이라는 불명예를 일부 불식시킬 수 있는 요소라는 것을 편집자들은 인식하고 있었던 것이다.

여타 역사담물과의 경합 또는 교섭 양상 역시 역사소설의 번역 과정에서 나타난 주요한 잉여적 현상의 하나였다. 특히 이는 야담과의 관계에서 현저하게 드러난다. 구전되던 설화가 문자라는 매체를 통하여 전이, 정착된 조선조 야담문학은 본시 '열려진 장르'였다. 이는 야담집에 실려 전하는 다종다양하기까지 한 그 내적 갈래에서 역으로 확인된다. 이야기의 성격과 기능에 따라 분류하자면, 逸話(사대부, 평민), 笑話, 傳說, 民譚, 野史, 傳, 小說 등으로 야담의 양태는 다양하다. 이러한 사실은 야담이가 어느 한 부류만을 대표하는 고정 불변의 장르 개념에 속하는 것이 아니라 항상 변화할 수 있는 가변성을 띤 장르임을 은연중 드러내 보여준다. 하위의 서사류를 다 포괄할 수 있는 장르류가 야담이었던 것이다.[42] 이러한 조선조 야담문학을 당대 야담운동가 김진구는 "중국의說書와일본의講談=그中에도新講談(堺利彦一派의新運動)을슬어다가 그長을取하고 短을補하야그우에朝鮮的精神을 집어너어서絶對로朝鮮化시킨그것을 創設노은것"[43]으로 새롭게 정의한다. 요약하자면 형식만을 외지에서 빌어 왔을 뿐 그 내용은 조선의 역사라는 것이다. 김진구의 이러한 논리에는 조선의 정신을 매개로 그 출처의 외래성을 소거함으로써 토착화를 꾀하려는 의도가 담겨 있다. 말하자면 야담의 기원을 조선의 과거로 전도시키려 한 셈이다. 흥미로운 사실은 이와 반대로 다른 한편에서는 야담의 역어적(譯語的) 성격이 야담운동가들에 의해 고백되었다는 점이다. 역사소설이 이입되어 온 과정과 비교해본다면 대조적인 국면이 아닐 수 없다. 역사소설 작가들의 경우 역사소설의 역어적 기원을 밝히기는커녕 오히려 야담의 외래성을 부각시키는 가운데 이와 대비되는 관점에서 그 토종성을 비일비재하게 강조했기 때문이다. 결과적으로 이처럼 상반된 양상은 역사소설과 야담의 상이한 번역 경로에서 비롯된 차이였다고 말할 수 있다.

근대적인 야담은 '입으로 붓으로, 즉 단상(壇上)과 지상(紙上)'이라는 두 가지 형태로 조선에 번역 수입되었다. 담화 형식면에서 역사소설과 처음부터 차이가 있었던 것이다. 그런 만큼 주요한 발표 매체 또한 역사소설과 일정 부분 다를 수밖에 없었다. 장편 역사소설의 토양이 신문지상이었던 반해 야담운동은 야담 대회를 통해 강담 형식으로 대중과 직접 대면

42) 정명기, 『한국야담문학연구』, 보고사, 1996, 12~5쪽.
43) 김진구, 「野談 出現 必然性」, 《동아일보》, 1928. 2. 5.

하거나 전문 잡지를 직접 발행하는 방식으로 전개되었다. 그러나 당시 독자 대중에게 두 글쓰기의 차이가 선명히 인지되었다고 보기는 어렵다. 야담운동의 발흥기에 신문에 연재된 홍명희의 『林巨正傳』이 '新講談'으로 광고되었던 사실은 이 같은 상황이 반영된 예라 할 수 있다. 그런데도 발표 매체상의 차이는 『林巨正傳』을 강담이 아닌 역사소설로 판별해야 하는 하나의 근거가 된다. 홍명희는 『林巨正傳』을 두고서 "이 소설이 광범한 각층의 인물을 독자로 하는 신문소설이 되도록 구상하고 표현에도 심혈을 기울였다"[44]고 말한 바 있다. 소설, 그 가운데서도 신문소설이라는 전제가 '新講談'이라는 광고 문구와 별개로 인지되었음을 보여주는 것이다. 야담과 장편 역사소설 간에 존재하는 미학적 거리에 대한 자각은 이처럼 매체의 상이성으로부터 희미하게나마 일기 시작했던 것으로 생각된다. 두 글쓰기의 담화적 차이가 결국 매체의 기능 및 성격과 연동되면서 상이한 번역 경로를 거치게 만든 셈이다.

그러나 '민중오락물'로 등장한 야담운동은 대중지향성 면에서 역사소설과 공유 지점을 갖기도 했다. 역사에 관한 대중적 관심을 야담이 크게 자극함으로써 역사소설이 대중물로 호평을 받는 데 적지 않게 기여한 것이다. 야담의 대중적 인기몰이에 역사소설과 신문저널리즘의 역할 또한 과소평가할 수 없을 정도로 컸다. 강연의 형식을 띤 야담대회의 절대적인 후원자가 다름 아닌 신문사였기 때문이다. 야담의 신문 게재는 역사소설에 비해 미미한 것이었으나, 각종 야담대회를 선전하는 신문사의 광고 열

---

44) 홍명희, 「三大新聞의小說 – 朝鮮日報의 『林巨正傳』에 對하야」, 『三千里』, 1929. 7, 42쪽.

의만큼은 대단했다.

한편 국민성이나 민족성을 좌우하는 것이 그 나라 역사라는 문제의식을 가지고서 스스로를 '歷史的 民衆敎化運動'[45]으로 규정한 측면에서 보자면, 야담운동은 역사소설 창작에 비해 더욱 적극적인 목적의식을 표방했다고 할 수 있다. 그러나 여기에 그 같은 명분론 이상의 실질적인 내용이 담겼다고 보기는 어렵다. 야담운동 역시 신문에 연재된 역사소설 못지않게 대중서사물로 각광받으며 역사에 관한 대중적 열기를 끌어 모았지만, 어디까지나 그것은 상업적 성격을 크게 벗어나지 않은 이벤트의 성격이 강했기 때문이다.

현대물과 역사물의 분화, 양적인 측면과 함께 계층적 측면에서의 독자 확대, 그리고 야담운동과의 차별화 등은 역사소설이라는 글쓰기가 번역되어 조선의 문화 질서에 일으킨 잉여의 국면들이라 할 수 있다. 이러한 일련의 번역상의 추이는 신문저널리즘과의 긴밀한 인연 속에서 신문연재소설이라는 제도적 틀로 가시화되었다. 특기할 만한 사실은 역사소설의 문화적 번역 과정이 정치적 담론 층위에 일으킨 반향은 전반적으로 그리 크지 않았다는 점이다. 표면상 일제의 검열과 탄압이 식민 상태의 현실과 역사소설 글쓰기 간의 역동적인 교섭을 가로막은 직접적인 원인이었다고 할 수 있겠지만, 애초부터 오락물로 제안된 글쓰기 성격상 정치적 담론의 강렬한 촉발을 역사소설에 기대하기 어려웠던 것 또한 사실이다.

역사소설과 광의의 민족주의 사이의 친연성은 대체로 초기 창작에서

---

45) 김진구, 앞의 글.

두드러진 경향이었다. 발아기라 할 수 있는 1920년대 후반에서 1930년대 초까지 민족주의 관점에서 역사소설 창작을 주도한 이는 이광수와 홍명희였다. 이광수가 조선의 역사소설계를 실질적으로 개척했다면, 홍명희는 역사소설의 전범을 제시했다고 말할 수 있다. 범박하게 말해 이들의 역사소설이 지니는 공통분모는 역사적 소재를 매개 삼아 민족적 관점에서 현실에 대한 우회적 발언을 기도했던 데서 찾을 수 있다. 결과는 두 사람의 텍스트 모두 대중성 면에서 대성공이었다. 그러나 그 요인이 민족서사로서의 감응력에만 있었던 것은 아니다. '이순신 유적 보존운동'에 힘입어 사료적 충실성을 기한 『李舜臣』을 예외로 친다면, 『麻衣太子』와 『端宗哀史』, 그리고 『林巨正傳』의 흥행은 대중물로서의 성공, 즉 서사적 재미가 거둔 성과였다고 말할 수 있다. 한결같이 이들 텍스트의 통속적 재미를 강조했던 신문저널리즘의 기획이 적중한 셈이다.

1930년대 중반에 접어들면서 역사소설은 작가와 창작물 모두에 걸쳐 양적인 성장을 거듭한다. 그러나 거기에 반비례하여 민족주의적인 관점에서 역사 해석을 시도한 역사소설 창작은 점차 세를 잃는다. 김기진의 『深夜의 太陽』(1934)을 예외로 친다면, 민족적 색채는 고사하고 역사에 대한 진지한 탐구 의식 자체가 희박해지는 지경에 이른다. 초기 역사소설의 대중적 성공을 이끈 원동력은 창작 주체의 이념성과 신문저널리즘의 상업성 추구 사이의 길항에 있었다. 1930년대 중반 이후 후자의 득세와 함께 그 긴장에 균열이 일기 시작한다. 따라서 흔히 말하는 '역사소설 전성기'란 그와 같은 분열이 오락성을 매개로 봉합된 순간을 이르는 것일 뿐, 문학적 성취도 차원에서 보자면 답보 내지는 퇴보 상태의 시기였다고 말할 수 있다. 역사소설이 식상한 글쓰기로 대중에게 인식되면서 급기야 통속소설의 대표 격으로 폄하되기에 이른 현실을 가감 없이 전하고 있는 다음과 같은 연재 예고 광고가 이를 방증한다.

> 현재조선문단에서는 역사소설과 야담등속이 극히유행하고있습니다. 그러나이것이가저오는가치(價値)는 아직까지에있어서 거의 아모것도없다고 말할수 있습니다. 사실(史實)이 어긋나지않으면 문장(文章)이빽빽하며 속(俗)된흥미를 위하야 사적(史蹟)을속이고있습니다.[46]

1930년 후반에 이르러 작가의 근대적인 민족의식이 투영된 역사소설이 다시 등장한 것은 그러한 흐름에 대한 일종의 반발이자 반성이었다고 볼 수 있다. 그러나 이 또한 박종화의 『待春賦』(1937), 『黎明』(1943)과 현진건의 『無影塔』(1938), 『黑齒常之』(1939) 등 일부 작가의 일부 작품에 한정된 국부적인 현상이었다.

통속문학으로 퇴조했던 역사소설이 현실 정치 상황과 재차 접속을 시도한 것은 1940년대 들어서다. 이 시기 유일하게 한글 신문으로 남은《매일신보》는 태평양전쟁의 개시와 함께 대동아공영론을 옹호하는 선전장이 된다. 제국이 벌이고 있는 전쟁의 정당성과 필연성을 역사적으로 입증하는 일이 이 시기 역사소설에 부여된 소임이었다. 불교적 세계를 다룬 텍스트로 흔히 일컬어지는 이광수의 『元曉大師』(1942), 민족서사로 읽혀온

46) 「長篇小說 『張禧嬪』」, 《조선중앙일보》, 1936. 4. 26.

이태준의 『王子好童』(1942), 친일 역사소설의 장을 연 작품으로 평가받는 김동인의 『白馬江』(1941), 그리고 일본의 역사를 배경으로 창작된 박태원의 『元寇』(1945) 등은 정도의 차이만이 있을 뿐 제국서사이거나 제국서사로서의 독해 가능성을 지니고 있다는 점에서 유사한 역사의식을 보여준다.

식민지 조선에 수입된 이래 역사소설은 광의의 민족주의에서부터 일제의 대동아공영론에 이르기까지 정치적 담론 전파와 가장 친화적일 수 있는 대중물로 선택되었다. 이광수와 홍명희로 대표되는 초기 역사소설 작가들은, '소설 예고란'을 통해 천명한 데서 알 수 있는 것처럼, 민족주의 담론과의 교감을 역사소설 창작의 필수적이고 당위적인 요소로 받아들였다. 역사소설의 외래성이 처음부터 의심되지 않았던 것은 이러한 발화 과정과 결코 무관하지 않다. 역사소설이 토착적 글쓰기로 전제되는 가운데 그 전사가 삭제되는 하나의 전기가 그로부터 비롯되었다고 할 수 있기 때문이다. 결과적으로 자국사만을 글쓰기의 원천으로 맹신했던 창작 주체들과 민족주의 담론 간의 내통이 역사소설의 기원을 전도시킨 것이다. 실제로 서구의 역사소설 텍스트는 단 한 편도 1920년대 신문 지면에 연재되지 않았다. 번역문학이 대세였던 이 시기 신문연재소설란에서 번역 탐정소설 혹은 모험소설이 누렸던 특수를 생각할 때, 이는 지극히 이례적인 현상이 아닐 수 없다. 그만큼 과거 조선의 역사를 밑그림으로 민족서사를 구현해야 한다는 묵계가 역사소설 발흥기부터 강고히 작용한 것이다. 번역 또는 번안이 창작으로 이어지는 순차적인 흐름 안에서 전자(번역되거나 번안된 서구의 역사·전기물)가 후자(역사전기소설)의 자양분이

되었던 역사전기문학의 전개 과정과 이는 확연히 대비되는 점이다. 역사전기소설과 역사소설을 도식적으로 계보화해서는 곤란한 사정이 이와 관련된다.

2. 史와 虛構 사이의 거리

(1) 역사전기소설과 역사소설 간의 분절성

'역사전기소설'은 한말에서 한일합방에 이르는 시기에 쓰이고 발표되었던 양식이다.[47] 1910년 한일합방을 기점으로 '신소설'의 번성과 '역사전기소설'의 쇠퇴는 교차했다. 정치적 검열과 탄압이 그 직접적인 이유였음은 잘 알려진 사실이다. 그리 길지 않은 생명력을 지닌 역사전기소설이 일시 번성한 데에는 1900년대 '소설개량논의'가 결정적 계기로 작용했다. 국가 영웅의 사적을 기록하여 널리 읽히면 국민의 애국정신이 고양되고 사회 기풍이 진작되어 국가의 재흥을 기약할 수 있으리라 믿었던 소설개량논자들의 기대에 가장 부합한 양식으로 전기물이 선택된 것이다.[48] 이 같은 역사전기소설의 번성과 몰락에 대해서는 이해의 편차가 크지 않

47) 김영민은 1895년경부터 한일합방이 일어나는 1910년 사이에 '역사전기류 문학'이라는 양식이 존재했다고 보고, 이 용어를 개화기 전반에 걸쳐 번역되거나 창작된 역사물과 전기물을 함께 일컫는 데 사용한다. 이때 역사전기류 문학 속에는 '역사전기소설'이 포함된다. 김영민은 역사전기류 문학 가운데 창작소설만을 가리켜 '역사전기소설'로 한정한다(김영민, 『한국근대소설사』, 솔, 1997, 83쪽.). 이 글에서는 '역사전기소설'의 범주 문제에 한해 이와 같은 구분 방식을 수용하고자 한다.

48) 권보드래, 『한국 근대소설의 기원』, 소명출판, 2000, 109~10쪽.

은 반면에 그것이 전대 문학과 맺는 관계 혹은 형성 과정과 관련하여서는 논자들의 입장 차이가 계통적 연속론에서 대체론까지 꽤나 커 보인다. 이는 역사전기소설과 역사소설의 관계를 바라보는 시각으로 고스란히 이어진다.

역사전기소설의 원류를 고전소설의 전통에서 찾는 김영민의 논의는 연속론적 관점을 대표한다. 김영민은 '역사전기소설'의 뿌리로 군담계 고전소설의 전통을 거론하면서 동서양의 출중했던 인물에 대해 다룬 이른바 '인물기사'를 역사전기소설의 모태로 본다. '서사적 논설'과 '인물기사', 그리고 역사전기물의 번역이 곧 개화기 '역사전기소설'의 창작으로 이어졌다는 것이다.[49] 한편 강영주는 장회소설(章回小說) 형식에 주목하여 역사전기소설과 전대 국문소설의 전통을 연결 지어 설명하는가 하면 민족적 영웅 일대기 중심의 서사라는 점을 들어 봉건시대의 군담소설이나 전 양식의 변용으로 역사전기소설을 평한다.[50] 김교봉과 설성경은 역사전기소설의 대부분이 전(傳)의 기술 방식을 그대로 또는 확장적으로 따르면서도 또한 회장체(回章體) 소설의 서술 방법을 택한 데 주목한다.[51] 김영민의 논의 역시 역사전기소설의 뿌리로 군담계 고전소설의 전통을 거론한다는 점에서 위의 논자들의 주장과 크게 다르지 않다. 차이라 한다면 개화기 '인물기사'나 '인물고'에서 한글본 '역사전기소설'에 이르는 변화 단계를 세분화하여 밝힌 데 있다. 이들과 상반된 관점은 연속이 아니

---

49) 김영민, 앞의 책, 95~114쪽.

50) 강영주, 「韓國 近代 歷史小說 硏究」, 서울대학교 박사학위논문, 1986, 37~8쪽.

51) 김교봉·설성경 『근대전환기 소설 연구』, 국학자료원, 1991, 84~5쪽.

라 대체의 관계로 바라보는 권보드래의 시각에서 드러난다. 권보드래는 전대소설의 특징 중 1900년대의 역사전기물에 의해 계승된 요소는 찾아보기 어렵다고 말하며, 역사전기물에서의 역사가 그때까지의 역사와 근본적으로 다른 것이었음을 상기한다고 해도 사정은 마찬가지라고 주장한다. 역사전기물이 비록 사(史)의 정신에서 벗어나고 있었다고는 하나, 가담항설(街談巷說)의 잡스러운 이야기에 지나지 않았던 '소설'과는 별개의 글쓰기였다는 설명이다. 그 대상이나 특징을 통해 볼 때, 역사전기물이 사(史)나 실전(實傳)에 더 가까운 글쓰기로서의 양식적 특질을 지니고 있었다는 것이 권보드래 논의의 핵심이다.[52)]

역사전기소설과 전대문학 사이의 관계를 연속으로 볼 것인가 대체로 볼 것인가 하는 쟁점은 논자들의 다기한 분석 방법과 다양한 근거만큼이나 간단히 판정할 수 있는 문제가 아니다. 더구나 그 상반된 견해가 역사소설 논의에 연결될 때, 복잡성이 한층 더해진다. 계통적 연속론의 관점을 취하는 연구자의 경우 대체적으로 전대의 문학 양식을 발전적으로 계승하여 후대에 근대적인 역사소설의 출현을 가능케 한 과도기적인 문학으로 역사전기소설의 위상을 규정한다.[53)] 이 경우 역사전기소설은 역사소설의 맹아적 형태로 간주된다. 그러나 역사전기소설과 역사소설 사이에 가교가 될 만한 근거를 찾기란 쉽지 않다. 양 글쓰기가 비교 대상이 될 때, 확인되는 바는 그 이질성이 결코 근소하지 않다는 사실이다.

---

52) 권보드래, 앞의 책, 115~7쪽.

53) 강영주, 앞의 글, 같은 쪽.

역사전기소설과 역사소설을 연속선상에서 보기 어려운 근거는 안자산의 『朝鮮文學史』에서 가정 먼저 발견된다. 안자산은 근대문학사에서 최초로 '역사소설'이라는 용어를 다음과 같은 문맥 아래 등재해 놓고 있다.

> ①小說도亦漢譯과日本文學의擬作의二方面으로出하다 歷史小說의法蘭西新史, 普法戰記, 瑞西建國誌, 越南亡國史等은一時大歡迎을受한者라 그小說의材料는西洋偉人의 事蹟政治의歷史 等에서採한것이니 此等書의歡迎은從來小說의勸懲主義에慣한眼目의取하기易한바라 고로其文體도漢籍의舊套를脫치못하고客觀上事實을臚列함에不過하니 이로써보면當時까지도文學의面目은變치안코오직政治的思想이沸騰하야國家的觀念을大前提에置하던것이니라.[54]

> ②雜誌小說보다國民의大歡迎을傳한것은大韓每日申報라 此新聞紙는 …. 國民의感想을無限히挑出함의大影響이잇든것이라 一便은政府를攻하고一便은外勢를拍하며 또한歷史的小說과詩調도揭載한지라[55]

안자산이 위 글에서 '역사소설'로 통칭하고 있는 텍스트들은 엄밀히 말해 소설이 아닌 역사서의 번역물이다. 근대 계몽기 주요한 문예물의 하나로 역사전기문학을 '역사소설'이라는 명칭으로 거론하고 있는 것이다.

---

54) 안자산, 『朝鮮文學史』, 한일서점, 1922, 124쪽.
55) 위의 책, 125쪽.

그의 설명에 따르면, 이들 텍스트들은 "고전소설과의 주제적 친연성을 갖고 있기 때문에 종래 소설의 권징주의에 길든 안목으로 받아들이기 쉬운 것"이었다. 그러나 안자산의 평가에 따르면, 이들 작품들은 옛날 투의 문체로써 객관적 사실을 나열하는 데 그치고 있어 문학적 요소가 빈약하다. 정치적 관념이 우선 고려되었던 바 문학적 측면이 소홀히 다루어졌다는 것이다. 안자산은 그 대표적인 작가와 작품으로 각각 신채호와 「伊太利建國三傑傳」, 「乙支文德」, 「崔都統傳」, 「讀史新論」 등을 언급하고 있거니와, 역사 서술과 전기문학을 역사소설로 일괄 지칭했음을 알 수 있다. 당시 안자산에게 근대소설의 개념은 그다지 명쾌하게 정립되어 있지 않았으며, 역사소설의 개별성에 대한 이해 또한 미미했던 것이다.

두 번째 인용문에서 확인할 수 있듯이 양식적 안정성을 확보한 글쓰기의 한 양상을 가리키려고 안자산이 '역사소설'을 제안한 것은 아니었다. 그것은 제재의 특성을 고려하여 보통명사 '소설' 앞에 '연애'라는 수식을 붙여 파생시킨 '연애소설'의 경우처럼 '역사'라는 관용어가 '소설'에 덧대어짐으로써 만들어진 명칭에 불과했다. 때문에 안자산은 '역사소설'과 '역사적 소설'을 별다른 의식 없이 동일한 용어로 번갈아 사용했던 것이다. 더구나 "그 소설의 재료는 서양 위인의 사적(事蹟) 정치(政治)의 역사 등에서 채(採)한 것이니", '역사소설'의 '역사'는 이들 텍스트들의 이질성을 무시하고도 남을 공약수로 안자산에게 인식되었을 터다. 안자산의 『朝鮮文學史』에서 '역사소설'은 이렇듯 제한적 문맥에서 사용된 보통명사였다.

십여 년 뒤 김태준 역시 안자산과 근사한 문맥에서 '역사소설'이라는 용어를 다음과 같이 사용한다.

> 當時에 梁起鐸·朴殷植氏와함께 每日新報의筆者가되여있든成均博士 申采浩(丹齋)가 伊太利三傑傳·乙支文德傳·崔都統傳·夢見諸葛亮·讀史餘論같은**歷史小說**을지여 新生面을開拓한것도 氏의獨創에서 난것이며 隆盛한政治思想과國家觀念을反映한時代的產物이다.[56]

개념적 정의를 생략한 채로 그 대표적인 작가와 작품, 그리고 성격만을 간단히 언급하고 있는 김태준의 위 서술은 안자산의 설명을 그대로 인용한 것이었다. 다만 이광수 문학에 대한 서술에서 역사소설에 관한 독특한 관점이 일부 표출된다. 김태준은 이광수를 1910년대 신문예의 발아기를 이끈 소설가로 내세운다. 그리고 許生, 麻衣太子, 端宗, 李舜臣 같은 영웅전을 쓰는 데 능한 역사소설가로 평한다.[57] 김태준이 '역사소설'을 '영웅전'과 동의어로 인식하고 있었음이 확인되는 대목이다. 이어지는 서술에서 김태준이 영웅전의 주인공으로 '허생'이라는 인물을 거론한 점으로 미루어 짐작컨대, 역사소설을 사실(史實)과 관련해서 엄격히 판단하지 않았다는 것을 또한 알 수 있다. 이러한 사실에 비추어 볼 때, 역사소설의 독자성은 물론이거니와 역사소설의 근대소설적 특질에 대한 고려가 김태준의 『朝鮮小說史』 기술에 반영되지 못했던 것은 당연한 결과라 할 것이다.

---

56) 김태준, 『朝鮮小說史』, 청진서관, 1933, 173쪽.
57) 1939년 증보판에서는 이 같은 서술이 빠진다.

안자산의 『朝鮮文學史』는 근대소설로서 역사소설의 출현 이전에 쓰였다. 때문에 그가 사용한 '역사소설'은 시대적 제약에 고스란히 갇힐 수밖에 없는 용어였다. 한편 안자산의 기술을 고스란히 되풀이 한 김태준은 이전의 역사전기문학과 이광수의 역사소설을 변별하는 데 그쳤을 뿐, 근대적인 역사소설의 관점에서 그 위치를 가늠해내지는 못했다. 문제는 이러한 한계를 안고 있는 양인의 문학사가 역사전기소설과 역사소설을 단일한 계통의 서사문학으로 바라보는 관점의 진원지가 되고 말았다는 데 있다. 다양한 역사담물을 역사소설이라는 명칭으로 귀착시키는 수렴적 사고는 이렇듯 문학사 기술에 사용된 용어의 혼란에서부터 배태되었다.

김태준의 『朝鮮小說史』가 발간되기 이전에 역사소설에 관한 본격적인 논의가 없었던 것은 아니다. 정철은 1929년 《조선일보》에 연재한 「歷史小說에 觀하야」라는 글에서 "사실과 상상의 부분을 변증법적으로 인식함으로써 민족감정의 선양을 거쳐 현상의 근저 위에 활약하는 역자(役者)의 역할을 그 근저와의 관련 아래 그려줄 것"[58]을 당대 역사소설 작가들의 임무로 요구한 바 있다. 리얼리즘의 창작 원리에 근거한 그의 역사소설론은 역사전기소설이 아닌 근대소설로서의 역사소설을 염두에 둔 주장이었다. 양자를 별개의 글쓰기로 변별하는 의식이 그의 논의에 전제되어 있었던 것이다. 안자산과 김태준이 오늘날 역사전기소설로 구분되는 텍스트들을 '역사소설'로 지칭했던 것과 이는 정확히 다른 문맥을 보인다.

역사전기소설과 역사소설 사이의 차이는 역사전기소설과 동시대에 공

58) 정철, 「歷史小說에 關하야」, 《조선일보》, 1929. 11. 12~4.

존했던 신소설의 비교를 통해서도 간접적으로 확인할 수 있다. 우선 신소설에 등장하는 것과 같은 대화의 직접 인용을 역사전기소설에서는 찾아보기 어렵다. 소설적인 담화 형식이 역사전기소설에 부재했던 것이다. 화자가 집단적 주체의 대변자로 가정되는 탓에 그의 목소리로 웅변되는 공동체의 역사에 대화체의 담화 형식이 허용되기란 용이치 않았을 터다. 역사전기소설의 이러한 특징에서 역사소설과의 결정적인 차이가 드러난다. 상이한 담화 형식은 양자를 완전히 다른 글쓰기로 갈라 세우는 분기점이 되는 것이다. 이러한 문맥에서 월터 스콧의 소설이 서사문학에 끌어들인 새로운 예술적 특징으로 풍속과 사건 상황에 대한 폭넓은 묘사, 줄거리의 극적 성격, 그리고 이와 밀접히 관련된 것으로서 소설에서 대화가 갖는 중요한 역할 등을 이야기했던 발자크의 분석에 귀 기울일 만하다.[59] 역사소설과 전대의 역사물(식민지 조선의 경우 역사전기소설) 사이의 차이를 이처럼 담화적 특성으로 설명할 수 있기 때문이다.

한편 역사전기소설이 국한문 혼용체를 전용하여 한문 지식층과 문맹을 두루 포괄하는 데서 독자층을 형성하려고 한 반면, 신소설은 여성, 평민 등을 대상으로 하여 국문체를 자국어로 제안했다. 또한 역사전기소설이 이념형의 제시에 주력한 것과 달리 신소설은 일상의 묘사에 주력했다는 점에서 양 글쓰기는 대조된다.[60] 상이한 목적의식에 따라 다른 독자층을 겨냥한 결과 양자의 문자 선택 역시 달랐던 것이다. 그것은 결과적으

59) 게오르그 루카치, 앞의 책, 28쪽.
60) 권보드래, 앞의 책, 262쪽.

로 두 글쓰기의 경쟁력으로 나타났다. 민족주의 이념의 전파와 애국 계몽 의식의 선전이 대중물로서 가지는 매력이란 그다지 크다 할 수 없었다. 아울러 역사전기소설은 그 표기 문자에 있어 새로운 독자층 창출에 기민하게 대처할 수 없는 맹점을 지니고 있었다. 1920년대 역사소설의 글쓰기 전략이 신소설을 모델로 삼은 이유가 이로써 설명된다.

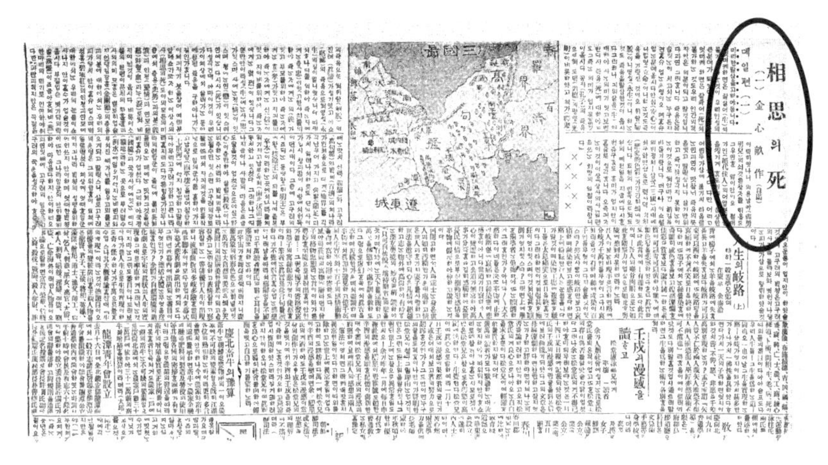
相思의 死

* 1922년 2월 6일자 《매일신보》에 연재된 『相思의 死』의 첫 회

역사소설에 남은 신소설의 서사적 잔영은 신문연재소설 일반의 통속성에서 주로 감지된다. 1910년에서 1920년대 초 '가정비극' 혹은 '가정연애소설'로 광고된 신문연재소설들은 대개 멜로드라마적인 연애서사가 그 중심 모티프였다. 후일 신문연재소설로 출발한 역사소설에도 그 잔영이 적지 않게 남아 있는 것을 볼 수 있다. 역사적 사건 묘사에 '자미(滋味)'를 더하는 요소로 작가들이 그와 같은 모티프를 즐겨 삽입했던 것이다. 신문연재소설의 상업적인 성격을 고려할 때, 이러한 전이는 자연스런

귀결로 보인다. 신소설과 역사전기소설 양자에 걸쳐 있는 신문연재소설 김창환의 『相思의 死』는 이러한 맥락에서 다분히 문제적인 작품이다.

①본월육일브터 본지 四面에 연재될, 全十八篇 百八十回,

부지럽슨기집아ᄒᆡ의 가늘고약ᄒᆞᆫ머리털ᄒᆞᆫ아가 義勇男兒의 쇠가튼창자를 마음것 ᄐᆡ우고말앗도다 다정한ᄂᆡ나라의 산천을 등에 두고 풍토한 현슈한 리역에서 戀慕의 정념(情念)이 불갓치일자 맛참ᄂᆡ 그두ᄉᆞ람은 정열의 령약(靈藥)을 마시고 말앗나니 과연 이네ᄂᆞᆫ 연에셔 나(生)고 연에셔 죽(死)엇도다 안이로다 고구려와 신라 ᄉᆞ이에 창과 칼이 박귀이지 안이하얏드면 이와 가튼 ᄋᆡ화(哀話)가 업슬것이오 혁거세(赫居世)의 따님 벽셩홍(碧城紅)의 락발 (落髮)이안이엿든들엇지하야 東明王의 셩질 김강훈(金剛勳)의 단장이 왜잇셧스랴? .... 이졔 심묘김창환(心畝 金彰桓)군의 이상사의 사도 릉히 삼국시대의 인정과 풍물을 비추어 보는 한 거울이 될 것이니, 비록 그의 枝葉은 다른 곳에서 구하엿스나 오즉 그의 根體 는 내 것으로서 비롯하얏도다.[61)]

②미리한말삼을고하야둡니다....이 쇼셜의 ᄇᆡ경져-삼국(三國)시대에셔 구하얏슴으로 **력사뎍 ᄉᆡᆨ치(歷史的)가 간간히 씌여 잇슴니다 됴션의 민족으로써됴션의 예전일을 지금에다시ᄒᆞᆫ번츄구ᄒᆞᆷ**도 흥미가 업지안이ᄒᆞᆯ줄로 ᄉᆡᆼ각ᄒᆞᆷ니다 오즉 긔자ᄂᆞᆫ이것이 이상 『상사의사』일편을쓰

61) 「本月六日브터本紙四面에連載될 戀愛小說 『相思의 死』」, 《매일신보》, 1922. 2. 3.

는 희망의 일결이라함니다[62]

위의 첫 번째 지문은 연재 3일 전에 실린 광고의 일부분으로 신문사 편집자의 글이다. 광고는 이 작품이 프랑스 작가 '쎄체에'의 『인연과 사(戀과 死)』를 모방하여 시공의 무대를 변개시킨 것이라고 소개하고 있다. 번안작이라는 이야기다. 그러나 그 번안의 정도가 컸다고 판단해서였는지 편집자는 '김심묘'를 '著者'로 밝히고 '김심묘 作'이란 타이틀을 사용하여 이 작품을 연재했다. 광고 내용에는 개략적인 작품의 줄거리와 결말에 대한 궁금증 자극, '연애소설'이라는 타이틀의 사용, 그리고 서구 문예의 영향 강조 등 당시 신문연재소설에 요구되었던 자질들이 상세하게 열거되고 있다. 오락성을 크게 강조했던 이 시기 연재소설 광고의 단면을 여실히 보여주고 있는 것이다. 그 가운데서도 특히 "삼국시대의 인정과 풍물을 비추어 보는 한 거울이 될 것"이란 표현으로 역사적 색채를 강조한 문안이 눈길을 끈다. 이채로운 광고 문구를 통해 기왕의 연재소설들과 차별을 꾀하려는 편집자의 의도가 엿보이는 대목이기 때문이다. 그러나 참신한 배경 설정에도 불구하고, 『相思의 死』는 문체와 구성, 그리고 인물 묘사에 이르기까지 기존 신문소설의 면모를 크게 벗어나지 못하고 있다. 작가의 지나친 편집자적 논평이나 전기적(傳奇的) 장면의 빈번한 삽입은

62) 김심묘, 『相思의 死』, 《매일신보》, 1922. 2. 6.
이 작품은 1922년 2월 6일부터 5월 7일까지 《매일신보》에 총 5편 75회가 연재되었다. 처음 광고에서 예정한 '全十八篇 百八十回'를 다 채우지 못한 채 중단된 것이다. 편집자는 차회 연재작 광고에서 이 작품의 연재 중단 이유를 특별히 밝히고 있지 않다. 대중적 인기가 낮았거나 기자의 창작 한계 때문이었을 것으로 추측된다.

고소설의 구태를 답습한 감마저 준다.

위 두 번째 인용문은 제 1편 첫 회의 시작 부분으로 역사전기소설풍의 작자 서문(序文)을 보여준다. 작품의 주제 의식과 관련하여 작자의 세계관이 피력되고 있을 뿐만 아니라 작품의 성격에 대한 논평 또한 더해져 있다. 대개 서문이 있고, 때로 발문(跋文)까지 갖추었던 역사전기소설의 형식을 고스란히 흉내 내고 있는 것이다. '김강훈'이라는 주인공을 중심으로 전개되는 서사 구조와 '全十八篇 百八十回'이라는 광고 문구 역시 역사전기소설과 유사한 형식적 특징에 해당한다. "전(傳)의 양식적 서술 구조를 따르면서도 또한 회(回)나 장(章)으로 나누어, 각 회나 장에서 전개될 내용을 미리 소제목으로 요약해 제시하는 회장체(回章體) 소설로서의 역사전기소설 서술 방법"[63]이 차용되고 있는 것이다.

한편 순 한글의 표기 방식, 그리고 대화체의 삽입이나 인물의 심리 묘사 등 역사전기소설에서 볼 수 없는 담화적 특질들 역시 눈에 띈다. 역사전기소설과의 가장 두드러진 차이는 이 작품이 '연애소설'로 광고되었다는 점이다. 이념적 지향에 경도되었던 역사전기소설과 동일선상에 이 작품을 놓을 수 없는 이유가 여기에 있다. 동명왕과 혁거세와 같은 역사적 실존 인물의 등장과 무관하게 서사는 어느 한 부분 사실(史實)에 의해 매개되지 않는다. 중심인물인 '김강훈'과 '벽성홍'이 가상의 존재들인 만큼 서사는 지극히 허구적인 내용으로 전개된다. 역사적 배경은 단지 배경적 차원에서 동원되었을 뿐이며, 조선 민족으로서 과거의 일을 지금 다시 한

63) 김교봉·설성경, 앞의 책, 같은 쪽.

번 추구하는 것이 갖는 의미, 곧 주제 의식 역시 독자의 흥미를 고려하는 차원에서 설정된 것임을 알 수 있다. 이외에도 이 작품이 오락물로서 신문연재소설의 미학에 충실했음을 보여주는 증거들은 적지 않다. 우선 전문적인 작가가 아닌 기자에 의한 창작이라는 점을 들 수 있다. 작자 김심묘가 자신을 작가가 아닌 기자로 밝히고 있는 사실에서 환기되는 바는 신문연재소설이 갖는 매 일회 분의 성격이다. 기사를 작성하는 기자 입장에서 본다면, 일정 분량의 연재소설 역시 그날의 다른 기사들과 다를 바 없다. 작자가 직접 삽화를 그린 점, 그리고 다음 회를 의식한 일회 분의 결말 처리가 자각되고 있는 점 등도 빼놓을 수 없는 신문연재소설로서의 특징들이다. 연재 58회와 65회의 다음과 같은 결말이 이를 잘 보여준다.

> 맛참잇씌에져편숩사이로부터한사람의검은거림자가얼른보인다그리하고그의그림자ᄂᆞᆫ즉시살러지고말엇다아!아지못커라이의괴이한거림ᄌᆞ=그ᄂᆞᆫ과연무엇이엿든뇨[64]

> 아-가련ᄒᆞᆫ이두사람의운명이여!뭇노라이ᄉᆞ람에게ᄂᆞᆫ언제나이불ᄒᆡᆼ이고통이다지ᄂᆡ여가고ᄒᆡᆼ복과환희가다시돌아올터인가?[65]

이처럼 역사전기소설과 신소설뿐만 아니라 고소설의 특질까지도 혼재

64) 김심묘, 『相思의 死』, 《매일신보》, 1922. 4. 11.
65) 김심묘, 『相思의 死』, 《매일신보》, 1922. 4. 21.

되어 있는 『相思의 死』의 경우 그 대중성이 역사 담론이 아닌 신소설의 담화적 요소를 통해 획득되고 있는 것을 보게 된다.

한문 지식층을 의식한 국한문혼용체와 여성을 비롯한 폭넓은 평민층을 의식한 자국어 전용 체계 사이의 경쟁에서 1910년대 이후의 신문저널리즘의 선택은 후자로 기울었다. 그것은 신소설이 신문연재소설의 주도권 장악에 성공했음을 뜻한다. 한일합방이라는 정치적 사건에 이은 검열과 탄압은 1910년 이후 역사전기소설이 급작스럽게 쇠락하게 된 외적 요인이었다. 일본헌병사령관 아카시 모토지로(明石元二郎)가 통감부의 경무총감으로 취임한 직후 1910년 8월 9일 《대한매일신보》는 《황성신문》, 《대한민보》와 함께 발행정지 처분을 당한다. 이후 한일합방조약과 함께 《대한매일신보》는 통감부에 매수된다.[66] 민족지의 성격을 강하게 표방했던 이들 신문들이 폐간된 내막을 살펴보건대, 그 주요 연재지였던 《대한매일신보》의 발행정지 처분이 역사전기소설 쇠락의 직접적인 원인이었음을 알 수 있다. 이처럼 애국 계몽적 이념을 표방한 역사전기물이 일차적으로 검열의 표적이 되었던 것은 부인할 수 없는 사실이다. 그러나 그 이전부터 검열은 법제화되어 시행되고 있었다. 한일합방 이전에 이미 일제는 도서 검열 기관을 정비해가면서 동시에 도서 검열에 대한 관련 법규를 성문화하였다. '형법(1905. 4. 29)', '보안규칙(1906. 4. 17)', '보안법(1907. 7. 27)', '신문지법(1907. 7. 24)', '교과용도서검정규정(1908. 8. 28)', '출판법(1909. 2. 23)', '출판규칙(1910. 5. 28)' 등이 이때 제정된 주요 법규들이

66) 조용만·송민호·박병채, 『일제하 문화운동사』, 민중서관, 1970, 14~5쪽.

다. 그 일례로 교과용 도서의 심사 방침 및 심사 개황을 보면, 당시의 사회 또는 정치를 규탄하거나 일본을 공박한 것은 고사하고 외국의 사례를 인용하여 우리나라의 장래를 경고한 것조차 금지하고 있다. 심지어 어떠한 종류의 교과서를 막론하고 '애국' 이란 단어는 삭제하였으며, 애국에 관한 표현 역시 금지하였다.[67] 이러한 사실에 근거하건대, 한일합방이 역사전기소설 몰락에 계기적 사건 이상의 의미를 갖는다고 보기는 어렵다. 정치적 검열이 압력으로 작용한 결과 신문저널리즘의 성격이 변화한 데서 역사전기소설 소멸의 내적인 요인을 찾는 것이 더 설득력 있는 이유는 이 때문이다.

이러한 맥락에서 1910년대 유일한 중앙 일간지였던 《매일신보》가 총독부 기관지이면서도 일찍이 상업성에 눈떴던 사실에 주목할 필요가 있다. 창간 첫해 《매일신보》는 '신소설' 란을 일면에 설치하는 한편 지면을 달리하여 연재작의 수를 지속적으로 늘려갔다. 연재소설에 대한 《매일신보》의 적극적인 관심은 여기서 그치지 않고 오늘날의 신춘문예에 해당하는 〈新年文藝募集〉, 그리고 순수하게 연재를 목적으로 한 〈懸賞小說募集〉에까지 미쳤다. 이 시기 장편으로 연재되었던 다수의 작품들은 번안된 '가정소설' 또는 '연애소설'이었다. 장편 창작을 감당할 만한 역량을 지닌 국내 작가들이 많지 않았던 당시에 이미 그 대중성이 검증된 작품들의 번역 또는 번안 연재가 상업적 측면에서 보자면 최선책이었기 때문이다. 부

67) 곽동철, 「일제하의 도서 검열과 도서관에서의 지적 자유에 관한 연구」, 연세대학교 석사학위논문, 1986, 24~6쪽.

인 층과 젊은 층을 겨냥해 가정 비극이나 연애물을 중심으로 연재작을 선정했던 것도 이러한 독자층의 반응을 의식한 결과였다.

1920년대 들어 창간된 삼대 민간신문들 역시 《매일신보》의 이러한 편집 방향을 어느 정도 모방 또는 개량하는 차원에서 신문연재소설란을 고정시켜 나갔다. 그렇게 볼 때, 《매일신보》는 신문저널리즘이 온전히 경제논리 아래 움직이도록 그 토대를 구축한 선도자였다고 말할 수 있다. 신문저널리즘의 이와 같은 변신, 정확히 말해 시장경제 원리의 내면화 과정을 생각한다면, 역사전기소설의 몰락은 필연적인 수순이었던 것으로 보인다. 정치적 검열과 탄압이라는 외부적 요인이 아니었더라도 대중성 획득에 실패한 글쓰기로서 역사전기소설의 쇠퇴는 필연적일 수밖에 없었던 것이다. 그러한 맥락에서 역사전기소설의 몰락과 신소설의 득세는 역사담론과 소설적 담화 간의 경쟁에서 독자 대중의 기호가 후자에 기운 결과였다고 말할 수 있다.

(2) 記와 作, 그 분화와 습합

근대에 들어 사(史)와 문학의 결합 혹은 역사가 허구의 틈입을 의식적으로 용인한 글쓰기는 역사전기문학이 시초다. 안자산의 설명에 따르면, 역사전기문학의 주제는 "시대조류에 따라 정치 내지는 민족사상에 집중되었으며 그 문체는 한적(漢籍)의 구투(舊套)를 벗지 못하고 객관적인 사실(事實)만을 여열(臚列)한데 불과"[68]했다. 1900년대 역사전기물이 포용

68) 안자산, 앞의 책, 124쪽.

한 허구의 정도는 그만큼 미미했다. 실제로 이 당시만 하더라도 허구 개념은 굳건히 확립되어 있지 않았다. 이를 근거로 오늘날의 기준에서 판단해 볼 때, 사(史)의 기술로 분류될 가능성이 높은 글쓰기가 역사전기문학이었다는 것을 알 수 있다. 이를 가장 먼저 인지했던 이가 안자산이다.

> 此時無涯生의名이江湖에喧傳하야文譽가嚇々한者는申寀浩其人이라 申氏는漢學出身의成均博士니其文은波瀾이重々하고文彩가彬々하야可히朴誾과林悌에比할지라 **所著**는伊太利建國三傑傳乙支文德崔都統傳讀史餘論等이니 近來**歷史**의新見地를開함은氏의獨創에서出한지라 然이나 朝鮮史를民族的으로全駈하매或處에就하야는歷史의本色을失한点도不可無라하노라 申氏뿐안이라當時文學은다時代潮流에化하야政治及民族思想에集中되얏나니 이는時運을隨하야自覺으로起來한일이러라 그 時代的趨向外에立하야新文學의門을開한者는李人稙菊初의著한**小說**이라 **氏의作**은血의淚,鬼의聲,雉岳山等三四種이니 이는다從來의勸懲主義의小說과異하야人情을主하니 主人公과其圍繞人物의性格을描하고其心理狀態를寫함이極히精妙의境에至한지라. 此가從來 小說에서不見하든바新文學의始러라[69)]

인용문에 나타나 있듯이 '신채호'를 '문예가'로 '이인직'을 '소설가'로 구분하는 안자산의 의식은 전자의 글쓰기를 '文'으로 후자의 글쓰기를

69) 안자산, 앞의 책, 124~5쪽.

'小說'로 각각 규정짓는다. 그리고 부분적인 혼동이 전혀 없는 것은 아니나 전자를 '著'의 행위에 후자를 '作'의 행위에 결부시킨다. 이러한 구도 아래 신채호의 문명(文名)은 '근래 역사의 신견지(新見地)를 연 독창적인 면에서 나온' 것, 즉 '새로운 관점'에서 근대사에 접근한 데서 찾을 수 있는 것이지 창작상의 독창력에 있는 것이 아니라는 결론이 얻어진다. '조선사를 민족적인 방향으로 온전히 몰아감으로써 역사의 본색을 놓친 감이 있다'는 식으로 신채호의 사관(史觀)을 평한 이유도 위와 같은 맥락에 서였다. 엄밀히 말해 신채호 저술의 성격을 안자산은 역사 기술로 파악한 것이다. 따라서 그 같은 글쓰기를 이 시기 문예의 주류로 파악했던 안자산이 이인직의 소설을 '시대적 대세 바깥에 자리한 신문학(新文學)', 즉 새로 '作'한 글쓰기로 취급했던 것은 당연하다. 이러한 대비는 신채호가 '著'한 텍스트들이 구문예(舊文藝)의 전통에 닿아 있음을 반증해준다. "주인공과 중심인물의 성격 및 심리상태에 대한 극도의 정묘한 묘사"를 안자산은 이인직의 신문학이 종래 소설과 그 길을 달리한 증거로 이해하고 있다.[70]

이러한 사실에 근거해 볼 때, '著'와 '作'의 구분을 안자산은 일정 부분 자각하고 있었던 것으로 판단된다. 그리고 앞서 보았던 나카니시 이노쓰께(中西伊之助)의 역사소설 정의는 이러한 분리가 1920년대 중반까지도

70) 십여 년 뒤 김태준은 『朝鮮小說史』에서 "伊太利三傑傳·乙支文德傳·崔都統傳·夢見諸葛亮·讀史餘論 같은 歷史小說을 신채호가 지여 新生面을 開拓"하였다고 설명한다. '역사소설'이라는 동일한 명칭을 사용하나 양자가 그 글쓰기의 성격을 규정하는 데 사용한 용어는 '저(著)'와 '지은(作)'으로 각기 달랐던 것이다.

여전히 유효한 가치 체계였음을 증언해준다. 허구에 대한 사실의 우위를 역사소설의 미덕으로 간주한 이노쓰께의 관점이 당대의 지배적인 사고였다고 추정할 수 있는 것이다. 이처럼 허구는 1900년대에 부정적인 가치였으며, 1920년대에는 역사 기술과 대타적 위치에서 열등한 것으로 여겨졌다. 「許生傳」 연재 전에 실린 소설 예고 광고의 다음과 같은 작자의 말에서도 이를 감지할 수 있다.

> 許生이 史的人物인지 또는 架空的人物인지 나는 모른다 그러나 許生이 우리 民族의 性格의 엇던方面과 傳統的 民族的理想의 엇던方面을 代表하는 點으로 그는 어듸까지든지 實在的人物이다 나의 唯一한 義務는 그의 奇想天外의 모든 行動과 事業과 그의 大海와가튼 胸字를 **가장 忠實하게 記錄**함에 잇다[71]

이광수의 위 글은 '전통적 민족적 이상'의 대표성을 띤 존재라는 명분 아래 가공의 인물이 실존 인물로 손쉽게 치환될 수 있음을 보여준다. 흔히 역사와 소설의 결합 과정에서 후자가 전자를 소재로 포용하는 대체적인 경향에 비추어 볼 때, 역으로 허구가 사실의 세계로 진입한 이와 같은 경우는 다소 예외적이라 할 수 있을 것이다. 역사소설의 개념이 확고하게 정립되지 못한 1920년대 상황에서 나타난 이채로운 풍경의 하나임이 분명하다. 이렇듯 사실과 허구 사이의 경계는 이 시기 역사소설의 작가들에

---

71) 「小說豫告「許生傳」」, 《동아일보》, 1923. 11. 28.

게 아직 선명하게 인지되지 못했다. 역사소설에 관한 비평이 본격화되는 1930년대 들어와 이는 문단의 주요한 논쟁거리로 부상한다.

1920년대 역사소설 창작에서 허구는 사실의 소설적 재현에 수반되는 불가피한 수사쯤으로 취급되었다. 심지어 역사소설로 보기 어려운 「許生傳」의 경우 가상적인 "인물의 행동과 사업, 그의 흉자(胸字)를 **가장 충실하게 기록**"하는 데 창작의 유일한 임무가 부여되고 있음을 보게 된다. 이광수의 「許生傳」 집필을 견인했던 힘이 예술적 지향이 아니라 사(史)의 정신에 있었다는 사실을 확인할 수 있는 대목이다. '허생'이라는 인물의 허구성이 충분히 무시되어도 좋을 이유는 이러한 사(史)의 정신이 그만큼 강고했기 때문이다. 사(史)의 정신, 그것은 곧 작(作)이 아닌 기(記)[72]의 의식을 뜻했다. 이광수는 한 잡지사와의 대담에서 "지금 내가 쓰는 근거는 그 正史와 野史의 두 가지인데 그러기에 아무쪼록 작자의 상상을 빼고 역사상에 나오는 사건 그대로 또 실재인물 그대로 문학상에 재현식히기에 애쓰는 터이외다"[73]라는 진술로 이 당시 자신의 창작이 사(史)의 정신에 바탕한 것이었음을 증언한 바 있다. 상상이 제거된 '재현'이란 작(作)보다는 기(記)에 가까운 글쓰기가 될 수밖에 없다.

이러한 문맥에서 이광수의 『麻衣太子』를 비롯하여 『端宗哀史』, 『李舜臣』 등을 사화(史話)로 분류했던 김동인의 논의는 일면 정당했다고 말할

---

72) 안자산은 『朝鮮文學史』에서 '記'와 '作'의 개념이 일부 혼재된 '著'라는 용어를 사용한 바 있다. 이때 전자는 사실에 후자는 허구에 각기 대응되는 서술 태도를 가리킨 것이었다. 따라서 안자산이 말하는 '著'의 개념이 '作'과 대타항으로 구별되는 '기록하다'의 뜻, 곧 '記'에 가까운 용어로 사용되었다는 것을 알 수 있다.

73) 이광수, 「三大新聞의小說-『端宗哀史』에 대하야」, 『三千里』, 1929. 6, 42~3쪽.

수 있다. 김동인에 따르면, 이광수의 이들 작품들은 "小說로 되기에는 너무도 史實에 忠實하여 作者의 主觀이 除去되었으며 小說로서의 末尾도 未備하고(史實的 末尾가 있을 뿐), 史譚으로 보기에도 아직 譚으로서의 展開가 없으니 外史로 볼밖에"[74]없는 텍스트들이었다. 이광수의 작품들이 대체로 작(作)의 측면보다는 기(記)의 측면이 우세하다는 분석이다. 여기에서 한 걸음 나아가 김동인은 "史話의 記錄者라는 書記役에서 史實의 再生이라는 小說家役으로 躍上할 努力을 抛棄한 데 『端宗哀史』의 致命傷이 있"[75]다고 지적한다. 이러한 한계는 비단 『端宗哀史』에만 국한된 문제는 아니었다. 김동인의 비판은 1920년대 역사소설 전체에 가해질 수 있는 것이기도 했다.

홍명희의 『林巨正傳』 또한 이와 관련하여 그 명칭이 자못 흥미롭다. 1928년 9월 22일자 《조선일보》에는 이 작품의 연재를 알리는 광고가 게재된다. 그 내용인즉, 이 작품이 '朝鮮서 처음인 新講談'이라는 것이었다. 전(傳)이라는 양식명이 제목에 삽입되었는데도 불구하고, 이 작품을 '역사소설'이 아닌 '新講談'으로 규정한 신문사의 의도가 궁금하지 않을 수 없다. 두 방향에서의 추측이 가능하다. 하나는 당대 강담이라는 이름으로 유통되던 서사물의 대중적 인기가 높아 이 명칭을 신문사가 상업적 전략에서 적극 수용하였을 것이라는 추정이다. "최신 유행하는 강담이 완전한 형식을 갖추어서 충분히 발달되기를 바라는" 취지에서 강담과 소설

74) 김동인, 「春園硏究」, 『三千里』, 1935. 6, 262쪽.
75) 위의 글, 1939. 1, 221쪽.

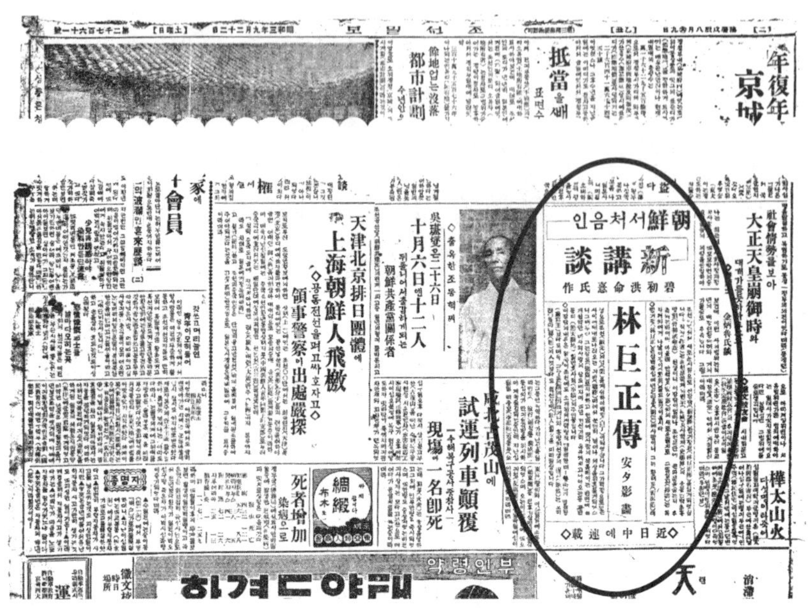
朝鮮서처음인
新講談
碧初 洪命憙氏作
林巨正傳
安夕影 畫
◇近日中에連載◇

大正天皇崩御時와

天津北京排日團體에
上海朝鮮人飛檄
領事警察이出處嚴探

十月六日엔十二人

試運列車顚覆
現場에一名卽死

死者增加

* 1928년 9월 22일자 《조선일보》에 게재된 『林巨正傳』 광고

의 위상 비교를 본격적으로 문제 삼았던 염상섭의 논의가 이를 간접적으로 뒷받침해준다.[76] 사후적 평가이긴 하나 염상섭은 『端宗哀史』와 『林巨正傳』을 일본의 강담과 동일한 것으로 간주했다.[77]

또 다른 배경으로 사적 기록에 충실한 글쓰기라고 하기 어려운 『林巨正傳』을 역사소설로 명명하는 데 작자와 신문사 양자가 일정한 부담을 가

76) 염상섭, 「朝鮮藝術運動의 當面問題-講談의 完成과 文壇的 意義」, 『朝鮮之光』, 1929. 1.

77) 그러나 이 작품은 후일 비평가들에 의해 역사소설로 공인된다. 이원조는 "世人들이 이作品을 말할때 歷史小說이라고 부르는것이 普通이다. 그리고 또한 歷史小說임에도 틀림없다."라는 단정적 서술과 함께 "歷史小說이란 題材를 歷史的事實에서 取해온것이라는것으로서 第一條件을 삼는것(이원조, 「『林巨正傳』에 關한 小考察」, 『朝光』, 1938. 8, 259쪽.)"이라는 부언을 통해서 이를 확정한다.

졌으리라는 점을 생각해 볼 수 있다. 작자 스스로 이 작품을 소설로 성격 지우면서도 '역사'라는 관형어를 당당히 앞세우지 못한 이유는 그것이 기(記)보다는 작(作)에 기운 글쓰기였음을 자각했던 탓이었을 수 있다. "歷史를 小說化함에 잇서서… 歷史에서 取材하느니만치 史實의正確을期하여야할것은勿論… 史實에忠實하고 藝術的表現에 努力함으로써 完全히 歷史와小說과를 同一線上에 近理融合케하면 高級의歷史小說이될것"[78]이라는 염상섭의 설명에 따르면, 본격적인 역사소설은 발전의 순서상 단편적 사담(史譚)이나 전기류(傳記類)나 소위 괴기기문(怪談奇聞)이라는 것이 야담(野談)의 형식을 밟아서 어느 정도까지 유행 보급된 뒤에 여기에 일층 다양다채한 공상의 옷을 입힘으로써 소설의 체재를 갖추게 된 「時代物」 다음에 오는, 곧 역사담물의 최종 심급에 놓이는 서사물이다. 따라서 폭넓은 독자층을 대상으로 대중적 흥미에 치중한 작(作)으로서 『林巨正傳』의 타이틀은 소위 일본 '時代物'을 본 뜬 '강담(講談)'이 적절했을 법하다. 그리고 이에 다시 구래의 야담이 아닌 오늘날의 새로운 야담을 뜻하는 바 '新講談'이라 칭했던 것으로 보인다.

이처럼 단편적 사실에 허구를 습합하는 작(作)의 서술방식과 사(史)의 정신이 응축된 기(記)의 서술 태도를 구별 지으려는 의식은 1930년대 초반까지 역사소설 작가들은 물론이거니와 평자들에게도 남아 있었다. 그와 같은 기(記) 의식은 신소설 초기 작가들과 역사전기문학의 작자들이 스스로를 작가가 아닌 '기자(記者)'라 칭했던 맥락에 가 닿을 정도로 근대

---

78) 염상섭, 「歷史小說時代」, 《매일신보》, 1934. 12. 21~2.

에 들어와 상당한 연원을 갖는다. 그들은 자신들의 저술 목적이 흥미로운 허구의 창출에 있는 것이 아니라 기록과 풍속 개량에 있음을 의식적으로 강조했던 이들이었다. 기자가 전문적인 작가로 적잖이 대체된 시점에 이르러서도 기(記) 의식은 역사소설 창작에서 작(作)에 승(勝)하는 서술 태도로 여전히 요청되고 있었다. 다음과 같은 역사소설 광고에서 확인되듯이 1930년대 전반기까지만 하더라도 이러한 의식은 지배적이었다.

> 고려조는엇더한경로를발바서 멸망의비운을 만나지아니치못하게 되엿스며 리조의 창업은 엇더한 도정을지나서 욱일승천(旭日昇天)의형세로 일국을 창설하게 되엿는가 이를 쓰게된 나의생각은 정사(正史)를 경(經)으로 하고 그외에 항간(巷間)에비장되엿던 외사(外史)를 위(緯)로하여 사실을사실대로 여실히그리여 독자제위의 비판을 빌자하는바이다[79)]

심지어 아래 인용문처럼 작가가 작품 가운데 사실과 달리 이야기된 부분을 연재가 끝난 후 바로 잡을 정도로 기(記) 의식을 투철하게 견지한 경우도 있었다.

> 112회 마지막 회 - '청년 김옥균 전편 종' 『深夜의 太陽』을 끝내고 - 이 소설을 집필 중에 금릉위 박영효 씨로부터 당시의 사실에 다소 상위되는 점이잇다고 친절하신 주의가 잇엇으나 이것을 갱정할 시기를 노치엇

79) 「新歷史小說連載豫告 歷史小說『金尺의 꿈』」, 《매일신보》, 1934. 6. 30.

든 까닭으로 이제 이곳에서 씨로부터 들은 점을 다음과 같이 정정하여 줍니다.[80]

역사 담론과 소설 담화 사이의 분열과 경합 과정에서 그 무게중심이 점차 전자로부터 후자로 이동한 것은 1930년대 중반에 접어들면서였다. 신문저널리즘은 대중성을 빌미로 그 화해를 적극적으로 강제했다. 역사 담론보다도 소설적 재미를 보장해줄 담화적 요소의 강화를 신문저널리즘이 역사소설 작가들에게 요구하기에 이른 것이다. 작가들은 역사소설 창작의 주요한 태도로 허구에 바탕을 둔 작(作)의 정신을 적극 표방함으로써 이에 화답했다. 『젊은 그들』(1930)의 연재에 앞서 "대원군시대(大院君時代)의 젊은사람들의 모험적호긔심(冒險的好奇心)과 련애(戀愛)를 배경으로 당시의 사회상(社會相)과 정치적문란(政治的紊亂)을 그려내려는 것입니다"라고 한 김동인의 작가의 말도 그러하지만, "작자는 이력사적시대를 그림에잇서 사건과 인물을 사실(史實)에 구애됨업시 자유로 안출하리라 합니다"[81]라는 편집자 소개의 글을 통해서도 알 수 있듯이 그것은 궁극적으로 상업적 흥미를 염두에 두고서 저널리즘이 유도해낸 변화의 신조류였다. 그러나 작자 김동인 스스로가 같은 글에서 작중 가공의 인물과 사건이 큰 비중을 차지하고 있다는 이유를 들어 해당 작품을 역사소설이 아니라고 자평했던 사실을 상기할 때, 역사소설은 사(史)의 정신, 즉 기(記)

80) 김기진, 『深夜의 太陽』, 《동아일보》, 1934. 9. 19.
81) 「新連載小說豫告 長篇 『젊은 그들』」, 《동아일보》, 1930. 4. 15.

의 의식에서 발로되어야 한다는 생각이 공존했음을 보게 된다. 1930년대 중반 이후 신문연재소설에서 역사소설이 주도권을 장악한, 소위 '역사소설 전성기'는 담화적 차원으로 표출되는 작(作)의 입지가 고점에 이른 순간을 지칭한 것이었다. 그러나 기(記)에서 작(作)으로 서술 양상이 기울었다고 해서 그것이 곧 역사소설의 내적 성장을 뜻하는 것은 아니었다. 오히려 그 같은 변전은 역사소설의 상업적 성격이 강화되어 가는 양상과 일치하는 흐름으로 나타났다.

역사소설은 신문연재소설로 탄생했다. 신문 독자의 증대를 겨냥하여 역사소설이 상품으로 출시된 것이다. 그 시점은 역사전기소설이 신문 지면에서 사라지고 반 세대가 지난 뒤, 신소설이 신문연재소설로 정착된 이후였다. 그렇기 때문에 역사적 취재라는 공통항을 제외한다면, 역사소설과의 근친성이 역사전기물보다는 신소설에서 쉽게 발견되는 것은 어쩌면 당연하다. 무엇보다도 역사소설의 독자 대중이 역사전기소설의 독자층이 아닌 신소설의 독자층에 가까웠다는 사실이 이를 간접적으로 입증해준다. 1920년대 초까지만 하더라도 신문소설란의 지배적인 텍스트는 오늘날 신소설로 일컬어지는 작품들이었다. 그리고 그 다수가 일명 '가정소설'이었다. 이들 작품들의 주요한 독자층은 전대 신소설의 독자층과 크게 다르지 않았다. 역사소설의 초기작들은 그와 같은 독자층을 자연스럽게 계승하는 한편 공유했다. 그렇다고 해서 이러한 사실이 곧 역사소설과 신소설 사이의 계통적 연계를 뜻하는 것으로 이해되어서는 곤란하다. 같은 지면과 독자층만을 근거로 역사소설과 신소설의 글쓰기 성격을 동일시할 수는 없기 때문이다.

역사전기소설과 역사소설 창작 사이에 존재하는 선명한 단절만큼은 아니라 하더라도 역사소설과 신소설 간의 차이 역시 부인할 수 없는 실상으로 존재한다. 그것은 진화론적인 이해로 해소될 수 있는 문제는 결코 아니다. '역사소설'이 새로 수입되어 신문연재소설로 안착된 역어였다는 사실이 이를 방증한다. 그러나 오늘날 역사소설로 분류되는 텍스트들이 신소설은 물론이거니와, 사화와 사담 등의 역사담물과 변별될 정도로 근대소설의 미학을 온전히 구현하였다고 단정 짓기 또한 어렵다. 최초의 역사소설을 어떠한 텍스트로 볼 것인가 하는 역사소설의 해묵은 쟁점이 또다시 논의 선상에 오를 수밖에 없는 이유가 여기에 있다.

3. 기원의 소거와 전도

(1) 기점 논의의 간략한 전사(前史)

어떤 텍스트를 최초의 역사소설로 볼 것인가라는 문제를 두고서 지금까지의 논의는 크게 두 가지 사안으로 좁혀져왔다. 허구적 또는 설화적 인물이나 사건을 다룬 역사물일지라도 그것이 단순히 과거에서 소재를 취한 이야기일 때, 이를 역사소설로 인정할 것인가라는 문제가 그 첫 번째 쟁점이었다. 이 경우 인물과 사건이 역사적인 의의를 지니는가 하는 측면이 세부적인 논의의 핵심을 이룬다. 그러나 이는 지극히 자의적이고 주관적인 판단이 개입될 수밖에 없는 부분이어서 결국 사적 전거성의 문제로 귀착되고 만다. 한편 단편 양식의 역사담물을 역사소설의 전범으로 인정할 것인가 하는 두 번째 쟁점이 최근의 주요한 논쟁거리로 부상하고 있다. 전자의 경우 이광수의 「嘉實」(《동아일보》, 1923)과 「목매이는 女子」(『백조』 3호, 1924), 그리고 「許生傳」(《동아일보》, 1923)이 문제적 텍스트로 거론된다.

「嘉實」을 역사소설로 인정하지 않는 대표적인 논자가 박계홍이다. 그는 이 작품에서 아무런 역사성도 발견할 수 없다고 주장한다. 주인공이

사적 인물이 아닐 뿐더러 거기서 전개되는 사건이 역사적이지도 않다는 것이다. 박계홍의 설명에 따르면, 춘원 작 「嘉實」과 그 일차 자료인 삼국사기 「薛氏」는 내용상 너무도 흡사하여 이렇다 할 창작적 변모를 찾아보기 어렵다. 「嘉實」이 소설 창작이라기보다는 번안에 가까운 글쓰기라는 주장이다. 박계홍은 이러한 문제의식의 연장선에서 월탄의 「목매이는 女子」를 최초의 역사소설로 규정한다. 역사적인 인물이 등장하고 역사적인 사건이 전개되어 있다는 점이 그가 내세우는 근거다. 그러나 박계홍은 이 작품을 완전한 전개기의 역사소설로 인정하지는 않는다. 다만 역사소설의 시험적인 출발기의 작품으로서 그 의의를 인정할 따름이다.[82)]

작품 속 인물들이나 사건들이 역사적이지 않다는 이유를 들어 「嘉實」을 역사소설로 간주하지 않는 점이나 박종화의 「목매이는 女子」를 근대 역사소설의 기점으로 제기하는 점에서 김우종은 박계홍과 견해를 같이 한다. 이광수나 김동인은 일반적인 사회 현실에서 소재를 얻어 허구적인 작품을 써나가다가 후기에 역사소설에 손을 대었지만, 월탄은 처음부터 역사소설을 쓴 작가라는 사실을 김우종은 그 배후 근거로 거론한다. 아울러 그는 「嘉實」이 창작 시기 면에서 「목매이는 女子」에 앞서지만, 전자의 경우 민족의 흥망성쇠에 영향을 끼친 대표적인 인물이나 사건을 다루지 않았으며, 또한 그것 자체가 사실이 아니었다는 설명을 덧붙이고 있다.[83)]

한편 한영환은 이광수의 「許生傳」을 기점으로 내세우며 앞선 논자들

82) 박계홍, 「韓國近代小說史」, 대전어문연구회, 1963, 3~14쪽.
83) 김우종, 『韓國現代小說史』, 선명문화사, 1977, 169~74쪽.

과 현격한 시각차를 드러낸다. 실제로 이 작품은 사실(史實)에서 얻어진 소재라기보다 연암 박지원의 『熱河日記』속에 있는 「玉匣夜話」 중 '허생'에 관한 이야기를 끌어와 꾸며낸 소설이다. 한영환의 설명에 따르면, 줄거리는 거의 같되 인물과 플롯의 전개 등에 약간 살을 덧붙여 새로이 꾸며낸 작품이 이광수의 「許生傳」임을 알 수 있다.[84] 이에 대해 홍정운은 이광수의 「許生傳」이 중편이라고 하지만, 그 성격상 단편의 형식이며 이미 조선조의 작품을 번안한 것에 불과하기 때문에 본격적인 역사소설로 보기에는 무리라는 입장을 표명한다.[85] 본격적인 역사소설이라면 장편 양식을 취해야 하며 실존 인물에 대한 기록을 바탕으로 삼아야 한다는 생각이 암암리에 표출되고 있는 것이다.

그렇다면 당대의 판단과 창작 주체로서 작가들의 생각은 어떠했을까? 『端宗哀史』가 한창 연재 중이던 때, 김동인은 「再生」, 「春香傳」, 「許生傳」, 그리고 『端宗哀史』에 이르기까지의 창작 여정을 통해 춘원이 자신이 나아갈 새 길로서 강담(講談)을 발견했다고 설명한 바 있다.[86] 최독견 역시 「許生傳」을 야담이라 지칭함으로써 이와 유사한 견해를 피력한다. 그러나 『麻衣太子』, 『端宗哀史』와 같은 역사물에까지 손을 댐으로써 이광수가 다양한 신문연재물을 시험하였다는 주장을 통해 최독견은 김동인과 구분되는 관점을 드러낸다.[87] 최독견에게 「許生傳」과 『端宗哀史』는

84) 한영환, 「韓國 近代 歷史小說의 研究」, 『研究論文集』 제2호, 성신인문과학연구소, 1969, 128~9쪽.

85) 홍정운, 「韓國 近代歷史小說 研究」, 동국대학교 박사학위논문, 1987, 25쪽.

86) 김동인, 「朝鮮近代小說考」, 《조선일보》, 1927. 7. 28~8. 16.

그 층위가 다른 글쓰기로 인지되었던 셈이다.

반면에 작자 이광수는 당대보다 오늘날의 평가에 가까운 시각을 가지고 있었다. 그의 주장은 「許生傳」과 「嘉實」을 역사소설로 지칭하는 데서 출발한다.[88] 두 작품을 당시에 수입된 양식으로서 야담 또는 강담이 아닌 엄연한 역사소설로 천명한 것이다. 가공의 인물과 허구의 이야기라는 사실을 모를 리 없는 작자가 「許生傳」을 그처럼 단호히 역사소설로 선언한 데는 어떤 특별한 이유가 있었던 것일까? 이광수가 「許生傳」 창작을 저본 텍스트, 곧 박지원의 『熱河日記』를 '가장 충실하게 기록'[89] 하는 일과 동의어로 여겼다는 사실이 의문을 풀 수 있는 실마리다. 그가 「許生傳」을 역사소설로 자부할 수 있었던 근거는 그 내용이 역사적 사실에 바탕하고 있기 때문이 아니라 일차 자료의 수용에 충실했다는 데 있었다. 「許生傳」이 역사소설의 기점 논의에서 문제시되어 온 작품의 하나로 부상한 데는 이처럼 기(記)의식을 중시한 작자의 창작 의도를 연구자들이 지나치게 추수했기 때문이다.

역사소설의 장·단편 양식성 문제에 대해 연구자들은 대체로 장편을 그 본령으로 추인하는 데 별다른 이의를 제기하지 않았다. 「목매이는 女子」를 최초의 역사소설로 인정하면서도 박계홍은 『麻衣太子』에 본격적인 장편 역사소설의 지위를 별도로 부여한다. 내용에 있어 「목매이는 女

87) 최독견, 「新聞小說雜草」, 『鐵筆』, 1930. 7, 29쪽.
88) 이광수, 「余의 作家的 態度」, 『東光』, 1931. 4, 83쪽.
89) 이광수, 「小說豫告「許生傳」」, 《동아일보》, 1923. 11. 28.

子」와는 비교가 안 될 만큼 웅대한 역사적 사건과 인물이 등장한다는 이유에서다. 『麻衣太子』를 선두로 그 뒤를 이어 본격적인 장편 역사소설이 계속 전개되었다는 사실을 그는 또 다른 근거로 제시한다.[90] 이러한 박계홍의 주장은 이후 장편 양식과 역사소설 간 관련성 논의의 출발점이 된다.

장편 양식이 역사소설의 기본 요건이 되어야 하는 필연성을 리얼리즘 창작 방법론의 관점에서 접근한 대표적인 사례로 최유찬의 논의를 들 수 있다. "역사소설이 과거의 단편적 사실에 대한 회고에 의의가 있는 것이 아니라 역사의 전체성, 과거의 삶과 현재적 삶의 연관성을 포괄하는 총체적인 역사를 형상화하는 것임에 비추어 볼 때 단편의 한계는 자명한 것이다"[91]라는 설명으로 이는 요약된다. "「嘉實」을 역사소설로 인정하면서도 단편 양식이라는 점 때문에 이를 초기적 형태로 평가"[92]한 강영주 역시 기본적인 관점에서는 최유찬과 다르지 않다. 본격적인 역사소설이란 장편의 양식을 취해야 한다는 생각에 공감하고 있는 것이다. 그 결과 역사소설 남상(濫觴)의 지위는 『麻衣太子』에게로 돌아간다. 이처럼 장편 양식을 본격적인 역사소설의 요건으로 꼽는 견해는 총체적인 재현 가능성을 그 최대 미덕으로 지적한다. 인간 사회의 역사적 발전단계의 총체성이란 장편소설의 형식을 통해 표현될 수 있으며, 이것은 특정한 현실의 묘사를 통해 환기되는 방식으로 성립되어야 한다는 것이 그와 같은 판단의 공통된 전제였다. 그리고 그 연장선에서 역사적 진실성과 예술성을 드러

90) 박계홍, 앞의 글, 19~7쪽.

91) 최유찬, 「1930年代 歷史小說論 硏究」, 연세대학교 석사학위논문, 1983, 10쪽.

92) 강영주, 「韓國 近代 歷史小說 硏究」, 서울대학교 박사학위논문, 1986, 40쪽.

내기 위해 장편 양식을 취할 수밖에 없다는 주장이 피력되었던 것이다.[93)]

그러나 최초의 역사소설 논의가 그 기점을 어떤 텍스트로 확정할 것인가 하는 문제에 국한된다면, 이는 지극히 소모적인 논쟁이 될 수밖에 없다. 허구와 사실, 장·단편 양식의 모호한 경계 사이에서 양 변수를 조합해낸 기준이란 결과적으로 연구자의 자의적인 선택과 판단을 그 한계로 안고 말 것이기 때문이다. 역사소설은 독자적인 미학 정립에 성공한 글쓰기는 아니었다. 그렇다고 해서 그 실체를 부정할 수는 더더욱 없다. 엄연히 역사소설을 자임하는 텍스트들은 지속적으로 생산되었고 또한 그 번성을 구가해왔다. 문제는 사화(史話) 또는 야담류의 태를 온전히 벗지 못한 작품들이 상당수여서 역사소설의 진위 여부를 가늠하는 일이 적잖이 곤혹스럽다는 점이다. 더구나 단편 양식의 역사물이 그 분류 대상에 포함될 경우 연구자들 사이에 합의된 범주 구분의 기준은 사실상 무의미해지고 만다. 장편 양식에 한정한다 할지라도 사정이 간단해지는 것은 물론 아니다. 기존의 연구자들이 대체로 합의하고 있는 이른바 총체성 요건을 충족시키는 것은 고사하고 소설적 의장마저 갖추지 못한 텍스트가 이들 중 태반이기 때문이다.

역사소설의 기점 논의가 역사소설을 어떻게 정의할 것인가 하는 문제와 연계된다면, 이에 앞서 해결되어야 할 과제는 역사소설의 출현과 배경, 그리고 그 정착 과정에 얽힌 중층의 문맥을 면밀히 읽어내는 일이 될 수밖에 없다. 즉, '역사소설'이라는 명칭의 등장과 용어의 수입 경로, 번역과

93) 홍정운, 앞의 글, 25쪽.

창작 사이의 편차, 그리고 신문연재소설로 자리 잡기까지의 과정이 세세히 고찰될 때, 비로소 그 실질적인 준거를 도출해낼 수 있다는 이야기다.

명칭뿐만 아니라 개념, 그리고 그 글쓰기의 성격과 더불어 지면의 고안에 이르기까지의 일련의 과정은 역어로서 역사소설의 이입사를 고스란히 보여준다. 그러나 역사소설에 관한 논의들은 의식적 또는 무의식적으로 이 사실을 간과하거나 외면해왔다. 민족주의 담론과 소설적 담화 사이에 걸쳐 있는 글쓰기로 역사소설이 선전되기 시작한 이래 역사소설의 기원은 논구되지 않았으며, 그 필요성 자체가 제기되지 않았던 주제였다. 역사소설의 번역과 정착 과정을 적극 고려하는 가운데 그간 폐색되어 온 논의를 역사화할 때, 그 진상에 다가갈 수 있는 가능성은 열릴 수 있다. 이 글은 그 첫 시도로 이광수의 『麻衣太子』에 앞서 최남선의 번역 「A B C 契」와 나카니시 이노쓰께의 『熱風』에 주목하고자 한다.

(2) 매체가 창출한 역사소설의 남상

명칭만을 두고 보자면 최초의 역사소설은 최남선이 『레 미제라블』을 적역(適譯)한 「A B C 契」라 할 수 있다. 그러나 임의적으로 부여되었을 수 있는 명칭이 그 자격을 논하는 데 있어 충분조건이 될 수는 없다. 그와 같은 명칭이 부여된 문맥과 텍스트가 담지하고 있는 서사성에 대한 검증이 우선적으로 필요하다. 역자 최남선이 쓴 서문은 이 텍스트에 '역사소설'이라는 타이틀이 붙은 배경을 말해준다. 이를 단서 삼아 역자의 번역 의도를 짐작해 볼 수 있을 뿐만 아니라 역어로서 타이틀의 굴절된 측면을 헤아려 볼 수 있다.

나는 그 冊을 文藝的作品으로 보난것보다 무슨한가지 教訓書로 닑기를 只今도 前과 갓히하노라. 여긔 譯載하난 것은 某日人이 그中에서 「A B C 契」에 關한 章만 重譯한것이니, 이는 決코 이 一臠으로써 그 全味를 알닐만한 것으로 알음도 아니오, 또 泰西의 文藝란 것이 읏더한것이다를 알닐만한 것으로 알음도 아니라, 다만 일이 革新時代 青年의 心理와 밋 그 發表되난 事象을 그려서 그때 歷史를 짐작하기에 便하고 또 兼하야 우리들노 보고 알만한일이 만히 잇슴을 取함이라[94]

이 글이 선언하고 있는 것처럼 육당의 번역적 관심은 문학에 있지 않았다. '歷史小說' 이라는 타이틀을 내건 육당의 번역 작업은 엄밀히 말해 소설의 번역이 아닌 역사 지식의 수입에 그 지향이 있었다. 최남선은 문예적 작품을 역사적 지식이 주는 교훈을 얻는 데 편한 도구로 판단했다. 특히 새 시대, 새 국가를 건설할 역군인 소년을 활동적·진취적·발명적 대국민으로 양성하기 위한 원동력을 문학에서 찾았다.[95] 그리고 독자들로 하여금 문예적 작품의 가치보다 교훈적 가치를 추구하도록 당당히 요구했다. 이러한 맥락에서 육당이 「A B C 契」를 번역 텍스트로 선정한 의도는 명징해 보인다. 일역 대본 「A B C 組合」이 공리적 문학관을 널리 선전하는 데 더할 나위 없이 유용한 역사 텍스트로 그의 시선을 사로잡았을 것이기 때문이다. 이는 최남선이 『少年』과 『青春』등을 통해 서구 문학의

94) 최남선, 『少年』 제3년 제7권, 1910. 7. 15, 33쪽.
95) 김병철, 『한국근대번역문학사연구』, 을유문화사, 1975, 282쪽.

번역에 매진했던 속사정이기도 하다.

최남선은 세계성과 민족성의 결합이라는 근대문학의 본질적 속성을 일찍이 간파했던 인물이다. 그런 그에게 번역 사업은 서구 문예에 나타난 보편적 문제의식에 자국의 현실을 투영시키려는 기획이자 실천이었다.[96] 그러나 이러한 목적의식 아래 중역과 적역의 형태로 수행된 「A B C 契」는 적지 않은 번역상의 뒤틀림을 보여준다. 「A B C 契」는 『레 미제라블』 전체 5부작 가운데 "부르봉 왕조를 타파한 1830년의 혁명이 부르주아에 의해 중도에서 좌절되고 왕족 오를레앙가의 루이 필립을 왕조에 올린 데 불과했던"[97] 시대 직후의 이야기다. 1832년 6월 공화주의 혁명가들의 모임인 'ABC의 벗' 회원들이 주축이 되어 샹브르리 거리의 바리케이드에서 농성하며 국민군에 저항하다가 전멸한다는 것이 그 대강의 줄거리다. 정확히 말해 이 글은 『레 미제라블』의 3부 제4장 1절 「역사적이 될 뻔했던 한 집단」, 4부 제1장 「역사 몇 페이지」와 14장 「고상한 절망」, 그리고 5부 제1장 「시가전」 등에서 'A B C 벗들' 이라는 조직의 활동상만을 추려 놓은 텍스트이다. 일종의 발췌 번역, 곧 적역이었던 셈이다.

「A B C 契」의 또 다른 특이 사항은 역자가 임의적으로 서사를 취사선택하여 배치하였다는 점이다. 원작의 4부가 마리우스와 코제트의 사랑을 주요한 사건으로 그린 데 반해, 이 텍스트는 그와 같은 허구적 서사 부분을 과감히 도려내고 철저히 당대 정치적 사건의 이면사를 증언하는 데 집

---

96) 한기형, 「근대잡지와 근대문학 형성의 제도적 연관」, 『대동문화연구』 48호, 성균관대학교 동아시아학술원 대동문화연구원, 2004. 12, 31~68쪽.

97) 민희식, 『프랑스 문학사』, 이화여자대학교 출판부, 1976, 364쪽.

중한다. 'A B C 契'라는 비밀 결사체의 성격과 그 주요 인물들에 대한 묘사, 그리고 바리케이드에서의 활약상만을 선별적으로 요약해 놓은 것이다. 이는 소설 텍스트를 정치적 또는 역사적 관점에서 재해석하려는 번역 동기가 과도하게 목적의식적으로 표면화된 결과라 할 수 있다. "'ABC의 벗'은 거개가 … 어느 정도 역사적 인물"이라는 원작의 진술이 이를 더욱 고무시킨 직접적인 요인이었을 수 있다. 이러한 추측이 옳다면, 『레 미제라블』의 최초 발췌 적역자는 번역 과정에서 소설적 글쓰기보다는 역사 기술을 염두에 두었을 가능성이 크다. 「A B C 契」를 삼중역한 최남선이 "文藝的作品으로 보난것보다 무슨한가지 教訓書로 닑기"[98]를 요청했던 사정 역시 같은 맥락에서였을 것이다.

『레 미제라블』 전편을 두고 볼 때, 육당의 번역 텍스트에 그려진 'ABC 계'의 활동상은 허구적 서사와 사실(史實)이 접점을 형성하며 양립하는 지점이다. 역사소설로서의 성격이 두드러진 대목인 것이다. 그러나 이를 적역한 「A B C 契」는 역사 지식적 측면을 지나치게 강조하여 서술한 나머지 원작의 소설적 자질을 상당 부분 침식한 감이 있다. 문체와 주제의식 면에서 육당의 「A B C 契」가 동시대의 역사전기소설과 유사해 보이는 것은 이러한 특징과 무관치 않다. 역사전기소설이 일시에 자취를 감추게 되는 시기에 임박하여 이 텍스트가 발표되었던 사실 역시 그 서술 태도상의 친화성을 시사한다. 그러나 다른 한편으로 문체상에서 일정 부분 차이가 발견된다.

---

98) 최남선, 앞의 책, 같은 쪽.

A B C 契는 대개 『싸쓰틔유軍』과 『코오소드』와에 氣脈을 通하얏더라. 그들의 集會處는 前次에도 記錄한바와 갓히 하루쓰村에 갓가운 「코린쓰」란 술ㅅ집과 및 썬트,미첼街에 잇난「뮤세엔」이란 茶館의 두곳이러라. 그들의 集會는 가장 秘密을 직혓스니 뒤에 한아가 잡혀서 審問을 밧난데,

『너희들은 어대서 흔히 모엿나니』

『쎈트,미첼街에서 흔히 모엿소』

『웃더한 집에서』

『街路上에서』

『몟가지 契가 거긔서 모엿나니, 여러 契의 名稱이 무엇이냐』

『악키쓰地方으로서 온 『코오소드』 한아쑨이오』

『領首는』

『나』

『政府破壞의 膽大한 일을 하기에 너는 넘어 나이 어리다, 命令은 어대서 왓서』

『中央本部로서』

『中央本部는』

『어대 잇난지 몰나요』하더라.[99]

인용문에서 확인할 수 있듯이 「A B C 契」는 띄어쓰기, 행갈이, 인용

99) 빅토르 위고, 최남선 역, 「A B C 契」, 『少年』 3년 7권, 1910, 31~2쪽.

부호를 포함한 구두법의 사용 등 역사전기소설에서 찾아보기 어려운 시각적 효과들을 담고 있다. 아울러 현대어와 별반 차이가 없는 문장 구조 및 대화체의 수용, 일상어의 대폭적인 유입을 감당하기 위한 국문체 사용 등에서 역사전기소설과는 차별되는 미적 효과를 보여준다.[100] 번역 행위 과정에서 얻은 이와 같은 의의의 소득을 『少年』에 발표되었던 대부분의 번역 문학 텍스트들은 공유하고 있었다.

그러나 다른 한편 「A B C 契」를 본격적인 근대소설의 글쓰기로 단정짓기 어려운 결격 사유 역시 적지 않다. 우선 일상어의 유입과 대화체의 사용이 극히 부분적인 현상에 지나지 않는다는 점을 지적할 수 있다. '-더라'체가 여전히 발견된다는 사실이 이를 여실히 반증해주는 결정적 증거다. '-더라'체의 소멸과 함께 객관적인 서술을 가능하게 만드는 서술자의 위치가 마련될 수 있다고 한다면,[101] 「A B C 契」는 서술 주체의 적극적인 해석과 개입의 여지가 여전히 잔존해 있는 글쓰기다. 문면에서 사라짐으로써 등장인물과 객관적 거리를 유지하게 되는 존재가 근대소설의 화자인데 반해, 「A B C 契」의 서술자는 초월적 지위에서 서사를 통어하는 절대적 화자로 군림하고 있다. 역사전기소설이 후자와 같은 서술자를 통해 글쓰기의 개별성을 확보했던 사실을 상기해 볼 필요가 있는 대목이다.

---

100) 정선태, 「번역과 근대소설 문체의 발견」, 『대동문화연구』 48호, 성균관대학교 동아시아학술원 대동문화연구원, 2004. 12, 91~2쪽.

101) 고진이 '쓰다'가 화자를 중성화하는 역할을 함으로써 3인칭이 가능하게 되었다고 말한 사태가 이와 관련된다. 가라타니 고진 외, 송태욱 옮김, 『근대일본의 비평』, 소명출판, 2002, 100쪽.

역사전기소설과 「A B C 契」 사이의 근친성을 상정할 때, 게재 잡지의 성격 역시 간과할 수 없다. 『少年』에 실린 대개의 텍스트는 편집자의 목적의식을 강하게 투영한 번역물이었다. 근대 계몽기 역사전기소설에 내재되어 있던 지향과 이는 크게 다르지 않다. 차이라 한다면, 근대적인 의미의 소설(fiction)에 『少年』의 번역 서사물들이 좀 더 기울어 있다는 정도의 문제일 것이다. 때문에 '歷史小說'이라는 타이틀에도 불구하고, 육당의 「A B C 契」를 그 시발로 보기는 어렵다. 「A B C 契」 번역이 차지하는 실질적인 의의는 '역사소설'이라는(용어가 아닌) 명칭이 최초 수입된 사례였다는 데 있다. 발췌 삼중 적역의 「A B C 契」가 역사소설 효시 논쟁에 유용한 참조 텍스트로 논의되어야 하는 이유는 이러한 사실들에서 발견된다.

신문연재 장편소설로서 역사소설 번역의 잉여를 고스란히 지닌 근대

朝鮮日報

熱風

* 1926년 2월 3일자 《조선일보》에 게재된 『熱風』의 첫 회

소설 텍스트가 『熱風』이다. 『熱風』은 1926년 2월 3일부터 같은 해 12월 21일까지 총 311회에 걸쳐 《조선일보》에 연재된 작품으로 그 역자는 이익상이었다.[102] 기존의 텍스트를 번역 게재한 것이 아니라 투고된 작품을 번역 연재한 텍스트라는 점에서 『熱風』은 기존의 번역물과 그 공급 경로가 다르다. 다음의 '소설 예고'는 이와 같은 사정을 비롯하여 역사소설 판정의 문제, 그리고 연재 목적 등에 관해 상세한 정보를 제공해준다.

①『열풍』은 인도 민족운동의 일부분 장면을 그리어 낸 것입니다. **그럼으로 이것을 력사소설이라도 하여도 조켓습니다.** 그러나 력사소설도 아닙니다. 이 작품 가운데에는 작자의 각색도 잇고 공상도 잇습니다. 「힌두, 스와라지」란말은 학대바든인도민족이가진다만한아의리상정신입니다 그들은이리상정신아래에 비장한싸홈을하는 계속하는중임니다「열풍」이란 이작품은 이리상정신아래에 활동하는새로운청년남녀와영길리의디배정신에서 나온교육을바더양성된자각이업는 청년남녀의비절애절한련애역비극을묘사하랴한것입니다 멸망할것과살어야할것의필연한 운명을그리어내랴함니다 나는이일편을 조선의청년남녀제군에게 드리게된영광을감사하게생각하는바입니다[103]

102) 이 작품은 이태 뒤인 1928년 동경 平凡社에서 일본어 단행본으로 출간되었다. 《조선일보》 189회 분에는 다음과 같은 역자의 주가 달려 있다.

본지에 련재되는소설 중서이지조(中西伊之助)씨작「열풍」(熱風)에대하야그원작을발행하는서명을 뭇는분이 퍽으나 만습니다 그러나이소설은 련재하기전에 예고 한바이어니와 이미 출판된것을번역하야 련재하는것이아니라 작자가 특별히 본지를위하야싸로 집필한것임니다(中西伊之助, 『熱風』, 《조선일보》, 1926. 8. 19.)

103) 中西伊之助, 「『熱風』 小說豫告」, 《조선일보》, 1926. 1. 23.

②조흔문예는가장민족뎍인동시에 세계뎍이며세계뎍인동시에쏘한 민족뎍임니다 재래로신문소설이다하면 곳흥미만을중심으로한저급소설을 의미하게되엿슴니다그러나시세는 점점진보되야 일반민중의예술감상안이 향상함을따라 흥미만으로는만족하지안코 흥미이상의무엇을 읽는가운데에서 요구하게되엇슴니다 싸라서신문소설도전날보다 그「레벨」이훨신올낫슴니다 금번에본지에련재할 열풍(熱風)은이러한요구를만족케할수잇는작품임니다작자중서이지조(中西伊之助) 씨가작년녀름에조선에왓슬째에여러가지를 늣긴바가잇서특별히조선을사랑하는표적으로장편창작한편을본지에발표하게된것임니다 중서(中西)군의예술은조선의시달린생활을즉면하는데에서자라낫다고할수잇슴니다 그는그만큼조선민중과친함을가지고잇는싸닭에금번에도이작품을특별히 조선민중에게한 선물로바친것이라함니다 우리는이작품이우리들의 흥미를도들쑨만아니라 흥미이상구하는인간의 참감격을이작품에서 어들줄밋슴니다[104]

이노쓰께는 '작자의 말'을 통해 『熱風』의 제재를 근대 인도의 민족운동에서 구하였다고 밝힌다. 영국의 인도 식민 통치와 이에 맞서는 마하트마 간디의 비협력주의 운동이라는 소설적 배경이 동시대적인 역사임을 시사하고 있는 것이다. 이는 당대와의 시간적 거리를 역사소설 성립의 요건으로 보는 서구 문학의 관점[105]에서 보자면, 일종의 결격 사유에 해당한다. 그러나 이를 제외하면, 역사소설로 보는 데 크게 흠잡을 만한 요소는

---

104) 「『熱風』 小說豫告」, 《조선일보》, 1926. 1. 23.

발견되지 않는다. 특히 '힌두, 스와라지'라는 핵심 모티프가 작자의 뚜렷한 역사관을 통해 조명되고 있는 점은 루카치의 역사소설론에 고스란히 부합한다. 현대사를 소설적 무대로 설정함으로써, 실천적이며 현실 개입적인 역사의식을 작자가 적극적으로 피력하고 있는 것이다.

아이러니하게도 작자 스스로 이 작품을 역사소설이 아니라고 부정한 것은 실재하는 역사에 각색과 공상을 가미했다는 이유에서였다. 역사적 전거에 대한 충실성을 역사소설의 진면목으로 판단하는 시각이 이노쓰께의 역사소설관이었으며, 사실적 가치와 허구적 가치 사이의 위계가 그 안에 설정되어 있다는 것을 이에서 알 수 있다. 이노쓰께의 이러한 주장은 이 시기 '시대물'(時代物)을 바라보는 일본 문학의 대체적인 관점을 대변한 것이었다. 조선의 경우 역시 『熱風』이 연재될 무렵 사실과 허구를 분리하는 의식은 비단 역사소설의 경우가 아니라 하더라도 엄격히 존중되어야 하는 글쓰기 태도였다. 사실(史實)과 허구(虛構)가 맞서는 상황에서 후자를 용인하거나 나아가 이를 역사소설의 필요조건으로 간주하는 견해는 1930년대 중반에 이르러 자연스럽게 표출되기 시작한다. 이러한 사실들을 따져 보건대, 작자의 고백을 근거로 역사소설로서 『熱風』의 실체를 애써 부정할 이유는 없어 보인다.

『熱風』을 역사소설로 볼 수 있는 실질적인 근거는 이 텍스트의 근대소설적인 면면에 있다. 편년체 역사 서술의 틀을 크게 벗어나지 못한 전대

---

105) 일반적으로 역사소설의 무대인 과거를 40년 내지 60년(두 세대) 이전의 시기로 잡는 플레이쉬먼의 기준(Fleishman. A, The English Historical Novel, Johns Hopkins Press. 1972. p. 3.)이 그 대표적인 경우다.

의 역사전기소설 이후 근대소설로서 역사물의 첫 장을 장식한 텍스트가 『熱風』이다. 담화 층위 면에서 사화 혹은 야담류와 이렇다 할 차이를 일궈내지 못한 초기 역사소설 텍스트들과 비교할 때 『熱風』이 거둔 소설 미학적 성과는 결코 뒤지지 않는다. 오히려 이노쓰께가 역사소설의 부정적 요소로 취급했던 '작자의 각색과 공상'은 이 텍스트가 사실(史實)에 대한 부담감을 떨치고 근대소설의 의장을 갖추는 데 일조한 바 크다.

신문의 편집진은 흥미만을 추구했던 재래의 신문소설과 차별화를 선언한 작품으로 『熱風』을 광고했다. 일반 민중의 안목이 높아짐에 따라 흥미 이상의 무엇이 신문소설에 요구되기에 이르렀다는 판단에서 『熱風』 연재를 결정했음을 강조한 것이다. 인도의 젊은 남녀 지식인들을 중심으로 이들이 식민 지배에 숨겨진 영국의 제국주의적 폭력성을 각성해 가는 과정과 투쟁을 그림으로써 피식민 조선 민중의 각성을 이끌어 내려 한 목적의식에 이는 정확히 조응한다. '좋은 문예는 가장 민족적인 동시에 세계적이며 세계적인 동시에 또한 민족적'이라는 광고 역시 그와 같은 맥락에서 내 걸린 모토였다. 신문소설에 쏟아지는 저급소설이라는 멍에를 벗으려는 야심 찬 기획에 더불어 조선의 현실에 대한 우회적인 발언을 의도했던 작품이 『熱風』이었던 셈이다.

그러나 문예의 고급화 선언에도 불구하고, 이 작품이 신문연재소설의 구태를 온전히 탈각했다고 보기엔 다소 무리가 있다. "청년남녀의 비절애절한 연애적 비극을 묘사하려 한" 작자의 창작 동기는 물론이거니와, "흥미를 돋울 뿐만 아니라 흥미 이상 구하는 인간의 참 감격을 이 작품에서 얻을" 것을 확신에 마지않는 신문 편집진의 기대에서도 정치적 담론을 오락성으로 감싸 안으려는 상업적 의도가 엿보이기 때문이다. 조선의 청년으로 독자층을 명시하고 있는 점 또한 그 서사가 예의 신문소설의 테마가 될 것임을 예고한다.

『熱風』은 '사치야'와 '실타' 두 젊은 지식인 남성과 영국 유학생 출신의 부유층 자녀 '안늬' 간의 사랑을 서사적 골격으로 하여 민족적, 계급적으로 눈 떠가는 '안늬'의 동선을 따라 전개된다. 확고한 계급의식으로 무장한 민족주의자 '사치야'와 민족모순과 계급모순 사이에서 갈등하는 '안늬'는 프로문학 서사의 상투적(전형적?) 인물을 대표한다. 같은 맥락에서 이들 주인공의 만남이 동지적 결합으로 설정되리라는 것을 쉽게 예견할 수 있다. 프롤레타리아 서사 문법에 충실한 계급문학론자로서 이노쓰께의 일면이 인물 형상화에 유감없이 발휘되고 있는 것이다. 그러나 두 사람의 상이한 계급적 기반이 동지적 관계에 질곡이 되는 시점에서 『熱風』은 연애서사로 급격히 전환된다. 이루어질 수 없는 두 사람의 운명적 사랑이 서사의 핵심 모티프로 전경화된 결과다. 비폭력운동을 실천해가던 와중에 사치야가 영국군에게 총살당하게 되는 사건이 전체 서사에서 가장 극적인 대목으로 읽히는 이유는 이 때문이다. 사치야의 죽음을 계기로 안늬가 실타와 맺는 인연은 그 후속편으로서 전반부의 서사와 동일한 전개 양상을 띤다. 실타는 안늬와의 사랑이 채 꽃피기 전 자신이 속한 비밀 혁명조직 'I. R. M'의 실행 없는 투쟁 방식을 비판하며 영국인 총독을 향해 폭탄 테러를 감행한 후 그 성공을 확인한 순간 자결하고 만다. 그와 같은 비극적인 사랑과 죽음의 연쇄가 소설 예고에서 광고되었던 참 감화력, 즉 대중성의 실체다. 『熱風』 역시 여타의 신문소설과 별반 다르지 않은 결말을 선택한 셈이다.

역사를 광의의 민족주의 담론의 자장 안으로 전용(轉用)해내는 글쓰기 행태는 신문이라는 매체에 의지하여 발화 성장한 한국 근대 역사소설의 주요한 전통 가운데 하나였다. 번역물로서 『熱風』은 이 전통을 공유하고 있는 텍스트다. 즉, 피식민 조선인들의 계급적 자각을 촉구하려는 창작 동기에서부터 신문소설로서 대중성과 작품성을 아울러 고려한 연재 배경에 이르기까지 『熱風』은 한국 근대 신문연재 역사소설의 시원으로 간주될 수 있는 자질을 두루 갖추고 있다. 그런데도 『熱風』은 그간 한국 근대 문학사에서 정당하게 논의되지 못했다. "世界文學史上에 잇서서 모든날의 黎明을告하는때의 民族文學은 반다시 그나라의 民族의歷史라든가 英雄들을 그들의文學의主題로하며 詩가운대에 形象化하"[106]여야 한다는 시각이 그 만큼 강고했기 때문이다. 그처럼 편협한 잣대가 제안된 내막과 그에 담겨 있는 의도의 진정성은 분명 의심되고 비판될 필요가 있다. 이를 위해서는 무엇보다도 번역된 글쓰기로서 역사소설의 기원을 밝히는 일과 함께 그러한 글쓰기 행위가 요구되고 번성할 수밖에 없었던 필연적 정황에 대한 해명이 우선적으로 요구된다. 다시 말해 여타의 역사담물과 교섭하고 경합하면서 역사소설이 신문연재소설의 대표주자로 떠오른 내력을 밝히는 일이 한국 근대 역사소설 연구에서 회피되어서는 안 될 시급한 과제로 다루어져야 하는 것이다.

106) 한식, 「歷史文學 再認識의 必要-現役作家에게 보내는 覺書」, 《동아일보》, 1937. 10. 7.

III.

신문저널리즘과 역사물의 번성

1. 연재소설로서 역사소설의 정착 배경

'소설'로 예고된 나카니시 이노쓰께(中西伊之助)의 『熱風』(1926)을 기점으로 볼 때, '역사소설'이란 용어는 '신소설'이란 광고 타이틀이 점차 사라질 무렵 신문지상에 모습을 드러내기 시작했다. 이광수의 『麻衣太子』(1926)는 '연재소설'로 예고된 두 번째 사례였으며, 그의 두 번째 장편 역사소설 『端宗哀史』(1928)는 '소설'로 예고됐다. 그런데 이 당시 역사소설을 가장 많이 연재한 《동아일보》의 경우 예고 타이틀의 사용에 한동안 혼란을 보인다. 윤백남의 『大盜傳』(1930)이 '대중소설'이란 타이틀과 함께 '신소설'로 예고되는가 하면, 김동인의 『젊은 그들』(1930)은 '장편' 타이틀에 '신연재소설'로, 그리고 이광수의 『李舜臣』(1931)은 '장편소설' 타이틀에 간단히 '연재'로만 예고된다. 이례적으로 윤백남의 『烽火』(1933) 예고에는 '신소설'이란 타이틀만이 쓰였다.

한편 홍명희의 『林巨正傳』(1928)을 '朝鮮서처음인 新講談'이란 타이틀로 장기 연재했던 《조선일보》는 김동인의 『雲峴宮의 봄』(1933)에는 '野史'와 '史話'라는 표제를 내걸었다. 근대소설의 문법에 비교적 충실한 작품이라 할 수 있는 이 작품이 '野史'와 '史話'라는 표제를 달고 나온 것은 신문 편집자의 판단이라기보다는 작자 김동인이 요청한 결과로 보인다. 1934년 12월 『三千里』를 통해 발표된 「春園研究」 직전에 이 작품의 연재가 시작되었다는 사실에서 그 근거를 찾을 수 있다. 「春園研究」에서 '사화(史話)'라는 비평적 기준을 춘원의 역사소설에 가했던 김동인으로서는 자신의 역사물 역시 엄정한 시선으로 그 성격을 규정하지 않을 수 없었을 것이기 때문이다.

흥미로운 사실은 『雲峴宮의 봄』 연재가 '野史'로 시작되어 1933년 5월 15일자 4회부터 '史話'로 그 표제가 바뀐다는 것이다. 그러다 연재 후반기에 접어든 1933년 10월 25일자 114회분부터는 이도 사라진다. 그 이유가 밝혀진 바 없으나, 편집자의 의식적인 개입의 결과인 것만은 분명하다. 역사소설에 비해 야사(野史) 또는 사화(史話)가 저급하다는 독자 일반의 인식을 염두에 둔 때문이었는지, 아니면 소설로서의 성격이 완연해졌다고 판단하여 취한 조치였는지는 확인할 길이 없다. 이 작품이 신문 연재소설란에 게재되었다는 사실을 단서로 유력한 사유를 추정해 보건대, '野史' 내지는 '史話'라는 표제의 사용이 지면 성격에 비추어 적절치 않다는 생각에서 판형 변화와 함께 삭제했을 가능성이 높다. 굳이 그 같은 표제를 붙여 역사소설에 대한 독자의 기대치를 반감시킬 이유가 없었을 것이기 때문이다.

이후 역사소설 연재 시 신문사들은 '장편소설' 타이틀을 일관되게 선호했다. 특히 『林巨正傳』의 경우 1937년 11월 25일자 4차분 연재 광고는 '傳' 혹은 '講談'의 구각을 벗고서 이 작품이 '장편소설'이라는 표제와 함께 『林巨正』으로 재규정되었음을 알리고 있다. 그 이전의 3차 연재

(1934. 9. 15~1935. 12. 24.)는 '火賊林巨正' 이란 표제를 달고 이루어졌다. 이때 이미 '傳'으로부터의 탈피를 선언한 셈이다. 그런가 하면 '역사소설'을 표제로 가장 먼저 채택한 《매일신보》는 처음부터 역사소설을 '연재소설'로 예고했다. '李朝奇傑'이란 명칭을 표제와 타이틀로 동시에 사용한 금화산인(金華山人)의 『李大將傳』(1927)을 제외한다면, 1930년대까지만 하더라도 신문사들은 연재 광고에 '역사소설'이라는 타이틀을 빠뜨리지 않고 삽입했다. '역사소설'을 개별 양식인 양 분류하려는 편집자의 의도가 추측되는 대목이다. 뒤늦게 역사소설 연재에 나선 《조선중앙일보》의 경우도 이와 유사한 편집 경향을 보여준다.

이렇듯 '장편소설'을 타이틀 삼아 '연재소설'로 예고하는 형태가 1930년대 신문사의 대체적인 '역사소설' 광고 체제였다. 1930년대 초까지만 하더라도 연재광고에는 '野史', '新講談', '李朝奇傑', '三五夜話' 등 역사소설에 인접한 명칭들이 다수 혼용되었다. 1930년대 들어와 '역사소설'로 이를 포괄하는 예가 빈번해지면서 그 인지도가 높아진 결과 '역사소설'이라는 용어가 전면에 나타나게 된다. 이러한 사실은 1920년대 이후 다양한 소설류가 신문지상에 출현하면서부터 본격화된 신문소설의 주도권 경쟁에서 '역사소설'이 차지했던 위상을 간접적으로 말해준다. 그러나 엄밀히 말해 '역사소설'은 창작 주체의 의식적인 글쓰기 결과에 부여된 용어가 아니라 수입되어 사후적으로 덧씌워진 명칭이었다. 그와 같은 기표와 기의 사이의 전도된 자의성은 역사소설이 장편의 신문연재소설로 정착하게 됨으로써 은폐될 수 있었다.

'역사소설' 연재 시에 부기되었던 문구가 '장편소설'과 '연재소설'로 낙착되었던 배경은 일차적으로 매체적 특성과 관련이 깊다. 장형의 서사물이 신문소설로서 적합할 수밖에 없다고 했을 때, 역사적 소재에 상상력이 결합됨으로써 그 외연이 무한히 확장될 수 있는 역사소설이야말로 그 조건에 부합할 가능성이 가장 높기 때문이다. 다시 말해 소재의 무한성과 모티프의 전거성 면에서 장편소설로 가공되기에 최적의 환경을 구비하고 있는 글쓰기가 역사소설이었던 것이다. 아울러 연재 형식면에서도 역사소설의 이점은 단연 돋보였을 터다. "일회 분의 일정량에도 흥미가 있어야 하고 클라이막스가 있어야 하고 또 그것이 어제 것의 계속이고 명일 분의 복선이어야"[107] 한다는 신문소설의 요건을 충족시키는 데 역사소설의 출처라 할 사료(史料)만큼 무한하고 사건의 임의적 분절이 효과적으로 행해질 수 있는 소재는 흔치 않다. 작가 입장에서 보자면 이는 압축적 서술이 용이하고 독자들의 배경 지식에 기대어 주변적 사실을 생략한 채로 완결적인 일회를 손쉽게 구성할 수 있는 재료이다. 연재 형식으로 정형화된 신문소설계에서 역사소설이 연재소설로 주목받은 데는 이와 같은 특성이 크게 작용했던 것으로 보인다.

연재소설란이 고정되고 그 독자적 성격이 구축되는 데 무엇보다도 예고 담론의 기여를 빼놓을 수 없다. 소설 예고란은 차회 연재소설에 관한 정보적 기능과 광고의 기능을 동시에 지니고 있었다. 소설 예고란에 실리는 편집자의 '소개의 말'과 '작자의 말'은 대중매체로서 신문저널리즘의 성격 변화와 연재소설의 미학을 조감할 수 있는 유용한 통로다. 1910년

---

107) 通俗生, 「新聞小說講座」, 《조선일보》, 1933. 9. 6~13.

대《매일신보》의 소설 예고는 이미 근대계몽기 신문소설과는 달리 연재소설 형식에 대한 자각을 뚜렷이 나타낸다. "近々連載홀極히 滋味잇ᄂᆞᆫ新小說"[108]이란 타이틀로 예고된 『貞婦怨』의 경우 연재가 시작되던 날 소개의 글이 독립된 기사로 실렸다. "쇼셜에ᄃᆡᄒᆞ야 그ᄉᆞ실이 보ᄂᆞᆫ이의인졍에 자미만 만케 감동되얏스면 보ᄂᆞᆫ이의ᄆᆞᄋᆞᆷ도흡족홀것이오 써보이ᄂᆞᆫ쟈의 ᄆᆞᄋᆞᆷ도 깃거울것이라"[109]는 언급이 그 핵심이었다. 작자가 아닌 역자의 입장에서 '자미'를 연재소설 제일의 미덕으로 꼽은 것이다. 연재소설이 본격적인 궤도에 오른 1920년대에는 "자미가잇슬ᄲᅮᆫ아니라우리의게주는교훈이ᄯᅩ한깁고만흘것"[110]내지는 "대중뎍이요, 예술미에 넘치는"[111] 등과 같은 이항 구도의 가치가 지속적으로 추구되었다. 자미와 교훈 또는 대중성과 예술성의 조화가 쉽지 않았던 탓에 이후 양자는 극명한 대조를 이루며 길항한다. 그러나 상반된 두 지향에도 불구하고 신문연재소설은 기본적인 전제를 공유했다. "사회와 인생에 대한 비평"[112]으로서 "일반이 보아 알기 쉬운 소설"[113]이 곧 신문연재소설이어야 한다는 데 별다른 이의가 없었던 것이다. 신문연재소설이 독자 중심의 기사로 제공되어야 한다는 이 같은 의식은 번안소설의 경우 "원작에 잇는 서양인의 일홈대로

---

108) 「近々連載홀極히 滋味잇ᄂᆞᆫ新小說 『貞婦怨』(뎡부원)」, 《매일신보》, 1914. 10. 27.

109) 何夢, 「『貞婦怨』에 對ᄒᆞ야-금일브터 게�되ᄂᆞᆫ 『뎡부원』에 ᄃᆡᄒᆞ야」, 《매일신보》, 1914. 10. 29.

110) 「類例를破한新小說 『무쇠탈』 一月一日부터揭載」, 《동아일보》, 1921. 12. 29.

111) 「次回小說 長篇創作 『짓밟힌 眞珠』」, 《동아일보》, 1928. 5. 1.

112) 「소설 예고 創作小說 『읍泣혈血조鳥』」, 《동아일보》, 1923. 5. 30.

113) 「다음내일소설 『녀장부 女丈夫』」, 《동아일보》, 1922. 6. 20.

하면은 오히려 독자를 괴롭게할가하야 인물들의 일홈만은 긔억하기 쉬웁게 조선일홈으로 고치"[114]는 노력으로 나타나기도 했다.

1930년대 전반기 신문연재소설의 대체적인 조류는 1910년대 《매일신보》로부터 제기되었던 흥미와 예술성 간의 절충 문제를 진지하게 고민하는 데 모아졌다. "예술의 수평선을 나리느냐, 대중의 취미를 끌어 올리느냐"[115]는 딜레마가 항상 뒤따랐던 것이다. 그러나 "신문소설로서의 진진한 흥미와, 아울러 예술작품으로서의 노픈 향긔"[116]를 조화시켜내는 데 "자미 잇고도 무엇이든지 머리에 남는것이잇는 그러한작품을 쓰겟다"[117]는 식의 창작 의지만으로 해결될 수 있는 문제는 아니었다. 때문에 신문사 측에서는 차선책으로 이 양자를 각기 대변하는 작품을 동시 연재하는 기획을 단행한다. 아래 인용문은 이를 알린 광고의 한 예다.

> 본보에 방금 연재중인二대소설 『흑두건』(黑頭巾)과 『심야의태양』(深夜의太陽)은 만천하 독자의 열광적애독을 받으면서 흥미의 절정을향하야 올라가고잇거니와 이제또 여류신인 강경애여사(女流新人姜敬愛女史)의 역작인 예술적 향기높은 장편창작『인간문제』(人間問題)를 오는 八월 一일부터 청전 이상범화백(青田李象範畵伯)의 삽화와 아울러 본지학예

114) 김동인 飜案, 「머리말」, 『流浪人의 노래』, 《동아일보》, 1924. 5. 11.

115) 「十年不動한文壇의驍將 再躍劈頭에心血의力作 長篇小說 『赤道』」, 《동아일보》, 1933. 12. 9.

116) 「新小說豫告 『第二의 運命』」, 《조선중앙일보》, 1933. 8. 19.

117) 「長篇小說連載豫告 長篇小說 『모란쏫 필 때』」, 《매일신보》, 1934. 1. 31.

면에 실리어 금상첨화(錦上添花)의 성관을 이루게되엿습니다.[118)]

윤백남의 『黑頭巾』과 김기진의 『深夜의 太陽』은 역사소설로 이렇듯 같은 지면에 동시 연재되었다. 위에서 볼 수 있듯이 신문 편집자는 이 둘을 흥미 위주의 작품으로 평가하여 "예술적 향기가 높은" 작품으로 추천하고 있는 강경애의 『人間問題』와 명백히 대별한다. 여기에는 역사소설이 수준 높은 문예가 아니라 재미를 추구하는 대중물이라는 속뜻이 담겨 있다. 신문 편집자의 그 같은 생각은 이 시기 신문연재 역사소설을 바라보는 주류적 관점이었다.

소설 예고 담론을 굳이 거론하지 않더라도, 신문연재소설의 상업성 추구는 신문저널리즘의 생리상 당연한 귀결이었다. 1930년대는 그 폭이 다양해지고 또한 정도가 더욱 심화되는 시기였을 뿐이다. 신문연재소설로 출발하여 성장한 역사소설의 전력만으로도 이는 능히 예상할 수 있는 결과였다. 이 시기 역사소설이야말로 상업적 요구에 충실한 신문소설의 첨병으로서 연재소설의 저속화를 선도한 감이 있다. 특히 1940년대 《매일신보》 연재소설란에서 이러한 역사소설의 위상은 유감없이 발휘된다. 태평양전쟁의 발발과 함께 신문 또한 전시동원체제로의 재편이 불가피해진다. 그에 따라 《동아일보》와 《조선일보》가 폐간되고, 유일한 한글중앙지로 《매일신보》만이 남게 된다. 양 민간신문의 폐간은 신문이 전쟁을 대중

118) 「新連載小說豫告 長篇創作 『人間問題』」, 《동아일보》, 1934. 7. 27.

적으로 독려하는 데 더할 나위 없이 긴요한 매체라는 점을 역으로 보여준 사건이었다. "新聞의統制는 곳國家意思의 發動인것이다 하되 그것은 戰時下의 國家的立場에서 대단히切實한 理由와 必要로써斷行이 되엇슴에 틀림이업는 것이다."[119] 이러한 배경에서 취해진 민간 신문의 폐간은 한편으로 총독부 기관지였던《매일신보》가 외부의 정치 담론에 더욱 긴박되는 계기로 작용했다.《매일신보》의 편집 체계가 당시 일제의 신문 저널리즘 정책을 노골적으로 대변하게 된 것이다. 그러나 대중물에서 전시 정책의 나팔수로 그 소임이 전변되었다고는 하나 신문소설 본래의 오락성이 완전히 무시되지는 못했다. "역사의 중요한 주인공으로서의 긍지(矜持)를 한아름 품고 역사가 전개시키는 광대한 무대와 역사가 등장시키는 뭇 인종을 머리에 그리며 이 비상시국에 처하는 일반대중"[120]을 독자로 상정했다 할지라도, "재미잇게 홍미잇도록 여러분께 전하랴는"[121] 의식이 회피될 수는 없었던 것이다. 총력전을 선동하는 국가 담론의 서사가 대중에게 전파되기 위해서는 널리 읽히는 것이 절실하고도 우선적인 과제였기 때문이다. 역사소설이 역사이기 이전에 먼저 소설로 독자들에게 수용되었다는 명백한 증거를 다시 한 번 확인하는 순간이다. 그것은 신문연재소설로서 역사소설의 피할 수 없는 운명이기도 했다.

박종화의 『多情佛心』(1940), 김동인의 『白馬江』(1941), 이광수의 『元曉大師』(1942), 이태준의 『王子好童』(1942), 박종화의 『黎明』(1943), 박

119) 채만식, 「長篇의 方向」, 《매일신보》, 1940. 9. 25.
120) 「連載小說 『颱風』」, 《매일신보》, 1942. 11. 12.
121) 「다음실을 長篇小說 『元寇』」, 《매일신보》, 1945. 5. 15.

태원의 『元寇』(1945) 등 연재소설란을 독점했다고 해도 과언이 아닐 정도로 이 시기 들어와 역사소설의 신문연재 비중은 더욱 커졌다. 장기간에 걸쳐 연재되던 홍명희의 『林巨正傳』의 경우 《조선일보》가 폐간되자 지면을 잡지 『朝光』으로 옮겨 연재를 이어가는 위력을 보였다. 그런가 하면 장형의 신작 역사소설들이 본격적으로 잡지에 실리기 시작했다. 연재 지면의 감소와는 반대로 역사소설의 지배력이 사실상 커진 셈이다. 『朝光』에 연재된 박종화의 『前夜』(1940. 7~1941. 10), 김동인의 『大首陽』(1941. 2~12)과 『星巖의 길』(1944. 8~12), 그리고 『春秋』에 연재되다 중단된 현진건의 『善花公主』(1941. 4~9) 등이 모두 1940년대 들어와 잡지에 발표된 장형의 역사소설들이다.

당시 조선 문단을 대표하는 작가들이 주역으로 참여한 이 같은 현상의 배경은 무엇이었을까? 그 직접적이고 일차적인 이유는 역설적이게도 연재 지면의 감소에 있었다. 장형의 소설을 발표 혹은 연재할 수 있는 터전으로서 삼대 민간신문의 폐간은 작가들에게 사실상 사형선고나 다름없는 처사였다. 한편 발표 지면이 축소된 상황에서 신문사는 연재작 선정에 더욱 신중을 기했다. 연재작 선정의 제일 기준은 독자의 흥미와 더불어 전시라는 외적 조건하에서 제국의 담론을 선전하는 데 적합한가 여부였다. 신문 편집자들이 연재 광고에 "신체제에 즉응하야 역사소설의 신기원(新紀元)을 만들고저 눈물겨운고심을거듭하여온"[122] 결과이자, "오늘날과 같은 시국하에서 희생과 봉공과 고행의 정신을 체득하는데 하나의 경전이

122) 「新連載夕刊小說 『白馬江』」, 《매일신보》, 1941. 7. 8.

될 만한 귀한 작품"[123]이라는 식의 설명을 덧붙인 사실이 이를 말해준다. "전시하의 우리들을 감격시킬?아니라 본밧고도 남을만한것이 잇슬것"[124]을 찾는 데 과거 역사가 용이한 출처가 된다는 점은 이 시기 연재소설란이 역사소설에 많은 지면을 할애하게 된 내적인 요인이었다. 그리고 그것은 당대 조선 문단에서 순수 창작이 극도로 위축될 수밖에 없었던 상황이 반영된 결과이기도 했다.

1920년대 중반 신문지상에 처음 출현한 이후 식민 기간 내내 역사소설은 양적인 면에서 전성기 또는 침체기의 굴곡을 실상 겪지 않는다. 오히려 《매일신보》만이 남은 1940년대에 역사소설의 연재소설란 장악도가 상대적으로 더욱 커지는 기현상을 보인다. 전시라는 상황이 과거 역사로 작가들의 시선 도피를 자연스럽게 이끌어낸 현상일 수도, 소설의 제재를 작가들이 당대 현실에서 구하기 어려웠던 탓일 수도, 그렇지 않으면 일제의 '대동아공영론'을 심미적 역사 전유의 형식으로 수용한 결과일 수도 있다. 그 원인과 배경은 중층적이고 복합적일 터이지만, 역사소설이 신문연재소설의 미학을 구현한 글쓰기로 세를 굳혀간 점만은 부인하기 어려울 듯싶다. 역사소설은 소재, 재미, 그리고 독자의 폭에서 여타의 소설류를 압도한 글쓰기였다. 그러나 신문소설로서 역사소설의 대중적 성공은 그 글쓰기의 내재적 자질에서 비롯된 결과만은 아니었다. 다양한 형태로 표출되었던 역사물들의 조연적 역할에 역사소설의 번성은 빚진 바 크다. 역

123) 「夕刊小說『元曉大師』」, 《매일신보》, 1942. 12. 24.
124) 「夕刊小說『王子好童』」, 《매일신보》, 1942. 12. 19.

사물이 문예란을 지배적으로 점거한 정황은 연재소설 경쟁에서 역사소설에 주어진 기득권이나 진배가 없었기 때문이다.

2. 역사담물의 계보

역사소설이 등장하기 전까지만 하더라도 신문지상에 역사물이 연재되는 사례는 흔치 않았다. 역사물이 양적으로 성장한 것은 역사소설이 활발히 창작되기 시작한 이후로 문예란 신설이 그 발판이 되었다. "近者流行인映畵欄其他의娛樂記事라든지 通俗小說의 連載物을增加하는便이有利할듯도하나 그亦是材料가無盡藏으로잇는것도아니요 또한一般記事가 輻輳할만콤 社會의 動相이活潑치못하고 地方通信이完備圓滑치못하며 執筆하는 學者思想家가 稀貴하고 廣告亦是不充分한現狀으로서는 材料蒐集難을免할수업는터인고로 不得不文藝欄을要하게"[125]된 상황에서 그 적임자로 역사물이 발탁된 것이다. 그러나 1920년대 중반까지만 하더라도 역사물의 양식적 다양성은 극히 제한적이어서 「李朝人物略傳」(《동아일보》, 1921), 「朝鮮史槪講」(이병훈, 《동아일보》, 1923), 「朝鮮史研究抄」(신채호, 《동아일보》, 1925)와 같은 역사 기술이 대부분이었다.

1930년대 들어와서도 여전히 「朝鮮歷史講話」(최남선 撰, 《동아일보》,

125) 염상섭, 「文藝漫談-四月創作月評」, 《동아일보》, 1927. 4. 16~27.

1930), 「續朝鮮最近世史」(이선근, 《동아일보》, 1934) 등의 '정사(正史)적 기술'[126] 연재는 계속된다. 그러나 「宮史野言-黨爭士禍의 裡面記」(木春, 《중앙일보》, 1933)와 같은 외사(外史)를 비롯한 여타의 역사담물에 비할 때, 정사적 기술의 연재물은 상대적으로 열세에 있었다. 그러다 《동아일보》의 「史上의 로만쓰」 연재와 《조선중앙일보》를 중심으로 야사류의 연재가 본격화되면서 정사적 기술은 점차 문예란에서 사라진다. 대중성면에서 정사적 역사 기술과 역사담물 사이의 우승열패가 후자의 승리로 판가름 난 것이다.

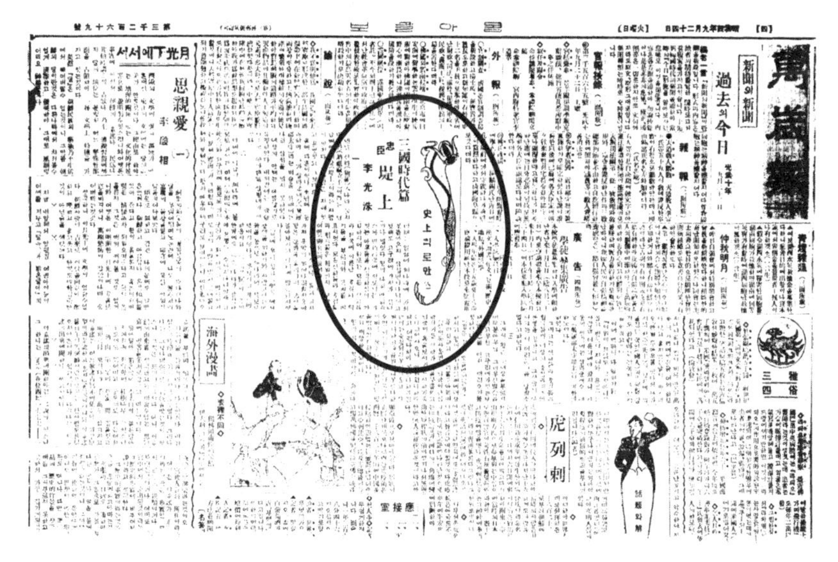
史上의 로만쓰
三國時代篇
忠臣 堤上
李光洙
過去의 今月
仲秋明月
思親愛
海外漫畵
虎列刺

* 1929년 9월 24일자 《동아일보》에 게재된 「史上의 로만쓰」 첫 회

126) 「韓末秘史-最後六十年遺事」(東亞浪人, 《동아일보》, 1931)/「朝鮮史」(신채호, 《조선일보〉, 1931)/「朝鮮上古文化史」(신채호, 《조선일보》, 1931)/「朝鮮史」(장도빈, 《동아일보》, 1932) 등이 그 대표적인 연재물이다.

1920년대 말부터 출현한 '로만쓰', 특히 그 가운데서도 《동아일보》에 의해 근 8개월(1929. 9. 24~1930. 4. 16)에 걸쳐 연재된 「史上의 로만쓰」는 역사소설의 외적 성장과 관련하여 의미 있는 역사담물이었다. 그 주요 연재작과 작자, 그리고 저본 텍스트를 정리해보면 다음과 같다.

• 삼국시대편 : 이광수(삼국시대 편 충신 堤上, 범이야기 둘-삼국유사 소재 譯述), 이은상(大耶城을 死守한 竹竹, 盲母와 知恩, 도미와 그 안해, 백결선생, 乙弗, 조신의 한 평생, 이차돈의 죽엄, 養魚女, 유렴화랑-삼국유사/ 검군, 遺物찻는 類利-삼국사기/ 白雲과 際厚-동국통감), 현진건(춘추공과 문희), 이윤재(왕자 추모와 그 준마, 弗矩內王의 降世-백마가 祥瑞를 드리다).

• 고려편 : 이은상(麗太祖와 柳氏-삼국사기 고려사/ 한 役軍의 안해, 妖僧 遍照, 최상저의 아들, 冤魂哀話, 康好文 妻 文氏, 예성강곡 揷話, 포로된 어머니를 차저, 大良院君-고려사/ 金還, 圃隱의 殉節-고려사 급 포은집).

• 이조편 : 이은상 述(咸興差使, 향랑, 소년 성삼문, 양녕대군의 丁香, 안동 권참봉, 王蕭仙, 土亭의 逸事, '鄭生, 紅桃의 漂浪,' 義賊 박장각, 부랑, 童子 홍차기, 어사 박문수, 김신 부부전, 임진난의 鐵瓠兵-逸士遺事), 懷古堂(南怡와 妖鬼-東稚隨錄, 柳居士와 倭僧, 木川郡守).

• 補遺 : 이은상(火鬼된 志鬼-수이전/ 黃山戰野의 두 인물-삼국사기/ 朴信과 紅粧, 李梭理長坤-연산사화의 일삽화).

1930년 4월 17일 2차 정간이 아니었다면 한동안 연재가 계속되었을 「史上의 로만쓰」는 결코 작지 않은 규모의 문예란 기획물이었다. 같은 신문에 『端宗哀史』를 연재 중이던 이광수가 이 연작에 참여한 사실, 그리고 이제 막 역사소설이 대중물로서 관심을 끌기 시작할 무렵이라는 사실 등을 고려할 때, 역사소설 연재에 그 어느 신문사보다 《동아일보》가 적극적이었던 사정과 「史上의 로만쓰」 기획이 무관하지 않다는 것을 알 수 있다.

당시 로만쓰는 '전기(傳奇)' 혹은 '물어(物語)'로 번역되었다.[127] 따라서 '史上의 로만쓰'란 역사상의 전기적(傳奇的) 이야기를 일컫는 용어임을 알 수 있다. 그리고 '史上'이란 수식어에는 역사적 소재를 취한 이야기라는 지시적 의미 이외에 일차 문헌에 비교적 충실한 글쓰기를 지향한다는 뜻이 내재해 있었다. 사료의 출전을 밝히고 있는 점과 '譯述' 또는 '述'로 표방된 서술 태도에서 이를 확인할 수 있다. 그런 만큼 이들 텍스트는 근대소설의 의장을 애초부터 기대할 수 없는 글쓰기였다. 특별히 플롯이라 할 만한 서사 구도를 찾아보기 어려울 뿐만 아니라 허구적 요소의 삽입 역시 자제되어 있다. 그러나 기왕의 엄격한 사(史)의 정신에 균열을 가한 글쓰기였다는 사실만은 부인할 수 없다. 인물 또는 사건 중심의 단편적 서사가 연이어 게재되는 방식이 이를 단적으로 보여준다. 사실(史實)의 전파가 처음부터 그 목적이 아니었던 셈이다. 역사적 교훈과 흥미의 조합, 곧 당의설에 입각한 글쓰기가 「史上의 로만쓰」 연작이었다.

「史上의 로만쓰」 연재에 참여했던 이윤재가 같은 신문에 1930년 3월

127) 이성로, 「小說講座」, 『朝鮮文壇』, 1935. 5, 159쪽.

17일자부터 연재한 「조선을 지은이들 - 大聖人 世宗大王, 聖雄 李舜臣」 역시 유사한 역사담물이었다. 이는 다시 복간된 첫 해(1931) 『三國史記』, 『高麗史』, 『隨聞錄』, 『觀音寺事蹟記』, 『靑邱奇話』, 『公私見聞錄』, 『於于野談』, 『芝峯類說』, 『相臣錄』 등을 저본 삼아 '어린이 조선'란에 이은상이 「大畵聖 率居」 등을 '述'한 형태로 이어진다.[128] 이듬해 김동인이 '史上奇談'이란 타이틀로 연재한 「虎美婦二題 - 三國遺事에서」[129] 또한 비슷한 성격의 역사담물이었다. 《매일신보》에는 1936년에 앞서의 《동아일보》와 똑같은 타이틀을 내건 '史上 로만쓰 「걸인총각의 智謀」'가 연재되기도 했다.[130]

'史上의 로만쓰'와 함께 역사담물의 융성을 구가한 글쓰기의 하나가 '史話' 및 '史譚(史談)'이었다. "史話 「潛釀 로만쓰」"[131]라는 타이틀이 말해주듯이 로만쓰는 사화 또는 사담과 명백히 구별되는 글쓰기가 아니었다. 「鷄林」(이청사, 《매일신보》, 1931), 「上古朝鮮」(《동아일보》, 1932) 「臍下赤志」(김동인, 《매일신보》, 1932), 「丙子胡亂과 孝宗의 '北伐'」(신경정, 《중앙일보》, 1932), 「南白月의 二聖」(김만덕, 《조선일보》, 1932), 「朝鮮佛敎

---

128) 그 나머지 연재작들을 보면 다음과 같다.
「石堀속의 金庾信」, 「金庾信과 천관」, 「金庾信과 三女神」, 「王子好童」, 「溫達과 公主」, 「道詵國師와 麗太祖의 出生」, 「圃隱의 代書」, 「少姐 元洪莊」, 「姉弟의 訟事」, 「野外行酒 - 李太祖의 少時揷畵」, 「土亭先生이 본 八歲童 李德馨」, 「吉再의 石黨歌」, 「新郎兪拓基」, 「金安國의 頭痛」, 「昭顯世子嬪의 揀擇」, 「益齊英靈과 아기 李恒福」, 「外國語의 天才, 少年 鄭北窓」, 「北窓의 휘파람」, 「徐居正의 月怪夢」, 「尙震과 田父」, 「名碁 林娘」.

129) 《매일신보》, 1932. 6. 3.

130) 愼麟範, 「史上 로만쓰-걸인총각의 智謀」, 《매일신보》, 1936. 5. 16.

131) 김일곤, 「史話 「潛釀 로만쓰」」, 《매일신보》, 1935. 11. 30.

史話」(碧眼胡, 《매일신보》, 1933) 등만을 보더라도 1930년대 초 사화와 사담은 역사소설에 버금가는 위상을 지닌 글쓰기였다. 아직 역사소설 창작이 활발하지 않던 시절에 역사담물을 대표하는 글쓰기로서 그 입지가 탄탄했던 것이다. 그러나 사화와 사담은 일률적으로 묶어 말하기 어려운 측면이 있다. 우선 전자가 사실(史實)에 근거한 글쓰기 색채가 진한 반면, 후자는 '談'[132], 곧 재구된 이야기라는 인상을 준다. 주목할 만한 사실은 이러한 명칭상의 차이와는 무관하게 양자가 임의로 타이틀을 바꾸어 내걸고서 연재되었다는 점이다. 사(史)의 정신에 금이 생기고, 기(記) 의식이 점차 누수되면서 그 틈을 채운 것은 흥미라는 대중성이었다. 그와 같은 상황에서 양자의 엄정한 구별이 중시될 리 없었기에 빚어진 결과였다. '史談 「어사 박문수」'가 1920년대 일찍이 "渚夏 제일의 大衆讀物"[133]로 선전되었던 사실만으로도 이를 쉽게 확인할 수 있다.

사화와 사담 못지않은 비중을 차지했던 연재물이 '外史'를 소재로 한 역사담물이다. 역사담물은 '裏面記', '史外史', '側面史', '野史' 등으로 그 명칭은 다양했지만, 외사(外史)라는 이야기의 공통된 출처를 지니고 있었다. 「野史」(李石村抄, 《매일신보》, 1932~1933), 「外史 「宮史野言-黨爭士禍의 裡面記」」(木春, 《중앙일보》, 1933), 「韓乘拾英-近世 五百年 側面史」(木春學人, 《조선중앙일보》, 1933) 「野史古談」(白山老樵, 《매일신보》,

132) '譚'과 혼용해 쓰이는 사례가 많다. 그 차이가 실제 텍스트에서 어떤 차이를 가리키는 것인지는 다소 모호해 보인다. 단순히 '이야기'를 뜻하는 동일 층위에서 특별히 구분되지 않고 사용된 듯하다. 김동인은 「春園研究」에서 이광수의 역사소설을 문제 삼으며 '史譚'이란 용어를 썼다.

133) 「渚夏 第一의 大衆讀物 史談 「어사 박문수」예고」, 《중외일보》, 1927. 7. 25.

1933) 「宮史野言-黨爭史禍의 裏面記」(木春學人, 《조선중앙일보》, 1934) 등이 그 대표적인 텍스트들이다. 이는 1930년대 전반기에 집중적으로 게재된 역사담물이었다. 사담이나 사화라는 용어가 후대에까지 오랜 기간 통용되었던 것에 비해 이들 명칭은 단명했다. 이는 대중적 전파력 면에서 우위를 점한 '야담(野談)'의 부상과 관련이 있다.

"朝鮮에서도 大衆讀物을 提供하랴면 아모래도 怪談 奇談이 아니면 正史 野史를 휩쓰러서 歷史物에서 取材하는 수밧게 업쓸것이다 그中에도 怪談 奇談이라야 無盡藏은 못되니ᄭᅡ 野史를 中心으로 亦是 奇怪와 「에로」를 솜씨잇게 按排하야 日本文壇의 大衆讀物을 본"[134]뜬 양식을 당시 저널리즘은 절실히 요구했다. 그 결과 "재래의 력사를훌떡뒤집어 노흔리면사(裡面史)즉야사(野史)속에서 그재료를뽑아낸 이만치민중뎍이오 현대뎍오락물(娛樂物)의 하나"[135]로 '야담'이란 용어와 양식이 조선에 들어오기에 이른다. 근대적 야담의 이 같은 기원에 비추어 볼 때, 외사(外史)를 재료로 삼은 다종의 역사담물이 야담이란 용어로 수렴되었던 흐름은 자연스러운 현상이었다고 할 수 있다.

역사담물 가운데 야담의 대중적 인기가 유난히 높았던 데는 이중의 발표 형식이 결정적 요인으로 작용했다. "野談運動=卽歷史的民衆新敎化運動은 입으로붓으로=壇上으로紙上으로=이두가지로써 運動의方式을 取"[136]했기 때문이다. 신문사들은 문예란에 발표 지면을 마련해 주는

134) 염상섭, 「通俗 · 大衆 · 探偵」, 《매일신보》, 1934. 8. 17.
135) 김진구, 「民衆의 娛樂으로 새로나온 野談」, 《동아일보》, 1928. 1. 31.
136) 김진구, 「野談 出現 必然性」, 《동아일보》 1928. 2. 5.

한편 '야담대회'를 주최하거나 후원함으로써 그 대중화에 일조했다. 《중외일보》 학예부가 후원한 「野談大會」는 1928년 4월 3일자 신문에 "古今秘史, 偉人逸話"라는 타이틀로 광고되었으며 그 주제는 "임진군란과 명성황후, 오성과 한음, 만고 쾌남아 홍길동"이었다. 그런가 하면 《동아일보》 주최의 「新春野談大會」는 1931년 3월 8일자 신문에 "연사 – 김진구, 윤백남, 김학보, 연제 – 천하기인 정수동, 연산조의 奇傑 이장곤, 한말 惑星 민영익"이라는 내용과 함께 광고됐다. 대표적인 야담가로 활동한 윤백남 일인의 「윤백남 氏 野談大會」 역시 《동아일보》 주최로 행해졌다. 1932년 1월 20일자 광고는 윤백남이 "연산조 비사, 여인군상, 세상일사"라는 주제로 강담할 것을 예고하고 있다.

이후 야담은 "소년야담 「신동 김시습」"(아저씨, 《동아일보》, 1937), "「連讀野談」 信義譚"(《조선일보》, 1940) 등의 형식적 다변화를 꾀하면서 고정 야담란의 신설과 함께 비교적 안정적으로 신문지상에 연재된다.[137] 특히 야담 연재에 가장 적극적인 의욕을 보였던 《매일신보》는 '特輯판'에 '史話와 野談'란을 신설하여 야담을 지속적으로 독자들에게 제공했다.[138] 이를 위해 〈史話野談懸賞募集〉[139]이 단행되었는가 하면 '新春文藝公募'를 통해 독자들의 작품이 모집되기도 했다. 《조선중앙일보》는 〈新春原稿懸賞募集〉(1935. 11. 10)에 처음으로 야담을 응모 분야에 포함시켰으며,

137) 「異國 美人의 恨」(石堂, 《동아일보》, 1939. 10. 22~1940. 7. 14)과 「鹿足 怪美人」(차청오, 《조선일보》, 1940. 7. 2) 등이 그 예다.

138) 「國制奇緣」(1936. 5. 21~12. 2), 「狐女」(1937. 6. 5), 「狐從 廉喜道」(1937. 7. 9) 등이 특판 페이지에 게재되었던 작품들이다.

139) 《매일신보》, 1937. 7. 20.

이듬해 《매일신보》는 〈新春懸賞文藝作品公募〉(1936. 11. 27)를 통해 사화와 야담을 함께 모집했다. 그러나 《매일신보》는 1938년부터 사화와 야담을 응모 항목에서 제외시킨다. 굳이 신춘문예 공모가 아니더라도 두 글쓰기의 공급이 원활했던 데 그 일차적인 이유가 있었던 것으로 추측된다. 또한 역사소설이라는 장형의 역사물이 안정적으로 연재소설란을 장식하고 야담 전문잡지가 지속적으로 발행되고 있는 상황에서 야담의 지면 확대가 절실하지 않았던 탓도 컸다. 1930년대 중반 일시 발간되어 《매일신보》 구독자들에게 무상으로 증정되었던 『月刊 每新』의 연재 목록을 살펴봄으로써 이 같은 변화의 배경을 살펴볼 수 있다.

10여 개월 가까이 발행되었던 『月刊 每新』은 사실상 《매일신보》 문예란의 확대판이었다. 일례로 홍복춘의 사담(史譚) 「東皐와 梧里」가 『月刊 每新』 연재 중 잡지 발간이 중단되자 1935년 2월 5일자 《매일신보》에 그 후속편이 게재되었던 사실만 보더라도 그 연계성을 쉽게 확인할 수 있다. 《매일신보》의 대중물에 대한 독자들의 욕구를 『月刊 每新』라는 보족물을 통해 최대한 충족시킴으로써 궁극적으로 신문 구독률을 높이자는 데 그 발간 취지가 있었던 것이다. 실제로 『月刊 每新』은 단형의 역사소설에서부터 실화, 탐정소설, 사화, 연애소설, 애화(哀話), 괴담, 기담에 이르기까지 대중서사물의 집약판이었다. 흥미로운 사실은 이에 실린 역사소설들이 하나같이 단형의 서사물이었다는 점이다. 그 수명을 장담할 수 없는 일간지 부록의 특수성을 감안하여 애초부터 장형의 역사소설 연재를 시도하지 않았던 것으로 짐작된다. 신문사의 야심찬 기획에도 불구하고 단명한 『月刊 每新』은 결과적으로 신문과 잡지가 각기 장형과 단형의 서사물을 선택적으로 연재할 수밖에 없는 사정을 상징적으로 보여준 선례로 남았다.

잡지와 신문이 야담과 역사소설로 그 지면을 공교롭게도 분할해 가졌던 데에는 간단치 않은 내막이 있다. 이는 당시 대중물의 유통을 암묵적으로 지배했던 일종의 카르텔로, 양 매체의 특성이 고스란히 반영된 결과였다. 신문이 일간의 형태인 반면에 잡지가 주로 월 단위로 발행되었던 사정, 또는 양 매체가 겨냥했던 독자층이 다르다는 점, 특히 잡지의 경우 대중적인 출판 성향을 표방하더라도 상대적으로 한정적인 독자층을 상정할 수밖에 없다는 점, 그리고 다수의 잡지사들이 신문사에 비해 재정적인 면에서 상대적으로 열악한 위치에 있었다는 점 등이 양 매체 간의 주요한 차이였다.

신문의 '역사·전설 고정란'은 역사에 관한 대중의 관심을 유지시키기 위한 일종의 유인책이었다. 그리고 신문은 일간 발행의 장점을 살린 장형의 역사소설에 이 같은 독자의 주의를 연계시켰다. 예컨대 《조선일보》 1933년 5월 17일자에는 '朝鮮日報 學藝面의 將來計劃'이라는 제하에 "역사·전설 – 내외국을 물론하고 정사 야사를 물론하고 역사에 관한 일절 및 전설"이라는 광고가 게재되었다. 상업적 의도에서 구획되고 배정된 지면 편집의 속내를 이에서 엿볼 수 있다. 그러나 이러한 광고 내용과는 달리 실제로 해당 지면을 채웠던 다수의 글은 역사소설로 지칭된 장형의 서사연재물이었다. 역사물 게재와 관련하여 신문저널리즘이 잡지에 비해 상대적으로 고급한 저널리즘을 표방하게 된 외적 계기를 확인할 수 있는 대목이다. 즉, 하급의 문화물로 여겨지던 통속적 야담류의 게재를 신문저널리즘이 자제하는 경향이 자연스럽게 나타난 것이다. 그 과정에서 신문 연재소설란에 게재된 장형의 역사물을 곧 역사소설과 동의어로 바라보는 통념이 부지불식간 독자 대중의 의식에 스며들게 되었음은 물론이다.

3. 역사담물과 역사소설의 경합과 공조

역사담물과 역사소설이 각기 문예란과 연재소설란의 적자(嫡子)로 부상한 정황은 신문저널리즘의 양면성을 보여준다. 신문의 역사물 연재 전통은 한편으로 정사(正史)적 역사 기술의 권위를 빌어 그 후광 효과를 누린 측면이 있었다. 근대 계몽기 이래 신문은 민족주의 담론의 실질적인 장이었다. 민족주의 담론이 역사를 유용한 통로 삼아 전개되면서 역사에 관한 대중의 관심 역시 증폭되었다. 1920년대 전반기 민족지를 표방한 신문들은 이와 같은 대중적 호응을 지면 안으로 적극 끌어들였다. 정사적 역사물이 문예란의 주요한 기사 항목으로 등장한 것이 그 실례다. 1920년대 후반에 접어들면서 역사물은 민족지를 표방한 신문사들의 창간 이념을 선전하기 위한 도구로 게재되던 종래와 달리 대중독물로서 그 독자적인 상품성을 인정받기에 이른다. 역사담물이 정사적 역사 기술을 제치고 연재의 주도권을 쥔 시점이 이때다. '로만쓰', '사담', '야담' 등 다채로운 역사담물의 게재는 기록적 측면보다는 '談', 곧 이야기의 측면이 대중적으로 수용된 결과였다. 이처럼 역사물의 정사적 기록성이 차츰 경시되면서 민족주의 담론의 전파 및 확산이라는 최초의 기대 지평 역시 약화되어 갔다.

> 要컨대 實錄은 小說이 아니다 小說에는 小說로서의 價値가 잇는것과 마찬가지로 實錄(實在 事實의 기록 - 인용자 주)에는 또한 實錄으로서의 價値가 잇스되 實錄과 小說과는 마쌍히 구별을 하여야 할것이다.
> 그리고 또한 적극적으로 말하자면 實錄 或은 體驗錄이 一個 小說보다 迫眞力이 不足하고 讀者에게 不自然한 느김을 주는 例가 만타 正史 三國志와 小說 三國志演義의 例는 둘재로 두고라도 人間生活에는 意外에 나는 일이흔히 잇스나 小說에잇서서는 그런일에도 그럴듯한正當性을 반드시부치는것임으로 小說이 實錄보다 더욱自然스럽은것이다 …(중략)… 實記가 小說보다 不自然하다[140]

'談'의 요소를 역사 서술에 본격적으로 끌어들인 역사물로서 역사소설이 신문연재소설란에 발탁될 수 있었던 것은 위와 같은 이해가 있었기에 가능했다. 그것은 역사물 일반과 변별되는 역사소설만의 독자성, 그리고 역사와 소설의 차별성에 대한 인식이기도 했다. 무엇보다 역사소설이 연재소설란에 진입한 이래 지속적으로 번성할 수 있었던 것은 표제와 타이틀, 그리고 예고 담론에 이르기까지 신문사의 마케팅 전략이 주효했기 때문이다. 《동아일보》에 이광수의 『麻衣太子』가 연재 된 이래 역사소설

140) 김동인, 「小說學徒의 書齊에서-小說에 關한 管見 二 三; 小說과 實錄」, 《매일신보》, 1934. 3. 24.

과 여타 역사물과의 차별화는 꾸준히 계속되었다. 역사소설이 처음부터 독자적인 양식의 글쓰기로 독자 대중에게 인식될 수 있었던 일단의 경위는 이로써 설명된다.

한편 이광수의 『李舜臣』 창작은 정치적 외부 담론을 역사소설에 결탁시킨 신문사 측의 기획과 그 대중화 공정의 전형적인 산물이라는 점에서 다른 역사소설 텍스트들의 연재와는 상이한 공급 경로를 보여준다. "고하가 삼부곡으로 「단군」, 「세종대왕」, 「이순신」이란 소설을 쓰라고 권"한 사실과 그 첫 번째 실행으로 『李舜臣』 집필에 임하게 된 사정을 이광수는 소설 예고 '작자의 말'을 빌어 소상히 밝히고 있다. "고기록(古記錄)에 나타난 이순신의 충의로운 인격을 구체화"[141]하는 일이 이광수가 구상한 창작의 복안이었다. 신문연재소설이 흔히 추구하는 재미보다는 인물의 영웅적 면모를 사료(史料)에 근거해 재현하는 데 역점을 두고자 했던 것이다. 그러나 신문사 측의 연재 결정은 작가의 창작 의도처럼 순수하게 민족정신의 강화에만 있었던 것으로 보이지 않는다. 『李舜臣』이 연재되기 전 《동아일보》는 '이순신 유적 보존운동'을 기사화하며 민족적 자존심의 회복을 주창한 바 있다. 실제로 이순신, 권율, 단군의 유적 보존은 동아일보 스스로 "3대선인추모사업"으로 꼽을 만큼 《동아일보》와 밀접한 관계가 있었다.[142] 《동아일보》는 그 결과를 독물로 연재하기 위해 이광수에게 일종의 답사기를 청탁하기도 했다.[143] 기행 보고문 형식의 「忠武公 遺蹟

---

141) 이광수, 「連載豫告 長篇小說 『李舜臣』」, 《동아일보》, 1931. 5. 23.

142) 이지원, 「1930년대 民族主義系列의 古蹟保存運動」, 『東方學誌』 77·78·79 합본호, 1993. 759쪽.

巡禮」가 그것이다. 《동아일보》의 이 기획은 독자 대중의 호응을 적잖이 이끌어냈고, 해당 연재가 끝나는 시점에 이르러 당시 사장이었던 송진우는 이광수에게 역사소설 창작을 권유했다. '충무공 유적보존 운동'에서 촉발된 대중적 열기를 독자층 배가로 연계시키려했던 것이다. "신문소설의 좋은 주제가 되는 시화(時話), 즉 그 당시에 생겨나서 광범한 범위의 사람에게 센세이션을 일으킨 사건을 소설화하면 또한 많은 독자를 가질 것"[144]이라는 마케팅 원칙에 충실했던 셈이다. 이렇듯 『李舜臣』 연재는 신문사 측이 표면상 민족정신 선양의 기치를 내걸고 추진한 대중문화사업의 완결판이었다. 신문사의 그 같은 기대를 입증이나 해주듯이 단행본으로 출간된 후 『李舜臣』은 4000부를 넘기는 흥행 성적을 올렸다.[145] 이광수가 후일 "조선민족의 단점을 표현한 작품"[146]으로 『李舜臣』을 거론한 사실을 십분 인정하건대, 애초 신문사와 작자의 연재 의도는 달랐던 것으로 보인다. 그와 같은 간극은 역사소설가로 이미 문명이 높았던 이광수만의 특권적 지위에서 비롯된 것이었다. "지나간 날의 우리들 선조들의 자태를 똑똑히 다시 한 번 볼 필요가 잇다"는 전제 아래 "그 「보는 방법」"[147], 즉 역사관을 문제 삼았던 김기진과 이광수의 경우를 예외로 한다면, 대중성 획득이라는 신문연재소설 본연의 임무에 초연한 채 역사에 대한 서사

143) 이광수, 「忠武公 遺蹟巡禮」, 《동아일보》, 1931. 5. 21~6. 10.

144) 通俗生, 「新聞小說講座」, 《조선일보》, 1933. 9. 6~13.

145) 「書籍市場調査記, 漢陽·以文·博文·永昌 等 書市에 나타난」, 『三千里』, 1935. 19, 136쪽.

146) 이광수, 「百萬讀者가진大藝術家들-文豪 李光洙氏 『無情』等全作品을語하다」, 『三千里』, 1937. 1, 132쪽.

147) 「『深夜의 太陽』 豫告」, 《동아일보》, 1934. 4. 5.

적 탐구로서 역사소설의 창작 의의를 운위했던 사례는 그리 흔치 않기 때문이다.

1930년대 들어 신문저널리즘의 자본주의적 생리를 작가들이 자발적으로 내면화한 것과 맞물려 탈정치적인 역사소설이 본격적으로 창작되고 유통되기 시작한다. "읽기쉽게 알기쉽게 자미(滋味)잇게 이 세가지의 「잇게」를못토-로"[148] 한 역사소설이 대세를 이루면서 통속적 독물로 글쓰기의 성격이 선회한 것이다. 이러한 변화를 좇기 위해서 작가들은 먼저 "기록적 설화적 역사상 사실의 나열만이 역사소설이라"[149]는 구속에서 벗어나야 했다. 그 초기 대응은 "역사적 사실을 밝히려는 것이 아니라 그에 의거하여 그 시대 그 환경의 어떤 사회상을 그려보려는"[150] 풍속사적 관심으로 나타났다. 그리고 여기에서 한 걸음 더 나아간 경우 "사단은 다기 다양, 중중한 파란이 꼬리를 맞물고 일어나, 아실아실한 흥미 가운데 읽는 이를 끝까지 황홀하게"[151] 만들려는 목적의식 아래 활극적 요소를 가미하기까지 했다.

마침내 1930년대 초 연재소설의 공모에 '歷史 創作'이 포함되기에 이른다. '愛情, 探偵, 諧謔' 등을 모두 아우를 수 있는, 즉 "新聞連載에 適한 者"[152]로 역사소설이 발탁된 것이다. 그러나 장편소설 혹은 연재소설

148) 윤백남, 「『烽火』를 쓰면서」, 『三千里』, 1933. 12, 50쪽.
149) 「長篇小說 『無影塔』 예고」, 《동아일보》, 1938. 7. 16.
150) 「長篇連載小說豫告 歷史小說 『天鵝聲』」, 《매일신보》, 1933. 11. 16.
151) 「長篇小說 『黑頭巾』 豫告」, 《동아일보》, 1934. 5. 29.
152) 「革新紀念連載小說懸賞募集」, 《조선일보》, 1933. 5. 14.

連載小說懸賞募集

革新紀念

新人을求한다

天才여來하라

一、題材

一、長短

一、應募期日

一、預選

一、決選

一、賞金 當選作一篇 千圓

賞金千圓

* 1933년 5월 14일자 《조선일보》에 게재된 「革新紀念連載小說懸賞募集」 광고

공모에 역사소설이 포함된 사례는 매우 드물었다. 역사소설이 과잉 공급되고 있는 상황이 그 표면적인 이유의 하나였지만, 역사소설에 대한 문단의 폄하적 시선이 더욱 결정적인 요인으로 작용했기 때문이다. 거금의 현상 공모 대상으로서 역사소설은 결격이라는 묵계가 그만큼 강고했던 것이다. 심지어 어떤 공모는 "제재는 현대의 조선에서 취할 것으로 역사소설은 취지 않"[153]는다는 단서를 달기도 했다. "화성 씨가 한 개 역사소설로서 이름을 날리든 때는 이미 옛날, 오늘의 씨는 정당한 작가로서 두각

153) 「本社經營獨立紀念事業文藝作品懸賞募集」, 《매일신보》, 1938. 5. 20.

을 높인 지가 오랩니다"[154]라는 편집자의 소설 예고란 '소개의 말'처럼 작가의 지위를 보장해줄 수 있는 글쓰기로 역사소설이 인정받지 못했던 분위기가 당시 문단의 지배적인 풍토였다.

1920년대에서 1930년대 초반 사이 「史上의 로만쓰」에서 시작된 역사물 연재 흐름은 사화와 사담을 거쳐 야담으로 귀결되는 양상을 보인다. 신문연재 역사물의 주류가 정사적 기술에서 역사담물로 전환된 것이다. 역사담물은 역사 지식적 측면보다는 흥미가 우선적으로 고려된 글쓰기였다.[155] 초기 역사소설은 이러한 역사담물과 층위가 다른 글쓰기로 독자 대중에게 인지되지 못했던 것이 사실이다. 역사담물 내의 변별적 자질이 모호하여 그 명칭이 자의적으로 부여된 점, 서사 기법 면에서 역사소설과의 경계 역시 뚜렷하지 않은 점, 그리고 양 글쓰기의 작자가 교차되는 점 등이 그 주요한 이유였다. "從來의小說은 文藝라는立場이나 看板下에서 講談에 기우럿고 現行의講談은 講談이라는 立場과 看板下에서 小說의 形式과 手法을싸르는傾向인故로 前者가 非小說非講談이엇든것과 가티 後者도小說式講談 講談式小說의얼치기퇴기가되어가는모양"[156]이라는 염상섭의 진단은 그 같은 혼재 양상을 적절히 지적한 것이었다.

---

154) 「新長篇小說豫告『北國의 黎明』」, 《조선중앙일보》, 1935. 3. 29.

155) 아울러 정사적 기술에 가까운 연재물에서도 그와 같은 경향이 일부 나타났다. 「最新 史上의 三丙年」(이선근, 《동아일보》, 1936)과 「朝鮮心과 朝鮮色 其二-史上에 빛난 女性의 片貌」: 고구려 평민의 처 여옥의 시가」(김원근, 《동아일보》, 1934)는 연대기적인 기술에서 벗어나 주제적 혹은 소재적 접근을 보여준 사례들이다.

156) 염상섭, 「朝鮮藝術運動의 當面問題-講談의 完成과 文壇的 意義」, 『朝鮮之光』, 1929. 1, 116쪽.

그러나 역사담물과 역사소설을 구분 짓는 의식은 일본의 강담이 수입되는 과정에서부터 이미 제기된 바 있다. 역사소설은 야담으로 대표되는 역사담물 이전에 신문연재소설로 정착한 글쓰기였다. 역사담물이 소설적 기법을 부분적으로 수용하였다고는 하나, 근대적인 소설로 등장한 역사소설의 특성을 온전히 끌어안은 글쓰기였다고 말하기는 어렵다. "原體 文學과 野談은 그 外形的形態가 類似한것이 아니마큼 野談의 强盛이 文學의衰退를 招來할 危機를 짓지나 아니할가하는 杞憂는 無理한것이아니마큼 一部良心적인 作家나 批評家의 가운데서 퍽이 熱情的이 論議가 거듭해온"[157] 사정이 이를 말해준다. 이보상의 국한문 혼용체 소설 『林慶業傳』(《매일신보》, 1934)이 장형의 신문연재소설이면서 동시에 "역사소설로 규정"[158]되고 있다는 사실을 심상히 볼 수 없는 이유는 이 때문이다. 순국문소설은 아니었다 할지라도 장형의 신문연재소설이었기에 『林慶業傳』은 역사소설로 판정받을 수 있었다. 이 작품이 『林慶業傳』로 예고되고 첫 회가 연재된 후 두 번째 연재부터 '傳'이 탈락된 『林慶業』이란 제목으로 연재된 사실이 이와 무관하지 않을 터, 『林巨正傳』이 '傳' 또는 '講談'의 구각을 벗고 '장편소설'이라는 표제와 함께 『林巨正』으로 재규정된 내막과 이는 같은 맥락을 지닌다.

역사소설의 발흥을 이끈 이광수가 그러했던 것처럼 김동인 또한 역사소설 연재 중간 틈틈이 사담을 비롯한 역사담물 쓰기에 참여했다. 이와는

---

157) 이갑기 외, 「餘技文學은(野談·넌센스소설) 어떻게 撲滅」, 『朝鮮文學』, 1936. 7.
158) 「歷史小說 『林慶業傳』」, 《매일신보》, 1934. 1. 5.

상반되게 역사담물의 상당수 작자들이 역사소설가로의 변신을 꾀하기도 했다. 급기야 「大家와 野談」이라는 제목으로 이러한 문단 세태를 풍자한 만문만화가 등장할 정도였다. "野談의 文壇進出! 아니 文學의 野談界進出!"[159]이라는 구절이 결코 무색하다고 말할 수 없을 만큼 1830년대 흥미 본위의 역사물은 신문 지면 도처에 만연했다. 그와 같은 풍자만화는 작가들의 무분별한 야담 쓰기 행태를 향한 쓴 소리이기도 했지만, 아울러 소설적 자질을 구비하지 못한 채 양적으로만 비대해져간 역사소설의 저급성에 대한 비판이기도 했다. 야담이 역사소설과 경쟁 관계에 있는 글쓰기로 비쳤을 소지가 이 시기 역사소설에 다분했다는 것을 이에서 알 수 있다.

신문 지면에 야담의 진출이 빈번히 이루어졌다고는 하나 여전히 신문 연재소설란은 역사소설의 배타적 권역이었다. 야담을 위시한 역사담물이 진입하는 데 적지 않은 제약 요건이 연재소설란에 내재해 있었기 때문이다. 연재소설란은 서사물의 소재적 또는 양식적 특이성과 무관하게 신문소설로서 갖추어야 할 규범을 연재물에 강제함으로써 독자적인 미학을 구축해갔다. 이는 설령 장형의 야담이라 할지라도 연재소설란에 적합한 글쓰기로 곧바로 용인되지 않았다는 것을 뜻한다. 물론 허구적 요소를 강화하고, 소설의 플롯 개념을 도용하며 부분적이나마 인물의 심리 묘사를 도입하는 등 글쓰기 패턴에 있어 야담이 종래의 역사담물과 비교할 때 근대소설에 가깝게 점차 혁신되어 간 것은 사실이다. 그러나 이를 근거로 역사소설과 야담의 경계가 사라졌다고 말할 수는 없다. 윤백남과 같은 대

159) 「文壇漫畵 - 其一 : 大家와野談」, 《동아일보》, 1936. 1. 1.

표적인 야담가의 역사담물이 연재소설란에 실리는 예가 적지 않았지만, 그 경우에도 '역사소설'이라는 타이틀 또는 표제는 필수적으로 첨부되어야 했다. 소설적 주변 장치가 연재소설란의 등재 요건으로 필수적이었던 것이다. 그러한 의미에서 신문 문예란에 간헐적으로 실리던 야담이 1930년대 말에 이르러 고정란의 신설과 함께 안정적으로 게재되면서 연재소설란의 역사소설과 그 길을 달리했던 형국은 양 글쓰기의 개별성이 구분된 가시적 계기였다고 말할 수 있다.

근대적 소설 문법이 투사된 역사물들이 등장하면서 비로소 역사소설이라는 용어의 개념은 구체화될 수 있었다. 그러나 역사소설의 변별적 자질로 소환되었던 의미소들은 실상 근대적인 소설 일반의 미학적 특질들에 지나지 않는 것이었다. 다만 역사에서 제재를 취한 텍스트라는 특수성만이 근대소설의 범주 안에서 역사소설을 배타적으로 경계 그을 수 있는 유일한 표징이었다. 그와 같은 점이 당시 열등한 문예 양식으로 간주된 역사담물과 역사소설의 공약수였다는 사실은 아이러니가 아닐 수 없다. 역사라는 제재의 특수성이 역사소설과 역사담물 사이의 연속성 담론을 생산하고 유포시킨 발원지이자 동시에 상이한 기원을 은폐시킨 요인이 되었기 때문이다. 그러나 역사소설이 장형의 연재물로 고정된 지면을 확보하였던 데 반해 야담을 포함한 역사담물은 문예란의 한정된 지면을 통해서만 발표됐다. 그리고 그 양립 구도는 1930년대 들어와 신문소설의 상업성이 더 강화되어 가는 것을 계기로 더욱 확고해졌다. 역사담물이 역사소설가들에게 외도의 일면과 장형의 역사소설 창작 역량을 시험하기 위한 예비적 단계로서 의의를 지닌 글쓰기였다는 사실을 여기에서 알 수 있다.

요약컨대 한국 근대 신문연재 역사소설은 역사담물의 번성이 가져온 역사물 일반에 대한 독자 대중의 관심을 부산물로 공유하는 한편 신문연재소설로서 개별성을 동시에 추구했던 글쓰기였다. 즉, 역사담물과 역사소설 간의 지난한 교섭은 역사물 일반의 대중화 차원에서 보자면 공조였다고 할 수 있으며, 신문 지면을 둘러싼 주도권 싸움의 차원에서 보자면 경합이었다고 말할 수 있는 것이다. 1931년 《동아일보》의 풍경은 이를 상징적으로 보여준다. 이 시기 연재소설란에는 윤백남의 역사소설 『大盜傳』과 김동인이 일본 시대물의 영향을 받은 것이라고 회고한 『젊은 그들』이 동시에 연재되고 있었다. 특히 『젊은 그들』의 대중적 인기가 높았다. 학예면에는 이윤재의 「史上의 幸未」가, '어린이 조선'란에는 정간 이전에 연재되었던 「史上의 로만쓰」와 유사한 형태의 역사담물이 게재되고 있었다. 아울러 같은 시기 같은 지면에 김태준의 「朝鮮小說史」가 연재되고 있었다는 사실 또한 우연으로만 볼 수 없다. 이처럼 여러 형태의 역사물이 동시 게재됨으로써 역사물에 대한 대중적 관심은 자연히 커질 수밖에 없었다. 그것은 독자층의 요청에 의한 결과라기보다는 신문저널리즘이 주도적으로 독자 취향을 이끌어감으로써 나타난 현상이었다.

4. 신문소설의 미학과 역사소설의 대중성

신문연재소설을 대중소설의 전범으로 보는 관점에 따르면, 그 실질적인 소비자는 곧 대중이다. 김기진처럼 노동자와 농민을 가리키는 용어로 엄격히 제한한 예도 있으나, 1930년대 대중소설과 관련하여 '대중'은 대체적으로 "문학에 대한 특별한 교양이 없는 전체를 의미"[160]하는 개념으로 통용되었다. 특히 "문학세계의 대중은 부귀나 지식으로 표준한 것이 아니라 문학에 대한 소양여하로 구분될 것"[161]이었다. 한 개의 신문지에 소설 수편을 반드시 싣는 것은 보통 독자를 제외한 특수한 문예 애호가를 위하여서가 아니었다. 문예라는 명칭조차도 모르는 대군(大群)이 연재소설에 대한 취미로서 신문을 구독하라는 의미였던 만큼 그 애독자는 자연스럽게 가정부인과 학생이 대부분을 점령하고 그 밖에는 상인과 직공, 소점원이 대부분을 점령했다.[162] 개인적 독창성이 극단으로 배격되고 통속

160) 윤백남, 「新聞小說 그 意義와 技巧」, 《조선일보》, 1933. 5. 14.
161) 염상섭, 「通俗, 大衆, 探偵」, 《매일신보》, 1934. 8. 17~21.
162) 김동인, 「新聞小說을 어써케 써야 하나-新聞小說이라는 것은 普通小說과는 다르다」, 《조선일보》, 1933. 5. 14.

화가 그 표준으로 제시된 사정은 저널리즘의 목표가 이처럼 쉬운 문자를 이해할 수 있는 가장 옅은 수준의 독자 포섭에 있었던 것과 관련된다.[163]

역사소설이 공공연하게 대중소설의 대명사로 일컬어진 사실과 신문연재소설에서 차지한 비중을 감안한다면, 그 독자층 역시 일반 대중소설의 독자층과 크게 다르지 않았을 것이라는 추론이 설득력을 지닌다. 그러나 다른 한편으로 역사소설은 별개의 목적의식을 삽입하는 차원에서 특수한 독자층의 수요를 겨냥하기도 했다.

> 지금 四十以上의 大衆男女는 아모래도 現代意識이나 現代風潮나 모던的 尖端的流行에서 뒤ㅅ길로 섯고 乇從來의舊小說에서涵養된 讀書趣味로나 그本來의保守的 傾向等으로보아 所謂「時代物」이나 怪奇小說을 要求하는 한便에 最近에 새로운現象으로서 朝鮮的의것으로 도라오라는 一般機運에 얼싸여서 歷史에對한知識慾과 乃至興味가靑年男女間에 擡頭되엇슴으로 이兩者를 휩쓰러서一般으로 史譚이歡迎되는趨勢인즉이것을다시小說化하야 讀者의要求를滿足케하자면前記함과가티 日本類의「時代物」이適合하기는하나 그러한 取材와 形式이 아즉 完成되지못하얏스니 自然히本格的歷史小說에로 다라나거나 그와類似한程度에서 彷徨하게된現狀이라하겟다[164]

163) 이건영, 「쩌날리즘과 文學」, 『新東亞』, 1934. 5, 94~5쪽.
164) 염상섭, 「歷史小說時代」, 《매일신보》, 1934. 12. 20.

역사 지식이 대중에 보급되지 못한 것은 말할 것도 없고 전문가 외에 2, 30대의 청년남녀가 거의 대부분 역사적 지식에 결여를 느끼는 까닭에 역사소설이 요구되었다는 염상섭의 위와 같은 진단에 따르면, 40대 이상의 대중 남녀와 역사에 지식욕과 흥미를 느끼기 시작한 청년 남녀가 이에 가세하는 형국이 당시 역사소설의 실질적인 독자층 구성이었다고 말할 수 있다. 염상섭이 '역사소설시대'의 전성기가 올 것이라 예상했던 것도 이러한 조선의 특수사정을 의식해서였다. 역사 지식이 일반적으로 보급되어 있던 일본의 경우 소설의 형식을 통하여 역사를 알려는 흥미나 우원한 요구가 없는 데 반해 "조선사람은 고담을 즐겨하고 구소설에 저즌 안목과 興趣로도 역사물을 요구하거니와 지식적으로도 과거를 알랴는 욕구가 사담 혹은 역사소설로 몰리게 되는"[165] 특성이 있다는 것이다. 아울러 "小說이란形式으로滋味잇게 그날〻의慰安을 엇는同時에 知識慾을 채우자는 말하자면 一石二鳥式의所得을 바라는"[166] 역사 지식 층위에서의 유인 동기가 염상섭이 생각한 역사소설 대중성의 핵심이었다.

그러나 염상섭의 지적했던 역사 지식적 측면과 '자미'의 추구 사이에서 1930년대 역사소설은 후자를 보다 강조함으로써 통속소설로의 길을 스스로 재촉했다. 김환태의 주장처럼 작가의 강렬한 개성의 낙인과 심적 필연성을 띤 스토리(액션)의 부재 상태에서 공상적 우연성만이 난무하게 될 때, 통속소설화의 길은 피할 수 없다.[167] 실제로 대중소설 및 야담의 작

165) 염상섭, 위의 글.
166) 염상섭, 「歷史小說時代」, 《매일신보》, 1934. 12. 21.
167) 김환태, 「文藝時評-新春創作總評」, 『開闢』, 1935. 3, 9~10쪽.

가에 의하여 역사가 기담(奇譚)화되며 왜곡되고 있다는 생각은 당시 논자들의 공통된 인식이었다.[168] "대중의 얇은 인기를 얻고자 한 목적에서였든 혹은 역사적 사실을 빌어서 표현시키려는 내용상의 여러 가지 불편과 부자유가 가중되는 까닭"[169]에서였든 역사소설을 빙자한 "소위 야담류에 의하여 어그러지게 해결되고 있는 문학의 대중화와 역사적 테마의 횡령"[170]이 부인할 수 없는 현실이었던 것이다.

1920년대 삼대 민간신문의 창간과 함께 본격화된 신문사 간 경쟁은 기사의 상품화를 자극했다. 그 결과 《매일신보》를 비롯하여 민간신문사들은 지면 배치 과정에서 연재소설란의 획정을 중요한 사안으로 다루었다. 이 시기에 벌써 한 신문에 동시에 세 편의 소설이 연재되는 일이 비일비재했으며, 연재소설이 첫 번째 면을 장식한 경우도 적지 않았다. 연재소설이 갖는 독자 흡인력이 신문 구독과 직결된다는 인식을 신문사들이 공감한 결과다. 문제는 몇 사람 안 되는 장편 작가들의 생산만으로 확대된 연재지면을 채우기가 불가능하다는 데 있었다. 더욱이 순수한 창작만으로 구색을 맞추기 어려운 실정이어서 신문 편집진의 고민은 깊을 수밖에 없었다.[171] 이러한 상황에서 제안된 궁여지책이 서구탐정물의 번안이었다. 그러나 1920년대 전반기까지 계속되어온 서구 문예의 번역 또는 번안은 어

168) 한식, 「歷史文學 再認識의 必要-現役作家에게 보내는 覺書」, 《동아일보》, 1937. 10. 3~7.

169) 獨角生, 「歷史小說」, 《조선일보》, 1937. 9. 19

170) 한식, 앞의 글.

171) 최독견, 「新聞小說雜草」, 『鐵筆』, 1930. 7, 30쪽.

느 순간 한계에 봉착하고 만다. 이국적인 텍스트로서의 신선한 매력이 희박해지면서 독자들은 식상함을 느끼기 시작했다. 새로운 문예물에 대한 요구는 이로부터 분출되었다. 아직 일천한 장편의 "순수 창작물이 외국의 탐정물이나 로맨틱한 독물(讀物)에 비해 일반 독자의 흥미를 끌 힘이 약한 것이 사실"[172]이었기에 이를 대체할 더 강력한 신문소설의 주제가 긴급했던 것이다. 신문사들은 중국고대소설을 일차적 대안으로 제안했다. 그 대표적인 텍스트로 민태원의 『西遊記』(《중외일보》), 윤백남의 『水湖志』(《동아일보》), 양백화의 『三國志』(《매일신보》), 열운(烈雲)의 『紅樓夢』(《조선일보》) 등이 1920년대 후반에서 30년대 초 연재되었다. 탐정물과 기이담(奇異談), 모험담 중심의 서구 문예에서 역사물로 독자들의 취향을 유도한 것이다.

중국 고대소설의 이 같은 연재는 조선의 과거사에 대한 소설적 관심으로 자연스럽게 이어졌다. 번역기를 벗어나서 창작기로 접어든 시점에서 서구 번역물이 역사소설 창작으로 이어지는 데 중국 역사물이 가교 역할을 한 것이다. 이러한 현상은 보는 관점에 따라 번안 시대로부터 창작 시대, 그리고 역사물 혹은 고대소설 시대로 향하는 역전적 상황으로 풀이되기도 했다.[173] 그러나 장형의 소설 창작 역량이 빈약한 조선에서 대중물을 제공하고자 했을 때, 그 선택의 폭은 현실적으로 넓지 못했다. 때문에 정사(正史) 또는 야사(野史)를 포괄하여 역사물에서 취재하는 방향으로 연

172) 이익상, 「읽히기 위한 小說-新紀元이 온 新聞小說을 봄」, 《중외일보》, 1928. 1. 1~3.
173) 최독견, 앞의 글, 29쪽.

재물 생산이 흘러간 것은 필연적인 향배였다. 이는 일본 문단의 대중물 전개 양상을 본 뜬 결과이기도 했다.[174] 따라서 조선의 역사소설이 일본 시대물을 부분적으로 참조한 산물이라 한다면, 그것은 개인적인 영향에서가 아니라 매체 차원의 수용에서 기인한 결과였다고 할 수 있다.

역사로부터 문학을 이끌어낸 주체가 신문저널리즘이었듯이 역사소설을 통속소설의 상징으로 만든 것 또한 신문저널리즘이었다. 그 탄생과 양적인 번성, 그리고 질적인 통속화에 이르기까지 역사소설은 신문저널리즘의 기획을 넘어 상상할 수 없는 글쓰기였다. 그러나 역사소설과 신문저널리즘이 어떠한 지점에서 선택적 친화성을 가질 수밖에 없었던가하는 문제는 더욱 면밀한 검토가 필요한 사안이다. 우선 신문저널리즘이 추구하는 대중성이 역사를 향해 있는 것인가 아니면 소설을 향해 있는가라는 물음에 단정적으로 답하기는 어렵다. 외견상 양자에 대한 동시적인 지향이 역사소설을 신문지상에 안착시킨 결과를 가져왔다고 말할 수 있을 것이다. 대중성을 매개로 양자의 결합이 이루어진 것이라면, 역사를 기록적 사실과 무관한 재미의 대상으로 전유할 공산은 커진다. 그리고 대중성이 문제시될수록, 즉 신문저널리즘의 상업적 성격이 강조될수록 역사 담론보다는 소설적 글쓰기 요건을 강화하는 방향으로 기울게 마련이다. 신문저널리즘과 소설적 글쓰기 사이의 선택적 친화성에 극적 효과를 더해주는 소재로 '역사'가 전유될 가능성이 그만큼 높아지기 때문이다.

1920년대 이후 식민지 조선의 신문저널리즘과 "장형의 연재소설"[175]

174) 염상섭, 「通俗·大衆·探偵」, 《매일신보》, 1934. 8. 17~21.

은 공모적 관계에 이른다. 역사소설은 당시 신문연재물의 대표 주자였다. 한원영의 조사에 따르면, 1920년대 신문에 발표된 장편소설은 총 140편이고 1930년대 신문에 발표된 총 소설 수는 480여 편에 달한다.[176] 이 가운데 역사소설로 분류할 수 있는 작품은 1920년대 5편, 1930년대 26여 편 정도다. 숫자상으로는 그 점유율이 그리 높지 않았다고 볼 수 있다.[177] 그러나 수치상의 비교만으로 역사소설이 신문 지면에서 차지한 비중이 미미했다고 판단한다면 이는 오산이다. 우선 역사소설의 발흥 시점이 1926년 무렵이었다는 사실을 기억할 필요가 있다. 아울러 1930년대 전체 소설 480여 편 가운데 역사소설이 차지한 비중이 5% 정도에 불과한 것은 전자가 장단형의 소설을 모두 합한 수치이기 때문이다. 역사소설이 장형의 연재물이었다는 점을 감안할 때, 위와 같은 비교에 그다지 큰 의미를 부여하기는 어려워 보인다. 오히려 홍명희의 『林巨正傳』 한 작품이 십여 년 넘게 연재된 사실, 역사소설의 연재 기간이 대체적으로 여타의 장편소설보다도 길었을 뿐만 아니라 후편 연재 역시 적지 않았던 점, 그

175) "신문의 연재소설이란 그러므로 말이 장편이지 실상은 이천자짜리 콩트를 일백오십개 가량 한개의 원사건으로 통일시킨 複合掌篇이랄 수가 잇는 것이다. 그리고 이러한 형식의 소설이야말로 가장 쩌나리즘이 요구하는 신문소설인 것이다(채만식, 「讀者의 量問題」, 《매일신보》, 1940. 9. 26.)"라는 채만식의 설명을 수긍한다면, '장편소설' 이라는 용어보다는 '장형의 연재소설' 이라는 표현이 더 적절하다고 말할 수 있다.

176) 한원영, 『韓國近代 新聞連載小說硏究』, 이회문화사, 1996, 113~345쪽.

177) 이러한 통계상의 비교를 위해 필자는 앞서 기점 논의에서 도출된 기준을 적용하여 역사소설을 판별해냈음을 말해두고자 한다. 몇몇 연구자들에 의해 역사소설로 판정받아온 윤백남의 『海鳥曲』(《동아일보》, 1931. 11. 17~1932. 6. 5), 『眉愁』(《동아일보》, 1935. 4. 1~9. 20), 『白蓮流轉記』(《동아일보》, 1936. 2. 22~8. 28) 등에 대해 필자는 유보적인 입장임을 밝힌다. 역사적 사건 및 인물과의 접점을 찾기 힘든 작품들이라는 것이 그 이유다. 역사적 문맥에서 이탈된 서사를 역사소설로 보기에는 다소 무리가 있다.

리고 1930년대 《매일신보》와 삼대 민간신문 가운데 최소 한 신문에 역사소설이 상시 연재되었던 사실 등을 상기할 필요가 있다. 숫자상의 통계가 신뢰할 만한 대비를 보여주는 것은 1940년대의 연재 상황이다. 이 시기는 《매일신보》만이 유일하게 한글 중앙지로 남게 된 시점일 뿐만 아니라 창작 활동이 극도로 위축된 기간이었다는 점에서 연재소설로서 역사소설의 위상이 명확히 가늠되는 지점이다. 1940년 1월에서 8월까지 장형의 연재물로 분류할 수 있는 작품만을 꼽는다면 대략 열일곱여 편이다. 그중 여덟 편이 역사소설이었다. 거의 두 번에 한 번 꼴로 역사소설이 연재된 셈이다. 역사소설이 이처럼 신문저널리즘의 총아로 떠오를 수 있었던 것은 그 요구에 부응하기 위해 작가들이 역사 지식의 보급보다는 소설적 재미의 측면을 우선적으로 고려했기 때문이다. 역사소설이 다루는 역사가 소설적 재미로 향유되는 소재로서의 역사였다는 이야기다. 역사 기술과 비교할 수 없을 정도로 많은 양과 다양한 형태의 역사담물이 신문 지면을 장악했던 사정이 이를 간접적으로 웅변해준다.

한편으로 검열과 같은 표면적인 이유를 들지 않더라도, 신문사의 요청에 의해 또는 작가들의 생업의 일환으로 쓰인 역사소설이 이념 추구의 창작으로 남기란 사실상 불가능에 가까웠다.[178] 일단 저널리즘에 의거하여

178) 이와 관련하여 흥미로운 작품이 김기진의 『深夜의 太陽』이다. 이 작품의 직접적인 창작 동기는 '작자의 말'에 나타난 것처럼 투철한 역사의식의 발로에 있지 않았다. 후일 그가 다음과 같이 회고하고 있듯이 그것은 생계의 일환이었다.

형님이 감옥에서 나올날이 몇달 안남았다. 적어도 五十圓은 있어야 이것저것 준비를 하겠는데 돈을 만들 길이라고는 신문소설을 쓰기로하고서 신문사로부터 미리 원고료 일부분을 선불해달라고 조르는 길밖에 생각나지않는다. 그리고 교섭해 볼만한 상대로는 동아일보밖에 없기때문에 나는 그전부터 金玉均에관한 이야기를 소설로 한번 써보고싶던터인지라 용

작품을 발표하는 경우 "저널리즘의 본질적 요구에 응하기 위해 어떠한 정도로든 통속적 요소 내지 수법과 야회(野會)하지 않을 수 없는 것"이 당대 작가들이 처한 여건이었다. 자신의 작가적 이상과는 별개로 쓸 수 있는 작품이 신문연재소설이었으며, 그다지 무리한 창작적 고민 없이 사료(史料)에 의존해서 쓸 수 있는 장형의 연재물이 역사소설이었던 것이다. 그리고 "역사상 인물로서 독자의 머리에 남거나 서적에 기록된 이는 행동이 모두 영웅적이라는 점, 이 영웅적 행동에는 쓰림이 있고 템포가 빠르다는 점, 그리고 변전무쌍(變轉無雙)한 사실로서의 자미를 볼 수 있다는 점, 그러하기에 독자를 획득하는 데 절대적인 매력을 가졌다"[180]는 점 등은 역사소설 창작을 이념이 아닌 자미로 견인한 내부적 요인이었다.

> 쩌—날리즘에있어 무엇보다도 重要한것은速度의尊重이다. 生産과 販賣過程에있어서는 勿論이겠거니와 記事의選擇에있어서도 速度의尊重은 決定的重要性을갓고 있다. 勿論 이境遇에있어서의 速度의尊重은 記事의質的 面을規定하고있다. …(중략)… 作品의量의制約이라는 外面的意味에있어서는 勿論이거니와 作品의構成이라는 內容的意味에있어서도 制約은 必然한事態로 要求되어진다.[181]

기를 내가지고 東亞日報社로 古下 宋鎭禹사장을 찾아가서 나의 사정을 털어놓고 말씀드렸다(김팔봉, 「片片夜話 - 青年 金玉均」, 《동아일보》, 1974. 6. 24.).

179) 안함광, 「쩌낼리즘과 文學의 交涉」, 『朝鮮文學』, 1939. 3, 133쪽.

180) 함대훈, 「題材의 多樣性」, 《매일신보》, 1940. 10. 11~2쪽.

181) 안함광, 앞의 글, 133~4쪽.

저널리즘의 특성상 이처럼 시속성(時速性), 시의성(時宜性), 대중성이 역사소설을 비롯한 신문소설에 군림하는 상황은 필연적 사태였다. 신문소설의 서사적 층위에서 템포, 곧 속도는 중요한 미학적 기제이기 때문이다. 무엇보다도 역사소설이 이 속도를 중시한 글쓰기였다는 데 대중성 획득의 성공 비결이 있었다. 역사소설은 사료의 연대기적 시간을 해체함으로써 서사의 계기적 시간을 재구한 글쓰기라 할 수 있다. 신문연재 역사소설은 이러한 특성을 십분 활용했다. 고정된 과거 사실을 임의적으로 분절할 때, 일회적 완결성과 연결성을 동시에 내장한 기사로의 재배치는 용이해진다. 기록적 역사의 시간성을 해체함으로써 새롭게 구성되는 서사에 속도감을 손쉽게 부여할 수 있는 것이다. 이때 허구적 요소의 삽입은 속도의 완급을 조율할 수 있는 방편이 된다. "그날마다의 서스펜스가 있어야 하고 장면 교체의 다채화 등이 있어야한다"[182]는 신문소설의 요구는 이러한 공정을 거침으로써 충족될 수 있었다. 과거를 대상으로 한 역사소설이 역설적이게도 '일 회 분의 뉴스'로 탄생될 수 있었던 내막인 것이다.

시간의 분절과 그로부터 파생되는 속도는 근대적인 의식의 소산이다. 재현이 이루어지는 현재와의 명확한 단절을 전제로 과거의 시간을 압축하여 속도감을 유발시키는 역사소설 쓰기야말로 이러한 근대의 시간 의식이 집약된 행위라 할 수 있다. 역사소설 쓰기와 그것의 대중적 소비가 이루어지는 공간으로서 연재소설란은 매체적 근대성을 매개로 이를 발현시켰던 무대였다. 역사소설은 이 장에서 과거를 현재적 이미지로 소환하

182) 안함광, 앞의 글, 134쪽.

여 역사적 감수성의 대상으로 만드는 가운데 독자를 그 안에 위치시킴으로써 그들로 하여금 속도에 대한 신자(信者)되기를 자청하도록 강제했다. 내포 독자(implied reader)로서의 기대 독자, 곧 텍스트가 발화되는 순간 텍스트 내부에 기거하게 되는 독자는 이로써 탄생했다. 이때 독자에게는 결코 겪어본 적 없는 상실의 기억을 공급해줄 이미지에 자신의 '노스탤지어'[183]를 결부시킬 능력만이 요청된다. 그리고 그 항수는 집단의 기억으로 가정되는 과거를 향해 열리게 마련이다.[184] 이러한 대체(代替)적 노스탤지어를 신문저널리즘은 대중 광고를 통해 지속적으로 자극했다. 그 결과 잃어버렸거나 부재하며 동떨어진 것으로 간주되었던 시간들을 재구성한, 속도에 의해 조작된 가상의 서사라는 의미에서 일종의 시뮬라크르가 역사소설이란 이름으로 창조될 수 있었던 것이다. 이때 '시뮬라크르(simulacre)'로서의 역사소설은 전통적인 체계 안에서 과거 이미지의 단순한 재현이 아니다. 실제로는 존재하지 않는 대상을 존재하는 것처럼 만들어 놓은 인공물로서의 역사소설인 것이다.

신문소설란의 매 일 회 분은 과거의 재생으로 연속되는 역사소설의 현재다. 지나간 날의 정황과 사건이 연재 당일의 지면 위에서 현재화되는 것이다. 연재되는 날짜 위에 새로운 시간을 배열함으로써, 즉 과거를 현

183) 보임은 근대적인 노스탤지어를 신화적 회귀의 불가능성을 자각한 근대인이 선택하게 되는 경우의 수 가운데 하나로 설명한다(Svetlana Boym, *The Future of Nostalgia*, Basic Books, 2001, p. 8.). 역사소설의 소비 또한 같은 맥락에서 근대적인 노스탤지어의 발현 현상으로 이해될 수 있을 듯하다.

184) 아르준 아파두라이, 차원현·채호석·배개화 옮김, 『고삐 풀린 현대성』, 현실문화연구, 2004, 141쪽.

재에 겹쳐 놓음으로써 현재의 공백을 채워나가는 셈이다. '이야기 시간'과 '이야기하는 시간'을 가로지르는, 과거와 현재 사이의 이러한 삼투 형식의 시뮬라크르가 곧 역사소설만의 특장이었다. 그러나 1930년대 역사소설의 지배적 흐름 안에서 보자면, 연대기적 시간성을 제거하고서 서사적 층위에 사료를 재배치하는 서사 구성이 곧 역사 지식의 습득을 요구하는 현재적 문맥과의 직접적인 접속을 뜻하는 것은 아니었다. "소설의 세계를 현대로부터 과거에 옮긴다는 데 흥미 이상의 이유가 있거니와, 역사적 현실이 우리들의 문학의식과 어떤 유기적인 관계를 가지고 있을 때 작가는 제 소설을 역사의 현실을 빌어서 구성한다든지 현대의 성격과 환경을 소설 가운데 구성할 조건이 불편해질 때 그들은 역사와 유사한 과거의 한 시대를 택한다"[185]든지 하는 식의 설명은 통속화를 경계하기 위해 이론적으로 제안된 논자들의 이상적 지향이었을 따름이다. 이러한 사실은 이 시기 역사소설이 통속성에 얼마나 깊이 침윤되어 있었는가를 반증한다.

일반적으로 역사소설을 민족 이야기로 읽어내려는 충동은 그것이 자국의 혹은 자민족사로 상상되는 과거를 제재 삼은 글쓰기라는 사실을 가정한 데서 비롯된다. 식민지 조선의 경우 이를 추동해낸 주체 가운데 하나가 신문저널리즘이었다. 시장의 의사(擬似) 과거 또는 의사 전통의 창조는 국가 또는 민족의 전통 발명에 대한 경제적 등가물이라 할 수 있다. 메시지들이 과거에 삽입되고 그런 다음 회복이 가정되는 것이다. 그러나 실재로 재현된 것은 단지 과거에 대한 현재의 관념일 뿐이다.[186] 이러한

185) 임화, 「世態小說論」, 《동아일보》, 1938. 4. 1~6.

메커니즘의 대표적인 예가 바로 1920년대 후반 조선의 야담운동이었다고 할 수 있다. 민족말살운동에 대한 저항이자 귀근운동(歸根運動)으로서 야담의 의의를 찾으며 이 운동을 실질적으로 주도했던 김진구의 설명에 따르면, 야담이란 중국의 설서(說書)와 일본의 신강담(新講談)을 끌어다가 장점은 취하고 단점을 보완하여 거기에 조선적 정신을 집어넣어 창설한 것이었다.[187] 이러한 설명은 야담의 전통성이 현재적 관념의 투사임을 확연히 보여준다. 야담의 그와 같은 출범 선언과는 달리 역사소설 창작의 명분은 재미를 표면에 내세워 은근하고도 암묵적인 형태로 표방되었다. 그럼에도 불구하고 자국사와 역사소설을 연계하여 읽으려는 또는 읽어줄 것을 종용하는 관습은 강고했다. 그 근저에는 전통에 대한 갈망처럼 보이는 것을, 전통을 제시하거나 재현하는 사물에 대한 갈망으로 변형할 수 있을 때 엄청난 시장 파급력을 획득할 수 있다는 신문저널리즘의 논리가 작동하고 있다.

새로이 고안된 역사소설과 역사담물을 통해 이야기 전통의 부활을 주도한 주체는 신문저널리즘이었다. 저널리즘은 역사에 대한 대중적 관심과 지지를 적극적으로 이끌어내기 위해 역사 담론 및 그 주변 담론들을 지속적으로 생산해냈다. 당시 '전통론' 또는 '고전부흥론'에 관한 무수한 논의들이 이 시기 신문의 주요 지면에 적극 수용된 사실은 역사물 기사의

186) 전통의 유지와 자본주의 시장과의 역학관계에 대해서는 다음의 책을 참조하기 바람. David Gross, *The Past in Ruins-tradition and the critique of modernity*, the University of massachusetts Press, 1992.

187) 김진구, 「野談 出現 必然性」, 《동아일보》, 1928. 2. 5.

효과적인 판매를 위해 구사된 저널리즘의 전략으로 볼 수 있다. 특히 민족주의 담론의 유포는 신문저널리즘이 역사소설을 광고하기에 더없이 유용한 방편이었다. 신문사와 공동 기획으로 추진된 야담대회가 민족정신의 고취와 계승을 표방하는 광고 문안으로 버젓이 신문 지면에 내걸렸음에도 불구하고, 역사의식 고취를 위한 대중적인 문학운동으로만 평가할 수 없는 이유를 이에서 찾을 수 있다. 이러한 맥락에서 '역사소설 = 민족사 쓰기'라는 등식에 대한 판단은 일단 의심되거나 최소한 유보될 필요가 있다. 역사소설에 관한 개별 비평들이 하나의 메타내러티브로 수렴되는 과정을 고찰함으로써 그간 절대 명제인 양 통용되어 온 위와 같은 도식의 진위는 가려질 수 있을 것이다.

IV.

역사소설 메타내러티브의 형성과 원리

1. 역사소설과 역사담물(歷史譚物) 사이의 경계 긋기

그동안 한국 근대문학에서 '역사소설'은 역사적 제재를 취한 소설 일반을 가리키는 양식명으로 통용되어왔다. 그러나 실상 역사소설은 독자적인 양식 미학을 구유하지 못한 근대소설의 한 양상에 불과한 것이었다. 역사소설에 장르 또는 양식적 위상이 부여될 수 있었던 데에는 무엇보다도 역사소설 비평의 역할이 컸다. 1920년대 후반부터 본격화된 역사소설 비평이 그와 같은 담론을 구축해 간 것이다. 처음부터 여러 논자들의 개별 비평은 역사소설을 양식으로 가정하는 내러티브를 만드는 데 공조했다. 역사소설의 기원을 소급적으로 확인시키는 방식을 통해 양식성이 부재하다는 사실을 지속적으로 은폐해온 것이다. 이 글에서는 이와 같은 역사소설 비평 담론을 '역사소설의 메타내러티브'라 칭하고자 한다.

한국 근대문학에서 역사소설 비평의 단초를 마련한 이는 염상섭이다. 1929년 발표한 「朝鮮藝術運動의 當面問題 – 講談의 完成과 文壇的 意義」에서 염상섭은 '소설'이라는 일반 장르명을 사용하여 '강담(講談)'의 당대적 의의를 논한다. 염상섭은 강담의 유래와 특성을 설명하고 그 한계를 지적하며 발전 방향까지도 모색하는데, "보담高級한 文藝를民衆이 理

解消化식힐素地 素養을만든다는意味로 歡迎"될 뿐 "講談이 純正高級의文藝가 못되는 다음에는 講談이 中心勢力이되어서는아니될것"을 강조한다. 아울러 "講談은 어듸까지든지 講談이여야할것이요 小說的形式과 手法을 混用하야 小說과 講談의分界線을 朦朧抹殺하야서는아니 될 것"이라고 주장한다. "講談이 小說의模造品이되어서는 小說을墮落케하고 低級化하야 小說壇을攪亂하고 그「레벨」을 언제나 向上식히지못하야 終局에 民衆의文藝眼이 깨일機會를주지못하거나 또는 그發達을 遲々케할것"[188]이라며 일종의 강담에 대한 경계심을 표한 것이다. 염상섭의 이러한 논의는 엄밀히 말해 역사소설을 염두에 둔 소설과 강담의 비교였다. 새로운 역사물이라 할 강담과 기존 소설 양식과의 비교에서 소설 일반의 상정은 곧 강담과 공통된 제재를 취하는 역사소설로 좁혀질 수밖에 없을 것이기 때문이다.

역사소설이 신문 지면에 안착된 시점에 발표한 「歷史小說時代」에서 염상섭은 "사담 또는 전기류의 당대적 형식으로서 야담, 거기에 소설적 체재를 갖춘 시대물, 그리고 역사와 소설을 동일 선상에서 근리융합(近理融合)시킨 고급의 역사소설"을 순차적인 위계로 설정해 제시한다. 강담이 본격적인 역사소설에 비해 열등한 양식으로 취급되고 있는 것이다. 이를 근거로 볼 때, 소설과 강담에 관한 앞서의 논의가 강담과 역사소설의 위상을 전제로 한 것이었음을 알 수 있다. 염상섭의 시각에서 보자면, 강담

188) 염상섭, 「朝鮮藝術運動의 當面問題-講談의 完成과 文壇的 意義」, 『朝鮮之光』, 1929. 1, 117쪽.

의 의의는 그것이 고급한 문예를 향유하기 위해 필요한 예비적 단계라는 데서 찾아진다. 강담의 대중성은 나름대로 고평되어야 하겠지만, 대중 영합적 측면의 위험이 함께 고려될 필요가 있다는 그의 주장이 이를 뒷받침한다. 이처럼 염상섭이 강담을 소설 양식에 비해 저급한 문예물로 평가한 이유는 전자가 독자적인 형식과 수법을 가지지 못했다는 판단에서였다.

염상섭의 논의 이전 역사소설이라는 명칭을 공식적으로 사용한 최초의 비평은 정철의 「歷史小說에 關하야」이다. 이 글 역시 염상섭의 논의처럼 강담과 같은 역사담물 일반에 대해 역사소설의 우위를 전제하고 있다. 정철은 "좀더그事實을헤치고한거름드러가서 그社會의人類生活이 依據하야낫타내는가진現象의 根抵를 確實히붓잡고서그根抵우에 活躍하는 役者의 役割을 그根抵와의關聯을거처서 그려주기를" 역사소설 작가들에게 요구한다. 이 같은 기대 지평은 강담 및 여타 역사물의 한계가 "支配的民族感情의 煽揚을것처서情緖의激傷哀嘆 또는同情에쓰"[189] 치는 데 있다는 생각으로부터 도출된 것이었다.

한편 1934년 '三千里社' 주최로 열린 〈文學問題評論會〉는 역사담물에 대한 역사소설의 우위를 확인하고, 양자의 경계를 구획한 최초의 집단적 논의였다. 이 모임에서 양백화는 사실(史實)이나 야사(野史)의 좋은 제재가 독창력 있는 작가의 손에 의해 역사소설의 신국면으로 이어지기

189) 정철, 「歷史小說에 關하야」, 《조선일보》, 1929. 11. 14.
정철의 역사소설에 대한 이와 같은 요구가 후일 한식으로 대표되는 프로문학론자들의 역사소설론에서 십여 년의 터울을 두고 다시 재론된다는 사실은 흥미롭다. 구체적인 양식적 논의 틀을 세우지 못한 역사소설 비평 담론의 공전을 예고한다는 점에서 시사적이기 때문이다.

바란다는 기대감을 피력한다. 이에는 작가의 문학적 상상력을 기준 삼아 야사와 역사소설을 구별하려는 의식이 내재해 있었다. 역사소설가 가운데 한 사람이었던 현진건 역시 이와 비슷한 생각을 표명한다. 현진건이 이광수의 『端宗哀史』나 『李舜臣』 등에 대해 역사를 통속적으로 강의하는 복사물로서 강담이나 야담과 다르지 않다고 평한 까닭은 이들 텍스트들이 역사적 기록의 사본에 불과하다고 판단했기 때문이다. 이러한 맥락에서 현진건은 종래 역사가가 보지 못한 인간 문제와 사회 문제를 발견하고 난 뒤 붓을 들 것을 제안한다. 이처럼 "강담을 비롯하여 역사담물을 역사소설에 비해 저급한 문예물로 바라보는 견해"[190]는 이후 역사소설 비평 담론에서 여러 논자들에 의해 지속적으로 견지된다. 일례로 『端宗哀史』, 『麻衣太子』, 『李舜臣』이 지나치게 사실(史實)에 충실하여 작자의 주관이 제거되었을 뿐만 아니라 말미(末尾)도 미비하여 소설로 볼 수 없다는 김동인의 주장을 들 수 있다. 김동인은 이광수의 위의 작품들이 담(譚)으로서의 전개가 부재하여 사담(史譚) 아닌 사화(外史)로 볼 수밖에 없다고 말한다.[191] 일관된 이야기 줄기와 계통의 구비가 김동인이 생각한 역사소설의 최소 요건이었다는 것을 알 수 있다. "史話나 史譚文學이란 말은 없

---

190) 아래 글들에서 이러한 견해가 피력되고 있다.

염상섭, 「歷史小說時代」, 《매일신보》, 1934. 12. 20~2./ 김환태, 「新春創作總評」, 『開闢』, 1935. 3./ 김동인, 「春園研究-物語와 史話와 小說」, 『三千里』, 1935. 6./ 이갑기 외, 「餘技文學은(野談·넌센스소설) 어떻게 박멸」, 『朝鮮文學』, 1936. 7./ 한설야, 「通俗小說에 對하야」, 《동아일보》, 1936. 7. 3~8./ 이태준 외, 「長篇作家會議」, 『三千里』, 1936. 11./ 이효석 외, 「平壤文人座談會」, 『白光』, 1937. 2./ 한식, 「文學上의 歷史的 題材-그 待望되는 理由와 意義의 解明」, 《조선일보》, 1937. 8. 28~9. 4.

191) 김동인, 「春園研究-物語와 史話와 小說」, 『三千里』, 1935. 9, 239~40쪽.

으며 史話와 史譚은 제대로 史話요 史譚이겠지요. 한거름 나아가 예술적 관조 아래서 창작해 놓은게 역사소설이라면 이것은 한개 문학적 기교를 요구하는 것이니 곧 역사문학이란 말을 사용할 수 있겠지요"[192]라고 말함으로써 박종화 역시 김동인의 이와 같은 관점에 적극 동조했다.

야담을 바라보는 이갑기의 시선은 앞서의 논자들보다 훨씬 비하적이었다. 그는 "野談이라는것이 强盛하든 以後또衰退하든 朝鮮에서도 野談이라는 일홈으로 歷史講談이라든지 또는 類의 興味中心의「物語」가 文學과 뚜렸이 對立된 한分野를지어 分家하여나간 것을 오히려 길거운 現象"[193]으로 보았다. 문학과 비문학으로 크게 구분하여 보자면 문학권내에 들 수 있겠지마는 최근의 고도화된 문학을 기준으로 본다면 야담은 논외일 수밖에 없다는 이효석의 견해[194] 또한 이와 크게 다르지 않았다. 이처럼 그들은 야담으로 대표되는 역사담물을 문학의 범주로 인정할 수 없다는 생각에 공감하고 있었다.

야담을 포함하여 역사담물을 역사소설과 배타적으로 경계 지으려는 의식은 1930년대 중반 역사소설 메타내러티브가 형성되던 초기에 그 핵심적인 논점이었다. 그러나 1930년대 후반에 접어들면서 이와 같은 인식 구도를 드러내는 비평 담론은 거의 눈에 띄지 않는다. 이미 그 같은 전제가 기정사실로 굳어진 것이기도 했지만, 저널리즘 및 신문연재 장편소설

---

192) 박월탄,「長篇作家會議」,『三千里』, 1936. 11, 54~69쪽.

193) 이갑기 외,「餘技文學은(野談·넌센스소설) 어떻게 撲滅하랴는가?」,『朝鮮文學』, 1936. 7, 117쪽.

194) 이효석 외,「平壤文人座談會」,『白光』, 1937. 2.

양식과의 관련 논의로 역사소설 비평 담론의 초점이 옮겨지는 가운데 쟁점으로서의 효력이 상실되었기 때문이다. 다른 한편으로 작자와 독자층에서도 역사소설을 역사담물 일반과 구분 지으려는 무의식적 자각이 일었던 것으로 보인다. 엄밀히 말해 그러한 의식은 근대적인 소설의 장르적 특질을 인지함으로써 얻게 된 인식이었다. 이러한 맥락에서 《조선일보》에 연재된 한 야담의 이색적인 작자 서문은 대단히 시사적이다.

> 야담은 순연한 역사도 아니오 소설도 아니오 문학도 아니오 만담도 아니오 특히 역사중의 한 종류가 되는 야사(野史)를 토대 삼아 가지고 보통 담화식으로 그뜻을 설명하게 됨으로 야담이라는 일홈이 붓게되고 이것이 야담의 독특성이 된것입니다.
>
> 그런데 야담은 야사를 근거 삼은 것이니 만큼 사화(史話)와는 자매의 관계가 매저잇게 된 것만은 면치 못할 사실입니다.
>
> 그뿐만 아니라 야담은 야사의 설명이라 정사(正史)와의 관계를 떠나서는 공허한 혐의를 면할 수 업는 것이 이 또한 야담의 톡특성이라 할 수 잇습니다.
>
> 이제 우리가 일즉 듯도 보도 못하든 야담이라는 것을 말로도 하고 글로도 쓰게 된 것은 다행이 우리의 것을 새로 인식하는 실긔가 터진 까닭이라 할 수 잇습니다. 전날엔들 어찌 야사가 업섯스리까만은 우리는 남의 것을 보기에 몰두되여 돌이어 자긔것을 남의 것과 가티 보게되엿든 까닭입니다.[195)]

야담은 소설이 아니며 야사를 토대 삼아 담화식으로 그 뜻을 설명하게 된다는 정의를 통해 위 인용문의 야담 작자는 (역사)소설과 야담의 근친성을 전면적으로 부정하고 있다. 그가 야담의 고유한 특질로 내세우는 것은 구어적 문체와 편집자적 논평의 개입 불가피성이다. 이를 역으로 해석하자면, 구연이 아닌 지면 위에 쓴다고 하는, 즉 서술자의 기술이 입말이 아닌 글말로 표출되는 국면에 소설이 위치한다는 뜻이 된다. 아울러 야담이 새롭게 정형화된 양식이라는 위 작가의 설명은 역사소설과 야담 사이의 불연속성을 말해주는 결정적 단서로 볼 수 있다. 이렇듯 구어적 서술 문체, 작자 논평의 직접성, 그리고 단편적인 사건 배치 등을 통해 야담은 서사적 특성 면에서 근대소설의 상모와 차별을 꾀하며 독자적인 길을 걸으려는 성향을 보였다.

1920년대 말 염상섭의 강담 비판에서부터 30년대 중반까지 초기 역사소설 비평들은 역사소설을 고유한 미적 특질을 지닌 독자적 양식으로 가정한다는 점에서 공통된 맥락을 유지하고 있다. 이들 논의들은 하나같이 역사담물과 역사소설에 계층적 지위를 부여(후자를 중심에 두고 전자를 그 주변부에 위치시키는)했다. 그리고 이후 양자의 차이를 문제 삼아 지속적으로 논급함으로써 독자들로 하여금 역사담물(야담, 야사, 사담, 물어, 사화 등)과 대타항의 위치에서 역사소설을 실체로 상상하게 만들었다. 그러나 그것은 실체 없는 내부를 구획하기 위해 외부를 지시하는 전술이 동원된 허구의 내러티브에 불과했다. 결과적으로 역사소설이 텅 빈 기표에 불과하

195) 申鼎言, 『布裏記』, 《조선일보》, 1936. 4. 30.

다는 사실을 자인한 셈이다. 사실과 허구 사이의 모순 관계를 역사소설의 양식을 정립하기 위한 바탕으로 삼는 공허한 논의가 한참이나 지루하게 계속되었던 사정이 이와 관련된다. 사실(史實)에 기댄 글쓰기라는 특성만을 가지고 역사소설의 독자적 미학을 구축해내기 위한 논의를 진전시키는 데 한계가 있었던 것이다.

2. 역사와 문학의 길항

1930년대 후반의 역사비평은 역사 기술(歷史記述)과 역사소설 간의 차이, 즉 역사소설에 내재된 역사와 문학의 관계를 어떻게 바라볼 것인가의 문제로 그 논의의 중심이 옮겨진다. 1934년 '三千里社'의 〈文學問題評論會〉에서 김동인이 처음 제기한 이래 이는 역사소설을 어떻게 정의할 것인가라는 난제와 동의어로 취급되면서 역사소설 비평 담론의 핵심 테마가 된다. 이 모임에 참석한 김동인, 현진건, 이태준, 박종화 등 다수의 역사소설가, 그리고 이병기와 같은 민족문학론자들은 제재를 역사에서 얻었으나 예술가의 상상력과 이상적 정신 활동에 의하여 완전히 새로운 형태와 의미를 가지고 있는 역사의 재창조가 역사소설이라는 데 대체적으로 동의했다. 그러나 이들 사이에는 적지 않은 인식적 편차 역시 존재했다. 사실(史實)의 제약 속에서 해방되어야 자유로운 구상(또는 공상)의 세계로 비약이 가능하다는 판단 아래 사실(事實)은 그대로 받아들이지만 그것을 해석하는 것은 작자의 주관적 비판의 문제라는 역사 해석의 문제로까지 나아간 김동인의 주장에서부터 소설은 역사강화(歷史講話)가 아니라는 점을 들어 소설이 계몽적 연의로 기능하는 경우 이를 일종의 탈선으로 간주한 이태준의 시각에 이르기까지 논의의 폭이 꽤나 넓었다. 역사소설이 사실(史實)과 다르다고 반드시 거짓이 되는 것은 아니며 역사에 기록된 인물이나 사건을 달리 해석할 수도 있다는 이병기의 주장[196]은 김동인의 역사소설관에 가까운 사고를 보여준다. 한편 "歷史小說도 小說인 以上 하나의 小說이 될뿐, 小說 以上의 것도 아니요 小說 以下의 것도 아니다. 作者가, 어떠한 한개 方便으로 對象의 題材를 이곳에 取했을뿐 普通小說과 아무 달은, 理論과 秘法이 있을리없다 …(중략)… 歷史小說家는 어디까지든지 藝術의 部門에 한線도 넘어서는 안될 自由奔放하게 空想을 얽을수있는 藝術人이여야 한다"[197]는 박종화의 견해나 "史實을 爲한 小說이 아니오 小說을 爲한 史實인 以上 創作家는 第二의 境遇를 더욱 重視하여야"[198] 한다는 현진건의 생각은 소설 미학적 측면을 강조했던 이태준의 입장과 흡사한 것이었다.

이후 현진건은 1930년대 후반 들어 역사소설 작가로 변신하면서 그 첫 신문연재작 『無影塔』을 통해 그와 같은 역사소설관을 창작으로 시연해 보인다.

> 이 소설은 시대를 신라에 잡앗으니 소위 역사소설이라 하겠으나, 만일 독자 여러분이 이 소설에서 역사적 사실을 찾으신다면 실망하시리라. 이 소설의 골자는 몇줄의 전설에서 출발하엿을 뿐이오 역사적 사실이란 도모

---

196) 이병기, 「歷史文學과 正史」, 《동아일보》, 1939. 3. 28~30.
197) 박종화, 「歷史小說과 考證」, 『文章』, 1940. 10, 136쪽.
198) 현진건, 「歷史小說問題」, 『文章』, 1939. 12, 129쪽.

지 없다 하여도 과언이 아니 까닭이다. 기록적 설화적 역사상 사실의 나열만이 역사소설이라 할진댄 이 소설은 물론 그 부류에 속하지 안흘줄 안다. 어떤 한 시대, 그 시대의 색채와 정조를 작자로써 어떠케 재현시키느냐, 작자의 의도하는 주제를 그 시대를 통하야 어떠케 살리느냐, 하는 것이 작자는 역사적 사실보다도 더욱 중요한 줄 믿는다.[199]

연재 전에 발표한 인용문의 '작자의 말'이 증언하고 있듯이 사료적 근거는 현진건에게 모티프 이상의 의미를 지니지 않았다. 역사 담론과 소설 가운데 후자에 방점을 찍은 셈이다. 정도의 차이는 있었으되 미적 자율성을 강조했다는 점에서 보자면, 민족문학 계열로 분류되었던 논자들의 시각은 대체로 이와 일치했다. 현실에서 취재한 작가가 그 현실을 그의 주관 및 이상과 조합하여 마음대로 변형하고 해석할 수 있는 것처럼 역사소설가도 자기의 이상 및 주관과 조합하여 역사적 인물 및 사태에 대해 새로운 해석을 내릴 수가 있으며 그것을 변형할 수 있다는 김환태의 주장[200]이 이를 단적으로 대변한다.

그러나 프로문학론자들은 상반된 입장에서 이 문제에 접근했다. 허구적 상상력을 강조하며 역사소설 작가의 길로 들어섰던 현진건의 『無影塔』에 대해 김남천은 연애담이라는 게 오히려 가당하다는 혹평을 가한다.[201] 역사적 자료를 취급하면서도 만년 연애형을 되풀이하는 것 자체가

199) 현진건, 「『無影塔』 連載豫告」, 《동아일보》, 1938. 7. 16.
200) 김환태, 「文藝時評-6月의 評論」, 『朝鮮文壇』, 1935. 7, 9쪽.
201) 김남천, 「昨今의 新聞小說 - 通俗小說論을 위한 感想」, 『批判』, 1938. 12, 66쪽.

현대소설의 세례를 덜 받은 결정적 증거라는 논지에서 내린 평가였다. 민족문학 계열 작가들의 역사소설에 대한 프로문학 논자들의 이 같은 비판은 그 이전부터 줄기차게 제기되어 온 문단 현상이었다. 그 대표적인 예로 김동인의 역사소설에 대한 박승극의 비평을 들 수 있다. 박승극은 김동인의 『落王城秋夜譚』과 『거인은 움즉인다』에 대해 역사소설로서의 산 의의를 상실한 작품이라고 평하면서 그 이유로 똑바른 사실(事實)을 반영하지 못했음을 지적한다. 역사소설은 역사적 사실을 소설화해야 될 것이거늘 그 역사적 사실을 고의로 왜곡화한다면야 그것이 무슨 역사소설이냐는 것이 박승극의 논리였다.[202] 이들과 동일한 문제의식의 연장선에서 한설야는 당시 문단의 역사소설에 대해 다음과 같은 총평을 내놓는다.

> 所謂 歷史小說이라고 부르면서도 其實은 眞正한 歷史와는 絶緣된 荒唐無稽한것이라고 할것이다. 차라리 野談이나 講談이라는 이름을 부치는 것이 妥當하지 안흘까? …(중략)… 거기에는 歷史에 對한 正確한 批判을 가지려는 意慾도, 또는 훨신 물러와서 歷史的 事實이나 文獻을 좀더 充實히 形象가운대 反映해보려는 藝術的良心과 努力도 全然 缺如한듯하다.[203]

한설야의 이러한 진단이 갖는 타당성을 인증한 이가 이원조다. 제재를

202) 박승극, 「朝鮮文壇의 再建設」, 『新東亞』, 1935. 6, 128쪽.
203) 한설야, 「通俗小說에 對하야」, 《동아일보》, 1936. 7. 8.

역사적 사실에서 취해온 글쓰기라는 점을 제일 조건으로 강조함으로써 이원조 또한 '소설'보다 '역사'의 우선순위를 재확인한 바 있다.[204] 결과적으로 허구에 맞서는 사실(事實)의 경계 안에서 역사소설을 정의함으로써 프로문학 논자들은 공동전선을 취했던 것이다. 프로문학가는 아니었지만 서인식은 역사문학이 역사문학이 되기 위해서는 일상의 우연적인 인물과 사건을 취급하기보다 한 시대와 본질적인 것, 필연적인 것에 관계된 역사적 사건과 인물을 취급할 것, 따라서 제재로서 취급하는 인물은 가공 아닌 실재적 인물에서 빌려올 것을 제안하며 프로문학 논자들의 관점에 지지 의사를 표명했다.[205] 역사적 전거에 충실한 태도를 역사소설의 기본 덕목으로 내세우며 앞선 논자들의 논의에 동참했던 것이다.

한편 김남천의 비판에 답하듯 현진건은 프로문학 논자들의 이러한 태도를 정면에서 공박했다.

> 「歷史小說」이라면 오직 史實에만 立脚하는것인줄 아는것이 普通의 概念인듯 합니다. 歷史小說인 이상 될수있는대로 史實에 忠實하는것이 옳을게이야 다시 擧論할 餘地가 없지않습니까. 그러나 史實에 忠實하다고 해서 小說로써 主題와 結構를 돌아보지 않는다면 그것은 實記나 實錄이 될른지도 모르지만 도저히 小說이라 할수는 없는것 아닙니까. 小說이란 두字가 붙은以上 徹頭徹尾 創作임을 要求합니다. 약간의 誇張과 潤色

---

204) 이원조, 「『林巨正』에 關한 小考察」, 『朝光』, 1938. 8, 259쪽.
205) 서인식, 「歷史와 文學」, 『文章』, 1939. 8.

을 베풀어 史實과 傳에 조금 털난몸을 가지고 「이게 歷史小說이니라」하니 「歷史小說도 小說인가」하는 奇問을 發하게 되지 않는가 생각합니다. 全篇으로 아무런 脈絡도 없는 奇巧虛誕한 史實을 늘어놓는것으로 歷史小說의 能를 삼는다면 歷史小說의 運命이야말로 風前燈火와 같다고 봅니다.[206]

위의 인용문에서 보듯이 현진건은 문인들이 역사소설 자체를 배격염기(排擊厭忌)하는 경향을 역사소설 앞에 가로놓인 최대 난관으로 파악한다. 그리고 역사에 대한 문인들의 암매(唵昧)를 그 첫째 원인으로, 사회주의적 리얼리즘 관점에서 역사소설이란 비현실적, 도피적, 영웅주의적이라 하여 배척하는 풍조를 둘째 원인으로 지적한다. 이처럼 상반된 양측의 시각은 처음부터 구체적인 합의를 도출할 수 없는 평행선이었다. 민족문학론과 프로문학론, 또는 순수문학론과 리얼리즘 문학론의 대립이라는 도식만으로는 쉽게 설명할 수 없는 입장 차가 이에는 존재한다. 이데올로기 대립 이전에 사실과 허구의 길항이라는 역사소설의 태생적 모순이 문제의 원인이었기 때문이다. 그러나 그 같은 견해차에도 불구하고 양자는 역사소설과 역사 기술이 다르다는 사고를 암묵적으로 공유하고 있었다. 양측 모두 역사소설을 문학적 일 현상으로 바라보는 데는 이견이 없었던 셈이다. 그 결과 역사소설 메타내러티브는 역사소설에 여타의 역사물들과 구별되는 양식적 자질이 존재한다는(또는 존재해야 한다는) 인식을 자연

206) 현진건, 「歷史小說問題」, 『文章』, 1939. 12, 127쪽.

스럽게 전제하게 된다.

그러나 과연 이 시기 역사소설이 독자적 미학을 바탕으로 번창한 글쓰기였는가는 적극적으로 회의되어야 할 문제다. 역사소설의 번성기라 할 1930년대에 국한해 보더라도, 역사로부터 제재를 취해온 소설 쓰기란 점 이외에 특별히 역사소설만의 고유 미학이라 할 만한 요소들이 실제 창작 텍스트들에서 발견되지 않기 때문이다. 역사소설 비평 역시 독자적인 미학 정립을 위한 이론적 논의는 고사하고 개별 작품에 대한 면밀한 분석에도 미치지 못한 수준이었다. 이와 관련하여 김동인의 「春園硏究」는 가히 선구자적 시도로 역사소설 양식 논의의 성과와 한계를 동시에 보여준다. 춘원의 역사소설에 대한 김동인의 접근은 역사소설 일반의 논의 구도에서 엄밀히 수행된 작업은 아니었다. 우선 사용된 용어들(사담, 사화, 물어, 시대물 등)의 규정 근거가 미흡하고 논의 자체의 논리성 또한 결여되어 있다. 특히 역사소설에 대한 정의를 찾아볼 수 없다는 사실은 「春園硏究」의 최대 아이러니가 아닐 수 없다. 「春園硏究」가 춘원에 대한 김동인의 문학적 열등감에서 발로되었다는 점, 따라서 객관적 태도가 충분히 견지되기 어려웠다는 점이 그 원인이었을 터다.

광고 타이틀과 표제의 고안 과정에서도 확인했듯이 '역사소설'이란 명칭은 다소 복합적인 문맥 속에서 부여된 것이었다. 첫째 그 주도권이 신문사에 있었다는 사실, 둘째 역사소설이라는 명칭을 편집자가 선호했던 점, 그리고 마지막으로 그것이 상업성과 연계되어 유동적으로 나타났다는 사실 등이 이와 관련된다. 다시 말해 역사를 소재 삼은 장형의 근대소설을 대중이 역사소설이라는 글쓰기로 인지할 수 있도록 저널리즘이 기획해낸 셈이다. 그리고 작가와 비평가는 각기 그와 같은 상품의 제작자로서 그리고 이를 다른 근대소설과 변별하여 공증해 주는 존재로서 그 유통에 사후적으로 참여했다고 볼 수 있다. 그러나 1930년대 초까지만 하더라도 역사소설이라는 시니피앙은 대단히 모호한 시니피에와 불안정한 동거 상태에 있었다. 작가와 작가, 작가와 독자 사이에 존재했던 이해의 낙차가 이를 간접적으로 말해준다. 결국 그 간극은 독자의 읽기 모드를 통해 메워질 수 있고 메워져야 할 것이었다. 독자가 어떠한 가정하에 해당 텍스트를 읽느냐가 곧 역사소설로서의 인증 여부와 그 메타내러티브의 수용 가능성을 결정한 셈이다. 그리고 이러한 구도를 통어한 최종 심급이 바로 그 최초 발화자인 신문저널리즘이었던 것이다.

안함광은 저널리즘의 문학 지배가 일정한 표준화에 의해 이루어진다고 말한다. 저널리즘이 일정한 자체 표준이란 것을 내세우게 되거니와, 문학은 그 지배를 받는 것이다.

> 人物의設定 事件의按排 줄거리의運用 — 이런것들이 定型의姿勢로나타나고 横으로는 쩌날리즘우에流行하는 作家全體를貫流하는바 默約的인 定型이란것을看取할수가 있다. 이러한 標準化는 根本的으로는 藝術理念의 限界的 要求라는事態를 不文律的인 前提로하게된다.
>
> 이러한事態는 非單 文藝作品에만 영향되어진것이아니라 文藝批評 文藝評論에도 다같이 作用하고있는것임은 두말할것도없다. 批評의安易化 評論의理論批判的 無骨性 또는 解釋學的煩鎖와 無主張的인限界等等으로 表現할수 있는 現狀이나 具體的인論評은 스사로 別個의論題를要

할일이어서 割愛키로한다.[207]

문단을 형성하는 데 산파역을 한 것이 신문이다. 신문저널리즘은 문학의 생장 또는 문단적 질서와 전통의 양성에 또한 절대적인 영향력을 행사했다.[208] 그 과정에서 극도로 발달한 저널리즘은 독자의 기호를 편집자가 파악하여 작가로 하여금 그것에 알맞게 작품을 써달라고 요청하는 방식으로 그 본색을 드러냈다.[209] 그리고 이렇게 만들어진 신문소설의 표준은 일종의 규범으로 작가들 위에 군림했다. 신문저널리즘 일방으로 제안된 표준이었다는 점에서 보자면 독자 또한 작가와 다를 바 없는 수동적 대상이었다. 이러한 저널리즘의 표준화 기획 아래서 '역사에 관한 일절' 고정란을 채울 장형의 연재 서사물로 배태된 글쓰기의 하나가 바로 역사소설이다. 그 같은 구도가 강제된 결과 역사소설이 필연적으로 노정하게 마련인 역사와 문학 사이의 긴장은 원천적으로 소거되고 말았다. 역사소설이 역사적 탐구를 등한시한 대중물로 양산된 데는 이처럼 신문저널리즘의 구속이 크게 작용했다. 때문에 사실(史實)과 허구 사이의 균열에서 역사소설의 정체성을 찾고자 했던 비평가들이 신문연재 역사소설에 비판적일 수밖에 없었던 것은 당연했다.

---

207) 안함광, 「쩌낼리즘과 文學의 交涉」, 『朝鮮文學』, 1939. 3, 132~3쪽.
208) 김남천, 「新聞과 文壇」, 『朝光』, 1940. 10, 94쪽.
209) 이원조, 「長篇小說의 形態」, 『朝光』, 1940. 11, 220쪽.

3. 역사소설의 통속성과 전작소설(全作小說)로서의 가능성

1930년대에 들어와 일간 신문의 다수 지면을 역사소설이 차지하면서 역사소설 비평의 위세도 그만큼 높아졌다. 여전히 역사물에 대한 부정적 시선이 지배적이었으나, 대중적 파급력과 호응도가 컸기에 비평가는 물론 역사소설을 창작하지 않은 작가들까지 논의에 참여할 정도로 역사소설 비평은 활발해진다. 그러나 역사소설 메타내러티브는 실질적인 양식성을 산출해내지 못하며 산발적인 논의만을 되풀이하는 지계 안에 이내 갇히고 만다. 특기할 만한 논쟁점을 도출해내지 못했을 뿐만 아니라 외래로부터 이론적 바탕 역시 취해오지 못했기에 역사와 문학의 모순적 국면만을 반복적으로 문제 삼을 수밖에 없었던 것이다.

초기 저널리즘은 문학을 포함한 문화 발전의 원동력이었다. 그러나 기사의 상품화 경쟁이 과열 국면으로 치달으면서 저널리즘은 문화 분야 전반의 헤게모니 장악에 나서게 된다.[210] 그 결과 상업주의와 악수한 데서 발생한 저널리즘의 부정성이 통속소설의 대량 생산을 통해 민중을 압도

---

210) 陳伍, 「文藝時感」, 『朝鮮之光』, 1930. 1, 159쪽.

하는 사태를 부른다.[211] 그 중심에 역사소설이 있었다. 역사소설이 신문연재에서 차지하는 비중이 그만큼 컸던 셈이다. 김기진은 일찍이 역사소설이 조선문학의 큰 집의 전면을 차지했다는 비유로써 이를 표현했다.[212] 최독견 역시 조선 신문소설의 발전 과정을 개괄하면서 번안 시대로부터 창작 시대, 그리고 역사물(歷史物) 또는 고대소설(古代小說) 시대로 역전하여 오는 감이 없지 않다는 판단과 함께 역사물의 번성을 당대의 주요한 문학 현상으로 거론한 바 있다.[213] 이러한 배경 아래 역사소설 비평이 1930년대 중반을 전후한 대중소설 또는 통속소설 논의에서 핵심 사안으로 부상한 것이다.

신문소설의 미학을 이론적으로 앞서 개척하고 정립한 이가 김동인이다. 그러나 김동인이 신문소설에 호의적이었던 것은 아니다. "경제기자가 직업적으로 쓴 기사와 같이 소설로 취급하는 것보다는 일종의 밥벌이로 인정함이 당연하기에"[214] "엄격히 말하자면 문예부문에 속할 자가 아니라"[215]는 것이 김동인의 신문소설에 관한 견해였다. 이처럼 신문소설의 통속화 경향을 강하게 비판하는 목소리는 이미 1920년대 후반부터 꾸준히 제기되었다. 논자들은 하나같이 저널리즘의 사도가 되어버린 통속 작가들이 비속한 취미와 흥미 중심의 스토리로 신문 경영자의 구미를 맞추

211) 신경형, 「쩌날리슴(新聞調)과 文學」, 『鐵筆』, 1930. 7.
212) 김기진, 「朝鮮文學의 現段階」, 『新東亞』, 1935. 1, 143쪽.
213) 최독견, 「新聞小說 雜草」, 『鐵筆』, 1930. 7, 28쪽.
214) 김동인, 「文人座談會」, 《동아일보》, 1933. 1. 1~11.
215) 김동인, 「1933年 文壇 總決算-小說界의 動向」, 《매일신보》, 1933. 12. 21~7.

고 신문 독자는 이 불의의 행운을 마음껏 즐기게 된 데서 통속화의 원인을 찾았다.[216] 임화는 그 기초가 예술소설의 위기 내지는 그 표현으로서 성격과 환경의 분열에 있다고 파악한 후 상식적이라는 점을 통속소설의 공통된 특질로 지적했다. 임화에 따르면 통속소설은 묘사 대신 서술의 길을 취하거나 혹은 묘사가 서술 아래 종속되는 방식을 취한다. 이때 묘사란 묘사되는 현상을 그 현상 이상으로 이해하려는 정신의 발현인데 반해 상식이란 현상을 사실 자체로 믿어 버리려는 엄청난 긍정의식을 뜻한다. 통속소설이 도저히 만들어 낼 수 없는 곳에서 용이하게 줄거리를 만들어 낼 수 있는 것은 묘사를 통하여 그 줄거리와 사실의 논리를 검증할 필요를 느끼지 않기 때문이다. 설령 속중(俗衆)의 생각이나 이상을 그대로 얽어 놓을 경우에도 일말의 책임을 느끼지 않기 때문이다.[217] 이러한 임화의 분석은 통속소설이 줄거리를 중시한 글쓰기일 수밖에 없는 사정을 설명해준다. 신문소설에 대한 부정적 시각이 대세였지만, 해당 사회의 첨단 또는 유행 사조를 그 기조로 삼기에 자연 그 내용이 좁은 범위로 제한될 수밖에 없다는 이유를 들어 그 불가피성에 일부 동의하는 견해 역시 존재했다.[218] 신문소설이 가질 수밖에 없는 여러 가지 제한을 십분 고려한 것이다. 이에서 나아가 신문소설이 순수소설과 구별되는 것은 독자의 흥미만을 끌려고 하는 데 있기 때문에 문학적으로 볼 때 다소의 작위라든지 현실적으로 볼 때 여간 무리가 있다 하더라도 개의치 않아야 한다는 긍정

216) 이무영, 「新聞小說에 對한 管見」, 『新東亞』, 1934. 5, 89~90쪽.
217) 임화, 「通俗文學의 對頭와 藝術文學의 悲劇」, 《동아일보》, 1938. 11. 17~27.
218) 정래동, 「三大新聞長篇小說論評」, 『開闢』, 1935. 3, 2쪽.

론이 일각에서 표명되기도 했다.[219)]

신문소설에 대한 이 같은 인식 차는 1930년대를 전후하여 통속소설의 특성과 대중문학의 성격을 어떻게 볼 것인가라는 문제로 확대된다. 그 주요한 논의 구도의 하나는 통속소설과 예술소설(純文藝) 사이의 경계 긋기였다. 이와 관련하여 논자들의 시각 차이만큼이나 다양한 세부 기준들이 개진되었다. 먼저 이익상과 같은 논자들은 작가가 독자를 염두에 두었는지를 양자 변별 기준으로 제시한다.[220)] 이 경우 독자 지향적인 창작이 통속소설로 분류된다. 이는 후일 예술가의 자기도취가 다분히 담겨 있는 소설을 예술소설로, 자기를 희생해서라도 대중과 이야기하고 싶어 하는 작품을 통속소설로 구분한 박종화의 논의[221)]를 거쳐 작가의 문학 정신 내지 작가 양심의 포기와 완치(緩馳)의 소산을 통속소설로 본 안회남의 관점[222)]까지 이어진다. 그러나 이 같은 판별은 주관적인 평가에 의존할 수밖에 없다는 한계를 지닌다. 이에 반해 텍스트가 담지하고 있는 미학적 자질을 시금석(touchstone)으로 삼은 글들에서는 비교적 설득적인 기준이 발견된다. 이들 논의의 공통된 전제는 통속소설이 예술소설의 대칭으로서 저급의 것이라는 인식이었다.[223)] '예술미'의 고하로서 소위 본격소설과 통

219) 柏木兒, 「新聞小說論」, 《조선일보》, 1937. 10. 20.

220) 이익상, 「읽히기 위한 小說-新紀元이 온 新聞小說을 봄」, 《중외일보》, 1928. 1. 1~3. '윤리적 동기를 포함치 않은 흥미본위의 소설'로 통속소설을 규정한 이광수의 견해(「余의 作家的 態度」, 『東光』, 1931. 4, 83쪽.) 역시 이와 상통하는 면이 있다.

221) 박월탄, 「長篇作家會議」, 『三千里』, 1936. 11, 54~69쪽.

222) 안회남, 「創作界 前望」, 『朝光』, 1940. 1, 16쪽.

223) 염상섭, 「通俗, 大衆, 探偵」, 《매일신보》, 1934. 8. 17~21.

속소설이 차등화된다는 논지인 셈이다. 통속소설이 "대체로 입체적인 웅건(雄建)보다도 평면적인 다채(多彩)의 길을 취한"[224] 소설로서 "사건을 중심으로 제재를 삼은 액션(action)소설에 해당"[225]한다는 데 이들 논자는 동의했다.[226] 그리고 그들은 그 터전으로 신문 지면을 지목했다. '신문소설 = 통속소설'이라는 도식은 이렇게 만들어졌다. 신문소설의 대표격인 역사소설이 이에서 예외일 수 없음은 자명하다.

저널리즘 상업성과의 결합을 역사소설의 타락 원인으로 진단한 김기진은 개인적인 충의, 도의, 정열, 애욕 등 감정적이고 관념적인 차원에서 전국적(全局的) 사건을 취급하는 방식을 역사소설의 한계로 지적한다.[227] 한설야 역시 김기진과 동궤에서 역사소설의 통속성을 문제 삼았다. 예술소설은 현실적 형상을 취하는 데 반해 통속소설은 사진적 형상, 고정적 형상, 또는 작가의 주관과 취미에 의하여 빚어진 공상적, 강담적, 그리고 일화(逸話)와 같은 이야기 형상을 취한다는 한설야의 설명은 곧 통속적인

---

224) 안함광, 「쩌낼리즘과 文學의 交涉」, 『朝鮮文學』, 1939. 3, 133쪽.

225) 한흑구, 「現代小說의 方向論」, 『四海公論』, 1936. 6, 98쪽.

226) 이러한 논의들에 앞서 이미 김기진은 통속소설이 갖는 구체적 특질을 다음과 같이 정리한 바 있다.

* 보통인의 견문과 지식의 범위 : 1.부귀, 공명, 연애와 여기서 생기는 갈등, 2.남녀, 姑婦, 부자간의 신구 도덕관의 충돌과 이해의 충돌, 3.XX의 불합리와 여기서 생기는 비극(예: 인신매매)
* 보통인의 감정 : 1.감상적 2.퇴폐적
* 보통인의 사상 : 1.종교적 2.배금주의적 3.영웅주의적 4.인도주의적
* 보통인의 문장에 대한 취미 : 1.평이 2.간결 3.화려(八峯, 「大衆小說論」, 《동아일보》, 1929. 4. 14~20.)

227) 김기진, 「朝鮮文學의 現段階」, 『新東亞』, 1935. 1, 144쪽.

역사소설을 비판하기 위한 양자의 대조였다. 다수의 프로문학론자들은 역사소설의 긍정적 가능성을 완전히 부정하지 않았지만, 당대 작품들에 대해서는 이처럼 대체로 부정적인 시각을 견지하고 있었다. 그들이 공통적으로 지적한 역사소설의 맹점들은 실상 리얼리즘론의 관점에서 불가피하게 지적될 수밖에 없는 사항들이었다. 이미 저널리즘의 성역 안에 갇힌 신문연재 역사소설은 이 같은 비판의 예봉을 피해갈 수는 없는 노릇이기도 했다.

한편 김환태는 미학적 측면에서 역사소설의 통속성 문제를 논한다. 그의 관점에 따르면 역사소설은 통속소설로 타락할 위험성을 많이 가지고 있으며, 이 위험은 역사소설과 통속소설의 공통 요소인 스토리(액션, action)에서 기인하는 것이었다. 이와 유사한 문제의식을 느꼈던 한흑구는 세계문학의 추세(성격소설)에 반하여 사건을 중심으로 제재 삼은 액션소설, 즉 사건소설(야담, 통속소설 등)이 유독 조선 문단에서 성행하고 있는데 주목했다. 그는 이 같은 현상이 조선 소설계의 침체와 부진을 말해주는 것이라고 진단하고서 그 주범이라 할 역사소설에 일침을 가했다.[228] 아래 안회남의 글은 당시 역사소설의 이러한 처지와 성격을 적절히 지적하고 있다.

> 通俗小說은 어떤가. 그것은 常識의 低下다. 墮落이다. 바꾸어 말하면 通俗性의 低下요 通俗性의 墮落이다. 그것은 恒常 常識慾과 通俗慾에만

228) 한흑구, 「現代小說의 方向論」, 『四海公論』, 1936. 6, 96~7쪽.

汲汲하야 무엇이나 數量的으로만 羅列해놓으면서, 論理的必然性 대신에 荒唐無稽한 場面의 轉換으로만 떨어저, 讀者의 末梢神經을 刺戟하기에만 努力하였다. 文學本來의 通俗性을 中間에 두고 正히 純粹小說과의 正反對의 길인 것이다. …(중략)… 所謂 「歷史小說」이라는 것 亦是, 眞正한 文學活動의 延長이 아니라, 似而非文學의 通俗小說의 亞流인것은 저윽이 섭섭하다. 歷史的事實의 數量만 羅列하여놓았지 하나도 論理的必然이 없이 沒常識하기는 通俗小說의 따위다. 아니 過去의 歷史的取材로써 製作되었다는 理由로, 「歷史小說」이라는 項目을 지어 小說의 部類에 넣는것이지, 옳게 말하면 小說의 外形을 빌어 記述된 野史에 不過하는것이 많다.[229)]

안회남은 프로문학 논자들처럼 당대의 역사소설을 통속소설의 아류쯤으로 여겼다. 그가 보기에 조선의 역사소설의 태반은 근대소설로 인정받기에는 함량 미달이었다. 물론 이는 역사소설의 부정적 국면에만 주목한 다소 과장된 평가일 수 있다. 그러나 역사소설을 통속소설의 대명사로 보는 통념이 1930년대 후반 일반에 널리 유포되어 있었던 것만은 부정하기 어려운 사실이다. '신문연재소설 ⊃ 대중통속소설 ⊃ 역사소설'이라는 틀을 벗어나 역사소설을 상상하기가 실제로 불가능했던 것이다. 그와 같은 도식이 독자들의 의식에 깊이 각인될수록 상대적으로 역사소설의 소재적 특성은 부각되게 마련이다. 그리고 그 귀추로서 역사소설의 고유한 양식

---

229) 안회남, 「通俗小說의 理論的 檢討」, 『文章』, 1940. 11, 153~4쪽.

성은 자연스럽게 가정될 수 있었다. 그러나 역사소설이라는 항목은 신설된 것이며, 그 부류에 넣음으로써 소설의 지위를 얻게 된 것이라는 안회남의 통찰이 말해주듯이 하나의 양식으로서 역사소설의 탄생은 작가와 비평가, 그리고 독자 대중 삼위일체의 기대 지평 위에서 공히 상상된 것에 불과했다.

장편소설=신문연재소설, 연재소설=통속소설, 통속적인 것=대중소설의 특징이라는 기존의 관념에 의문을 제기한 이는 백철이다. 그의 문제의식은 간단한 논리적 회의에서 비롯됐다. 즉, 장편소설이 반드시 신문연재물이란 법이 본래부터 없고, 또 연재소설이라고 해서 반드시 통속소설이랄 법도 없으며, 더구나 장편소설이 곧 통속소설이란 규정은 성립할 수 없다는 것이다.[230] 백철은 1930년대 중반 이후 본격화될 장편소설 논의의 서막을 사실상 연 장본인이다. 장편소설 논의의 핵심은 기존 신문연재소설의 한계를 극복한 장편 양식의 가능태, 곧 장편소설의 활로를 모색하는 데 있었다. '장편소설 개조론'으로 불린 이 논의는 주로 리얼리즘 창작방법론의 관점에서 프로문학 논자들이 주도했고 전작소설(全作小說)의 지향으로 귀결됐다. 김남천이 사전적 정의를 내리고 있는 아래의 인용문은 이 시기 전작소설이 등장하게 된 배경을 요약적으로 잘 보여준다.

> 全作이란 새로운 어휘는, 소화 13년 5월, 인문사가 「全作長篇小說叢書」의 간행을 발표하기 위하야 문단의 중진 20여명을 雅敍園에 초대한 일이

230) 백철, 「綜合文學의 建設과 長篇小說의 現在와 將來」, 『朝光』, 1938. 8, 180쪽.

있었는데 그때에 일반의 협찬을 얻어서 비로소 맨든 말이다. 이것을 문학적으로 설명하자면, 조선적 장편소설의 특수성에 대한 약간의 고찰이 없어서는 안 될 것이다. 장편소설(로만)이란 「쟝르」사적으로 고찰하야, 봉건제도가 점차로 붕괴되고 상업자본주의가 상승하는 시대의 시민계급의 대표적 문학형식으로서 발생해온 것인데, 조선에서는 「로만」발전의 태반이 될 만한 자본주의적 발전이 비참하게 동양적으로 후퇴되였고 왜곡되였기 때문에 신문학이 수입된 이후에도 「로만」의 개화는 볼 수 없었다. 장편소설은 내적 질적 발전에 있어서 시민사회의 이념을 충분히 체현하지 못했을 뿐만 아니라, 발표 형식까지 신문지에만 의거한다는, 전혀 구라파에서는 볼 수 없는 기현상을 현출함에 이르렀다. 신문지가 계몽적 기관이기를 자처하든 시대는 지나가고 점차, 상업적 기업형태로 나아감에 따라 신문연재소설 우에 새로운 간섭을 시작하였고 이리하야 본시 아모러한 전통도 토대도 없이 발전해오든 「로만」은 중대한 위기에 처하게 되였다. 이것을 구하자고 일어난 운동이 장편소설운동 내지는 「로만」개조의 논의였는데, 「全作」소설은 신문잡지에 의하지 않는 발표형식으로서, 이 운동과 협력하려고 비로소 탄생한 문학적 제도인 것이다.[231]

이 같은 논의 과정에서 논자들은 전작소설 창작을 위해 경계해야 할 부정적 텍스트로 당대의 역사소설을 빈번하게 거론했다. 저널리즘의 상업성에 저항력을 지닌 창작으로 전작소설을 상정하면서 그 반면교사로 역

231) 김남천, 「모던 文藝辭典」, 『人文評論』, 1939. 10, 121~2쪽.

사소설을 언급한 것이다. 당시 양적인 측면에서 신문연재소설의 수위에 오른 역사소설의 실제 위상이 어떠했는지를 이에서 단적으로 확인할 수 있다.

본격적으로 전작소설의 출발을 알린 이는 이태준이었다. 이태준은 신문연재라는 특수한 발표 형식 때문에 장편의 성격이 변질되었음을 지적하면서 다른 한편으로 전작소설이라 명명된 장편 양식의 출현에 대한 기대감을 표명한다. 이태준이 규정한 전작소설은 기존의 신문연재 장편소설과 대립되는 본래의 장편이었으며, 역사소설 역시 이 장편 속에 포괄되는 것이었다. 이태준은 이 같은 전제 아래 '소설분화론'을 장편의 타락상을 치유하기 위한 대안으로 제시한다. 신문소설과 순수한 문학으로 소설을 분리하여 연재 조건에 걸리지 않는 자유로운 상태에서 순수문학이 단편소설과 전작소설로 육성되어야 함을 주장한 것이다.[232] 최재서는 이태준의 이러한 문제의식을 한층 심화시킨다. 그는 먼저 조선 신문소설 담당 기자들이 우려하고 있는 것이 문학의 상품화로 말미암아 초래된 예술의 질적 저하보다도 오히려 그것이 아직도 완전히 상품화되지 못하였다는 경영리적(經營利的) 우려가 아닐까라는 논쟁적 물음을 던진다. 현재의 신문소설들이 소설의 본격적 요건이라 할 성격 묘사나 사건 구성 같은 것은 차치하고서 장면 전환에 있어서도 성공한 예가 퍽 드물다는 것이다. 최재서가 보기에 '전작장편'의 탄생 배경은 작가가 어떤 일정한 인생관이나 예술관을 갖고 장편을 쓰려고 하나, 그것이 일반 독자의 선입견과 일치하

232) 이태준, 「小說讀本」, 『女性』, 1938. 7, 48쪽.

지 않아 신문소설에서 기회를 얻지 못한 데 있었다. 다시 말해 신문소설에 대한 인습적 관념이 독자 대중의 의식에 뿌리 깊이 남아 있는 현실에서 그에 동화될 수 없는 작가적 지향이 새로운 탈출구로 전작장편 형태의 창작 방식을 모색하게 된 것이라는 설명이다.[233] 한편 신문소설의 제약적 요건을 타개하려는 작가적 욕망이 장편소설의 본도(本道)라 할 전작장편소설에서 그 길을 찾게 되었다는 데 박승극 또한 의견을 달리하지 않았다. 작자가 아무런 제한적 검열(束檢閱)에 구속 받지 않고 가장 자유스러운 입장에서 쓸 수 있는 것, 사상과 작품 구성에 요구되는 회화와 서술을 마음대로 할 수 있는 것은 오직 써서 그대로 발표하는 '전작' 출판에서만 기약할 수 있다고 주장한 것이다.[234]

그러나 '전작소설' 논의가 하나의 이상론에 불과하다는 사실이 일각에서 고백되는 것과 동시에 그 실현 가능성이 회의되기 시작했다. 일례로 "全作長篇이 이만침이나 「재미도」 잇을진댄 압흐로 우리는 新聞長篇은 通俗小說에게 자리를 讓步하고서 전현 全作으로만나가도 조흘것이라"[235]며 김남천의 『大河』를 고평했던 채만식이 이내 그 같은 기대를 스스로 철회한 것을 들 수 있다. 문학이 독자의 양 문제를 경시할 수 없는 이상 장편소설은 신문에 그 주된 발전 기지를 두는 것이 가장 유리하고 유효한 조건이라는 판단이 그 이유였다. 전작소설 논의와는 다른 방향에서 통속소설 창작을 직업으로 삼는 상업문학의 작자군을 따로 두자는 주

---

233) 최재서, 「連載小說에 對하야」, 『朝鮮文學』, 1939. 5, 22~4쪽.
234) 박승극, 「文壇時評-長篇小說의 길」, 『朝鮮文學』, 1939. 5, 82쪽.
235) 채만식, 「長篇의 方向」, 《매일신보》, 1940. 9. 25.

장 역시 표출됐다. 비속한 오락성이 아닌 고귀한 대중성이란 의미로 통속성을 새롭게 해석한다는 전제 아래 예술소설의 보급 형식 또는 평이화한 표식을 살리는 방향으로 신문소설을 재고할 필요가 있다는 것이다.[236)]

역사소설의 새로운 가능성을 적극적으로 타진했던 논자들은 아이러니하게도 전작소설의 부정적 전범으로 당대의 역사소설을 평가했던 프로문학 논자들이었다. 이원조와 같은 이는 전작소설로서 장편소설이 겪고 있는 제재 빈곤의 문제가 작가들로 하여금 역사소설의 방향을 취하게 할 것이라 예측했다.[237)] 민족문학론자로 분류되던 작가들의 역사소설에 대한 기대와도 대체로 일치하는 견해다. 실제로 이태준과 김동인, 함대훈 등은 소재 한계 극복의 차원에 국한하여 역사소설의 의의를 평했다.[238)] 이는 민족주의 또는 전통주의 등이 역사소설 창작과 그 번성 사후에 외삽된 담론임을 말해준다. 역사소설을 써보는 것이 민중을 연구하는 데 도움이 될 것이라는 측면에서 그 효용성을 부분적으로 인정했던 최재서 역시 주제의 길을 개척하는 길로서는 역사로 돌아가거나 그렇지 않으면 문단 이외의 생활 세계로 나가는 길 외엔 없을 것이라고 예상했다.[239)] 아울러 그는 근래 역사소설에 대한 일반의 관심이 놀랄 만치 늘었음에도 불구하고 작가들의 노력이 이를 따라주지 못한 현실을 역사소설 부진의 원인으로 지적했다. 역량보다는 작가들의 역사 공부가 부족한 탓이라는 것이다. 최재

---

236) 江西閑人, 「通俗小說論」, 《매일신보》, 1940. 10. 5.

237) 이원조, 「長篇小說의 形態」, 『朝光』, 1940. 11, 224쪽.

238) 김동인 외, 「小說家會議」, 『三千里』, 1938. 1./ 박영희 외, 「文藝 '大振興 時代' 前望-新春創作合評」, 『三千里』, 1939. 4.

239) 최재서, 「小說과 民衆」, 《동아일보》, 1939. 11. 7~12.

서가 문제 극복의 대안으로 '역사적 테마에 관한 「리써취 워크」'[240]를 강조한 것은 이러한 이유에서였다.

1930년대 후반 들어 신문소설의 통속성이 문제시되면서 '장편소설 개조론'과 그 연장선에서 '전작소설' 논의가 한창 진행 중이던 와중에 역사소설의 가능성을 가장 긍정적으로 모색했던 이가 한식이다. 야담류에 의하여 만연한 문학 대중화의 현실을 바라보는 그의 시선은 부정적이었다.[241] 작가의 역사관이 비틀어지고 또는 과장되어서 야담, 비사(碑史), 전설 등의 자위적 스토리와 다름없는 소위 대중소설로서의 역사소설이 득세하였다고 판단한 것이다. 이러한 문제의식 아래 한식은 과거의 테마에서 진정한 자태를 포착하기 위한 해결책으로 작자의 똑바른 역사관을 요구한다.[242] 역사문학에 거는 한식의 기대는 리얼리즘 창작 방법론에 보내는 절대적 신뢰이기도 했다. 당대 프로문학론자들의 역사문학에 대한 관심 역시 이와 유사한 경향을 띠거니와, 그 공통된 이론적 준거는 루카치의 '역사소설론'이었다. "루카치의 역사소설론을 공식적으로 처음 소개"[243]한 서인식의 논의에서 이를 확인할 수 있다. 서인식은 「께오리·루가츠 歷史文學論 解說」에서 모럴의 문제를 곧 작품의 기저에 흐르는 작가의 세계관의 문제로 귀착시킨다.[244] 서인식이 강조한 작가의 세계관은

240) 최재서, 「小說의 現狀 打開의 길-歷史, 傳說, 生産場面」, 《조선일보》, 1940. 5. 8~10.

241) 한식, 「歷史文學 再認識의 必要-現役作家에게 보내는 覺書」, 《동아일보》, 1937. 10. 3~7.

242) 한식, 「文學上의 歷史的 制裁-그 待望되는 理由와 意義의 解明」, 《조선일보》, 1937. 8. 28~9. 4.

243) 서인식, 「께오리·루가츠 歷史文學論 解說」, 『人文評論』, 1939. 11.

244) 서인식, 「歷史와 文學」, 『文章』, 1939. 8.

곧 앞서 한식이 제기한 '역사관'에 상응하는 것일 터, 이는 루카치의 '역사의식'이란 개념으로 수렴된다고 볼 수 있다. 호환성을 지닌 이 용어들은 야담류와 같은 층위에서 저급한 문예물로 취급받아왔던 종래의 역사소설에 새로운 입지를 부여함으로써, 그 창작 현상을 객관화할 수 있는 비평 용어로 비평가들 사이에서 환영받았다. 그러나 '역사의식'이란 개념의 도입이 실제로 역사소설과 역사담물을 확연히 구분 지어 주는 전기가 되지는 못했다. 기존 역사소설 메타내러티브에서 빈번이 사용된 사료적 전거성이나 풍속의 사실적 고증 같은 술어들과 별반 다를 바 없는 개념이었기 때문이다. 오히려 기록적 사실과의 대비를 통해 역사소설의 내용상 진위를 판별하고 역사소설 여부를 판가름하는 논의 방식과 비교했을 때, 작자의 '역사의식'을 쟁점화한 논의는 추상적 층위로의 퇴보라고도 볼 수 있다.

당대 역사문학에 비판적인 시각을 가지고 있었던 여타의 프로문학 논자들과는 달리 한식이 긍정적 가능성을 타진하는 방향으로 선회했던 것은 침체기의 조선 문학에 활기를 띠게 하며 그것을 갱생케 하는 데서 역사문학의 의의를 찾았기 때문이다. 그의 그러한 사고가 다음의 인용에 집약되어 있다.

> 우리文學에活水를注入하며低議平坦한스토리-의되푸리에서어서 脫出하는 하나의 方便으로써도 또는 所謂野談類에依하야 억그러지게 解決되고잇는 文學의大衆化와 민그들의 歷史的 테-마의 橫領에反撥함으로써도 깊은忘却가운대 파무치엇는 우리들의 過去와 歷史의 姿態가운데서 文學의테-마와 모-팁을 求함으로써 우리文學의 健實한 建設로써의

한礎石을 세울것을 생각하지안으면안될것이다.[245)]

그러나 역사문학의 가능성을 긍정했던 한식을 비롯해 부정적인 견해를 보였던 프로문학 논자들까지도 역사문학에서 역사의식이 갖는 중요성만을 강조했을 뿐 그것이 창작 과정에 어떻게 작동되고 구현될 수 있는지에 관해서는 침묵했다.

社會의 進展의 歷史的過程 우에서 새로운빛으로 照明하야 事物을 그의 正當한 位置에 노여서 볼것같으면 그리하야 우리들의 歷史가운대의 만흔 자랑과 깊은傷處를 가장 레얼리스틱한 筆力으로 反映하며 描寫하여낼때에는 그것은 다만 하나의 훌륭한 文學의 分野로의 歷史文學으로써만 意義가 잇을뿐만 아니라 또 새로히 고처쓴 그리하야 永遠히 우리들을 啓蒙할수잇는 우리의 歷史로도될것이아닌가[246)]

위의 인용문에서 알 수 있듯이 사실적인 묘사를 통한 반영이라는 리얼리즘 일반의 원론적인 창작 방법만을 확인하는 데 그친 것이다. 결국 화두로서 역사의식만이 전면에서 강조되고 있는 이 같은 순환 논리로부터 작가들이 창작 실천을 위한 구체적인 지침을 제안 또는 제시받기란 요원한 일이었다. 이는 역사소설에 고유한 양식성이 부재하다는 사실을 반증

---

245) 한식, 「歷史文學 再認識의 必要-現役作家에게 보내는 覺書」, 《동아일보》, 1937. 10. 7.
246) 한식, 위의 글.

하는 증거로서 애초부터 역사소설 메타내러티브가 출구 없는 서사였음을 말해준다. 역사소설 비평 담론의 전개가 공전에 그칠 수밖에 없었던 근원적인 원인과 그 본질적인 국면을 이에서 목격하게 된다.

4. 양식성의 부재와 메타내러티브의 공전

해방기와 한국전쟁기는 사실상 역사소설 비평의 공백기나 다름없는 시기였다. 좌우익 문학운동이 첨예하게 맞선 해방기에도 그러하였지만 이념이 물리적 충돌로 가시화된 한국전쟁기에도 역사소설이 문단의 관심사일 수는 없었다. 역사소설 비평이 다시금 등장하게 된 것은 한국전쟁 이후부터다. 이 시기 역사소설 비평은 이전 시대와는 다른 몇 가지 특징을 보여준다. 먼저 양식 논의가 주류로 부상했다. 역사적 전거성과 허구적 상상력의 문제에서부터 고증의 문제에 이르기까지 그 진폭은 전대와 크게 다르지 않았다. 그러나 역사문학을 하나의 장르로 볼 수 없다는 관점이 대세로 굳어지면서 이전과는 상이한 견해가 제기된다. 문학이 역사소설로 인해 그 경계가 확대되고 제재에 있어서도 광범해진 것은 사실이나, 역사소설이 근대소설 일반의 성격과 성질을 벗어나는 것은 아니라는 주장이 설득력을 얻게 된 것이다.[247] 이 과정에서 역사담물에 대한 비교우

247) 다음의 논의들은 대체로 이러한 전제를 수용하고 있다.
박용구,「역사소설사견」,『문예』, 1953. 5./「歷史小說私見, 續」,『문예』, 1953.9./ 백철,「歷史小說의 現場적 意義-歷史文學論』그 序說」, 《서울신문》, 1954. 11. 11./ 윤고종,「歷史小

위를 통해 역사소설의 독자성을 구축하려 했던 전대 역사소설 메타내러티브와의 연속성이 일면 발견된다. 그러나 1950년대 역사소설 비평에서 이는 다른 문맥을 지닌 것이었다. 역사소설을 규정짓기 위한 차별화 전략이었던 데서 당대 역사소설의 빈한한 문학적 성취도를 비판하는 동시에 질적 비약을 촉구하기 위한 담론으로 그 성격이 변한 것이다. 신판 야담으로 전락한 역사소설을 구원하기 위한 해결책은 작가의 사관(史觀)과 사안(史眼)에서 찾아야 하며, 이와 함께 작가들은 근대소설로서의 제 요건을 우선적으로 충족시켜야 한다는 것이 바로 그 핵심 요지였다.

1950년대 들어와서도 신문연재소설란에서 역사소설이 차지하는 비중은 결코 작지 않았다. 그럼에도 불구하고 역사소설과 저널리즘의 상관성을 논한 비평이 자취를 감춘 것은 애정소설의 위세에 눌려 역사소설이 대중의 관심 밖으로 일시 밀려났기 때문이다. 그러나 다른 한편에서 역사소설 비평은 '전통론'[248]과 결부되어 새로운 논의의 장을 열어갔다. 전통론 안에서 역사소설의 의의가 재해석되기 시작한 것이다. 그 대표적 논자인 백철은 우리 문학이 더 이상 서구 문학의 뒤를 따라갈 의의가 없어졌다는

說과 散文情神」,『펜』, 1955. 12./ 홍효민,「歷史小說의 文學的 位相」,《경향신문》, 1956. 1. 13~4./ 조연현,『한국현대문학사』, 인간사, 1956./ 전광용,「遺産繼承과 創作의 方向」,『자유문학』, 1956. 12./ 홍효민,「歷史小說의 近代文學的 位置」,『현대문학』, 1958. 8./ 이홍직,「歷史와 歷史小說-시대를 바르게 깨우쳐주어야 한다」,《서울신문》, 1958. 9. 22./ 박용구,「역사소설의 현대성-몇 가지 오해에 대하여」,《서울신문》, 1959. 7. 23.

248) 한수영은 1950년대 전통 인식의 유형을 크게 세 가지로 나누어 고찰한다. 그 첫 번째는 전통의 내용과 성격을 우리 문학의 역사에서 항구불변하는 요소로 규정하는 보편성론이며, 두 번째는 전통의 계승을 신화성(神話性)으로 돌아가는 것이라 주장하는 경우다. 그리고 전통의 현재성을 강조함으로써 앞선 논의들을 비판적으로 극복하려는 경향이 세 번째 유형에 해당한다(한수영,「근대문학에서의 전통 인식」,『소설과 일상성』, 소명출판, 2000.).

전제 아래 우리의 것을 추구 및 회복하고 크게는 동양 본유의 것을 부활시키는 일을 현대적인 동력으로 삼자는 논리를 펼침으로써 전통 추구의 타당성을 옹호했다.[249] 그리고 역사소설의 성행을 바로 이러한 전환을 위한 모색기에서 나타나는 경향으로 풀이했다. 새 시대의 문학을 위한 하나의 온고지신의 문학 행동으로 역사소설 창작을 수용한 것이다. 이처럼 역사소설을 당면한 문학 과제의 하나로서 제기하면서 백철은 역사소설의 취재 범위를 자국의 역사 밖으로 확대할 것을 주장한다. 전환기적인 의미에서 역사소설을 쓰는 대신 동양성(東洋性)의 사실(史實)을 넘어 세계적인 역사 과정에서 자유스럽게 적당한 재료를 취택할 필요가 있다는 판단에서였다.[250] 이와 함께 과거의 사실(史實)을 문학 작품으로 읽힐 수 있게 정리한다든가, 고전을 현대 작품으로 재현한다든가 하는 소극적인 차원에서 역사소설 창작의 현재적 의의를 언급한 논자도 있었다.[251]

민족주의적인 문맥에서 역사소설의 의의를 발견했던 홍효민의 시각은 전환기 문학으로서의 의의를 부여했던 백철의 관점과 적잖은 차이를 보인다. 홍효민은 역사소설의 유행을 역사를 지닌 민족 또는 국가에서 필연적으로 나타나는 현상으로 설명했다. 아울러 역사가 있는 민족 또는 국가가 역사소설을 경시할 수 없는 이유로 조상의 과거사 이해를 위해 그것이 필수적이라는 점과 역사가 전통의 표면이라는 점을 들었다.[252] 홍효민에

249) 백철,「고전부활과 현대문학」,『현대문학』, 1957. 1.
250) 백철,「歷史小說의 現場的 意義-歷史文學論』그 序說」,《서울신문》, 1954. 11. 11.
251) 전광용,「遺産繼承과 創作의 方向」,『자유문학』, 1956. 12./ 이홍직,「역사와 역사소설-시대를 바르게 깨우쳐주어야 한다」,《서울신문》, 1958. 9. 22.
252) 홍효민,「歷史小說의 近代文學的 位置」,『현대문학』, 1958. 8.

앞서 정창범 역시 유사한 역사소설관을 피력한 있다. 정창범은 작품의 질여하에 관계없이 양적으로 역사소설 창작이 일제강점기에 더욱 우세했던 원인을 당시의 특수한 시대적 상황에서 찾는다. 요컨대 당시의 시대적 분위기의 막연한 반영, 혹은 시대를 의식하는 자각적 존재로서의 서글픈 표백을 역사소설의 제일의적인 '모티프'로 상정하고 있는 것이다.[253] 일반적으로 양인과 같은 관점에서는 역사소설이 민족사의 대체물로 인지되게 마련이다. 그리고 그 연장선에서 당면한 위기를 넘어 도달해야 할 미래를 꿈꾸는 일이 역사소설의 현재적 과제로 요청된다. 결론적으로 이러한 시각은 우리 문화나 문학의 통시적인 보편성을 추출하여 배타적인 '자기동일성'의 근거를 삼으려 했던 민족주의 전통론의 한 갈래를 여실히 보여준다.

사실(史實)과 소설 사이의 갈등 관계에 국한되었던 역사소설 정의의 문제는 1960년대 후반 백낙청의 논의를 기점으로 새로운 방향성을 모색하게 된다. 백낙청은 역사소설 역시 다른 소설과 마찬가지로 작가의 상상력에 의한 작품 세계의 창조이며, 그것이 얼마나 정확히 고증된 역사냐는 것은 부차적인 문제라는 현진건의 역사소설론을 부분적으로 재생시키고 있다. 나아가 '역사소설은 역사를 소재로 한 소설이다'라는 동어반복으로는 역사소설의 구체적 성격과 문제점이 밝혀지지 않는다는 전제 아래 그 실마리를 역사의식에서 찾는다. 일찍이 루카치가 천명하였던 바, 현재를 역사의 소산으로 보고 과거를 현재의 전신으로 파악하는 정신으로서 역사의식을 역사소설 창작의 필수 요건으로 제시한 것이다. 백낙청은 역사

---

253) 정창범, 「역사소설과 리아리티」, 『현대문학』, 1955. 10, 164쪽.

를 소재로 하되 역사에 대한 올바른 이해와 관심을 나타내고 있지 않은 소설이 과연 소설로서 성공할 수 있을 것인가라는 수사학적 질문을 통해 역사의식의 중요성을 재차 강조한다. 그리고 이 같은 주장을 뒷받침하기 위한 물증으로 이광수와 김동인의 역사소설을 포함한 초기 문학 작품들을 거론하면서 해당 작품들이 일본의 식민통치하에서 민족주의와 개화사상의 움틈에 일역을 했다고 평한다.[254]

10여 년 뒤 일제 식민사관의 지양과 역사의 현대적 해석을 역사소설의 당면 과제로 제기한 최일수의 견해 역시 백낙청의 그것과 크게 다르지 않다. 백낙청이 역사소설의 성공 여부를 가늠하는 기준으로 역사의식을 제시했던 것처럼 최일수는 역사소설에서 중요한 문제로 역사 자체에 대한 의식, 즉 사관을 강조한다. 그에 따르면, 역사란 "어제를 이어받아 오늘에서 전진시켜 내일의 씨앗을 물려주는 창조적 생활"이다. 따라서 "이러한 역사적 인식태도에 입각하여 지난 시대를 해석해야만 역사소설이 단순한 실록적 이야기에 그치지 않을 뿐 아니라 복고적이며 회고주의적인 충군사상 따위나 식민사관에 상통되는 과오를 범하지 않을 것"[255]이라고 그는 말한다.

한편 1980년대에 들어와 역사소설이 학적 연구의 대상이면서 역사소설의 메타내러티브 역시 이전보다 정치한 비평적 잣대에 의해 체계적으로 전개되기 시작한다. 그 대표적인 논자라 할 강영주는 한국에서 근대적

254) 백낙청, 「歷史小說과 歷史意識」, 『창작과 비평』, 1967년 봄호, 7쪽.
255) 최일수, 「歷史小說과 植民史觀-春園과 東仁을 中心으로」, 『한국문학』, 1978. 4, 311~2쪽.

인 역사소설의 출현은 애국 계몽기 전기문학의 영향이라는 문학 내적 요인과 아울러 3·1운동을 통한 민족적이고 민중적인 역사의 대중 체험과 집단적 인식에 의해 비로소 가능해진 것이었다는 전제에서 출발하여 한국 근대 역사소설의 사적(史的) 전개 과정의 규명을 시도한다.[256] 강영주의 관점에서 이광수와 현진건, 박종화의 주요 작품들은 민족주의적 이념을 전달하려는 의도에서 창작되었으나 현실도피 또는 교훈적인 이념의 제시를 위해 역사의 실상을 왜곡한 측면 때문에 낭만주의적 역사소설로 분류된 것들이다. 홍명희의 『林巨正傳』만이 유일하게 지나간 시대를 현대의 전사(前史)로서 진실하게 묘사하려는 사실주의적 역사소설에 해당한다는 것이 강영주의 평가다. 이러한 유형 분류는 민족주의 이념의 긍정성을 부인하지 않는 민중사관에서 역사소설 창작의 동인을 분석함으로써 얻어진 결과라 할 수 있다.

이렇듯 해방 이후 역사소설 비평의 주요한 흐름은 민족주의 이념이라는 기표를 중심으로 그 기의에 해당하는 '역사의식'을 부각시키는 방향으로 이어져왔다. '현재의 전사'로서 과거를 제시하기 위한 결정적 요건으로 루카치가 내세운 '역사의식'을 역사소설 비평이 부분적 혹은 전면적, 의식적 혹은 무의식적 층위에서 지속적으로 수용해 온 것이다. 특히 근대적인 역사소설의 기원을 1920년대로, 그 최초 번성기를 1930년대로 소급하여 설명하는 관점들에서 역사의식은 그 준거 역할을 톡톡히 했다. 1930년대 말 식민지 조선에 처음 소개된 이래 '역사의식'이 역사소설 메

256) 강영주, 앞의 글.

타내러티브의 핵심 모티프로 자리 잡게 된 내막의 일단이 이에서 확인된다. 아울러 그 과정에서 역사의식에 긴박된 역사소설 읽기가 독자층에 자연스럽게 요청되었으리라는 것을 능히 짐작할 수 있다. 그 전도의 지점이 언제였는가를 확인하기란 독자의 '역사의식' 수용 정도를 가늠하는 것만큼이나 쉽지 않은 일이다. 하지만 이러한 모드의 독서가 양식적 글쓰기로서 역사소설의 개별성을 더욱 강화시킨 계기였던 것만은 분명해 보인다.

근대계몽기의 역사전기소설과 1930년대 역사소설 사이의 가교로 1920년대의 역사물 보급 운동 및 야담운동을 상정하는 최근의 연구들은 민족주의와 역사의식의 접점에서 잉태된 결과물로 역사소설을 바라보는 앞서의 논의 성과들을 한편으로 계승하고 있다. 그러나 서구의 이론을 의심할 수 없는 규정적 당위 명제로 차용한 가운데 전대 문학과의 연속성을 강조하는 이 같은 관점은 반박의 소지를 적잖이 안고 있다. 우선 역사소설 창작의 시발, 그리고 그 명칭과 양식적 특질을 둘러싼 역사소설의 전개와 1920년대 야담운동을 위시한 역사물의 보급 사이의 연계를 설명해 줄 만한 구체적인 정황 증거가 포착되지 않는다는 점을 지적할 수 있다. 역사소설은 야담운동 이전에 개시되었을 뿐만 아니라 신문연재를 전제로 한 장편 양식의 글쓰기로서 야담류를 비롯한 역사담물과는 그 창작 및 유통 경로를 엄연히 달리했다. 물론 야담류가 상당 부분 신문 지면을 차지했던 사실, 그리고 그와 같은 텍스트들과 역사소설의 번성이 역사에 대한 독자 대중의 관심을 자극하는 데 시너지 효과를 발생시켰다는 사실까지 부정할 수는 없을 것이다. 그러나 역사소설이라는 명칭이 신문저널리즘에 의해 고안된 용어라는 점과 대부분의 작가 및 비평가들이 이를 새롭게 등장한 소설의 양식명으로 받아들였다는 사실이 예의 주시되어야 한다. 또한 저널리즘에 의해 그 명칭이 제안된 이후부터 역사소설의 독자성을 독자, 비평가, 그리고 작가들이 비로소 상상하게 되었다는 사실이 충분히 음미될 필요가 있다.

역사소설은 전대의 문학 양식과 내재적으로 연결될 수 없는 근대적인 소설의 한 양상이었다. 이를 연속성의 서사로 엮어낸 것은 후일의 역사소설 메타내러티브였다. 1960년대 이후 역사소설 메타내러티브는 가깝게는 근대계몽기의 역사전기물 및 야담류와 근대적인 역사소설을 순차적으로 짝지으려는 시도에서부터 멀리는 조선 시대의 군담소설이나 전(傳)에 연계시키려는 기도로까지 그 범주를 확대해나갔다. 이러한 관점에 기초한 메타내러티브들은 계통적 연속성을 가정한다는 점에서 일치한다. 즉, 문학적 전통의 이월과 계승을 소급적으로 구축함으로써 문학사를 발전적 추이로 자연화하는 데 그 공통된 지향을 두고 있는 것이다. 그러나 이 같은 메타내러티브는 연구자들의 편의에 따라 취사된 사실들로써 재구되었다는 치명적인 약점을 지닌다. 기존 역사소설 메타내러티브가 신화화한 발전적 연속성을 해체하는 일로부터 역사소설의 논의가 새롭게 재개되어야 하는 이유는 이 때문이다.

1920년대 후반에서 해방 이전까지 역사소설에 관한 다종다양한 비평 담론들은 역사소설 텍스트의 분열적인 한계(사실과 허구 간의 화해 불가능성)를 반복해서 확인하는 데 집중되었다. 역사담물과의 차별화 시도, 사적 전거성 및 허구의 용인 정도를 둘러싼 논쟁, 그리고 대안적인 대중소설로서의 가능성 여부 문제 등이 그 세부적인 사안들이었으나, 동의할 만한 합의 또는 성과를 거두었다고 보기는 어렵다. 단지 역사소설의 독자적 미학이 부재하다는 사실만을 거듭 확인했을 뿐이다. 이 시기 역사소설 메타내러티브가 술어 없는 기표의 고착 과정이었다고 말할 수 있는 이유다. 역사적 제재를 취한 글쓰기라는 점을 제외한다면, 소설 장르의 하위 양식으로 변별해낼 수 있는 독자성은 사실상 발견되지 않은 것이다. 근대소설적인 면모만으로 전대 역사물과의 차이를 꾀해야 했던 역사소설 메타내러티브의 한계가 바로 여기에서 드러난다.

결론적으로 볼 때, 식민시기 역사소설 메타내러티브는 플롯 없는 비평담론이자 술어 없는 주어의 서사 이론으로 출발했고 마감되었다. 구체적인 제조건에서 유추되지 못한 추상이 관념의 반복적 재생산을 통해 그 실체의 부재를 지속적으로 은폐시켜 나간 것이다. 역사소설 메타내러티브가 역사소설에 친화적인 관용구들을 포섭하여 이를 술어로 치환했던 것은 따라서 불가피한 선택이었음을 알 수 있다. 그렇다고 해서 '통속적', '대중적', '민족적', '조선적' 등의 수식어들만으로 역사소설의 양식적 특질을 실체화할 수 있었던 것도 아니다. 이들 수식어 역시 술어로 전치된 관형어에 불과했기 때문이다. 이러한 정황은 역으로 역사소설이 소재적 특이성에도 불구하고 열린 글쓰기로 그 외연을 끊임없이 확장하여 올 수 있었던 사정을 말해준다.

이광수와 홍명희가 밝힌 창작 동기처럼 역사소설의 출발은 외견상 민족 이야기의 원형을 보존하기 위한 실천으로 발기되었다. 작가들이 역사에 관한 관심을 나타내기 위한 하나의 형식으로 역사소설 쓰기를 선택했다면, 독자는 오락적 소비 행태로 그 결과물을 향유했다. 그리고 신문저널리즘은 통속성 시비를 비켜가기 위한 방편으로 역사와 문학을 결합시킨 이 공동의 작업에 가세했다고 말할 수 있다. 따라서 이러한 공모적 관계를 비평의 영역에서 반복적으로 논의함으로써 구축된 역사소설 메타내러티브는 역사소설에 관한 역사, 즉 이차 서사라 할 수 있다. 식민 기간 동안 역사소설 메타내러티브의 이러한 자가 복제 메커니즘이 지속적으로 작동된 결과 일 장르로서 역사소설의 독자성에 대한 의구심은 원천적으로 불식될 수 있었다. 역사소설의 통속화 경향에 쏟아진 비난마저도 그 저급성에 대한 회의라기보다는 역사 글쓰기로서의 당위성을 추인하기 위한 하나의 과정이었다고 이해하는 편이 사태의 진실에 가까운 이유가 여기에 있다.

V.

담화의 혼종성과 담론의 양가성

1. 전대 서사문학 전통과의 교섭 및 근대소설로의 지향

한국 근대 역사소설은 역어로 수입되어 신문연재소설란에 그 뿌리를 처음 내렸다. 당시의 역사소설 창작이 근대소설의 문법에 충실한 글쓰기로 정향(定向)될 수밖에 없었던 배경이 여기에 있다. 그러나 실제 텍스트들은 서구의 근대소설을 기준 삼아 볼 때, 이야기 층위와 담화적 층위 모두에서 일정 부분 결격 사유를 안고 있었다. 전자의 경우 야담적 내용이, 후자의 경우 강사(講史)적 서술이 우선 문제된다. 조선조 고소설의 전통이 일부 승계된 결과이기도 했지만, 다른 한편으로 광의의 야담적 특질이 스며든 흔적이기도 했다. 역사소설이 기존의 문화적 전통과 충돌 및 습합하는 과정을 통해 탄생한 혼효적 글쓰기였음을 말해주는 단서들인 셈이다. 이러한 측면은 비단 발아기 작품들에 국한되지 않는다. 역사소설이 신문연재소설란에 확고히 정착되고 번성기를 맞이하게 된 1930년대에 들어와서까지도 전대 서사문학의 잔영은 여전히 남아 있었다.

1920년대 중반 역사지식의 주요한 공급처였던 신문 학예면에 눈에 띄는 변화가 나타난다. 역사물 게재 양식의 중심이 역사 기술에서 역사담물로 옮겨간 것이다. 역사 기술의 대체적 효과와 함께 장기 연재의 묘미를 상업적으로 살릴 수 있는 역사담물에 신문저널리즘이 주목한 결과였다. 이후 사담 또는 야담류가 급격하게 양적으로 팽창하고 거기에 역사소설 연재가 가세하면서 드디어 역사담물은 '역사' 일반을 표상하는 대중서사물로 부상하게 된다. 그럼으로써 '역사'를 대상이자 원천으로 삼는 동시에 그 결과물이 또 다른 글쓰기의 '전사(前史)'가 되는 역사소설의 생산구조가 형성되기에 이른다. 이 기묘한 환원 구조는 역사소설의 작가가 여러 경로를 통해 배출될 수 있는 가능성과도 연결되었다. 다시 말해 역사지식을 이야기로 재구할 수 있는 이라면 누구에게든 역사소설 창작 세계로 들어설 수 있는 길이 열린 것이다. 그 결과 박종화와 현진건처럼 시 혹은 단편소설에서 장형의 역사소설 쓰기로 창작 지평을 전변 또는 확대한 작가들에서부터 야담운동가, 기자에 이르기까지 작가군의 폭은 넓어졌다. 심지어 소설 창작 경험이 전무한 이도 역사소설 연재에 가세했다. 아래 인용된 작가의 말이 그 한 증거이다.

> 나는이때까지 소설이라고는 써본일이없었다 뿐만아니라 남의소설을 한번도똑똑이읽어보지도못하였다 그럼에도불구하고 여기에 붓을잡게된것은 비록 편즙선생의 강권에 의한것이라 할지라도 너무대담하고 염치없는 일이다.[257]

위 작가의 말과 함께 나란히 게재된 작품 소개의 말에서 편집자는 "조

---

257) 차상찬, 「長篇小說 『張禧嬪』」, 《조선중앙일보》, 1936. 4. 26.

선문단의 숙제인 역사소설시비론(歷史小說是非論)을 한 번에 해결"하기 위한 방편으로 해당 작품의 연재가 단행되었음을 알리고 있다. 소설에 완전 문외한인 작가에게 역사소설이 안고 있는 난제들의 해결을 기대하고 있다는 점에서 아이러니한 장면이라 하지 않을 수 없다. 어쨌든 작가들의 전문성 여부를 차지하고 본다면, 작가들의 이력과 출신성분이 다채로워졌다는 것은 그만큼 다양한 담화적 특질이 역사소설 창작에 틈입될 가능성이 높아졌음을 뜻한다. 이 시기 역사소설 텍스트 모두를 근대소설 일반의 범주로 포괄할 수 없는 이유가 여기에 있다. 그러나 이러한 사실이 곧 역사소설의 고유한 양식성을 가정할 수 있는 근거로 받아들여져서는 곤란하다. 왜냐하면 그것은 어디까지나 서구적 근대소설 쓰기에 삼투된 서사적 전통의 잔재에 불과하기 때문이다. 신문저널리즘의 매체적 규정성에 의해 통어되었던 만큼 역사소설 창작의 궁극적 지향은 어디까지나 서구적 근대소설에 있었다.

전대 서사문학의 잔재가 이 시기 역사소설에서 현저히 목격되는 부분은 이야기의 소재와 그에 수반되는 담화적 특질이 직접적으로 차입되는 지점에서다. 작가의 역사적 상상력이 빈곤했던 탓도 있었겠지만, 무엇보다도 대중물로서 흥미를 고려할 것을 요구한 저널리즘의 외적 강제가 일차적인 요인이었다. 이는 무분별하게 수용된 기이한 일화들이 역사소설이라는 이름으로 소비될 수 있었던, 그리고 유통될 수밖에 없었던 빈한한 문학적 토양을 반증한다. 《매일신보》 최초의 역사소설 금화산인(金華山人) 작(作) 『李朝奇傑「李大將傳」』(《매일신보》, 1927)이 그 대표적인 텍스트다. 초기 역사소설 중 전편에 걸쳐 전대 서사문학의 흔적이 그 어떤 텍스트보다도 농후한 이 작품은 제목에 '傳'을 내걸어 전대문학과의 계통적 연관성을 고지하고 있다. 전(傳)의 일반적 특성을 고려한 독자라면, 주인공 이완에 관한 사실 지향적 서술의 일대기를 예상했을 것이다. 그러나 그 앞에 붙는 수식어 '李朝奇傑'은 그 취재 대상의 초점이 기이한 일화에 맞추어질 것임을 시사한다. 전대 서사문학에서 볼 수 있는 "허구 지향적인 야담과 사실 지향적인 전 사이에 넘나듦과 엇물림 현상"[258]의 재현이 예고되고 있는 셈이다. 실제로 『李朝奇傑「李大將傳」』은 인물의 공적 기록보다는 기행 중심의 야사적 내용들로 서사의 전면이 채워진 작품이다. 산중에서 자색이 뛰어난 도둑의 처를 데려와 아내로 맞게 된 사연에서부터 귀신을 만나 그 전염병으로 죽은 일가족을 장사지내준다는 귀담(鬼談)에 이르기까지 흥미본위의 이야기가 다수 등장하고 있다. 그리고 기록적 사실은 신이한 내용들을 결절시키는 이음새로 활용된다.

사료 『明宗實錄』외에 『奇齊雜記』, 『稗官雜記』, 『靑邱野談』, 『海東野言』, 『大東野僧』, 『燃藜室記述』 등에서 발굴된 야담들이 심심치 않게 등장하는 홍명희의 『林巨正傳』, 편조의 반혼술과 그에 기망당한 공민왕의 애정 행각을 그린 조일제의 『金尺의 꿈』과 박종화의 『多情佛心』, 박지원의 『熱河日記』 중 「玉匣夜話」에 나오는 허생의 이야기와 임경업에 관련된 야담들, 그리고 『朴氏傳』과 유사한 야담을 비중 있게 다룬 박종화의 『待春賦』, "평양기생이 삿갓을잘 씨우고 등쌀을 잘 쎱는것을 풍자한 어우야담(於于野談)의이약이[259]"가 소개되는 『黎明』 등에서 볼 수 있듯이 야

---

258) 정명기, 『한국야담문학연구』, 보고사, 1996, 12~5쪽.

담으로 지칭할 수 있는 이야기의 차용이나 부분적 모방은 이 시기 역사소설 텍스트에서 흔히 볼 수 있는 서사기법의 하나였다.

전대의 야담 못지않게 설화에서 취한 흔적이 역력한 제재들 역시 역사소설의 주요한 원천이었다. 이처럼 설화의 일부를 서사의 골간으로 고스란히 옮겨오는 경우 사실과 허구 사이의 긴장이 이완될 수밖에 없는 사태를 초래하게 마련이다. 특히 순교 과정에서 하얀 피를 흘리며 이적을 보이는 이광수의 『異次頓의 死』, 아사달 설화를 서사의 근간으로 삼은 현진건의 『無影塔』, 신이한 북과 나팔이 가져온 비극적 사랑을 다룬 이태준의 『王子好童』 등은 그 소재 면에서 독자로 하여금 기록적 진실성에 심대한 의문을 갖게 한다. 과연 어떻게 그와 같은 초월적 세계가 근대소설의 의장을 갖추어 역사의 페이지에 등재될 수 있었던 것일까? 『王子好童』에 등장하는 다음과 같은 서술이 그에 대한 역사소설가들의 답변 방식이었다.

> 고루의신긔니 자명고니 하는것은 최왕과 그 고루를 마튼 신하만이 아는 악랑의 비밀이엿다. 정말 절로 우는 북이나 대평소가 잇슬리 업섯다. 국경에 적이 나타날때는 신속한 보발이 오게 하엿고, 보발 오면 그순간 고루를 마튼 신하가 비밀히 정해둔 고수(鼓手)와 적수(笛手)를 다리고 고루에올라 북을 치고 대평소를 불게할 작정이엿다. 그것을 가지고 세상에다 악랑에는 절로 우는 북이 잇느니, 절로 우는 대평소가 잇느니 소문을 펏드리어 악랑은 하늘이 도읍는 나라라는 신념을 백성들에게 너허줌과

259) 박종화, 『黎明』, 《매일신보》, 1943. 8. 4.

함께 적에게는 정신적으로 위협을 주려는 최왕의 궁급스러운 한낫 술책에 불과햇던것이엿다.[260)]

위 인용문에서 보듯이 작자 이태준은 자명고의 신기가 조작되고 연출된 것이라는 사실을 절대적 화자인 서술자의 목소리를 통해 적극적으로 해명한다. 설화적 모티프의 비현실성을 역사적 맥락 안으로 끌어들이는 서사 전략을 운용하고 있는 것이다. 설화와 역사 사이의 치환이 최소한 역사소설이라는 장에서만큼은 가능하다는 사실이 이에서 입증된다. 이에 능했던 또 한 명의 작가 홍명희 역시 다수의 야담이 삽입된 『林巨正傳』에서 서술자의 특권적 지위를 효과적으로 이용하는 수완을 발휘해 허구적 인물들의 삶을 당대의 역사적 사건들에 자연스럽게 접지시킨 바 있다. 이처럼 설화적 세계의 초월성은 서술자의 권위에 의존해 재해석되고 부연됨으로써 역사소설이 만들어낸 허구의 세계 안에 사실로 용해될 수 있었다.

역사소설과 야담문학이 절합되는 국면은 꿈 모티프의 활용에서 더 선명하게 드러난다. 특히 야담적 제재를 복선으로 배치하는 데 꿈 모티프를 적절히 이용함으로써 서사적 개연성을 높인 예가 적지 않다. 역사적 층위와 설화적 층위가 엄격히 구분되는 세계의 경우 꿈 모티프가 양자를 이어주는 서사적 매개로 활용된 것이다. 이는 역사소설이 전대문학과 다른 서사적 질서에 들어섰음을 보여주는 결정적 증거에 해당한다. 이때 그 경계의 선명도에 비례하여 텍스트의 사적(史的)인 신뢰도가 결정된다. 박치의

260) 이태준, 『王子好童』, 《매일신보》, 1943. 5. 23.

라는 인물을 중심으로 인조반정을 그린 윤백남의 『黑頭巾』은 꿈 모티프가 이면사의 한 장면으로 적절히 활용된 대표적인 예다. 능양군의 예상치 못한 방문을 맞아 김류 모친은 아들에게 자신의 신비한 꿈 이야기를 전한다. 내용인즉, 대문 밖 처마 밑에 서리어 있던 큰 청룡(靑龍) 한 마리가 김류의 방에 기어들었다는 것이다. 김류 모친은 옛부터 청룡은 인군이라 하였으니 밖에 찾아온 손님이 후일 제왕이 될 이가 분명하다는 해몽을 내놓는다. 반정을 주도했던 서인 세력이 능양군을 추대한 사건을 작가는 이처럼 신이한 장면 제시를 통해 허구적으로 재현하고 있다. 선몽이 반정의 성공을 예견하고 그에 신성성을 부여하는 개연성의 요소로 활용된 셈이다.

조일제의 『金尺의 꿈』에서도 이와 유사한 기능을 수행하고 있는 꿈 모티프를 볼 수 있다. 이성계의 꿈에 등장한 신인이 금자를 전해주며 고려의 몰락과 새로운 왕조가 일어나게 될 것을 예언하고 있는 것이다. 이와 함께 이 작품에서 꿈 모티프는 역사적 사실을 밝히는 방편으로도 이용된다. 출생의 비밀을 알지 못한 채 왕위에 오른 우왕은 어느 날 처참한 형상으로 그의 꿈에 나타난 어머니 반야를 만난다. 그리고 그녀의 읍소를 단서로 유모 장 씨를 통해 마침내 감추어져 있던 사실을 알게 된다. 이렇듯 꿈 모티프가 과거의 진실을 규명해내거나 미래의 사태를 암시하는 상징으로 활용된 예는 역사소설에서 어렵지 않게 찾아 볼 수 있다. 그런가 하면 다음과 같은 장면처럼 인물들 간 만남의 필연성을 암시하는 상징적 복선으로 배치된 경우도 있다.

우홍빈 로인은 아들인범이 금생을 더리고오던 전날밤에쑴하나를 어덧다

> 아들 인범이등에큰 쇠북하나를 질머지고 집으로들어오는ᄭᅮᆷ이엇다 그래서 로인은 그것을 바다나려노코 그쇠북 ᄭᅩᆨ지를어루만지고잇스려니 어는틈에 쇠북은 업어지고 큰배암이혀를늘름거리며 이편을 바라보고잇섯다 로인은 몽중에도 ᄭᅡᆷᄶᅡᆨ놀라 물러서는바람에 ᄭᅮᆷ이 ᄭᅢ엇다. 로인은 이ᄭᅮᆷ을 엇고 일은아츰에 아들인범이가 그믈을가지고 물고기를 잡으러나가는것을 보고 이상한 ᄭᅮᆷ의이야기를할ᄯᅢ말ᄯᅢ하다가 아서라 ᄭᅮᆷ이란미리말하는것이 아니다 하는생각에 자긔 가슴에만 접어두엇더니한낫이겨워서 인범이 ᄯᅳᆺ박게사지를 축느러트린 긔지사경의 사람 하나를업고 들어왓다[261]

위 장면은 『大盜傳』의 주인공 무룡이 인범에 의해 기적적으로 구출된 후 우홍빈이라는 노인과 맺는 인연의 시초이다. 작자는 꿈 모티프를 통해 이들의 조우가 이처럼 예정된 운명임을 예고한다. 꿈 모티프는 역사의 상상적 재구가 안게 되는 한계를 보완하기 위한 차원에서 고소설의 이야기 방식을 흉내 낸 결과였다. 초월적 세계와 현실 세계를 결절시킴으로써 역사적 행간을 채우는 역사소설만의 독특한 서사적 기제의 하나가 꿈 모티프였던 것이다.

이 시기 역사소설은 야담 또는 설화의 일부를 제재로 삼는 한편 고소설의 서사 기법을 끌어오기도 했다. 이는 담화적 층위에서의 교섭 양상으로 파생되었다. 정확히 말하자면 전대 서사문학 전통의 수용과 함께 그것에 대한 담화상의 모방이 뒤따라 나타났던 것이다.

---

261) 윤백남, 『大盜傳』(後篇), 《동아일보》, 1931. 1. 25.

처음에 허견이 역모로 참형을당할때에도그연좌로 역시죽을 것을 각오하고있던 허적은 상감의특별하신처분으로 죽음을면하고 석방되어 서인(庶人)의몸으로 장차 시골을가리라고 준비하던중 뜻밖에 차옥의사건이 재차 돌발하야 포청과 삼사(三司)가 떠드는바람에 오월오일 바로 음력단오날에 사사(賜死)한다는 조명(朝命)이 나리게 되니 허적은 그만 길떠나기를 중지하고 집에있어서 명을 기다리고 있었더니 그때에어떤친한사람이 찾아와서 그를보고

「대감께서는 평소에아모죄과가 없으시다가 이제 칠십노령에 불행이 업보로 사약을 받으시게 되니 그런억울한일이 또어대 있겠습니까 그렇게 사약을받으실진대 차라리 먼저 자결하야 돌아가시는 것이 좋지 안겠습니까……」

라고하였더니 예의 정대(正大)한 그는 추연이 형색하고 말하되

「내가 불행히 못된 자식을 두어서 연좌로 죄를입게되었으나 국법을 피하고 먼저 자결한다면 그것은 군명을 거역하는것인즉 나로서는 도저히할수 없다……」

고하야 어대까지던지 충후진중한 원로재상의 체통을 지키니 그사람은 그의말에 감복하야 한참동안 말이 없이 눈물을 흘리었다[262)]

차상찬의 『張禧嬪』에서 허견이 사약을 받게 된 내력을 장황히 이야기하고 있는 위 인용문은 하나의 문장으로 이루어져 있다. 사료의 강독에

262) 차상찬, 『張禧嬪』, 《조선중앙일보》, 1936. 5. 27.

가까운 서술인 셈이다. 작자의 말처럼 이는 "소위현대소설식(現代小說式)의 형식과 내용을구비한 그소설을쓰랴는 것이아니요 소설의일종이라할 만한 패사(稗史)야사(野史)등과비슷한 그러나 유행하는야담은아닌 이야기를쓰랴는데"[263]서 기인한 결과다. 이처럼 다양한 이력을 소유한 작자들이 역사소설 창작에 참여함으로써 전대 서사문학의 특질이 역사소설의 담화적 층위에 차입되는 현상은 필연적인 사태였다. 여타의 근대소설에 비해 특히 역사소설에서 묘사보다는 서술자의 직접적인 설명이 우세한 것도 이 같은 맥락에서 이해할 수 있다. 일례로 정도의 차이는 있으되, 상당수의 역사소설에서, "이 바람결같이 나타낫다가 바람결같이 살아진 인물은 과연 누구이엇든가", "나는 범 보다 더 날래게 불길 속에 뛰어 들어 주만을 구해낸이는 경신이엇다"[264]와 같은 구연 형식의 서술을 만나게 된다. 작가의 빈번한 작중 등장, 즉 구연자와 독자가 마주앉아 이야기를 나누는 강사(講史)적 담화 형식이 또 하나의 서술 경향이었던 것이다.

> 백화라는 녀자를 중심으로 우주와 왕생이 이제 단오절을 경계로 승부를 판결하려 한다.
>
> 이두남자를 외재적 조건으로 비교해볼때 하나는 군왕이오 하나는 걸객이며 한편은 부귀 권위의 극점이오 한편은 빈천 유약의 극점이니 이 두 남성을 외형으로 비교할때는 운니의 차가 잇슬것이다 그러면 다시 내재적

263) 차상찬, 「長篇小說 『張禧嬪』」, 《조선중앙일보》, 1936. 4. 26.
264) 현진건, 『無影塔』, 《동아일보》, 1938. 2. 5~7.

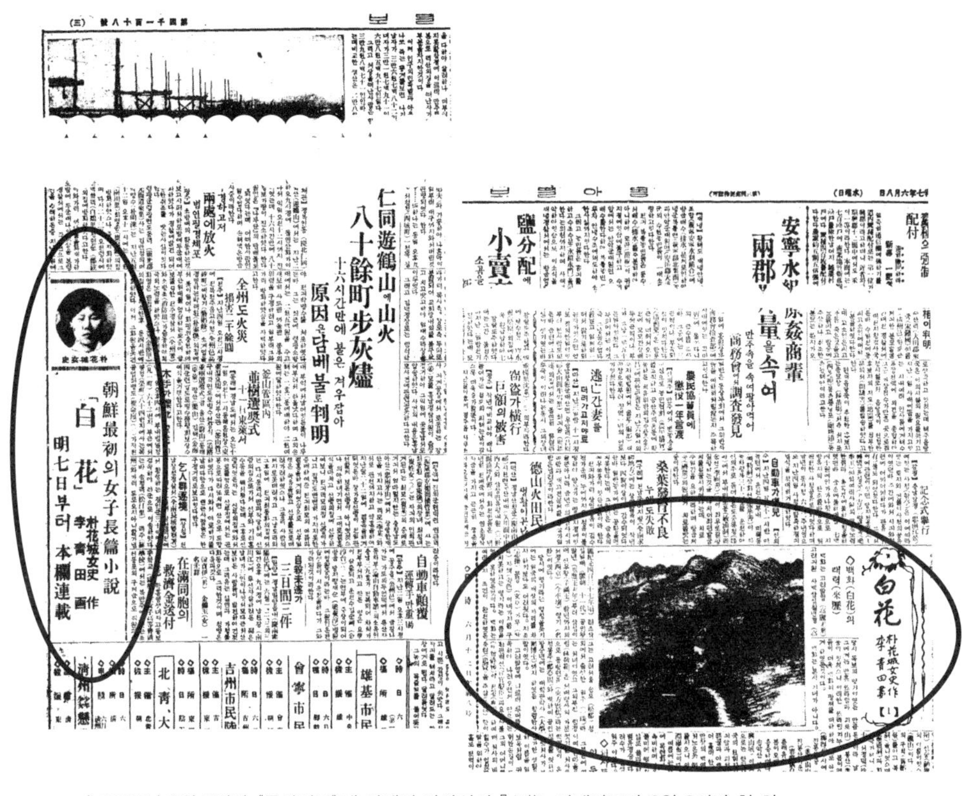
朝鮮最初의女子長篇小說

「白花」

朴花城女史作
李靑田画

明七日부터 本欄連載

仁同遊鶴山에山火
八十餘町步灰燼
十六시간만에 불은 겨우잡아
原因은담배불로判明

全州도火災

白花
朴花城女史作
李靑田畵
【1】

* 1932년 6월 7일자 《동아일보》에 연재된 박화성의 『白花』 연재광고와 6월 8일자 첫 회

조건을 비교하여 보자

이도 또한 운니의 차가 잇스니 전자는 음폭 하고 후자는고결하며 전자는 혼암 잔인하고 후자는 정대인후 하다[265]

265) 박화성, 『白花』, 《동아일보》, 1932. 9. 11.

서사 표면에 등장하는 서술자의 위와 같은 편집자적 논평은 역사소설의 인물 형상화에서 상시적으로 나타나는 특질의 하나였다. 이는 특히 선악의 구도로 인물들 간의 관계를 설정하는 서사에서 두드러지게 구사된 서술 전략이었다. 그 효과는 독자의 도덕적 판단을 선점하는 데까지 서술자의 절대적 권위가 확대된 텍스트에서 뚜렷이 나타난다. 말하자면 서술자의 노출 수위에 비례하여 인물 형상의 구체성이 결정되는 셈이다. 서술자의 입장에서 볼 때, 단선적인 서사 전개의 취약성을 양해할 경우 이러한 개입은 전체 서사의 갈등 구조를 통제하는 손쉬운 통로가 될 수 있다. 비록 인물 형상화 과정에서의 평자적 간섭은 아니지만 서사의 흐름을 통어하기 위해 서술자의 권한이 남용된 예도 심심치 않게 목격된다. "처사별(處士星)과가티 한구석에 숨어잇는조남명과 상서별(瑞星)과가티나타낫다 사라젓다하는 리토뎡의 이야기는고만두고 뎨원(帝垣)을 침범한 요긔로운별(妖星)과가튼보우의 일을 자세히이야기할터이다"[266]에서처럼 중개자가 아닌 서사의 실질적인 지배자로 서술자가 등장한 경우가 그것이다. 심지어 아래 인용문에서처럼 작품의 서문격에 해당하는 모두 발언을 통해 서술자가 서사의 통수권자임을 노골적으로 자처하고 나선 예도 있다.

> 무론 그새 흐른 세월은 덧업시도 벌서 二백여년이니 대가 바꾸이고 손이 갈리기도 벌서 여러번씩일 것이다 그러나 그 초지(初志) 뿐은 지금것 후

---

266) 홍명희, 『林巨正傳』, 《조선일보》, 1929. 10. 3.

손들이 계승하고 잇는지 혹은 하도 긴 세월이라, 인제는선량한 한개의 시련으로 변하여 버렷는지

세월은 여전히 흐른다

그 흐르는 세월 아래는 별의별것이 다 감초여 잇나니 내가 이러한 서두아래서 적어 나려 가려는 한개 기구한 분명의 구인의 이야기도 그 二백년이라는 세월이 눈감아 줄동안에 생장하고 계승된 한개 가련한 이야기다[267)]

담화상의 이 같은 면면들은 미비한 서사 구성으로 이어지게 마련이었다. 하지만 강사적 서술 방식에 의존하여 단편적인 읽을거리를 제시하는 방식이 신문연재소설로서 역사소설에 요구된 제일의 요건이었기에 이는 피하기 어려운 사태였다. 매일 1회 분량의 완결적인 이야기를 순차적으로 연결 지어야 하는 여건에서 한 편의 통일된 서사 배치와 극적 구성을 기대하기란 애초부터 불가능한 가까운 일이었을 터다. 야사적 내용이 주가 된 『李朝奇傑「李大將傳」』, 조일제의 『金尺의 꿈』외에도 당시 신문소설의 실질적인 미학을 정립해냈던 김동인의 『雲峴宮의 봄』, 차상찬의 『張禧嬪』 등이 그 전범에 해당한다. 대원군의 일대기라는 점에서 『雲峴宮의 봄』과 소재가 같은 윤승한의 『夕陽虹』과 『朝陽虹』 연작, 조일제의 『三五

267) 김동인, 『巨木이 넘어질때』, 《매일신보》, 1936. 1. 4.
이 작품은 총 24회(1936. 1. 1~2. 29)로 연재가 중단되었다. 작자 김동인은 후일 잡지 『朝光』에 『帝星臺』(1938. 5~1939. 4)라는 제목으로 같은 소재의 작품을 연재한다. 물론 《매일신보》와 『朝光』에 연재된 내용이 같지는 않다. 시간적 거리가 있었던 만큼 《매일신보》 연재 당시 구상했던 내용과 달라질 수밖에 없었을 것이기 때문이다. 그러나 『巨木이 넘어질때』가 『帝星臺』의 모태였던 것만은 분명하다.

夜話-安東義妓』에서도 비슷한 서사 전개 양상이 목격된다.

『斜陽의 彩雲』으로 광고되었으나 실제 연재 시에 그 작품명이 바뀐 『夕陽虹』은 기록적 사실보다는 여러 야사적 야담들과 허구에 크게 의존하여 쓰인 작품이다. 제재의 출처가 다양함에도 불구하고, 이 텍스트에서는 특별히 역사적 사건의 재구성이라 할 만한 서사를 찾기가 쉽지 않다. 실존인물인 대원군의 삶에 초점이 맞추어져 있다기보다 가상 인물들의 기구한 운명과 인연에 대한 흥미 위주의 내용들이 작품의 전면을 차지하고 있을 뿐이다. 작품의 결말 역시 대원군을 둘러싼 부차적 인물들의 극적인 재회로써 마감된다. 이 텍스트가 역사소설이라 할 수 있는 측면은 오로지 실존인물들의 전기적 기록을 서술한 데서 발견된다. 그러나 이 또한 남연군의 낙척 시절부터 이하응의 출세까지를 연대기적으로 회고하고 있다는 점에서 후일담적인 성격이 짙다. 야담적인 곁가지 서사들이 다수 삽입된 탓에 실질적으로 역사적 인물은 서사의 중심에서 밀려나 있는 것이다. "얼른 단편적(斷片的)으로 말하자면 그(대원군-인용자 주)는 의리를 아지못하는 나쁜성격을 가진사람이라하겟다"[268]처럼 전지적 서술자의 주관적이면서도 소소한 인물평으로 대체되고 있는 인물 형상화가 이를 간접적으로 말해준다.

야담의 과도한 삽입은 결과적으로 이 시기 역사소설이 사적 진정성을 구현하는 방식에 의문을 제기하도록 만든 직접적인 원인이었다. 다수의 작가들이 역사적 사실의 담론 층위에 있는 서술자의 위치를 부각시키는

---

268) 윤승한, 『夕陽虹』, 《동아일보》, 1939. 9. 26.

방식으로 사적 전거성을 독자에게 공신력 있게 주장하려 했던 사정은 이와 같은 위기감의 발로였다. "이것을 밝히기위해서는 먼저 당시의고려국정을 설명할수가 업다"[269]와 같이 작자들이 노골적으로 문면에 나선 상황이 그 한 예다. 그런가 하면 이와 달리 아래 인용되고 있는 서술처럼 미시적인 수준에서 허구와 사실의 봉합을 시도한 경우도 있다.

> 그때에 리활민(李活民)이라하는 노인을 당수(黨首)로 조직된 활민당이라하는 비밀결사가 잇섯다. 벌서 五十여년을지난 녯날이며, 그당수 리활민은 그당시에 자손이업시 죽어버렷스매, 활민의래력은 지금 상고할바이 업다. 더구나, 활민당의 활동은, 사회의 표면에는 나타나본일이업시, 당수의 죽음과 함께 해산되고말엇스매, 그러한비밀결사가 잇섯는지는 그당시의 궁중이며 관리가운데도아는사람이 극히적엇다.[270]

한편 "작가가 이리저리 모은 것으로 아래와 같은 것만은 독자에게 말할 수가 있다"는 진술로써 역사적 취재 사실을 선전하고 이를 바탕으로 서사적 개연성을 높이려는 시도 역시 있었다. 이는 전대 서사문학의 서술 관행을 탈피하려는 자각으로 '작가'와 '독자', 즉 공급자와 소비자 사이의 직접적인 대면을 전제한 것이었다. 말하자면 근거 없는 야담류의 남용을 피할 수 없었던 데서 취해진 강담적 서술 방식과 근대소설의 담화적 요구

269) 윤백남, 『大盜傳』, 《동아일보》, 1930. 3. 11.
270) 김동인, 『젊은 그들』, 《동아일보》, 1930. 9. 3.

가 빚어낸 충돌을 피하기 위해 대자적 존재로서 독자 청중을 작가들이 문면으로 소환해낸 것이다. 근대소설의 규범을 준수해야 하는 측면에서 보자면 작가는 서사의 배후로 그 자취를 온전히 감추는 가상의 이야기꾼이어야 했지만, 야담에서 그 재원의 상당 부분을 구했던 현실의 역사소설 작가들로서는 전대문학의 구각을 벗기가 그리 용이치 않았다. 아울러 역사강사로서 역사소설가의 특수한 위치가 이야기 중개자로서의 온전한 면모를 갖추기 어렵게 만든 또 하나의 요인이었다. 역사소설이라는 글쓰기의 특성상 역사적 사실을 증빙 자료로 첨부해야 하는 소임이 방기될 수는 없는 일이었기 때문이다.

> ①숙용장록수의집엔 익명서 한장이 부텃다 엇더케하야 부처진것은 독자의 판단에 맛겨버린다. 이러케 생각해도 조코 저러케 생각해도조타. 작자는 가만히 웃으면서 이 문제를 독자에게 제공한다.[271)]

> ②『五山說林』과병진정사록『丙辰丁巳錄』에는 손순효가 인정전에서 상감을모시고 술을 먹다가 술이 얼근하야 어탑(御榻)에올라 동궁이 나종에 임검노릇을 감당못할것을 짐작하고 용상을 어로만지며 이자리가 앗가웁니다하고 알외니 성종께서는 나도알기는 알지마는 참아 폐할수업노라 하시엇다는소리가 씨워잇다. 그러나 이 손순효의 폐비 께 사약 나릴때 두번씩이나 통곡하고상소를올려 극간한것을보와 순ㅅ되고 정성스럽고 경정

---

271) 박종화, 『錦衫의 피』, 《매일신보》, 1936. 11. 26.

직행(徑情直行)하는성격을 가진 사람으로 동군을 폐합시사 권하야 사뢸리가 만무하다 연여실기술『燃藜室記述』에 씨운대로 어느곳에서 빙거하야왓는지몰을소리다.[272]

역사적 판단을 독자에게 유보하는 것처럼 보이는 위 첫 번째 인용문은 작자가 역사강사로서의 지위를 언뜻 방임한 서술로 읽힐 수 있다. 그러나 실제로 작자는 서술자의 현존을 소거하는 방식을 통해 그 해답을 쥐고 있다는 사실을 은연중 과시한다. 작자가 서술자보다 공신력 있는 진술자로 암시되는 이 같은 담화적 상황은 작자와 독자 사이의 서술적 거리가 소거되는 형태로 나타난다. 이는 텍스트 내부에 청자가 존재할 수 있는 여지가 원천적으로 폐쇄된다는 뜻이기도 하다. 두 번째 인용문에서 보듯이 역사소설가와 역사강사가 혼돈되는 사태, 즉 작자가 객관적인 사실의 제공자이자 친절한 해설가로 자처하고 나서는 대목이 이를 여실히 보여준다. 달리 말하자면 작자가 역사가의 위치에 섬으로써 서술자를 구속하는 국면이 정당화되고 있는 것이다. 이와 같은 담화 구도는 "歷史的事實에서 테마를 잡어서 短篇을쓰되 時代順序로 써모으면 歷史小說이라느니보다 小說形式의 歷史가 되려니 一面으로는 民衆的歷史도 되려니 생각했었오"[273]라는 홍명희의 회고가 말해주듯이 흔히 역사소설가의 역사가연하는 태도와 무관하지 않다. 역사가로 분하고 싶은 역사소설가의 욕망이 노

---

272) 박종화, 『錦衫의 피』, 《매일신보》, 1936. 6. 4.

273) 홍명희·이태준·이원조·김남천, 「碧初洪命憙先生을 둘러싼 文學談議」, 『大潮』 창간호, 1941. 1, 72쪽.

골화되는 지점에서 서술자의 위치는 작자에게로 흡수되고, 그 결과 작자와 독자의 담화상의 직접적인 대면이 이루어지게 되는 것이다. 역사소설이 역사 기술을 대체하는 역사 담론으로서 그 권위를 얻을 수 있었던 데에는 이와 같은 담화 형식에 빚진 바가 컸다. 역사소설가들이 서술자에게 부여하는 이러한 지위는 역사적 사실을 재원으로 하는 글쓰기의 특성상 역사소설 작가들만이 누릴 수 있는 일종의 특권이었던 동시에 역사소설을 권위적 서사로 전락시킨 결정적 요인이기도 했다.

신문의 연재소설란이 이 시기 역사소설의 주요한 터전이었다는 사실을 통해서도 역사소설의 이러한 담화적 특질을 조명해 볼 수 있다. 매 1회분의 완결적인 서술 방식에서부터 장별 구성에 이르기까지 장대한 시공간의 세계를 임의적으로 압축하거나 확대하는 것이 용이한 만큼 서사의 속도를 조율하는 데 특별한 이점을 지닌 글쓰기가 역사소설 창작이었다. 특히 전편 혹은 그동안의 연재분의 줄거리를 요약하는 데서 그 효과는 극대화된다. "그러면 장씨는 과연 어떠한 여자이고 또그가 나인이된경로는 어떠한지 역시 여기에 잠간 이야기하야둘 필요가있다 그는 요전회에 잠간 소개한것과 같이 허견의 옥사때에 멀리 정배간 역관장현(譯官張炫)의 종질녀(從姪女)요 군관 장희재(張希載)의 누이였다"[274]는 서술을 필두로 인물에 관한 정보를 재차 거론하거나 "독자는 이 금생(今生)이란 위인의 정체가 누구인것을 상상해 알것이다"[275] 또는 "그는 웨 자기 자식의 생명

274) 차상찬, 『張禧嬪』, 《조선중앙일보》, 1936. 6. 28.
275) 윤백남, 『大盜傳』(後篇), 《동아일보》, 1931. 1. 26.

을 히생시켜 가면서 당신 아드님의 생명을 포육(哺育)햇던 유모 「마르테박」을 죽이엇든가?"[276]처럼 서사의 행간을 추측케 함으로써 독자의 관심과 기억을 환기시키는 방식 등이 그 구체적인 기법이었다. 독자의 앎지른 추측을 확인시켜주는 담화상의 이들 장치는 대개 작자와 독자 간의 대화틀을 자연스럽게 가정하도록 만든다. 그 결과 독자는 사건 정황의 최종 해설자로서 서술자가 아닌 작가를 떠올리게 되는 것이다.

한편 "자-그러면 인제부터 나는 나의 이야기를 독자 여러분 아페 펴노차"[277]와 같은 표현에서처럼 서술자와 동일 인물임을 자임한 작가가 장차 전개할 이야기에서 만나게 될 독자를 담화 표면으로 호출하기도 한다. 뿐만 아니라 "그 글을 여긔 적어 독자와 함께 등이 젓도록 부끄러운 땀을 흘여 보자"[278]와 같은 청유로써 신문 독자의 독서 충동을 선규정한 예 역시 심심치 않게 목격된다. 연재 예고 광고문의 한 구절을 연상시키는 서술 행태가 그대로 텍스트에 복제되고 있는 것이다. 극단적인 형태의 경우 아래 예처럼 작품의 맨 앞에 '머리말슴'이 하나의 장으로 제시되기도 했다.

> 자—림썩정이의 이야기를 붓으로 쓰기시작하겟습니다 쓴다쓴다하고 질감스럽게 쓰지 안코 쓸어오든이야기를 지금부터야 쓰기시작합니다 각설 명종대왕시절에 경긔도양주싸 백정의 아들 림썩정이란 장사가잇서

276) 윤승한, 『夕陽虹』, 《동아일보》, 1939. 9. 26.
277) 김동인, 『巨木이 넘어질쌔』, 《매일신보》, 1936. 1. 4.
278) 이광수, 『李舜臣』, 《동아일보》, 1932. 3. 19.

> ……이야기시초를 이러케멋업시쓰내는 것은 이왕에 유명한 소설ㅅ권이나 보아두엇든 보람이 아닙니다 …(중략)… 그러나 이생각저생각이 모다신신치아니한ᄯᅢ닭에 생각을통히 고치어 숫제 먼저이야기가생긴시대를약간설명하야 이것으로이야기의뎨일첫머리말슴을삼으리라 작뎡 하얏습니다 …(중략)… 이야기의 머리말슴을 한회에마치랴고 인종명종ᄯᅢ일을 조금자세히 설명하여야할것도 다못하고 바로본이야기로 접어들랴고합니다[279]

위 인용문은 작품 본문의 서술이라기보다는 예고 광고에서 흔히 볼 수 있는 '작가의 말'에 가깝다. 이어지는 문장과 문체적 차이만을 염두에 두고 비교해본다면, 오히려 후자의 성격이 짙다는 것을 알 수 있다. 이는 독자와의 밀착도, 즉 독자의 몰입도를 경시할 수 없는 신문소설의 일면과 강담적 서술 방식의 일면이 중첩되어 빚어진 현상이다. 여기에서 나아가 독자의 정서적 반응을 직접 조장하거나 이를 선동하는 표현이 서슴없이 쓰이기도 했다.

> 림박과 하로밤을지난 열하루날 신돈은 운검루(雲劍樓) 정자에서 림박과술잔을 나누다가 마침내 림박의ᄯᅥ러트리는 잔대소리를군호하야 루아래매복했든 도부수(刀斧手)들이 서리갓흔칼을들고 우루몰려드니 **앗가웁다** 걸승편조의 가슴속에 서리여품엇든 남정북벌의 장한ᄯᅳᆺ은 하루아

279) 홍명희, 『林巨正傳』, 《조선일보》, 1928. 11. 21.

침에 굼틀거려스러지는 강물의라화(浪花) 한구비 물거픔이되여버리고 말엇다[280]

위와 같은 서술이 작가의 역사적 평가의 일단이라는 데 이의가 있기는 어려울 것이다. 그러나 서술자의 감정 이입은 신문연재소설의 선정적 국면이라는 차원에서 재해석될 필요가 있다. 사실의 객관적 서술보다는 정서적 논평의 활용에서 역사소설의 작가들이 역사 담론의 대중적 확산 효과를 기대했던 것으로 판단되기 때문이다. 예술적 구성미보다는 통속적 재미를 최고의 미덕으로 묵인해 온 신문소설의 장에서 역사 지식의 제공은 부수적인 요건일 수밖에 없다. 신문저널리즘의 요구가 반영된 문학적 양식성이 우선적으로 고려되어야 했기 때문이다. 역사가가 아닌 소설가라는 점을 내세워 기록적 사실의 굴절이 용인되어야 한다고 주장했던 역사소설 메타내러티브의 한 흐름과 이는 정확히 일치한다.

이 시기 역사소설이 차용 또는 답습의 형태로 전대의 서사문학 전통을 전유했던 것은 부인하기 어려운 사실이다. 그러나 이를 곧 한국 근대문학의 내재적 연속성을 보여주는 증거로 환원하여 이해해서는 곤란하다. 그것은 수입된 글쓰기로서 역사소설이 갖는 혼종적 국면이 근대소설의 규범 안에서 점차 용해되어 가는 형국으로 보아야 옳다. 사실상 그 흐름은 근대소설의 담화적 층위에서 볼 때, 전면적인 양상이 아니었다. 기존의 문화적 토대와의 교섭에서 배태된 잔재적 잉여로서 국부적 현상이었을

280) 박종화, 『多情佛心』, 《매일신보》, 1941. 7. 15.

따름이다. 신문연재소설의 규범이 특화되는 상황과 맞물려 역사소설이 신문연재소설의 대명사로 양적인 번성을 구가해간 1930년대 중반 이후 전대 서사문학의 특질은 현저히 감소한다. 역사소설이 근대적인 신문연재소설로 안착에 성공했음을 말해주는 대목이다. 1928년 처음 '新講談'으로 예고됐던 『林巨正傳』이 1937년에 '장편소설 『林巨正』'으로 표제와 제목이 바뀌어 연재되었던 사실은 이러한 변화를 가시적으로 보여준 상징적 사건이라고 할 수 있다. 근대적인 독자와 원활한 소통을 위해서라도 역사소설은 어디까지나 근대소설의 담화를 지향하는 글쓰기로 남아야 했을 터다.

2. 민족서사로서의 양면성

현실의 정치 상황에 대한 은유로서 과거 수난사를 소설적 무대에 전경화하고 있는 일제강점기 역사소설의 저변에는 대체적으로 작가의 근대적인 민족주의 의식이 관류하고 있다. 그러나 이는 몇몇 텍스트에 국한되는 사실로 이 시기 역사소설의 전반적인 경향이라고 말하기는 어렵다. 뿐만 아니라 이 계열의 작품은 양적인 면에서도 소수에 지나지 않는다. 국권상실기라는 시대적 상황은 역사소설 창작에 민족주의 담론의 투사를 강하게 요청한 객관적 조건이었다. 그러나 그와 같은 정황이 역사소설 창작의 주도적인 흐름으로 구현되지는 못했다. 무엇보다도 일제의 검열이 역사를 매개로 한 현실 발언의 최대 질곡으로 작용했기 때문이다. 다른 한편으로 역사소설의 탈정치적 경향은 신문저널리즘의 매체적 특성에 영향받은 바 컸다.

민족주의 이념의 전파와 선양을 의도한 역사소설 창작에 주력했다고 볼 수 있는 작가는 이광수와 박종화, 현진건 정도다. 여타 작가들의 경우 극히 일부 작품에 한하여 그와 같은 성향이 감지된다. 이 계열의 작품들은 대체적으로 국가의 총체적 난국을 작품의 모두에 제시하는 서사적 배치의 상투성을 공통적으로 보여준다. 작가의 민족주의 이념이 전체 서사를 강력하게 통어하는 데, 국난 모티프가 그 시발점이 되는 것이다. 그러나 국가의 위란을 곧 민족의식의 발화 지점으로 설정하는 서사 구도는 독자로 하여금 소설 텍스트의 허구적 요소를 민족 수난의 실제 기록으로 오독하게 만들 가능성을 노정한다. 문학과 역사 간의 경계가 허물어짐으로써 결과적으로 역사소설이 곧 역사 기술의 대중적인 텍스트로 통용될 소지가 그만큼 커지는 것이다. 이광수의 『李舜臣』, 박종화의 『待春賦』, 현진건의 『黑齒常之』 등이 그 대표적 사례들이다. 비교적 사료적 전거에 충실한 서술 태도, 그리고 연대기상의 정보와 함께 위기 상황의 심각성을 비유적인 서술로 압축하여 처음 몇 회에 걸쳐 제시하는 방식에서 이들 텍스트들의 유사한 담화 구조가 발견된다.

『李舜臣』은 '이순신 유적 보존운동'이라는 시대적 사건에 연계되어 있었던 만큼 통속적 재미의 추구가 최대한 배제된 가운데 사실(史實)의 복원에 가까운 방식으로 창작된 작품이다. 왜군과 조선군 사이에 오고간 공적 문서와 교서 및 장계 등을 직접 인용하여 삽입한다든지 난중일기의 일부를 옮겨와 연재 한 회 분의 서두를 '임진 칠월 초육일 아침'과 같은 형식으로 시작한다든지 하는 서술 방식이 지배적으로 나타난다. 그러나 사료의 객관적 제시에도 불구하고, 이 작품이 말하고자 하는 주제 의식은 다소 노골적인 방식으로 표출되고 있다. 난세를 배경으로 구원의 영웅상을 제시하는 데서 그치지 않고 서술자의 논평적 개입을 통해 민족 시련의 극복 과정을 찬양함으로써 작가의 이념적 지향을 표면화하고 있는 것이다.

『待春賦』 또한 정사적 기록을 바탕으로 청의 침략과 그에 맞선 항쟁을 그린 점에서 『李舜臣』과 유사한 창작 행태를 보여주는 작품이다. 두 작품이 식민 상황에 대한 타결책으로 과거사 배우기라는 서사 원리를 채택하고 있는 면에서 보자면, 『黑齒常之』와 상통하는 바가 있다. 앞의 두 작품은 식민 현실을 각각 병자호란과 임진왜란에 빗대고 있으며, 『黑齒常之』는 나당연합군에 의한 백제 정벌에 비유하고 있다. 후자의 경우 백제 유민들의 저항이 곧 식민지 조선이 나아가야 할 바를 제시한 사건으로 은유되고 있는 것이다.

현진건의 또 다른 역사소설 『無影塔』은 국가적 위란이 작품의 직접적인 모티프가 아니라는 점에서 앞서의 작품들과 구분된다. 『無影塔』이 내세우는 표면적인 주제는 어디까지나 아사달이라는 한 예술가의 숭고한 예술혼과 거부할 수 없는 운명으로 집약된다. 오히려 이 작품은 부차적인 서사를 통해 식민지 조선의 정치 상황을 암시하고 있다. 아사달과 아사녀의 비극적 사랑이라는 설화를 당대 신라가 처한 정치 외교적 국면, 즉 당학파(唐學派)와 국선도파(國仙徒派) 간의 대립 관계로 재구성해냄으로써 작가적 현실과 연관 짓고 있는 것이다. 당의 문물을 숭상하는 시중(侍中) 김지(金旨)가 이끄는 세력과 이손(伊飡) 유종(唯宗)으로 대표되는 국선도, 곧 화랑도를 숭앙하는 세력 간의 갈등은 사대주의와 민족주의 사이의 충돌을 그려내는 데 적극 활용된다. 서술자는 유종이 상징하는 국선도 계열이 당한 위기감에 심정적 지지를 보냄으로써 민족정신의 원류로서 화랑정신의 보존을 강력히 옹호한다. 식민지 조선에 보내는 작가의 강렬한 메시지가 이로써 표명되고 있는 것이다.

이처럼 민족적 관점에서 과거의 수난사를 제재 삼은 작품들은 대체로 식민 현실에 대한 우회적 반영과 그 극복 의지라는 주제 의식에 닿아 있다. 역사소설 일반을 외침과 저항의 민족사로 동일시하는 후일의 문학사 서술 관점은 이러한 작품들의 위상을 부각시킨 결과 공고화된 것이었다고 말할 수 있다. 그러나 실제로 이 시기 역사소설 텍스트들은 단일한 창구로 수렴될 수 없는 이념적 편차를 갖고 있다. 광의의 민족주의 담론 안에서 읽을 수 있는 텍스트들의 경우만 하더라도 민족 정체성에 대한 성찰에서부터 봉건적 충의 사상의 옹호, 그리고 계급적 세계관과의 착종에 이르기까지 그 이념적 폭이 꽤나 넓었다. 다만 단일민족으로서 공통된 역사적 기원을 상정한다는 점에 한해 그 전제는 일치했다.

이광수의 『異次頓의 死』에서 고구려의 재상 메주한가는 고구려로의 귀화를 이차돈에게 종용하며 세 나라가 본래 한 조상의 자손임을 강조한다. 그런가 하면 『元曉大師』에 등장하는 진덕여왕은 어떠한 경우에도 당병을 청해오지 말 것을 유언으로 남기는데, "당나라의 힘을빌어 백제와 고구려를 멸하려하나이것은 외인을 불러서 형제를치려함과 가틈"[281]이라는 생각에서다. 한편 현진건의 『無影塔』에서 경신은 삼한통일 이전 생각을 가지고 아사달과 부여에 까닭 없이 적개심을 품는 용돌을 질타하며 당학파들을 해내자는 용돌의 주장에 대해서 "골육상전으로 형제끼리 피를 흘리게 될 것"[282]이라는 이유를 내세워 반대한다. 이처럼 고대 삼국을 하나의 혈족으로 상상하는 장면들에는 단일민족의 신화를 역사적 층위에서

281) 이광수, 『元曉大師』, 《매일신보》, 1942. 3. 18.
282) 현진건, 『無影塔』, 《동아일보》, 1938. 11. 11.

공인하려는 의도가 반영되어 있었다.

단일민족에 대한 상상에 기초하여 민족성 탐구를 민족의식 앙양을 위한 선결 과제로 파악했던 대표적인 작가가 이광수다. 그는 역사소설 창작을 자신의 민족주의 이념의 실천으로 여겼다. "민족의식과 민족애를 강조하며 민족운동을 찬미하는 데서 멈추지 않고 선동하는 데 창작의 의의를 두었"[283]던 것이다. 사육신의 충절 대 수양대군과 그 일파의 부도덕한 권력욕을 대비시킨 『端宗哀史』와 신라의 몰락을 초래한 부패한 군신과 궁예의 입신 과정을 그린 그의 첫 장편 역사소설 『麻衣太子』는 민족성에 대한 성찰을 보여주는 작품들이다. 작가의 말처럼 "조선인의 마음, 조선인의 장처와 단처를 밝히는 데"[284] 이 작품들의 서사적 초점은 모아지고 있다.

이광수가 역사소설 창작에 들어선 배경은 일반적으로 두 방향에서 설명되어 왔다. 첫째는 '민족개조론'을 통한 춘원의 현실 문제에 대한 발언이 민중의 반대 여론에 부딪쳤던 사실이며, 둘째는 일제 식민당국이 민족주의적인 색채의 글을 원칙적으로 봉쇄하기 위해 탄압과 검열을 강화했던 사정이다. 이러한 앞뒤의 압박을 피하면서 춘원이 문필을 계속해갈 수 있는 자리가 역사물과 역사소설 창작이었다는 것이다.[285] 그러나 이 같은 설명은 다분히 춘원이 처한 외적 상황만을 고려한 해석이라고 볼 수 있다.

①지내간 계유년도 그러하얏거니와 금년 올해, 래년 병자 량년도 조선 민

---

283) 이광수, 「余의 作家的 態度」, 『東光』, 1931, 84쪽.

284) 이광수, 「小說豫告 『端宗哀史』」, 《동아일보》, 1928. 11. 20.

285) 곽학송·박계주, 『春園 李光洙-그의 生涯·文學·思想』, 삼중당, 1963, 326쪽.

족덕으로 보거나 단종대왕쌔에 살아잇든 — 특히 조명에 벼슬하든 여러 개인들로 보거나 큰 심판날중에 하나다.

그날에 여러 조선 사람들은 가지가지의본색을탄로하얏다. 혹은 씃간대를 모르는 욕심쑤러기가 되어서 그 욕심을 채우기위하야서는 못할일이 업는 성품을 보이고, 혹은금일동, 명일서로 해바래기가 햇빗을쌀하고개를 숙이듯이 부귀공명을 쌀하 어제는 이님금의 충신이되고래일은 그님금의 충신이되는 변통성 만흔재조를 보이고, 그러나 또혹은 의리를 위하야서는 부귀는커녕 생명싸지도 초개가티버리는 충성을보이는이도 잇고 또 혹은 충성을 보이기에는 넘우도 겁이만코 세도를 쌀흐기에는 량심이 덜무듸어 무가불가로 일신의 안전을 도모하는 도회술(韜晦術)도보이고, 성안에 안저서는 텬하를 한입에 삼킬 듯이 큰소리를 하다가 성문밧게 나서서 뎍을 대하자마자 허리가 굽어지고 무릅이 맥시풀리는 겁쟁이, 저는 아모것도 아니하면서 주둥이만살아서 남의일을 이러쿵, 저러쿵 흉만보고훼방만 놋는 얄미움, 맛당히 한바탕 큰 반항을 일으킬만한 리유와 분격지심이 잇스면서도 남이 대신하야주엇스면하고 멍하니 한울만 바라보고 안젓는 못난이……이러한본색들이아츰볏 밧는 산봉오리들모양으로 크게 작게, 제 모양대로 제 빗갈대로 들어나는것이다.

세살적 버릇이 여든싸지 간다. 오백년전에잇든 우리 조상들의 장처, 단처는 오늘날 우리중에도 넘우도 분명하게, 넘우도 류사하게 들어나는고나. 그 성질이 들어나게하는 사건싸지도 퍽으나 오백년을 새에두고 서로 갓고나.[286)]

②리순신, 권율(행주 싸움에서만)등 몇 사람을 제하고는 다 적의 빛만 보면 달아나는 무리가 아니엇던가. 조금만 적의 발걸음이 멀어지면 입만 살아서 주전론을 뽐내던 자들도 적이 五백리 밖에만 왓다고 하면 벌서 짐을 싸고 달아날 생각을 하지아니하엿던가. 그러고 애걸복걸로 명나라에 구원을 청하기로 능사를 삼지아니하엿던가. 둘재번 명군이 조선으로 올 때에 명나라장수가 조선 임금에게 보낸 질문서 실로 조선 사람된 사람으로는 부끄러워서 죽게할만 한것이엇다.[287]

위의 인용문들이 말해주고 있듯이 역사의 순환을 목도하는 데서 '역사를 읽는 재미'를 찾았던 춘원은 비극적인 민족사를 곧 부끄러운 과거이자 반성하여야 할 현재로 이해했다. 이러한 그의 역사관에 근거하건대, 그의 초기 역사소설 창작이 '민족개조론을 통해 천명된 민족개량주의 노선의 타당성을 역사적으로 뒷받침하려는 의도에서 기획된 것'이라는 해석이 힘을 얻는다. "사회 개혁 이전에 인간성 개조를 촉구함으로써 민족운동의 급진화 경향에 제동을 걸려는 목적"[288]에서 선택된 의식적인 글쓰기가 역사소설 창작이었다고 말할 수 있는 것이다. 결과적으로 조선의 과거 역사 자체가 이광수의 문학적 관심사는 아니었던 셈이다. 그의 역사소설 창작에서 조선 민족의 원류 또는 원형은 설명되거나 탐색되기에 앞서 그 범주가 한정 또는 부분적으로 추출되어야 할 대상으로 제기된다. 조선인의 성

---

286) 이광수, 『端宗哀史』, 《동아일보》, 1929. 8. 30.
287) 이광수, 『李舜臣』, 《동아일보》, 1932. 3. 19.
288) 강영주, 『한국 역사소설의 재인식』, 창작과비평사, 1991, 55쪽.

정을 이해하기 위해서가 아니라 스스로 상정한 조선 민족의 정체성에 부합할 증거를 찾아 이광수는 역사의 무대로 진출했던 것이다. 따라서 그에게 역사소설을 쓰는 행위는 곧 민족정체성의 표준적 준거들을 만들어 가는 과정에 상응한다. 찬란했던 과거를 당대 혹은 미래의 처녀지에서 회복하려는 근대 민족주의 이념의 시나리오로 이광수의 역사소설을 볼 수 있는 이유다.

민족의 과거사를 단지 위대한 역사로 기억하지 않는다는 데 이광수 특유의 역사의식이 존재한다. 1930년대 중반 이후 그의 역사소설 창작 경향의 전변은 이러한 맹아적 역사관이 제국의 서사로 전유되면서 싹을 틔운 결과였다고 말할 수 있다. 이와 관련하여 이광수의 역사소설에 존왕적 문체로써 회고주의적 시선이 투영되고 있다는 사실을 예사로이 볼 수 없다. 고대 신라를 지극히 낭만적인 세계로 형상화한 그의 처녀작 『痲衣太子』에서부터 이는 이광수 역사소설의 고유한 색채 가운데 하나였다. 식민시기에 쓰인 그의 마지막 역사소설이라 할 수 있는 『元曉大師』 역시 일상적 무대라기보다는 주술적이며 환상적으로 신비화된 세계를 담아내고 있기는 마찬가지다. 현실성이 거세된 소설적 무대는 텍스트의 역사성을 희석시키는 요인이 되게 마련이다. 그와 같은 사태를 사료 부족의 탓만으로 돌릴 수 없다고 했을 때, 작가의 역사관이 문제될 수밖에 없다. 민족정체성 탐구를 역사소설 창작의 과제로 내걸었던 이광수의 경우 이는 불가피한, 더 정확히 말해 개연성 있는 설정이었다고 할 수 있다. 발견이 아닌 발명의 대상이기에 민족적 정체성의 기원을 기록적 사실로 설명되지 않는 시공간으로 소급하는 일이 부득이한 선택일 수밖에 없었을 것이기 때문이다. 아울러 조선인의 성정이 그처럼 역사적 문맥에서 이탈된 세계로 안치될 때, 기원 없는 기원은 삭제되며 그 정체성은 본래적인 민족의 원형으로 승격된다. 이러한 이유 때문에 이광수가 회고하는 신라의 망국사를 식민 상황의 환유로 단순하게 매개시켜 읽어서는 곤란한 것이다.

이광수와 마찬가지로 고대 신라를 소재 삼은 현진건의 『無影塔』, 이태준의 『王子好童』에서도 유사한 소설 배경이 등장하는 것을 보게 된다. 그러나 그것이 환유하는 바는 판이하다. 우선 『無影塔』의 고대는 당대 현실을 되비추기 위한 의도에서 창안된 세계다. 따라서 이광수가 재현한 신라와는 그 성격이 사뭇 다르다는 것을 알 수 있다. 그것은 민족적 향수의 대상으로 심미화된 과거와 당대적 발언을 위해 호출된 상상의 역사 사이에 가로놓인 차이에 해당한다. 『無影塔』의 유종은 국선도가 번성하던 시절의 신라를 이상적인 과거로 떠올리는 인물이다. 따라서 당학파의 득세로 위축된 국선도를 부활시키는 일을 유종은 당면한 정치적 과제로 인식한다. 작자 현진건은 이 같은 유종의 시선을 지지함으로써 과거 신라에 대한 문학적 재현이 갖는 의의를 현재에 환기시키고 있다. 당학파의 사대주의에 맞서는 국선도를 통해 민족의 자주성에 대한 각성을 현실 독자에게 에둘러 요청하고 있는 것이다. 한편 한나라의 침략에 맞서 낙랑을 멸망시킨 호동의 행적을 다룬 『王子好童』 속의 고구려는 다분히 소설적 무대에 가깝다. 주인공 호동의 행적이 설화에 속한다는 사실이 작가의 허구적 상상력의 지평을 넓혀준 결과라 할 수 있다. 특히 호동과 소읍별, 그리고 낙랑공주 사이에 벌어지는 사랑의 삼각구도는 이 작품의 낭만적인 세계 인식을 여실히 보여준다. 심미적 기제에 크게 의탁한 이 같은 이태준의 역사 수용 방식은 이미 『黃眞伊』에서 그 단초가 시현된 바 있다.

이렇듯 이상화된 과거 세계에 대한 노스탤지어는 고대사를 배경으로 창작된 작품들의 공통된 특질 가운데 하나였다. 이는 소실된 민족사의 편린이란 이름 아래 허구적 후일담이 공적인 역사의 페이지에 등재될 수 있었던 메커니즘을 증언한다. 사료적 전거의 빈곤이 사실적인 묘사의 가능성을 반감시킨 데 그 직접적인 원인이 있었을 터다. 그러나 다른 한편으로 그와 같은 역사의 낭만화가 곧 역사의 통속화라는 저널리즘의 요구와 연계되어 있다는 사실이 함께 지적되어야 할 것이다. 고대사를 토양 삼아 민족적 정체성의 원류를 탐구했던 이 시기 역사소설 작가들의 이 같은 민족의식은 그 소설적 무대가 근세로 가까워지면서 더 강렬하게 표출된다. 당대와 지근거리에 있는 과거사를 소재로 삼는 경우 사료의 풍부함에 힘입어 역사와 문학의 매개 지점이 상대적으로 뚜렷하게 노출될 수밖에 없기 때문이다.

박종화의 『待春賦』는 다수의 영웅담으로 병자호란을 재조명한 작품이다. 그는 국권 상실의 현실에 대한 자각으로서 효종의 북벌론에 주목한다. 이 작품을 민족의 수난과 극복사로 읽을 수 있는 면면은 곳곳에 산재해 있다. 우선 병자호란 전후라는 시대적 배경부터가 작가의 강렬한 민족의식의 발동을 엿보게 한다. 그러나 서사적 귀결은 왕조가 겪은 치욕을 되갚자는 의식에서 발로된 충의사상과 명나라에 대한 뿌리 깊은 사대주의를 옹호하는 데 갇혀 있다. 봉건적인 왕조사관과 근대적인 민족주의 사이의 기묘한 결합을 보여주고 있는 것이다. 이러한 역사의식은 비단 『待春賦』에만 국한되지 않는다. 오히려 박종화의 『錦衫의 피』와 『多情佛心』

등처럼 왕조사 중심의 텍스트들에서 한층 노골적으로 피력된다. 임오군란 전후를 배경으로 대원군의 재집권 과정을 그린 김동인의 『젊은 그들』에서도 유사한 역사 전유 방식을 만난다. 외세 침입과 거기에 맞선 대원군의 행적, 그리고 그를 추종한 가상 인물들의 활약상은 민족주의적 관점에서 정당화되고 있는 봉건적 충의사상을 설파하고 있다.

여느 작가보다도 투철한 봉건적 충의 사상의 토대 위에서 시종일관 역사소설 창작에 임했던 이가 이광수다. 민족성의 장단을 탐구하기 위해 기획된 『李舜臣』은 이 작품의 연재가 끝난 후 발표된 주요섭의 다음과 같은 평가가 말해주듯이 그 결정판에 해당한다.

> 『李舜臣』에서 朝鮮民族의 勇氣, 義氣, 卑怯, 黨爭, 無責任, 無氣力, 無能, 다시말하자면 왼갓 長點과 短點의 羅列을 볼수 잇습니다. 그는 한 개의 산 歷史입니다. 『李舜臣』은 朝鮮民族의 解剖室이요 그 主人公인 李舜臣은 向上하려는 朝鮮青年의 一指標요 更生하려는 民族의 象徵입니다.[289]

물론 이광수는 이 작품의 마지막 회를 "충무공이란 말을 나는 시려한다. 그것은 왕과 그 밑에 썩은 무리들이준 것이기 때문에"[290]라는 평자적 첨언으로 끝맺고 있다. 언뜻 보자면 조선왕조의 정체성에 대한 부정으로

289) 주요섭, 「愛人에게 보내는 冊子—李光洙 著 『李舜臣』」, 『東光』, 1932. 11, 79쪽.
290) 이광수, 『李舜臣』, 《동아일보》, 1932. 4. 3.

읽힐 수 있는 대목이다. 그러나 이는 조선 백성과 군왕 및 조정 대신 등 거의 모든 인물들이 무력하거나 자신의 안위만을 생각하는 인물들이었다는 사실에 대한 비판일 뿐 봉건왕조를 향한 충의의 미덕을 원천적으로 부정한 발언은 아니었다. 『端宗哀史』에서부터 『李舜臣』 이후 『異次頓의 死』, 『恭愍王』, 그리고 『元曉大師』에 이르기까지 이광수의 이 같은 관점은 지속적으로 견지된다.

작가의 근대적인 민족주의 의식은 한편으로 계급의식과 뚜렷이 연계되는 양상을 띠고 나타나기도 했다. 이광수의 『端宗哀史』와 같은 해에 연재되기 시작한 홍명희의『林巨正傳』은 선명한 계급적 관점을 견지하고 있는 작품이다. 홍명희는 일찍이 "림썩정이란 녯날 봉건사회에서 가장 학대밧든 백정계급의 한인물이 아니엇슴니싸그가가슴에차넘치는 계급적○○의불썰을 품고 그때사회에 대하야 ○○를든것만하여도 얼마나 장한쾌거엇슴니싸"[291]라는 수사적 질문을 통해 『林巨正傳』이 전하려는 주제 의식을 간접적으로 표명한 바 있다. 『林巨正傳』이 계급적 관점에서 창작된 역사물임을 작가 스스로 공인한 셈이다. "현실적 의미에 역점을 둔, 즉 사실(史實)보다도 현실적인 것을 과거의 사실을 빌어서 표현하려는 데 주점을 둔 작품"[292], "역사소설을 계급적 관점에서 원용"[293]한 텍스트, "계급의식의 강조가 역사를 자의적으로 비틀거나 주관함으로써 역사를 私有化"[294]한 작품이라는 평가에서 알 수 있듯이 후대 연구자들 역시 대체로 이 작

291) 홍명희, 「三大新聞의 小說-朝鮮日報의『林巨正傳』에 對하야」, 『三千里』, 1929. 6, 42쪽.
292) 백철, 『新文學思潮史』, 신구문화사, 1968, 524쪽.
293) 이재선, 『현대한국소설사』, 홍익사, 1979, 393~4쪽.

품을 계급문학의 범주 안에서 바라보고 있다.

그러나 『林巨正傳』은 프로문학 진영이 내세운 계급문학의 도식성만으로 설명할 수 없는 텍스트다. 홍명희는 "林巨正만은 事件이나 人物이나 描寫로나 情調로나 모다 남에게서는 옷한벌 빌어 입지안코 純朝鮮거로 만들려고"[295]했다는 말로써 연재 당시 자신의 심경을 술회한다. 그 창작 동기가 한편으로 민족주의 이데올로기에 의해 추동되었음을 고백하고 있는 것이다. 실제로 조선의 풍속에 대한 세세한 고증, 방대한 토속어의 발굴, 다채로운 인물군의 개성적 형상화, 일상적 삶에 대한 사실적 묘사, 주인공 중심의 전(傳) 양식으로부터의 탈피 등은 작자의 창작의 변을 지지해 줄 만한 이 작품만의 미덕으로 민족서사이자 민중서사로서 『林巨正傳』이 거둔 미학적 성과였다.

미학적 측면보다는 인식론적 측면에서 볼 때, 작가의 계급적 역사관은 박화성의 『白花』에서 더 두드러지게 나타난다. 그러나 당대의 평가는 작자의 의중과 사뭇 달랐다. 당시 좌익적 언론 잡지사였던 비판사의 잡지 『女人』이 작가가 전혀 예상치 못한 비판을 이 작품에 가했던 것이다. 가십란에 실린 평은 박화성이 실망감을 감추지 못할 만큼 인신공격에 가까웠다. 박화성은 애초에 "作品에 나타난 階級的 精神의 傾向이라거나 創作의 動機에 對한 作者의 階級的意識의 强弱性을 批判하는 見地에서의 作品의 批判"[296]을 문단의 반응으로 기대했다. 그런 만큼 창작 이전에 이

294) 김윤식, 『한국근대소설사연구』, 을유문화사, 1986, 416~22쪽.
295) 홍명희, 「長篇小說과作家心境-『林巨正傳』을 쓰면서」, 『三千里』, 1933. 9, 73쪽.

작품의 주제 의식은 선명히 정초되어 있었다. 주인공 백화의 내면 독백의 형식을 빌려 작가는 인간의 역사가 부귀를 얻는 데서 시작하여 주색의 만족에 그친다고 단언한다. 부귀와 권력을 얻기 위한 개인과 개인, 국가와 국가 간의 계속되는 싸움에서 무수히 많은 약자들이 짓밟히는 반면 강대하고 잔인하며 간교한 소수는 부와 귀를 독점한다는 것이다. 그 최종적인 희생자로 박화성은 기생 백화라는 상징적 인물을 창조해냈던 것이다.

작가 스스로 역사소설이라 칭했음에도 불구하고, 『白花』는 『無情』의 '영채전'을 떠올리게 한다. 다만 시대적 배경만이 각색되어 고려 말로 그 무대가 옮겨진 점만 다를 뿐이다. 역사적 사실이 부재한 공간, 즉 허구의 세계를 가공의 인물 백화가 겪는 수난사로 대체함으로써 역사소설을 가장하고 있는 것이다. 주변 인물들을 둘러싼 야담적 일화가 빈번하게 남발되고 있는 현상 역시 같은 맥락에서 이해할 수 있다. 이는 왕, 승려, 부자로 대표되는 지배층과 기생, 평민으로 대표되는 피지배층 인물들이 자연스럽게 선악의 구도를 형성하면서 전체 서사를 지배하는 흐름으로 표출된다. 역사 이해보다는 계급적 대결 양상을 보여주는 데 창작 동기가 강하게 견인됨으로써 나타난 도식적인 서사 구도라는 것을 알 수 있다. 아울러 이 작품이 신문연재소설로서 계급문학의 목적의식을 그처럼 표면화할 수 있었던 것은 전작의 형태로 이미 완성되어 있었던 데 힘입은 바가 컸다.

다른 한편으로 『白花』는 민족서사로서의 면모 또한 지니고 있다. 민족

296) 박화성, 「小說 『白花』에 對하야-『女人』誌 十月號를 읽고」, 『東光』, 1932. 11, 84쪽.

적 관점에서 과거의 수난사를 제재 삼고 있다는 점이 우선 그러하다. 식민 현실을 국가적 위란 일반의 역사로 가정하여 그것에 대한 반성적 교훈을 끌어내고 있는 것이다. 이 작품의 서문에 해당하는 다음과 같은 서술에는 이러한 작가 의식의 일단이 여과 없이 투사되어 있다.

> 고려말엽에 니르러 루대를게속하야 나려오면서 안으로는 환관벽신(宦官嬖臣)과요승사불(妖僧詐佛)이 전횡(專橫) 하여 충현(忠賢)을 주살(誅殺) 함이 쓰치지안코 밧쓰로는 원(元) 명(明) 량국의 제압을 바드며 북으로는 홍건적(紅巾賊)이 침범하고 남으로는 왜구(倭寇)가 창궐하며 국가의 내우외환(內憂外患)이 씃치지 못하니실로 국가의 위태함이 극도에 달하엿스나 국왕은 실정백출(失政百出)하고 역모권신(逆謀權臣)은 국권을 전자(專恣)하며 더욱 요승이 궁전내외를 탁란하니 나라의어즈러움이 어쩌하엿스랴?[297]

위에서 볼 수 있듯이 과거사의 한 장면을 기록적 사실에 근거하여 압축된 서술로 개괄하는 데서 이 작품의 서사 여정은 시작된다. 장차 펼쳐질 서사의 향배를 선취하는 이 같은 담화 체계야말로 국난 모티프 역사소설이 공통적으로 취하는 모두의 전형이었다. 위란의 역사를 상징하는 일종의 축도로 주인공 백화의 일생을 읽을 수 있는 근거가 여기에서 발견된다. 백화의 간난신고(艱難辛苦)를 민족의 수난으로 등치시킴으로써 구원

297) 박화성, 『白花』, 《동아일보》, 1932. 6. 7.

의 여성상을 제시하려는 데 작자의 숨은 의도가 있었다는 해석이 따라서 설득력을 갖는다. 백화의 삶을 곧 민족의 운명을 지시하는 상관물로 등치시켜 볼 수 있기 때문이다.

근대 국가에서 여성은 인종적 집단의 생물학적 재생산자로 규정된다. 인종적, 민족적, 문화적 집단들 사이의 경계를 재생산해내는 존재이자 이데올로기와 문화의 전파자로 여성이 재발견된 사례는 적지 않다. 특히 근대 국가의 자민족 중심의 시각은 모든 원시적 흔적을 인종적·문화적 타자성의 지대로 추방하는 동시에 근대성 자체 안에 있는 전근대적인 것을 상징하는 암호로 여성의 형상을 끌어들임으로써 그 여백을 채우려 했다. 여성의 경험에 내재하는 복잡성과 갈등은 상징적으로 제거함으로써 고상한 미개인의 상태와 다름없는 상태를 예증하는 존재로 여성을 간주해 온

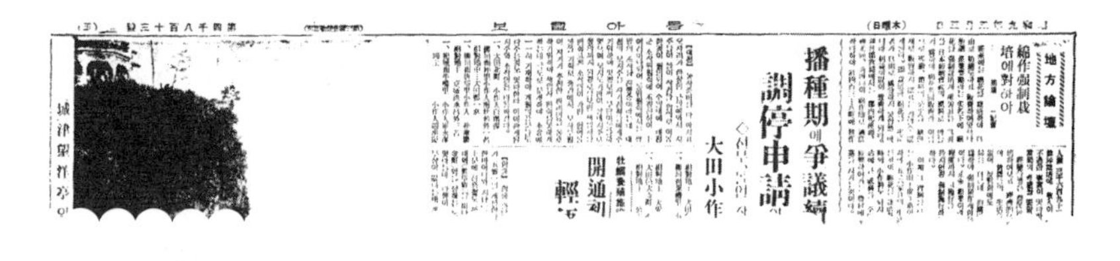

地方論壇

播種期에 爭議續出 調停申請

大田小作

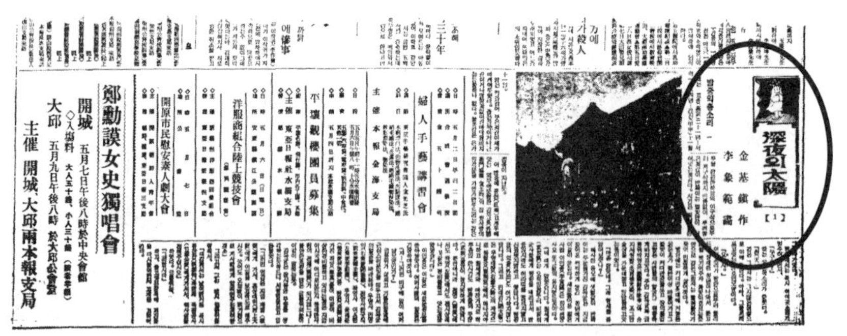

深夜의 太陽 【1】

金基鎭 作

李象範 畫

婦人手藝講習會

平壤觀機團員募集

洋服商組合陸上競技會

開原市民慰安素人劇大會

鄭勳謨女史獨唱會

開城 五月七日午後八時於中央會館

◇入場料 大人五十錢 小人三十錢

大邱 五月九日午後八時 於大邱公會堂

主催 開城、大邱兩本報支局

* 1934년 5월 3일자 《동아일보》에 연재된 『深夜의 太陽』 첫 회

것이다.[298] 『白花』의 '백화'라는 인물 역시 이 같은 근대적 문맥 아래 민족의 기표로 가공된 존재였다.

계급문학적 관점에서 창작된 또 하나의 역사소설로 김기진의 『深夜의 太陽』을 빼놓을 수 없다. 김기진이 소설 속에 부활시킨 김옥균과 개화당은 사농공상(士農工商)의 계급차별을 철폐하고 민중의 생활을 좀먹게 하는 양반계급을 일소해 버리는 일을 제일의 과제로 내세운 이들이다. 그들은 인민 평등주의를 세우고 산업을 왕성하게 일으켜 국가를 부강하게 만들려 한다. 이를 위해 청국으로부터 완전한 독립을 이루어내는 일이 시급하였던 만큼 수구당과의 전면전이 불가피할 수밖에 없었다는 것이 김기진이 바라보는 개화당 삼일천하의 진상이다. 이처럼 김기진은 개화당의 활동을 한편으로는 계급의식의 관점에서, 다른 한편으로는 국가주의적 시선에서 바라본다. 그리고 그 근저에서 이 양자를 결합시킬 더욱 강력한 정치 담론의 작동을 상상한다. 개화당의 정신적 스승으로 등장하는 인물 유대치가 김옥균과 금릉위에게 전하는 다음과 같은 웅변이 그 실체를 말해주고 있다.

> 내가 오늘날까지 세상일에 눈을뜨기시작하야 십여년, 조선을 개혁하고 조선민족이 동양에서으뜸되는 민족이되게하고싶다는 소견을품고온지십여년, 그동안에허다한사람과 교제하여왓으나 일직이 백성의힘을 말하는 사람이잇는 것을 보지못하엿소 …(중략)… 항상 그시대(時代)와 문제를

298) 리타 펠스키, 김영찬·심진경 옮김, 『근대성과 페미니즘』, 거름, 1998, 98쪽.

부처가지고 생각하지 않으면 똑바른결과를얻기가 어렵소. 백성이 풍족하게살고, 교화(敎化)가 진보되고, 나라가 부강(富强)한 시대는 통틀어 말해서 백성이 총명하며, 백성의힘이 잇고 그반대로 백성이 가난하고 교화가 퇴보되고 나라가 쇠잔한시대는 백성이 우매하며 백성의힘이 없다해도 가한것임으로 이런시대는 백성의 선두에서서 잇는 한두사람이 일을하기에 달렷다하는 것 이올시다.[299)]

계급문학론자였던 김기진은 위에서처럼 개화당의 정치적 지향점을 근대적인 민족주의 이념의 구현에서 찾는다. 따라서 『深夜의 太陽』에서 그가 말하고자 했던 '심야'와 '태양'의 상징성은 자명하다. 거기에는 풍전등화 같은 '심야'의 국운을 헤쳐 나갈 '태양'과 같은 존재로서 민족 지도자에 대한 갈망이 내재해 있다. 개화기 무렵 조선이 당면한 계급모순은 민족모순을 선결함으로써 해소될 수 있는 것이었다는 판단이 김기진이 이 작품을 통해 말하고자 한 사후 평가다. 이는 김기진에게 조선의 근대가 민족주의 이념의 실천 장으로서 현재의 전사(前史)로 이해되었다는 것을 의미한다. 그러한 맥락에서 역사소설 『深夜의 太陽』은 민족서사의 외연에 계급의식이 투사된 텍스트라 할 수 있다.

이처럼 구국항쟁기의 역사적 인물에 주목한 문학적 재현은 광의의 민족주의 자장에서 읽을 수 있는 역사소설의 주요한 흐름 가운데 하나였다. 영웅의 행적을 기억해야 할 민족사의 결정적 장면으로 환치시키는 방식

299) 김기진, 『深夜의 太陽』, 《동아일보》, 1934. 6. 16.

은 그 세부적인 서사 원리였다. 이 계보에 속하는 작품들은 대체로 중심 인물들의 형상화에 심미화라는 미학적 기제를 동원한다. 아래 첫 번째 인용문은 그 한 전형을 보여준다.

> ①홍선의 얼골은 환골탈태 ᄯᅵᆫ 사람이엿다.
>
> 어제날ᄭᅡ지 볼수잇든 호방하고 퇴락하고 시럽는 행동은 차질래야 눈ᄲᅥᆸ만치도 업섯다.
>
> 눈은 가을물가티 맑엇다. 만치안은눈섭아래 숫숫하게네려백인웃둑한코는 오늘날보니 더한칭 사내다웟고, 도둑한 귀ᄲᅮ리는 분을ᄯᅡ고넌듯 하이엿케 히엿다. 성긴 수염아래 윤기흐르는 붉은입술은 국상중임으로백납백포를쓰고입은 ᄯᅢ문으로해서 더한층 고앗다. 왕공의품격을 일치 안는 해사하고 준엄한 얼골은 마치 �늘앗케 개인 가을뫼ᄲᅮ리를 바라보는듯햇다.[300]

> ②이활민숙안에서 활민선생 에게 가장신임과 사랑을밧고활민이밧분ᄯᅢ는 선생의일을 대리로보는 사찰이라하는직함을 가지고잇는안재영(安在泳)이라는젊은이가잇섯다 六十 보 박 게서 칼을 던저서 한치의 어그러짐이업시 목적물을마치는아만치무술에능하고쾌활하고도침착하며ᄯᅩ한가무(歌舞)에도 능하며 태공에게 극진한 사랑을 바더서그의직전(直傳)인 란초는 ᄯᅩ한볼만한-말하자면 온갓방면에 당시의공자로서 가저야할자격을

300) 박종화, 『黎明』, 《매일신보》, 1943. 8. 21.

필요이상으로 가지고잇는 젊은이엇섯다[301]

『젊은 그들』의 안재영을 소개하고 있는 위의 두 번째 인용문은 허구적 인물에 관한 미화적 서술의 일례다. 안재영은 문무를 겸비했을 뿐만 아니라 인격적으로도 흠잡을 데 없는 존재로 등장한다. 이처럼 대상이 가상의 인물일 때 미화의 정도가 더욱 극심해지는 것을 볼 수 있다. 사료적 구속으로부터 벗어나는 순간 작가적 상상력은 자유로워질 수 있다. 그러나 다른 한편으로 지나친 상상력은 이와 같은 도식적 인물 형상의 극단을 드러내기도 한다. 이 경우 서술자적 논평이 우세해진다는 점 또한 주목할 필요가 있다. 역사소설의 본바탕이 신문연재소설이었다는 사실과 이는 무관하지 않다. 역사 지식의 전달이 역사소설에 부여된 주요한 기능의 하나였던 만큼 강사적 서술 태도를 띤 작가적 개입은 어느 정도 양해될 수 있었기 때문이다. 가상 인물의 형상화가 지니는 한계는 무엇보다도 그 같은 허구적 인물이 역사의 전면에 부상할 수 없다는 데 있다. 비록 서사의 중심을 차지하고 있다 할지라도, 그들은 허구의 세계와 역사적 사실이 봉합되는 접점에서 배회할 수밖에 없는 이방인들이다. 비범한 능력을 지닌 이들 가상인물이 특히 빛을 발하는 순간은 실존인물의 영웅적 면면을 증언하는 대목에서다.

「지금, 원국민은 마그막 긔운을 다하야 웁니다. 시달리고 또 시달리어서,

301) 김동인, 『젊은 그들』, 《동아일보》, 1930. 9. 6.

인제는 울 긔운조차 업는 국민이지만, 지금 마그막 긔운을 다하야 통곡합니다. **그들은 구세주를 원합니다.** 그 고난에서 자긔네를 구하야줄이를 참마음으로 바라고 기다립니다. 대감. 그이는 당신박게는 쏘어듸 잇사오리싸. 이 너른 천하에, 이 만흔 사람가운데, 그런일을 할만한 자격과 사랑과 파긔를가진이는 당신박게는 쏘 어듸잇사오리싸.」[302]

위 예시문은 안재영이 대원군에게 부여된 당대적 위상을 증언하는 장면이다. 작가 김동인은 영웅형의 허구적 인물로 하여금 역사적 인물을 평하게 만듦으로써, 그 미화의 강도를 한층 배가시키는 데 능숙한 작가였다. 영웅대망론으로 집약되는 그의 역사관은 이러한 인물형상화 논리의 적절한 활용으로 표출되곤 한다. 영웅에 대한 갈망을 통해 난세 극복의 기대감을 나타내는 서술 방식은 비단 김동인만의 전매특허는 아니었다. 민족적 영웅을 고대하는 역사의식이 작가들의 민족주의 이념을 강변했던 양상은 이 시기 역사소설에서 흔히 나타나는 보편적 경향이었다. 현진건의 『無影塔』에서도 가상의 인물을 내세워 이상적인 영웅상을 제시하는 장면을 어렵지 않게 찾아 볼 수 있다. 『無影塔』을 민족의식의 표백으로 읽을 경우 서사는 이손(伊飡) 유종(唯宗)으로 상징되는 국선도파와 시중(侍中) 금지(金旨)로 대표되는 당학파 간의 갈등으로 압축된다. 작가는 전자의 세력을 긍정하는 입장에서 영웅대망론의 일단을 암시하고 있거니와, 유종의 내면 묘사로써 이를 대변한다. 유종은 딸 주만의 사윗감으로

302) 김동인, 『젊은 그들』, 《동아일보》, 1930. 9. 24.

"신라를 두 어깨에 질머질만한 인물, 밀물처럼 밀려들어오는고리터분한 당학을 한손으로 막아내고, 지나치게 흥왕하는 불교를 한손으로 꺾으며, 기울어저 가는 화랑도를 바로잡을 인물"[303]을 마음에 그린다. 당면한 신라의 정치적 위기를 해소시켜줄 존재가 곧 유종이 고대한 영웅의 실체였다. 유종과 금지 사이의 대립이 주만의 사랑을 얻기 위한 경신과 금성 사이의 경쟁으로 구체화되는 서사 전개가 따라서 무엇을 이야기하고자 하는가는 명백해 보인다. 도덕적 우열만을 따지더라도 그것은 경신의 승리로 판가름 날 수밖에 없는 대결이었다. 경신은 유종이 열망하는 정치적 영웅상에 부합하는 인물만은 아니었다. 주만을 차지하기 위해 온갖 비행을 일삼는 금성에 반해, 경신은 아사달을 향한 주만의 사랑을 너그럽게 포용할 줄 아는 도덕적 영웅이기도 했다.

이순신과 서인세력(『李舜臣』), 사림파와 훈구파(『林巨正傳』), 사육신과 수양대군(『端宗哀史』), 왕생과 우주(『白花』), 개화당과 민비 일파(『深夜의 太陽』), 척화파와 친청파(『待春賦』), 흑치상지와 나당연합군(『黑齒常之』)의 적대적 갈등은 모두 등장인물을 정치적 또는 도덕적으로 대척점에 배치함으로써 얻어진 구도다. 이처럼 선과 악을 명확히 구분하여 인물의 영웅적 상모를 양각해냄으로써 그 보색 효과를 높이고자 했던 서사 재현 방식은 이 시기 역사소설 창작의 문법 가운데 하나였다. 특히 작가의 민족의식이 직간접적으로 투사된 작품들에서 천편일률적이기까지 한 이항대립의 서사 갈등이 공통적으로 발견되는 것을 볼 수 있다. 서사 논리의 산

303) 현진건, 『無影塔』, 《동아일보》, 1938. 9. 12.

물이자 바탕이 영웅대망론에 기초한 인물 형상화였던 것이다. 이는 그에 내재된 민족주의의 기저가 무엇이었는가를 말해준다. 즉, 민족정체성에 대한 고찰에서부터 사대주의 의식, 그리고 계급적 시각에 이르기까지 작가들의 민족의식은 다양한 결을 지니고 있었으되, 이를 실질적으로 견인하고 통괄한 대주어는 영웅사관이었다. 민족서사 다시 쓰기로서 역사소설이 곧 영웅서사로 환원되고, 그 구조가 되풀이되었던 사정을 여기에서 목도하게 된다. 아울러 영웅에 대한 작가의 경모의 염이 강렬할수록 그를 중심으로 한 서사 구도가 선명해지는 것을 볼 수 있다. 영웅의 형상이 절대 선으로 부각될 때, 서사는 일방향의 닫힌 구조로 전개될 수밖에 없을 것이기 때문이다.

영웅대망론은 영웅 부재의 현실에 대한 일종의 자각을 뜻한다. 영웅의 도래가 요원하다는 사실의 고백인 셈이다. 따라서 과거사가 영웅서사로 선별되어 환기될 때, 추상적 층위로 밀려난 역사는 현재와의 소통 불가능성을 증언한다. 이 시기 역사소설이 이러한 영웅사관에 대한 비판적 거리두기에 실패함으로써 심미적 대상으로 전락했음은 부인하기 어려운 사실이다. 그 결과 '역사소설 ≒ 민족서사 ≒ 영웅서사'라는 등식은 자연스럽게 고정될 수 있었다. 이때 영웅적 인물에 부여되는 도덕성은 이러한 도식의 정당성을 추인하는 기제가 된다. 그것은 검열로 대표되는 당대의 정치적 압박이 역사소설 창작에 용인한 최대치이기도 했다. 그러나 흥미 차원에서 극적으로 각색된 영웅의 삶에 주목한 독자층의 기대 지평 또한 영웅사관에 입각한 역사소설이 번성하는 데 주요한 외적 조건의 하나였다는 사실을 동시에 기억할 필요가 있다. 특히 활극적 요소를 가미하여 영웅의 행적을 재구성한 복수담의 인기가 높았던 것은 극적인 재미를 더하는 요소로서 영웅서사가 대중과 친화적 문맥을 형성할 수 있었던 내막을 말해준다. (민족적) 영웅에 대한 심미적 동일시를 통해 현실의 정치 상황을 역사적 상상으로나마 타개하고픈 독자의 욕망을 자극함으로써 일견 영웅서사의 대중성은 극대화될 수 있었던 것이다. 그러한 제한적 맥락에서 역사소설은 민족서사이자 영웅서사이며 또한 대중서사였다고 말할 수 있다.

3. 대중, 통속, 역사 ; 자미(滋味)의 역사 글쓰기

삼대 민간신문의 등장은 정치적 이념의 자장으로부터 오락적 독물의 영역으로 역사를 분리해냄으로써 역사 담론이 대중화될 수 있는 길을 튼 계기였다. 다양한 역사담물의 시험 후에 탄생한 연재소설로서 역사소설은 그 결론이었다. 그리고 일제의 정치적 탄압은 이를 자극한 외적 요인이었다. 민감한 현실 정치 사안을 우회적으로 접근할 수 있는 방법으로서 역사에 관한 관심이 증폭되었기 때문이다. 그러나 역설적이게도 검열 제도와 같은 억압적 기제는 역사 담론의 타락한 형식으로 역사소설을 번성하게 만든 내적 동인으로 작용했다. 아울러 작가 입장에서 볼 때, 검열에 의한 정치적 발언의 제한은 통속화에 쏟아지는 비난을 피할 수 있는 일종의 면죄부로 내심 환영되기도 했다. 현실에 대한 은유적인 발언이라는 호의적 평가와 현실로부터의 도피라는 비판이 역사소설 창작에 동시에 가해졌던 사태가 그 진행 과정에서 나타난 이 같은 양면성을 단적으로 대변해준다. 후자의 시각은 특히 1930년대 역사소설의 양적인 홍성과 질적인 변질을 염두에 둔 반응이라는 점에서 통속화 문제와 깊은 관련이 있다.

역사소설의 통속화 흐름은 신문연재소설의 일반적인 특성이 반영된 결과이면서 역사소설 창작의 특수성과도 무관하지 않다. 인물 형상의 상투성, 멜로드라마적인 서사 전개, 그리고 삽화적인 서사 구성 등이 흔히 역사소설 통속성의 주요 자질로 거론되는 항목들이다. 등장인물에 대한 미화가 역사적 진실성에 의혹을 갖게끔 만든다든지, 선악의 대비가 뚜렷한 연애담 중심의 스토리가 서사적 도식성을 여실히 드러낸다든지, 야담류 일화들의 과도한 삽입이 서사의 통일성과 완결성을 해친다든지 하는 점이 그 구체적인 국면들이라 할 수 있다. 이와 같은 문제적 요소들은 역사소설의 번성을 보증해준 자산이기도 했다. 따라서 역사소설의 외형적인 성장이 통속화의 흐름과 같은 궤에 놓여 있었다는 추론이 설득력을 갖는다.

작가의 민족의식이 투영된 텍스트들이 대체로 영웅서사로 귀착되는데 중심인물에 대한 심미적 서술이 작지 않은 원인이었음을 앞서 지적한 바 있다. 그러나 과도한 영웅적 형상화가 민족서사의 독점적 국면만은 아니었다. 그것은 역사소설 전반에서 발견되는 통속성의 골자이기도 했다. 역사적 평가와는 별개로 역사적으로 이름 높은 인물에 작가들이 앞다투어 주목했던 사정이 이를 말해준다. 그와 같은 인물의 등장만으로도 독자대중의 흥미를 끌 수 있다는 사실은 작가들에게 작지 않은 유혹이었다. 비록 영웅적 인물은 아니라 할지라도 그에 버금가는 인물들이 펼치는 이야기를 곧 역사소설로 여기는 독자층의 기대지평 역시 이를 외부에서 압박했다고 말할 수 있다. 이 같은 요인들에 착안할 때, 영웅적 인물의 형상화가 역사소설 창작의 충분조건은 아닐지라도 필요조건일 수밖에 없는 사정을 비로소 이해할 수 있다.

작가들은 영웅이 아닌 인물들마저도 과도하게 미화함으로써 서사적 재미를 보족하고자 했다. 대개 이 인물들은 긍정적인 세계의 가치를 대변하고 옹호하기 위해 설정된 존재로 주변적인 인물들에 비해 개성적인 면모를 갖추고 있다. 그들은 이태준의 『黃眞伊』에 등장하는 황진이를 비롯하여 벽계수, 지족선사, 서화담 등의 역사적 인물에서부터 현진건의 『無影塔』에 등장하는 아사달과 아사녀라는 설화적 인물, 그리고 윤백남의 『大盜傳』에 등장하는 무룡과 난영이라는 허구적 인물에 이르기까지 여러 층위에 걸쳐 있으되, 낭만적으로 묘사된다는 점에서 크게 다르지 않았다. 그러나 서사 내적인 논리에서가 아니라 단순히 독자의 시선을 붙들기 위한 차원에서 행해진 인물의 지나친 낭만화는 사실과 허구의 경계를 인멸시키게 마련이다. 이태준이 황진이와 서화담의 조우를 상상하며 그린 아래의 장면은 이 같은 맥락에서 특히 인상적이다.

> 그러니까 손은 앞에 놓인 물대접을 다거놓더니, 종이 쪽에 고기어(漁)자를 써서 당그는것이다. 그리자 물만 담겼던 대접 안에는 웬 손뼉같은 붕어 한마리가 꼬리를 철석거려 물을 업지르는 것이다.
> 명월은 입을 딱 버리었다.
> 그러나 화담은 빙그레 구지 웃을 뿐이더니 아우가 들었던 붓을 받아 자기는 용 룡(龍)자를 써서 흘러가는 냇물에 던지는 것이다. 그러니까 갑재기 해빛이 어두어지며 동천에 운무가 자옥히 끼더니 우뢰소리가 일어나고 청룡황룡이 뒤트는것이다.
> 화담은 태연할뿐, 그의 아우와 명월은 모골이 초연해 엎디였다.
> 그러나 화담이 한번 손을 들어 저으매 어느틈에 용도 사라지고 운무도 사

라진다.[304)]

위에서 전기적(傳奇的)인 존재로 서화담이 재현되는 순간 역사적 실존 인물로서 그의 체취가 이내 사라지는 것을 볼 수 있다. 사실과 허구의 경계가 원천적으로 무화되는 이 같은 사태가 인물의 과도한 미화에서 비롯된다는 점은 주목할 만하다. 비록 극심하게 과장된 경우는 아니더라도 등장인물들의 미화된 형상은 이 작품 도처에서 발견된다. 따라서 야사적 일화에 의존할 수밖에 없었던 사료상의 제약을 탓하기 이전에 작가의 낭만적인 세계인식과 서술 태도를 먼저 의심해보지 않을 수 없다. 심미적 역사 전유가 문학적 재생 무대를 초월적 세계로 비약시킬 수 있다는 사실을 이태준의 『黃眞伊』가 대표적으로 증거하고 있기 때문이다.

이 시기 역사소설의 주요한 서사 가운데 하나는 낭만적인 연애담이었다. 이 계보에 놓이는 텍스트들은 대개 삼각 또는 사각의 남녀 간 애정 갈등을 바탕으로 역사적 사건의 비극성을 높이는 서사 구조를 취하고 있다. 당시 신문소설 통속성의 진원지로 역사소설을 지목했던 논의들은 역사를 연애서사적 독법으로 풀어낸 일면을 꼬집은 것이었다. 사실상 이는 신문소설 일반의 특징이었다. 그럼에도 불구하고 유독 역사소설에 혹평이 가

---

304) 이태준, 『黃眞伊』, 東光堂書店, 1946, 218~9쪽.

『黃眞伊』는 《조선중앙일보》에 1936년 6월 2일부터 동년 9월 4일까지 총 76회가 연재되었다. 이후 1938년 2월 동광당서점에서 하편이 보충되어 단행본으로 출간되었다. 현재 초판본은 유일하게 경상대에 소장되어 있는 것으로 확인되었으나 그 소재가 불분명하다. 이 글은 1946년에 발행된 가톨릭 대학교 소장본을 저본으로 삼아 인용했다. 같은 출판사에서 출간되었다는 사실로 미루어 볼 때 판형의 변화는 없는 것으로 보인다.

해졌던 것은 역사소설을 곧 신문소설로 간주하는 풍토가 그만큼 팽배해 있었기 때문이다. 마의태자를 둘러싸고 펼쳐지는 낙랑공주와 계영부인의 애정 공세를 그린 이광수의 『麻衣太子』에서부터 이미 연애서사로서 역사소설의 이러한 진면목은 드러나기 시작했다. 안재영과 그의 정혼자 이인화, 그리고 애인 연연이와 명인호 사이의 기이한 인연이 서사의 골격이라 할 수 있는 김동인의 『젊은 그들』 역시 연애담의 범주에서 크게 벗어나지 않는다. 이광수의 『異次頓의 死』에서 이차돈과 그를 짝사랑하는 평양공주, 그리고 달님 간의 삼각관계 또한 그러하거니와, 소가와의 사랑이 태왕자의 개입으로 이루어지지 못하자 소가를 사랑했던 오리메에게 결국 자신의 사랑을 포기한 봉니수의 『白馬江』, 아사녀와 주만 사이에서 내적으로 갈등하는 아사달의 낭만적인 서사시 『無影塔』 또한 순정 연애담의 일 전형을 보여주기는 마찬가지다. 그런가 하면 『元曉大師』에서는 원효를 파계로 이끈 요석공주가 용신당 수련 이후 원효에게 이성적 사랑을 느끼게 된 아사가와 애정 경쟁을 펼친다. 흥미로운 사실은 역사소설의 연애서사가 대개 비적대적인 갈등으로 전개되다 해소된다는 점이다. 주인공들이 사실적이기보다는 과장 또는 미화되어 묘사된다는 특징이 이와 관련될 터, 그들 인물에 대한 작가의 우호적 시선을 이에서 확인할 수 있다. 영웅적 인물이 자기완성의 지점을 향해 가는 데 있어 애정 갈등을 정신적 성숙의 전기가 되는 서사 마디로 설정한 탓일 것이다. 마의태자, 안재영, 원효대사 등의 경우처럼 사적인 애욕을 종교 또는 충이라는 형이상학적 가치로 승화시킨 예가 그 대표적인 표본이다. 설령 주인공의 애정이 파탄에 이른다 할지라도, 이것이 곧 인물들 사이의 적대적 갈등에서 비롯된 결말을 뜻하지는 않는다. 『無影塔』에서 아사녀와 아사달의 죽음, 그리고 김동인의 『白馬江』에서 봉니수의 희생이 보여주듯이 그것은 서사의 비극적 효과를 극대화시키려는 작가의 의도 속에서 이미 계산된 대미로 기능한다.

이태준의 『王子好童』은 역사소설에서 연애담이 수행하는 역할과 그 비중을 가늠해 보기에 더없이 유용한 텍스트다. 이태준은 낙랑공주와 호동왕자의 비극적 사랑에 다시 소읍별(蔬邑別)이라는 남장 여인을 가세시켜 삼각관계를 연출한다. 작가 입장에서 보자면, 단편적인 기록으로 전해져온 설화의 내용만으로 장편의 연재소설을 구상하기란 쉽지 않았을 것이다. 때문에 허구적 인물과 상상의 이야기를 덧대는 일이 역사적 상상력이란 이름으로 정당화된 사례가 비일비재하게 나타난다. 이태준은 『王子好童』에서 제삼의 인물을 등장시켜 기존 설화의 갈등 구조를 더 다변화함으로써 이를 시연한다. 호동은 아버지 대무신왕에게 미처 말하지 않은, 자신을 둘러싼 음모와 오해의 진실을 작품의 대단원에 이르러 제삼의 인물 소읍별에게 고백한다. 한편으로 애정의 삼각관계를 이끌어 내기 위해, 다른 한편으로 역사의 숨겨진 진실을 드러내기 위해 허구적 인물 소읍별이 창조된 것이다. 이렇듯 역사소설에서 연애서사는 사실의 기록적 행간을 원활하게 이어주는 보조적 제재가 될 뿐만 아니라 극적 긴장과 재미를 더해주는 요소로서 이중의 기능을 수행했다.

한편 연애담이 선과 악의 대립적 인물 구도 아래 진행될 때, 그 명암 대비가 선명한 만큼 극적 효과가 배가된다는 사실을 작자들은 인지하고 있었다. 박화성의 『白花』에서 백화를 두고 진행되는 왕생과 우주의 경쟁이 그러하고, 주만의 사랑을 얻기 위해 다투는 『無影塔』의 경신과 금성의 갈등이 또한 그러하다. 이러한 성격의 연애서사는 등장인물을 지나치게 상투적으로 형상화하고 있다는 점과 그에 따라 단선적인 서사 구성을 펼쳐놓을 수밖에 없다는 점에서 역사소설의 질적 퇴보의 한 면을 드러낸다. 물론 『無影塔』의 경신과 금성, 그리고 주만이 빚어내는 삼각관계처럼 단순히 곁가지 서사로 활용된 예도 적지 않다. 그럼에도 불구하고 그 역할을 경시할 수 없는 것은 아사달과 아사녀, 그리고 주만 사이의 삼각 갈등에 다시 이와 같은 선악 구도의 연애서사가 겹쳐질 때, 서사적 긴장이 한층 심화되기 때문이다. 영웅이거나 혹은 미화된 인물을 도덕적 가치 기준에서 우위에 배치하고, 다시 이에 연애담을 덧씌우는 방식이 결론적으로 역사소설의 통속적 재미를 이끌어내는 서사 문법이었다고 말할 수 있다.

연예담 못지않게 대중의 감각을 흥분시킨 서사적 모티프의 하나가 궁중 비화였다. 이태준의 『王子好童』은 이 두 요소를 중첩시킴으로써 극적 효과와 재미를 배가시킨 대표적인 예다. 호동이 복검으로써 스스로 목숨을 끊은 것은 낙랑공주의 죽음으로 인한 실의 때문이 아니었다. 그 직접적인 요인은 정비(正妃)의 흉계에 있었다. 과거 호동의 모친을 질시하여 암살한 정비(正妃)가 진실을 감추고 자신의 아들로서 대무신왕의 후계를 잇게 하려는 권력욕 때문에 호동에게 누명을 씌운 것이다. 호동의 최후에 비장미가 더해질 수 있었던 데에는 이처럼 궁중 내부의 음모가 결말의 비극성을 고조시킨 배경으로 놓여 있었기 때문이다. 궁예의 출생과 연계하여 신라 궁중의 치정 관계를 장황하게 묘사한 이광수의 『麻衣太子』와 단종의 동궁 시절 문종이 총애하는 후궁을 순빈이 독살하려다가 폐출된 사건을 중심으로 궁중 내 갈등과 암투를 적나라하게 그린 『端宗哀史』처럼 궁중 비화는 초기부터 역사소설의 소재로 중용되었다. 윤백남의 『大盜傳』, 조일제의 『金尺의 꿈』, 박종화의 『多情佛心』 역시 공민왕과 관련된 추문을 모티프 삼고 있는 점에서 같은 계보에 묶이는 작품들이다. 이들 텍스트들은 자제위로 하여금 비빈을 간통케 하고 관음증을 즐기는가 하면 신돈의 반혼술에 홀리는 등 황음무도에 빠지는 군왕의 면모에 주목한다. 한편 복면자(覆面子)라는 필명으로 연재된 윤승한의 『晩香』은 궁중의 이면사를 다루고 있으면서도 단순히 이를 후일담 형식으로 회고하고 있는 면에서 차이를 보인다. 왕자 생산을 위해 정조대왕이 여러 비빈들을 간택하게 되는 사연에서 시작하여 어린 나이에 왕위에 오른 순조를 정순왕후가 수렴청정하게 된 이후 안동 김 씨 외척 세력의 득세 과정, 그리고 대원군의 집권에 이르기까지의 뒷이야기가 특별한 서사 구성 없이 순차적으로 서술되는 것을 볼 수 있다. 그러나 극적인 갈등 관계로 풀어냈느냐 또는 사실적 기술에 그쳤는가 하는 재현 방식과 무관하게 궁중 비사 모티프는 다분히 독자의 호기심을 자극하려는 의도로 촉발된 취재라는 점에서 그 성격이 크게 다르지 않다.

> 이번에쓰는 내용의 내용으로말하면 이조역대당파싸움(李朝歷代黨爭)중에 그싸움이제일격렬하던 숙종시대(肅宗時代)=그중에도 숙종육년 경신대출척부터동이십칠년신사(同二十七年辛巳)까지에남인파(南人派)와 서인파(西人派)간에싸우던 그사실을쓰고자하는데 주로는그싸움의 와중(渦中)에들어서애매한대희생(犧牲)이된 인현왕후민씨(仁顯王后閔

氏)=(肅宗王妃)의 비애의일생생활과 조선의양귀비 (朝鮮楊貴妃)라칭호하던요염무쌍(妖艶無雙)의장희빈(張禧嬪=肅宗後宮=景宗王母)이 남인파(南人派)를배경으로하야 정치무대에서가진활약(活躍), 가진호강을다하다가 다시은총이쇠하야 일약일국세자의 어머니(世子母)로사약의참사(賜藥慘死)를 당하던내력을쓰고자한다. **그중에는추악한 권세의싸움 비참한무고(無辜)의살육말만하여도 살이떨리고 가슴이서늘한 피투성이! 눈물투성의 사실이다**[305)]

위 인용문은 『張禧嬪』에 앞서 광고된 작자의 말 가운데 일부다. 정치적 소용돌이에 휘말린 궁중 인물들의 비극적인 최후가 작품의 전면에 그려질 것이 작자에 의해 노골적으로 예고되는 것을 볼 수 있다. 이 같은 작가적 관심은 역사를 오락적 대상으로 전락시킬 위험을 스스로 자초한다. 따라서 역사에 대한 비판적 재구와 탐구로서의 측면은 일정 부분 포기된다. 영종시대를 배경으로 하여 사도세자의 사적을 그린 우보 민태원의 『天鵝聲』 역시 유사한 면모를 보인다. 이 작품은 예고 광고에서부터 역사적 사실을 밝히기보다는 당시 궁중과 민간의 생활상을 보여주려는 데 창작의 제일 목표가 있음을 천명하고 있다.[306)]

소재의 차원을 넘어 궁중 비화가 서사의 골간이 된 대표적 예로 박종화의 『錦衫의 피』를 꼽을 수 있다. 연산군의 일대기를 제재 삼아 그의 정치

305) 차상찬, 「長篇小說 『張禧嬪』」, 《조선중앙일보》, 1936. 4. 26.
306) 「歷史小說 『天鵝聲』長篇連載小說豫告」, 《매일신보》, 1933. 11. 16.

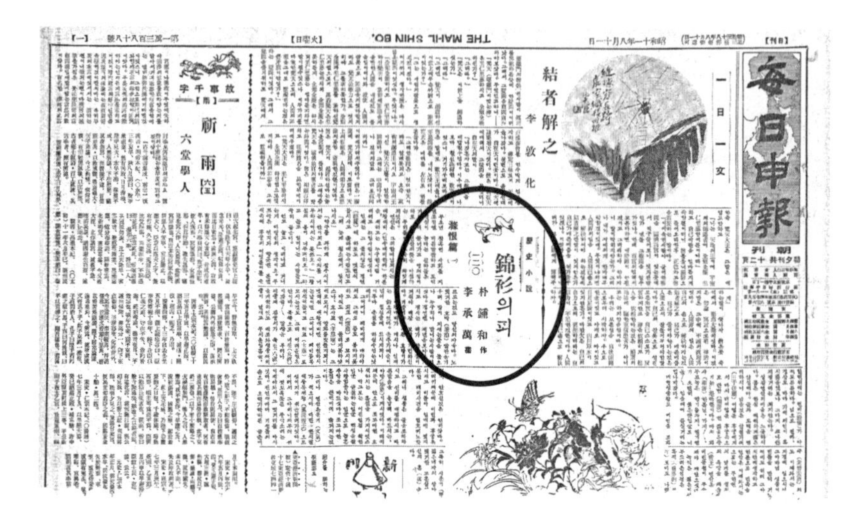

每日申報

THE MAEIL SHIN BO.

一日一文

結者解之

李敦化

歷史小說

錦衫의 피

朴鍾和 作

李承萬 畫

新雨

六堂學人

*《매일신보》 1936년 8월 11일자 『錦衫의 피』

적 파탄 과정을 그린 이 작품은 대중성 면에서 가히 궁중 비화 역사소설의 백미라 할 만하다. 연산군의 생모 윤비의 억울한 죽음과 그것이 부른 사화는 이 작품에서 부수적인 이야기로 취급된다. 오히려 전체 서사의 초점은 연산군의 여성 편력이 후궁들을 비롯하여 궁중 여인들 세계에 가져온 온갖 질투와 음모로 얼룩진 치정극에 모아지고 있다. 구체적인 사료 인용을 통해 과시되던 엄정한 역사가로서의 작자의 포즈가 궁중 비화 장면이 서사의 전면을 차지하는 순간 일약 이야기꾼으로 돌변한 데서 이를 간접적으로 확인할 수 있다. 담화상의 그 같은 이격이 기록적 사실과 문학적 허구 간의 불완전한 봉합에서 비롯된 결과라는 데 이의가 있기는 어려울 것이다. 특히 궁중 비화와 같은 오락적 소재가 등장하는 작품들에서 담화상의 분열이 더욱 극심해지는 것을 볼 수 있다. 군왕들의 문란한 성적 편력은 물론이거니와 갖은 권모술수가 동원되는 잔인한 복수, 그리고 궁중 여인들의 암투를 극적으로 재현하기 위해서는 작가적 상상력이 강력히 요청되는바, 서술자의 강사적 면모가 축소되는 반면 이야기꾼으로서 입지가 강화될 수밖에 없기 때문일 것이다. 궁극적으로 그 원인은 소설적 재미를 기대하는 독자의 시선을 작자들이 과도하게 의식한 탓에서 찾을 수 있다. 다음의 인용문은 궁중 비화 역사소설에서 과연 어떤 요소가 신문연재소설 독자의 구미를 동하게 만들었는지를 짐작케 해주는 한 장면이다.

> 농익은 젊은이성(異性)의 부드러운살결은 술보다도 고혹적(蠱惑的)이오 아편(阿片) 보다도 나릿하다. 후궁에 그득히 사춘기(思春期)에든 젊은녀자의 상아(象牙) 빗노릿겨한 고흔살결은 그대로연산의 혼(魂)을 살우고야만다.
> 일고삼장 사람의 혼(魂)을뇌살(惱殺) 시키는 노곤한 봄볏은 울연이 자주빗 방장을들이운 나인 전향(田香)의 침실로 비추어졋다.
> 상감연산은 밋씬하게살진 나인 전향의품에 아즉도 봄숨이 지호시다.
> 숨맥힐듯한 젊은녀자의 란숙된 살냄새가 향긋한밀기름내에 엉키워 묵어웁게 느리게 다처진 방속으로 써돌고 잇다.
> 와룡 초ㅅ대에 비스듬이 쓰처진 타고남은 금박대홍초의 한치만한 초등걸이 지내간 밤의 상감연산의 환락(歡樂)을 이약이하는듯하다.[307]

---

307) 박종화, 『錦衫의 피』, 《매일신보》, 1936. 8. 11~2.

시적인 감수성이 깃든 간결한 문체의 위 서술은 역사소설가로서 박종화의 명성이 허명이 아니었음을 말해준다. 연산군의 환락적 생애의 일면을 단적으로 드러낸 점에서 인물 형상화의 모범적 사례로 볼 수도 있다. 그러나 그러한 인식에 다다르기에 앞서 현란한 이미지들의 범람으로 독자들의 의식은 이내 혼곤해지고 만다. 작가 박종화가 자신의 역사소설 창작을 두고서 민족의식의 발로였다고 말한 사실이 무색할 정도로 『錦衫의 피』 도처에는 이처럼 자극적인 묘사가 즐비하다. 그것은 『錦衫의 피』를 비롯하여 『多情佛心』, 『黎明』 등 박종화의 역사소설이 대중적인 인기몰이에 성공할 수 있었던 비결의 하나이기도 했다. 비록 정도의 차이는 있으되, 비단 박종화뿐만 아니라 이 시기 역사소설 작가들 대부분이 독자의 관심을 끌 요량에서 궁중 비화를 선정적인 장면으로 처리하는 데 주저하지 않았다. 이는 이미 그와 같은 소재의 선택에서부터 예견된 현상이기도 하다.

한 시대를 풍미한 인물을 다룬 박종화의 『錦衫의 피』는 파노라마 역사소설의 전범을 보여준 작품으로서도 주목되는 바가 있다. 이러한 유형의 작품들은 대체로 권력 지향의 풍운아적인 주인공의 일대기를 소재 삼는 경우가 많았는데, 시련을 거친 인물의 영달이 그 서사의 핵심이었다. 왕위 계승을 놓고 안동 김씨 일파로부터 온갖 정치적 견제와 수모를 받던 '이하응'이 출세 후 통쾌하게 복수한다는 내용의 『雲峴宮의 봄』, 민비 일파의 정치적 부패상에 맞서 선정을 베풀었던 대원군이 임오군란을 계기로 재집권하게 되는 배경을 상상적으로 재현한 『젊은 그들』처럼 김동인의 대표작들은 영웅 출세담의 진면목을 과시한다. 박종화의 『黎明』과 남연군의 낙척시절부터 이하응의 권력 장악 과정이 장황하게 서술되고 있는 윤승한의 『夕陽虹』, 『朝陽虹』 연작 또한 같은 계보에 놓을 수 있는 작품이다. 한편 공민왕에게 숙청당한 기철의 후손 무룡이 등장하는 윤백남의 『大盜傳』에서도 독자의 이목을 끌만한 통쾌한 복수극이 펼쳐진다. 홍명희의 『林巨正傳』 역시 임꺽정이라는 인물의 일대기적 흥망성쇠가 서사의 모태가 된다는 점에서 앞의 작품들과 같은 갈래에 속한다. 일반적으로 이 계열의 작품들은 출세와 복수라는 이원구조 안에서 영웅의 생애를 추적한다. 따라서 인물 묘사와 관련하여 작가의 우호적인 관점이 우세하리라는 것을 예상할 수 있다. 물론 이광수의 『端宗哀史』에 등장하는 수양대군과 한명회의 행적이 보여주듯이 작가의 시선에서 부정적으로 처리된 경우도 있다. 그러나 인물에 대한 역사적 평가와 별도로 출세담이 역사소설의 통속성을 부추긴 요인이었다는 사실을 부정하긴 어렵다.

주동 인물의 입신 과정을 이처럼 주요한 모티프로 삼은 작품들은 연대기적 사건 배치를 전체 서사의 완결 구조로 채택하는 방식을 선호했다. "순행적 시간구조의 단조성이나 평이성에 강렬한 자극과 충격의 기복을 두어 독자 수용적 감동을 자아내는 구조적 효과"[308]를 의식적으로 노린 김동인의 묘사 기법은 차라리 예외에 가깝다. 주인공의 일대기가 곧 이야기의 시작과 끝을 뜻할 만큼 이 계열의 작품들은 서사 구성 면에서 미숙성을 하나같이 드러낸다. 논평이 개입된 압축적 서술을 바탕으로 실증적 사료

308) 전은경, 「김동인 장편역사소설 연구-『大首陽』을 중심으로」, 연세대학교 석사학위논문, 1987, 13~4쪽.

에 기대어 인물의 일생을 순차적으로 제시하는 방식은 이들 작품의 공통된 세부 기법이었다. 때문에 서사적 필연성이 고려되지 않은 것은 당연했다. 조일제의 『金尺의 꿈』, 윤승한의 『晩香』, 그리고 차상찬의 『張禧嬪』 등은 완결적인 구성을 철저히 무시한 채 오로지 사실의 윤색 내지는 전체 서사의 흐름과 사실상 무관한 야사를 비일비재하게 삽입하여 연결시켜 놓은 작품들이다. 그로부터 파생되는 문제점이 무엇인가를 윤백남의 『大盜傳』 연재 마지막 회에 게재된 작자 추신을 통해 짐작해 볼 수 있다.

> 作者 — 이 소설의 쓰츨 짓고보니 하나 유감되는 것은 하로인의사위 동식이의 생사를 모르는일이올시다마는 이것은 애닯은 그리움에 가슴을조이는 하로인의 젊은 쌀과함께 그의 건재를 축수하시기를 바라고 붓을 놉니다[309]

위 인용문은 에피소드의 남용이 긴밀한 서사 구성에 과부하로 작용했음을 작자 스스로 고백한 글이다. 이러한 일화들은 대개 활극의 요소를 지닌 무협 이야기이거나 엽기적인 사건 또는 인물의 기행담(奇行譚)이어서 그 자체로 독자들의 눈길을 붙들기에 충분했다. 그러나 그 이입의 정도에 비례하여 텍스트의 공신력은 반감될 수밖에 없었다. 일대기 형식의 단일한 스토리 구조와 거기에 기형적으로 결합된 일화 중심의 서사 전개 방식이 궁극적으로 역사 서술의 권위를 대체할 수는 없는 노

309) 윤백남, 『大盜傳』(後篇), 《동아일보》, 1931. 7. 13.

릇이다. 결과만을 놓고 보자면, 영웅숭배론과 같은 작가 특유의 역사관이나 역사의식의 결여를 문제의 근본 원인으로 지적할 수 있다. 그러나 그것에 앞서 역사소설이 신문연재소설이었다는 점, 즉 제한된 분량의 파편적 연재 형식으로 매회 사활을 걸어야했던 창작 여건이 투철한 역사의식을 기대하기 어려운 역사소설의 태생적 한계였다는 사실을 거론해야 할 것이다.

연애담, 등장인물에 대한 과도한 미화, 선악의 대비 구도, 궁중 비화, 묘사의 선정성, 출세담이 복수담으로 이어지는 이야기 전환 등은 이 시기 역사소설의 성격을 실질적으로 규정짓는 서사 기제들이다. 역으로 말하자면, 그와 같은 통속성을 구현하기 위한 적임자로 장형(長篇小說?)의 역사소설이 발탁되었다고 할 수 있다. "出版機關의 商業主義에 迎合하야, 그대로 安易한 解決方法으로 몸을 던진것, 그리하야 興味本位 偶然과 感傷性의 濫用, 構成의 奇想天外, 描寫의 不確實, 人物設定의類型化, 等等에로 가버린것"[310]을 당시 장편소설이 갖고 있던 통속성의 골자로 파악함으로써 김남천은 그 부정성에 대해 일갈한 바 있다. 그러한 통속성의 면면들은 작가들의 역사 전유 경로와 성격을 말해주는 동시에 대중의 역사 기대 지평을 선 규정한 신문저널리즘의 정책과 독자의 반응이 절충되는 지점이 어디였는가를 알려준다. 이 시기 역사소설이 역사를 매개로 한 출판 매체와 작가, 그리고 독자 삼위의 공모적 합의의 대중물이었다는 사실을 이로부터 확인하게 된다. 그렇게 볼 때, 역사 기술의 대

310) 김남천, 「長篇小說界」, 『昭和十四年版 朝鮮文藝年鑑』, 人文社, 1939. 3, 14쪽.

안적 글쓰기라는 차원에서가 아니라 독자의 역사 소비 행태의 차원에서 이 시기 역사소설의 역사 담론적 위상에 대한 재평가가 필요하다는 것을 알 수 있다.

4. 제국주의 국가 담론과 역사의 서사적 재해석

통속문학으로 퇴조하는 시점에서 민족주의 담론과 멀어진 역사소설은 정치적 담론 안으로 재차 진입하면서 새로운 전기를 맞게 된다. 태평양전쟁 발발 직전인 1930년대 말에서 해방 직전까지 역사소설은 전시동원체제의 정당성을 옹호하는 담론과 함께 예고되고 광고되었다. 일제의 대동아공영론을 선전하는 나팔수로서 《매일신보》의 연재소설들이 열을 올리던 때, 역사소설 또한 예외 없이 제국주의적 역사 해석의 무대로 차출되었던 것이다. 그 맹아적 기운은 1930년대 중반 이후 이광수의 작품들에서부터 감지된다.

후기작의 출발점이 되는 『異次頓의 死』에서도 조선 민족의 정체성 탐구라는 이광수 역사소설의 창작 목표는 여전히 견지된다. 이 작품의 연재 광고에는 "신라 영웅의 죽음을 중심하여서 씨의 붓은 천여년전 우리 조상들의 높은 기개와 굳은 의지를 약여하게 하여주리라"는 편집자의 기대감이 표출되어 있다. 이에 부응하듯 이광수는 "비록 일천사백년전 사람이라 하더라도 인정은 마찬가지, 우리는 이 옛날의 참된 젊은 남녀의 참된 생활 참된 사랑 속에서 우리 자신의 그림자를 찾어보"[311]겠다는 창작의 변을 천명한다. 그러나 이와 같은 예고와는 달리 그 내막을 들여다보면, 『麻衣太子』나 『端宗哀史』, 『李舜臣』과는 사뭇 다른 양상을 발견하게 된다. 주인공 이차돈의 종교적 각성과 순교를 중심으로 전개되는 이 작품에서 조선인의 민족성 탐구라는 과제는 사실상 부차적인 사안이라 할 수 있다. 표면상 이광수의 역사적 관심이 민족 문제를 떠나 종교적 세계로 새롭게 정향되고 있는 것이다. 거기에는 집단적 저항의 실효성에 대한 그의 회의감이 짙게 배어 있다. 민족성을 개조하는 것만으로는 민족을 구원하는 일이 요원할 수밖에 없다는 사실을 자인한 순간에 종교적이며 관념적인 차원의 현실 대응이 모색된 결과다. 그러나 그것은 엄밀히 말해 현실 정치 상황에 대해 외면의 형식을 빌린 동의를 뜻했으며, 동시에 제국주의 담론에 대한 지지의 가능성을 스스로 열어 놓는 계기였다. 이렇듯 새로운 정치 감각을 얻는 데 이광수에게 역사는 여전히 유용한 텍스트였다. 『異次頓의 死』는 그 전기가 된 창작상의 시발이었다. 이러한 문맥에서 약소국 신라를 비웃는 고구려 관원에게 이차돈이 신라 왕조를 향한 터마로(박재상)의 충성스런 희생을 상기시키는 장면은 자못 문제적인 대목이다.

> 집에도 안들르고, 처자도 안 보고. 배에 오르는 터마로를 보고 아내가 따라와서 잠깐만 만나고 가라고 부르는것을 터마로는 다만 손을 흔들 뿐이오 머물지를 아니하엿다 하오. 그리고는 ○○에 가서 미해왕자를 구원해내고 자긔는신라의 개도야지가 될지언정 ○○의 신하는아니된다 하야놉

311) 이광수, 「長篇小說 『異次頓의 死』」, 1935. 9. 27.

은 벼슬 만흔 상도 다 마다하고 끗끗내 항복하지아니하고 형벌을 바다 죽어버렷스니 이런 충성이 또 어듸 잇소![312]

이차돈의 위 진술은 표면상 영웅에 대한 향수를 저버리지 못한 작자 이광수의 민족의식의 편린을 담고 있다. 그러나 민족 단위의 저항 의지를 포기한 이광수가 신라인의 기개를 드높인 역사적 인물로 터마로를 반추하였다고 단정 짓기는 힘들다. 국권을 상실한 피식민자가 민족정체성에 관한 상상을 중단할 때, '조선 민족'이라는 기표가 '제국'이라는 더 강력한 기표 아래 포섭되는 운명을 피하기 어렵다는 점에서 터마로의 충의는 또한 식민 권력을 향한 것으로 해석될 소지를 갖기 때문이다. 고구려의 재상 메주한가가 이차돈으로 하여금 고구려의 신하되기를 설득하는 아래의 주장에서 이러한 해석의 간접적 근거를 찾을 수 있다.

고양이 이마만한 이 땅에서 세나라이 서로 다토는것은 극히 어리석은 일이니 세나라는 본대한조상의 자손인즉 서로 화친하야 한토에 대할것이라는 말을 하엿다. 메주 한가의 말을 들으면 들을사록 이차돈은 그 말에 탄복하야 어렁그렁하는 하는 동안에 적국 사람이라는 의심하는 간격이 슬어지고 진정한 동지요 선배로 사랑하고 사모하게 되엇다. 더구나 어떤날 메주 한가가 이차돈과 그 아들들을 다리고 왕검을 모신 신궁에 가서,

「보라 이 어른은 고구랴의 한아버지시오 신라의 한아바지시오 백제의 한

312) 이광수, 『異次頓의 死』, 《조선일보》, 1935. 11. 4.

아버지시니 우리 함께 절하자」

할때에는 이차돈은 신라와 고구려와 백제가 네오 내오 할것이아니라 모도 하나임을 보앗다.[313]

이처럼 "같은 시조를 통해 삼국의 동일한 기원이 설명되고 나아가 일본과 하나가 되어 한토에 대항한다는 관점을 세계사로 확대하였을 때, 이는 그대로 대동아공영권과 일치한다"[314]는 것을 알 수 있다. 물론 이 작품의 창작 시기와 관련해 볼 때, 이에는 과잉 해석의 측면이 있다. 『異次頓의 死』는 어디까지나 이광수가 제국의 담론을 본격적으로 수용하기 이전 그 잠재적 가능성을 내포한 텍스트에 해당하기 때문이다. 이광수의 역사의식의 변화가 '민족'이라는 기표의 전이 과정과 맞물려 있다고 한다면, 그의 역사소설 창작이 그 궤를 같이하여 진행되었다고 말하는 것은 결코 억측이 아닐 것이다. 1940년대 들어와 발표된 『元曉大師』는 이를 확증하기 위한 시도였다고 할 수 있다. 그러한 맥락에서 원효와 요석공주, 그리고 아사가가 펼치는 삼각연애서사나 원효의 종교적 수행 과정에서 빚어지는 기행에 집중하여 『元曉大師』에 접근하는 태도야말로 이 작품의 핵

313) 이광수, 『異次頓의 死』, 《조선일보》, 1935. 12. 6.

314) "이러한 유신은 그동안에도 백제군의 침입을 여러번 막아서 대공을 세웟다. 지금은 유신이 백제전 가야국 사람이라 하여서 그 충성을 의심하는 사람은 하나도 업섯다(이광수, 『元曉大師』, 《매일신보》, 1942. 4. 18.)"는 서술을 근거로 이경훈은 『元曉大師』에서 내선일체가 신라와 가락국의 관계로 상징되고 있다고 설명한다(이경훈, 「이광수의 친일문학 연구-그의 정치적 이념과 연관하여」, 연세대학교 박사학위논문, 1995, 142쪽.). 이러한 견해는 국가에 대한 '충성심'이 한 인물의 현 존재 좌표를 말해주는 가치 기준이 된다는 판단에 근거하고 있다. 이질적인 종족성이 언제든 하나의 국가를 향한 '충'이라는 덕목 아래서 무화될 수 있다는 생각은 이광수의 민족 개념의 핵심 가운데 하나였다.

심을 놓치는 읽기 방식이 될 수밖에 없다. 그 같은 서사가 제시하는 통속적 재미의 요소들이야말로 차라리 주제를 감싸는 당의(糖衣)에 가깝다고 볼 수 있다.

『異次頓의 死』에서 이차돈은 충의의 화신으로 기억되는 터마로의 분신이나 다름없는 존재다. 『元曉大師』의 원효 또한 이차돈이라는 인물에게 부여된 함의와 크게 다르지 않은 인물로 등장한다. 다만 이차돈이 애국자에서 구도자로 변신한 인물로 묘사되는 데 반해 원효는 그와 반대되는 경로를 밟는 존재로 그려질 따름이다. 서사 구도의 선후가 바뀌었을 뿐 서사의 성격 자체는 유사한 셈이다. 이광수는 『元曉大師』에서 민중 불교의 초석을 놓았다는 기존의 역사적 해석과는 다른 각도에서 원효를 조명한다. 원효의 상모가 호국 불교의 기초를 마련한 행적을 통해 형상화되고 있는 것이다. 이 작품에서 종교적 깨달음과 신라를 향한 충은 원효에게 동일한 가치를 갖는다. 오히려 종교는 국가가 당면한 정치적 난제를 해결하는 데 국민적 통합의 구심체이자 원동력이 된다. 원효의 보살행을 삼국통일의 토대로 귀결시키는 다음과 같은 장면은 그 절정에 해당한다.

> 「너희 죄 만번 죽어 맛당하거니와 원효대사의 제도를 바닷다는 뜻들으시고 상감마마 분부하시기를 이로부터 나라에 충성하기를 맹세할진댄 모든 죄를 용서하실뿐더러 각각 재조 짜라 나라일에 쓥신다 하셧스니 그리 알아라」
>
> 하고 어명을 전달하엿다.
>
> 바람과 일동은 머리를 조아렷다.

바람은 왕자의 대우를 바다 서당장군(誓幢將軍)이되고 다른 두목들도 각각 군직을 밧게되엇다. 이로부터 멧해뒤에 신라가 백제를 칠 때에 황산(黃山) 싸움에 용감히 싸운 장수들이 이들이오 또 죽기를 무릅쓰고 백제와 고구려의 국정을 염탐한것이 거지떼들이엇다.[315)]

원효의 종교적 가르침에 감응하여 개과천선한 도적 우두머리들은 하나같이 백제 정벌에 앞장선 장수가 된다. 충성된 국민으로 새로 태어나야 하는 일은 심지어 원효를 따르던 거지 떼에게도 예외가 아니었던 것이다. 위와 같은 결말은 민족정체성에서 종교적 세계로 이광수 역사소설의 관심사가 이동했다고 보는 기존의 이해 방식으로는 설명되지 않는다. 이즈음에서 『異次頓의 死』(1935)와 『元曉大師』(1942) 연재 중간에 이광수가 또 하나의 역사소설을 발표했던 사실을 주목할 필요가 있다. 『恭愍王』(《조선일보》, 1937. 5. 28~6. 10)이 그것으로 이 작품은 노국공주의 인산 이후 공민왕이 편조를 만나는 대목에서 연재가 중단되었다. 때문에 이 작품의 성격을 선불리 판단하기는 어렵다. 그러나 공민왕의 정치적 행적이 이야기의 중심이 되었을 것이라는 추측대로라면, 이때까지만 하더라도 이광수의 역사소설적 관심이 불교적 세계에 온전히 경도되었던 것으로 보이지는 않는다. 따라서 『異次頓의 死』와 『元曉大師』를 근거로 그의 창작 경향의 선회를 설명하는 방식은 다소 무리한 해석일 수 있다.

한편 민족의식으로의 회귀, 즉 민족정체성에 대한 탐색이 국권 회복을

315) 이광수, 『元曉大師』, 《매일신보》, 1942. 10. 31.

향한 강렬한 열망의 표출로 이어졌다는 다소 무리한 해석을 가할 경우 혼란은 더욱 가중된다. 『元曉大師』가 연재되기 직전에 발표된 다음의 글들은 이와 관련하여 시사하는 바가 작지 않다.

> ①나는只今에 와서는 이러한 信念을가진다 卽朝鮮人은 全然 朝鮮人인것을 이저야한다고 아조 피와살과뼈가日本人이 되어버려야한다고 이속에 眞正으로 朝鮮人의永生의 唯一路가잇다고 그럼으로 朝鮮의 文人乃至文化人의 心的新體制의 目的은첫재로 自己를日本化하고 둘재로는 朝鮮人全體를 日本化하는일에全心力을 바치고 세재로는日本의文化를 昻揚하고 世界에發揚하는文化戰線의兵士가됨에잇다.[316]

> ②여기에 附言하는것은 內鮮一體問題에 있어서 朝鮮人은 大和族과 朝鮮人의 피가 다르다고해서, 卽 血統이 다른 民族이라고 해서 內心으로 歡迎하지않는 分子가 있는듯싶다. 그러나 內鮮 兩民族은 피를 함께한 民族이다. 二千年前에는 한 民族이였으며, 그後에도 一千 二百年前頃에 百濟로부터 日本에 건너간 百濟의 子孫들이 內地崎玉의 高麗村에서 日本人과 結婚하여 그 後孫은 混血한 完全한 日本人이 되였으며, 八千百萬人이나 算하게 된다. 그리고 더욱 惶悚한 말씀이나 皇室에도 二次나 朝鮮의 피가 석기셨던 것이다.[317]

---

316) 春園, 「心的新體制와 朝鮮文化의 進路」, 《매일신보》, 1940. 9. 12.
317) 이광수, 「新體制下의 藝術의 方向-文學과 映畵의 新出發」, 『三千里』, 1941. 1, 253쪽.

조선인에게 주어진 영생의 길이 조선인임을 온전히 망각함으로써 피와 살과 뼈가 일본인이 되는 데 있다는 첫 번째 인용문에서 이광수의 주장은 이 당시 그가 수용한 신체제 논리의 핵심이었다. 그리고 한 해 뒤에 발표한 위의 두 번째 인용문은 역사적 사실을 근거로 이를 공인하려는 데 그 의도가 있었다. 이광수의 이러한 논조는 내선일체론을 재차 강조한 것이기도 하거니와, 조선인 스스로 민족적 정체성을 방기할 때 비로소 제국의 신민으로 거듭날 수 있다는 사고를 피력한 것이기도 했다. 당대 조선의 문인 내지 문화인에게 이광수가 요구했던 심적 신체제의 목적은 일본의 문화를 앙양하고 세계에 발양하는 문화 전선의 병사가 되는 일이었다. 즉, "文化의 各部門은 全體主義, 國家主義를 基調로 하는 新體制에 參加하여야 할것이며, 朝鮮의 藝術群도 內鮮一體의 旗幟下에서 國家를 爲해 그 步調를 가치 해야 할것"[318]이었다. 문인들에게 부여되고 있는 이러한 소임이란 실상 창작을 통해 외화될 수 있을 터, 외견상 불교적 세계를 다룬 듯한 『元曉大師』를 당대적 문맥에서 되짚어 보아야 할 필요가 이로부터 제기된다. 이는 "원효 = 나 = 우리 민족을 동일화하는 구도를 통해 작자 자신의 처세와 주의주장을 타당화"[319]하려 했다는 식의 기존 독법의 한계가 드러나는 지점이기도 하다.

앞질러 말하자면 『元曉大師』는 신체제하에서 조선의 문화인이 수행해야 할 사명을 예시한 문학적 실천으로 독해되어야 마땅한 텍스트다. 따라

318) 이광수, 앞의 글, 같은 쪽.

319) 최효, 「일제말 역사소설의 성격」, 고려대학교 석사학위논문, 1983, 23~4쪽.

서 원효가 겪는 지난한 수련 과정이 작자 이광수의 내적 번민의 궤적에, 원효의 비범한 초월적 능력이 영웅의 구원상으로 표상되는 춘원의 민족주의 이념에 각기 상응한다고 보는 견해는 재고될 필요가 있다. 후자의 도식을 민족주의가 아닌 신체제의 목적으로 수정할 때 더욱 개연성 있는 독해는 가능해진다. 작자 이광수의 심경을 대변하는 자기 가탁적 인물로 원효를 볼 수 있다면, 춘원은 신체제의 목적과 민족주의 사이의 대립을 이 역사적 인물의 재현 과정에 투사했다고 할 수 있다. 종교와 국가가 결코 분리될 수 없는 대상이라는 사실을 실증하는 존재로 원효를 형상화해낸 셈이다. 화해가 불가능해 보이던 작가의 이념적 갈등은 여기에서 그 타협점을 찾는다. 원효를 종교적 구도자에서 나아가 정치적 인물로 재생시킨 작가의 의도가 신체제의 목적 달성에 있어 조선의 지식인들이 따라야 할 전범을 제시하려는 데 있었다는 이야기다. 원효라는 인물은 그 정당성을 역사적으로 입증하기 위한 방편에서 허구적 면모를 갖추어 각색되어야 할 존재로 선택되었을 따름이다.

역사소설 창작과 관련하여 이광수에게 '민족'은 유동적인 기표로 나타난다. 그가 1931년 「余의 作家的 態度」에서 『麻衣太子』와 『端宗哀史』를 두고서 "민족의식과 민족애를 강조"[320]하는 데 창작의 의의가 있었다고 말했을 때의 '민족'은 『元曉大師』가 연재되기 두 해 전 "朝鮮人을 天皇의 赤子로 日本의國民으로생각하려아니한것이다. 그리고 朝鮮人을다만 朝鮮人이란 單一한것으로 觀念한것이 根本的인 錯誤엿다"[321]고 말함으로

320) 이광수, 「余의 作家的 態度」, 『東光』, 1931. 4, 84쪽.

써 조선 문학을 반성하던 순간 상상했을 '민족'과 분명 다른 기의를 갖는 것이었다. 후자는 이미 내선일체의 문맥에 놓인 '민족'이었기 때문이다. 이처럼 중층의 함의를 지닌 이광수의 '민족'은 1948년 『元曉大師』의 단행본 출간에 부쳐 쓴 서문에서 또다시 그 기의가 달라진다. "걸앙방아 행세로 두영박을 두들기고 돌아댕기는 원효대사는 우리 민족의 한 심볼이다."[322]라는 진술을 통해 이광수는 '민족'을 조선인의 원형을 가리키는 기표로 다시금 환원시킨다. 해방 후 세간의 비난에 변백의 뜻으로 쓴 『나의 告白』에서 『麻衣太子』, 『端宗哀史』, 『李舜臣』을 두고 "민족정신 밀수입의 포장으로 쓴 것"이랄지 "원효대사는 내가 친일파 노릇을 하는 중에 매일신보에 연재하였던 것이다. 나는 검열이 허하는 한 이 소설 속에서 우리 민족의 전통적 정신과 영광과 애국심과 민족의식을 그려서, 천황 만세를 부르고 황국 신민서사를 제창하지 아니 하면 아니 될 운명에 있는 동포들에게 보낸 것이었다"[323]라는 진술 속의 '민족'은 자기 합리화를 위해 사후적으로 동원된 수사였던 것이다.[324]

결과적으로 민족주의의 외피를 내세워 제국의 이념을 수용함으로써

---

321) 春園, 「朝鮮文學의 懺悔」, 《매일신보》, 1940. 10. 1.

322) 이광수, 「내가 웨 이 소설을 썼나」, 『元曉大師』, 生活社, 1948, 6쪽.

323) 이광수, 「解放과 나」, 『나의 고백』, 춘추사, 1948, 192쪽.

324) 그동안 연구자들은 이러한 변이를 간과해왔다. 그 결과 단행본 『元曉大師』의 서문 내용을 신문연재 당시의 상황과 혼동하여 읽는 오류를 하나같이 범했다. 심지어 초기 역사소설에 대한 자평의 글 「余의 作家的 態度」를 이 작품에 대입해서 읽는 경우도 있다. 서지 파악의 불철저함이 그 직접적인 원인이라 할 것이다. 그러나 그에 앞서 이광수의 역사소설을 지나치게 민족주의적 문맥에 고정시켜 접근해온 연구 행태를 문제 삼지 않을 수 없다. 그와 같은 일방향의 독해 방식으로는 이광수의 정신적 분열상을 온전히 이해할 수 없다는 점에서 원 텍스트에 대한 성실한 서지 연구와 함께 연구 태도에 대한 엄정한 반성이 촉구된다.

작가 이광수는 내면의 이념적 갈등을 해소할 수 있었다. 이러한 맥락에서 『元曉大師』가 신체제 일본인이 되기 위한 작가적 노력의 증거물로서 그 의의가 작지 않은 창작이었음을 알 수 있다. 그렇게 볼 때, 이광수가 『元曉大師』에서 말하는 '충'이 과연 무엇을 향한 것이었는가는 자명해진다. 조선 민족에 대한 개별적 상상이 무의미해진 상황에서 상실된 국가를 대체할 상징적 지향으로서의 '충'은 결국 제국에 바쳐져야 마땅한 덕목으로 남을 수밖에 없기 때문이다. 더욱이 내선일체의 '민족'이 상정되는 순간 '충'은 내적 분열을 봉합할 심리적 기제로 더없이 유용했을 터이다. 이광수의 판단대로라면 그것만이 신체제하에서 제국에 귀속될 수 있는 유일한 길이었다. 조선인의 국가적 정체성 해결의 열쇠를 충의 이념에서 찾아야 한다는 논리가 발의되고 있는 것이다. 그 '충'이 작자 당대에 불러일으키는 의미는 "황국 신민적 충의의 정신"으로 이는 곧 "생명으로써 조국을 지킬 신념이자 열정"[325]이었다. 이광수는 이 천황 귀일의 사상과 애국심을 일찍이 "無上命法"[326]이라 규정하며 스스로 내면화하지 않았던가. 정리하자면, "皇室을 비롯하여 臣民에 이르기까지 內地人과 朝鮮人의 피는 하나으로 되여 있"다는 역사적 근거를 내세워 이광수는 "天皇陛下의

325) 香山光郎, 「兵役と國語と朝鮮人」, 『新時代』, 1942. 5, 18쪽.
그 원문은 다음과 같다.
"しからば皇國臣民忠義の精神とは何んであるか. それは
「天皇の臣民であつて, 日本はわが, 祖國である. われは生命を以てこの祖國を護るであらう」
といふ信念のことである. 情熱のことである."

326) 香山光郎, 「緊迫한 時局과 朝鮮人」, 『新時代』, 1941. 9, 31쪽.

臣民으로써 忠義를 다 하는者가 되여야 할"[327] 사명을 조선 민족에 요청했던 것이다.

이광수의 『元曉大師』와 함께 민족주의 관점에서 편향되게 읽혀온 대표적인 작품으로 이태준의 『王子好童』을 꼽을 수 있다. 다수의 연구자들은 호동의 영웅적 행적을 중심으로 펼쳐지는 고구려의 한(漢)사군 정복기를 한(韓)민족의 기상을 살리고 민족적 통합을 꾀한 서사로 읽는 데 주저하지 않는다. 그것은 고구려를 한(韓)민족을 대표하는 역사적 주체로, 한(漢)군과 한사군은 침략국 일제로, 그리고 낙랑을 위시해 한(漢人)에 의해 좌우되는 속국들은 친일자로 각기 대응시켜 작자가 처한 현실과의 소통 지점을 찾으려는 읽기 방식이다. 그러한 독법의 결과 식민의 질곡을 벗어나 이를 극복하려는 작가의 심리가 반영된 텍스트로 이 작품은 평가된다. 표현이 제약받던 시대, 역사소설 창작이라는 우회 경로를 통해 작가의 심정적 민족주의가 표출되었다는 해석인 셈이다.[328] 이러한 독해는 이 작품의 연재 광고에 실린 다음의 글에서 일차적인 근거를 얻고 있다.

> 싸나이로 태여나되, 잘생기기 어렵고 거기 힘과 재조를 겸하기 어렵고 아울러 고귀한지위에싸지태여나기 더욱 어려울 것이다 이런 어려운 것을 한몸 타고난 고구려(高句麗)의 왕자(王子) 호동(好童)은 그것만으로도

---

327) 이광수, 「新體制下의 藝術의 方向-文學과 映畵의 新出發」, 『三千里』, 1941. 1, 253쪽.

328) 이명희, 「『황진이』·『왕자호동』의 역사소설적 의미」, 『이태준 문학연구』, 깊은샘, 1993, 399~401쪽.
『王子好童』에 관한 다수의 연구들은 이명희의 이 같은 주장을 별다른 의심 없이 추수하고 있다.

족히 그의사긔(史記)에 눈을 빼앗길만 하겟는데 그에게 다시 축천의 충(忠)과 효(孝)가 잇고애절한 사랑이잇고 나중에는 대의(大義)를 위해 사분(私憤)를 참기를 복검(伏劍)으로 침묵하엿다 그 호탕강직하고 충루의혈(忠淚義血)에 쓸튼 왕자호동의 일생에는 기피 감격한바 잇어 여기 무딘붓임을 사양치 안코 들기로하엿다.[329]

호동의 삶에서 충의의 정수를 발견하고서 그것에 감격하여 창작에 임하게 되었다는 작자의 말을 액면 그대로 수용할 때, 『王子好童』은 외견상 위대한 민족의 영웅서사로 읽기에 손색이 없는 작품이다. 여기에 약간의 비약을 덧붙일 경우 신체제에 대한 거부 의사를 간접적으로 피력한 텍스트라는 의의가 부여될 수도 있다.[330] 공교롭게도 이태준은 『王子好童』을 마지막으로 일제하 자신의 창작 활동을 마감했다. 결과만을 놓고 본다면, 『王子好童』이 그가 붓을 꺾어야 했던 외적 계기이자 곧 절필 선언문이었다고 할 수 있다. 이러한 사실이 낙향하던 순간 그의 내면 풍경의 기록으로 이 작품을 읽는 데 별 다른 의심을 갖지 않게끔 만든 근거였다.[331]

그러나 이 같은 이해는 연재 광고에 함께 실린 작자의 말과 소개의 글 사이에 존재하는 낙차를 간과하고 있다는 점에서 치명적인 약점을 드러

---

329) 이태준, 「夕刊小說 『王子好童』」, 《매일신보》, 1942. 12. 19.

330) 이명희, 앞의 글, 400쪽.

331) 『王子好童』만을 근거로 이태준의 내면을 추적하는 것은 물론 한계가 있다. 그러나 그의 정신사적 궤적을 재구하는 일이 이 글의 주된 관심사는 아니다. 역사소설의 계보를 그려나가는 과정에서 이태준의 텍스트가 놓여 있는 좌표를 문제 삼으려는 것일 뿐이다. 따라서 이태준에 관한 논의는 가급적 『王子好童』의 작자로서 국한하고자 한다.

낸다. 편집자는 "그아름다운 붓쯧이 그려내이는 충효와도의정신(道義精神)은 전시하의 우리들을 감격시킬뿐아니라 본밧고도 남을만할 것"[332]이라는 기대감을 표명함으로써 『王子好童』을 통해 이야기될 역사의 전유 방향을 지시하고 있다. 『王子好童』이 전하는 역사가 순수하게 조선의 과거사로 한정되어 읽히는 것을 미리 경계하고 있는 것이다. 식민 관계를 통해 고구려의 왕조사가 제국의 역사에 편입된 것이라면, 그에 대한 해석이 조선의 민족사로 수렴되어서는 곤란할 것이기 때문이다. 거기에는 조선의 고대사가 전시하 제국의 이념이 요구하는 방향에서 문학적으로 구현되어야 한다는 의지가 담겨 있다. 따라서 『王子好童』이 고구려의 영토 확장사 가운데 빛나는 한 시기를 소재로 취하고 있다는 사실은 작자의 의도와는 별개로 독자에게 중층의 의미를 환기시킨다. 이러한 맥락에서 『王子好童』보다 두 해 앞서 《동아일보》에 연재되었던 현진건의 『黑齒常之』가 강제 중단되었던 사실을 굳이 상기하지 않더라도, 1940년대 한글 신문으로 유일하게 남은 총독부 기관지 《매일신보》가 이 작품을 연재작으로 선택한 배경이 음미될 가치가 충분하다는 것을 알 수 있다.

조선의 정치 현실을 타개하고자 한 작자 의지의 표백으로 『王子好童』을 평하는 시각은 연구자들 사이에서 지배적인 견해로 여전히 지지받고 있다. '고구려 = 韓民族 : 한사군(漢四郡) = 일제'의 갈등 구도를 서사의 근저로 파악하는 관점이 일조의 사실명제처럼 인정받고 있는 것이다. 그러나 텍스트는 민족주의 이념에 구속된 인식이 낳을 오독의 위험을 도

332) 「夕刊小說 『王子好童』」, 《매일신보》, 1942. 12. 19.

처에서 경고한다. 이와 관련하여 '불의한 외세 / 민족적 저항 세력'이라는 위의 대립 쌍을 우선적으로 문제 삼을 수 있다. 실제로 텍스트에서 한(漢)과 적대적 대타항을 이루는 나라는 고구려가 아니라 동국(東國)이다. 이는 갈등의 축이 한민족(韓民族)과 한민족(漢民族)의 대결, 곧 민족 간 모순이 아니라 한사군(漢四郡)의 실질적인 종주국으로서 한(漢)과 동국(東國) 사이의 국가 간 모순에 있다는 것을 말해준다. 비록 고구려, 동예, 옥저, 그리고 한(漢)의 속국으로서 낙랑이 인종적 동질성을 바탕으로 상상된 공동체라고 하나, 그 구성 인자들이 실질적으로 묶이는 것은 동국(東國)으로 호명되는 국가적 구획을 통해서다. 그 과정에서 작자는 동국(東國)을 한(漢)과 지리적으로 길항하는 위치에 배치함으로써 한(漢)을 가상의 서국(西國)으로 은연중 전제한다. 따라서 "사백여년동안이나 한인의 손에 잡혀잇던 악랑을 차저내어 이제 쪄에 사모치던 동인(東人)의 치욕을 벗겨주는 대 고구려의 국위(國威)"[333] 선양은 이 서국을 타자로 가정하여 얻어진 결과라 할 수 있다. 이때 텍스트 내에서 한(漢)으로 기표화된 서국은 작자 당대의 문맥, 곧 텍스트 밖의 현실을 고려할 경우 서구(西歐)로 인지될 가능성이 높아진다. 이와 관련하여 조선의 근세가 그 배경인 박종화의 『黎明』의 한 대목에 잠시 시선을 돌려봄으로써 그 물증을 찾을 수 있다.

"서양의 열강(列强)은 동양을 집어삼키려 어금니와 이빨을 갈엇다.

---

333) 이태준, 『王子好童』, 《매일신보》, 1943. 6. 5.

홀로 조선이 이 사나운 이빨과 손톱에 안이걸닐리치는 만무햇다.

과연 북으로 아라사의 통상 문제가 일어나자 천주교칙에서는 이것을 계기로하야 포교의 자유를 엇기위해서 영국과 불란서의 힘을 빌어서 아라사를 대항하자 건백서를 올렷다.

그러나 아라사만이 도적놈이고 영국과 불란서는 야심이업스란법이 어데 잇는가

현재 영국과 불란서는 인도를 삼켜버리고 청국을 유린하고 안남(安南)을 손속에 지버너어 왼동양을 삼켜버리려는 전과자(前科者)중에도 제일가는 백인(白人)들이엿다

홍선으로 안저볼쌔 천주교칙의 건백서란것은 고양이에게 반찬가가를 맛기자는논조나 달음업섯다.

…(중략)…

순조 신유년옥사는 편당싸움을 가미한 사학옥사요 헌종기해년옥사는 유교와 서학의 싸움이어니와 이번 대원위의 천주교 탄압은 호시탐々 동양을 노려보는 백인의무리의 이빨 이를 막어내려는 피비린내 나는 크나큰 참극(慘劇)이엿다."[334]

기이한 우연인지는 모르나 『王子好童』의 연재가 종료되던 다음 날 그 바통을 이어 받아 연재가 개시된 작품이 위의 『黎明』이었다. 박종화의 『黎明』을 참조하면 『王子好童』에서의 한(漢)이 서구로, 동국이 일본 제

334) 박종화, 『黎明』, 《매일신보》, 1943. 10. 12.

국으로 대체되는 치환 관계가 성립하며 양 관계가 연동되어 있다는 해석이 가능해진다. "동국(東國)은 대동아의 투사이며 한(漢)은 동국 땅을 침략하고 부분적으로 지배해온 서구의 표상으로 읽을 수 있다는 말이다. 그러한 관점에서 고구려의 낙랑 정벌이 갖는 의미 또한 민족의 지리지가 아니라 대동아라는 제국의 지리 속에서 찾아져 한다는 것"[335)]을 알 수 있다. 이와 관련하여 한국 근대 역사소설 가운데 예외적이게도 『王子好童』이 민족의 수난과 항쟁을 다룬 서사가 아니라는 사실을 상기할 필요가 있다. 『王子好童』은 고토 회복의 정복서사다. 대동아공영론과의 공모가능성이 열려 있다는, 더 가혹하게 말해 읽기에 따라 그 혐의에 심증을 굳힐 만한 소지가 다분하다는 것이다. 이 작품의 인상적인 장면들과 1941년 1월호 『文章』의 권두언은 그러한 맥락에서 기묘한 어울림을 보여준다.

---

335) 정종현은 이러한 구성이 당대 일본의 동양론이 제시했던 대동아공영권의 구성과 대응된다는 전제 아래 이 작품에서의 고구려가 한국 민족주의 시오니즘의 원류인 고대국가 고구려를 표상하는 것처럼 보이지만, 동시에 대동아의 이니셔티브를 쥐고 있는 신흥 일본을 투사하는 것이라고 설명한다. 이러한 독법에 근거하여 정종현은 고구려의 '낙랑 정벌'을 '싱가폴 함락'의 전승에 대한 역사적 투사로 읽어낸다. 그리고 표면적인 서사가 가지고 있는 충용한 신민으로서의 호동이라는 인물형과 그의 억울하고 비장한 죽음이라는 서자로서의 숙명 사이의 분열은 그 자체로 이태준이라는 제국적 주체의 분열이고 동요의 투사라는 설명을 덧붙인다(정종현, 「식민지 후반기(1937~1945) 한국문학에 나타난 동양론 연구」, 동국대학교 박사학위논문, 2005, 89~91쪽.).

정종현의 이러한 분석은 지나치게 당대 문맥을 외삽한 독해라는 점에서 무리한 측면이 없지 않다. 첫째로 고구려가 신흥 일본의 이미지에 가깝다는 점에 착안하여 이를 동일시하여 보는 시각은 민족서사와 제국서사 양자에 걸쳐 있는 이 작품의 특수성을 간과한다. 그 시각의 참신성에도 불구하고 양 방향에서의 독해 가능성을 차단하고 있다는 점에서 역시 일 방향의 독법이 되고 마는 셈이다. 결코 제국에 헌정된 서사로만 볼 수 없는 여지를 『王子好童』은 갖고 있다. 또한 이 작품이 제국의 서사로 읽힐 수 있는 소지가 다분하다 하여 그것이 곧 작자 이태준의 자발적이고 적극적인 대동아공영론의 내면화로 풀이되어서는 곤란하다. 오히려 이태준의 경우 무의식적 층위에서 제국의 담론에 노출됨으로써 정신적 분열을 경험할 수밖에 없었다고 보는 관점이 사태의 진상에 가까운 해석일 수 있다.

낙랑 정벌에 성공하고 돌아온 호동의 개선을 맞이하며 "고구려의 국토를 기름지고, 짜스하고 바다가 잇는 강남(鴨綠江以南)으로 뻣게되엿다는 것보다도 동국(東國) 짱에서 당치 안헛던 한인(漢人)들의 세력을 쫍아버리는것과 먼 장래에는 강남강북을 완전히 통일할 큰기초가 서진 그것으로 대무신왕은 전날 부여(扶餘)를 정벌한 몃배의 큰 기씀을 품지 안흘수 업섯다"[336]는 생각에 감격한다. 이는 「大東亞共榮圈確立의 新春을 맞이하며」[337]라는 글의 다음 대목에 정확히 조응한다.

> 이제야말로 世界의 情勢, 人類의 모든 概念에 有史以來 最大의 轉換이 展開되는것이다. 帝國은 이 世界歷史의 轉換을 指導할 使命을 갖었고, 더욱 東半球에 있어서는 盟主로서의 東亞新秩序의 建設及 大東亞共榮圈確立에 當하는, 이 새해야말로 그實踐의 巨步를 비로소 내여듸더, 肇國以來 八紘一宇의 大精神의 燦然한 光芒을 全世界에 뻗히는 것이다.
>
> …(중략)…
>
> 이미 第五年을 맞이하는 支那事變의 終局의 目標는 우의 東亞共榮圈確

336) 이태준, 『王子好童』, 《매일신보》, 1943. 6. 6.

337) 이 글의 필자를 이태준으로 보는 데는 이견이 제기되어 왔다. 하정일은 "이태준이 『문장』의 '편집 겸 발행인'이긴 하지만, 이름이 명기되어 있지 않은 한 동일인으로 예단해서는 안 된다."는 주장과 함께 1941년을 전후한 이태준의 다른 글들이 보여주는 신체제에 대한 냉소와 시각이 너무도 다르다는 점을 그 근거로 제시한다(하정일, 「친일의 기준을 어떻게 잡을 것인가-이태준을 중심으로」, 『이태준 문학의 재인식』, 소명출판, 2004, 4~5쪽.).

그러나 이 글은 이태준의 글로 볼 수 있는 소지가 다분하다. 잡지의 공식적인 권두언이었던 만큼 개인적인 생각이 자제될 수밖에 없는 사정을 충분히 감안한다 할지라도, 위 글에서 주창되고 있는 대동아공영론이 한 해 뒤에 연재되기 시작한 『王子好童』과 논리적 상동성을 갖는다는 것을 확인할 수 있기 때문이다.

立에 있는것은 이제 새삼스러히 言明할 必要가 없거니와 그 東亞共榮圈이란 어떠한 事態를 가리킴이냐 하면, 東亞로부터 東亞人의것이 아닌 外來의 勢力을 驅除하고 東亞는 東亞人의 自由스러운 生活地域, 東亞人의 理想的인 文化地域의 建設임엔 또한 누구나 異見이 없을것이다.[338]

그렇다면 낙랑 정벌은 어떻게 가능할 수 있었는가. 그것을 위해 "부여 출정으로 피폐된 국력을 단시일에 회복시키려 농경(農耕)과 목축(牧畜)에 임금 손수 나서 장려하엿고 아들 일흔 어버이들과 지아비 일흔 과부들을 몸소차저다니며 헐벗은자에게 옷을주고 굶주리는 자에게 먹을것을 나누엇다. 백성들은 국은(國恩)에 울엇고 국사(國事)에 몸 바칠것을 다투어 맹서하엿다."[339] 통치자와 국민이 강대한 제국 건설이라는 목표 아래에서 하나가 된 것이다. 이는 "이 崇高한, 또 偉大한 進擊(대동아공영권 확립 - 인용자 주)에 當할者는 陳頭에 나선 將兵만이 아님은 勿論, 銃後臣民으로서 國民皆兵의 精神을 特히 半島臣民은 體得具現치 않으면 안될것이다"[340]라는 작자 당대의 주장으로 환언시킬 수 있는 장면임에 분명하다. 그 순간 시대를 월담하여 너무나도 익숙한 방식으로 총력전 체제의 구호가 반복되고 있다는 사실을 우리는 발견한다. 신문 편집자의 예고대로 전시하에서 제국의 신민들에게 요구되는 덕목, 곧 충효와 도의정신(道義精神)이 과거와 현재를 소통시키는 역사적 지평 위에서 발현되고 있는 것이

338) 主幹, 「大東亞共榮圈確立의 新春을 맞이 하며」, 『文章』, 1941. 1, 2~3쪽.
339) 이태준, 『王子好童』, 《매일신보》, 1943. 1. 31.
340) 主幹, 앞의 글, 2쪽.

다. 이 작품이 제국의 역사로 편입될 가능성을 스스로 타진하는 지점이 바로 이 대목이다. 그렇게 볼 때, 표면에 내세운 호동과 낙랑공주의 비극적 사랑은 물론이거니와 호동의 생모 차비의 억울한 죽음에 얽힌 치정 사건은 단지 흥미 차원에서 안배된 부차적 서사에 불과하다는 것을 알 수 있다.

낙랑정벌을 예비하며 동예와 옥저 등지로 남순(南巡)하는 과정에서 호동은 낙랑공주를 처음 만난다. 호동과 낙랑공주의 인연이 적국을 정탐하던 중에 맺어지는 것이다. 이는 호동의 사랑이 국익 차원에서 희생되리라는 점을 암시한다. 호동의 남순은 이렇듯 삼각연애의 비극적 결말을 예비하는 복선으로서만이 아니라 이 작품이 제국의 담론을 전유하고 있다는 의혹과 관련하여서도 상징적인 의미를 갖는 사건이다. 허구에 가까운 호동의 이 행적을 작자가 서사의 중심에 한 장을 할애해 처리하고 있다는 사실만으로 이를 능히 의심해 볼 수 있다. 호동은 그의 일행이 거쳐 가는 곳의 군사와 백성들을 상대로 낙랑정벌의 정당성을 설득해나간다. 호동의 부하 장수 을파달이 한바탕 토한 열변을 요약하고 있는 아래의 인용이 이 남순의 의미를 집약하여 말해준다.

> 악랑은 고구려에 얼마나 요긴한 짱이라는것, 악랑을 그냥두엇다가는 예맥 옥저가 모다 한(漢)나라 짱이 될뿐아니라 필경에는 고구려도 전후좌우가 그의 세력 속에 쎄이게되니 그 운명이 장차 어찌될것인가를 생각해보라는것, 고구려 마저 한의 주먹에 들고만다면 신라(新羅) 백제(百濟)가 쏘한 풍전등화가 될것이니, 그제는 이 동국강산(東國江山)과 기천만

민중은 일월을 일허버리는 날이 아닐것이냐 우리가 무엇째문에 한에게 조세를 바치며 그의 율법에 굴복해야하느냐 웨치며 을파달은 군중의 마음을 한목 묵거 공중에 칫드리듯 재주것 선동시키엿다. 그리고 상무(尙武)기풍을 썰치려 호동자신의 검술과 장해의 창과 석수리의 활과 창사의 씨름재주를 보혀주고 써나군하엿다.[341]

흡사 대동아공영론의 옛 판본이 있어 이를 복원한 듯한 착각을 불러일으킬 정도로 을파달의 논조는 당대 일본의 제국주의 논리를 닮아 있다. 낙랑이 고구려에 요긴한 땅이라면 조선은 일본에 동일한 의미를 지니는 속국일 터다. 아울러 고구려마저 한(漢)의 수중에 떨어짐으로써 신라 백제가 위란에 처한다 함은, 서구 세력에 의해 아시아의 수장 일본 제국이 위협받을 경우 대동아공영권이 와해될 수 있다는 사실을 시사한 것으로 읽을 수 있다. 이러한 맥락에서 호동과 그의 일행이 상무 기풍을 떨치기 위해 보여주는 무예 시연은 당대 일본 군국주의의 기세를 자연스럽게 연상시킨다.

호동의 자살로 끝막음되는 결말은 이 작품이 제국의 서사로 완결을 보는 순간이다. 호동은 나라와 아버지 대무신왕을 위해 스스로 비극의 주인공 되기를 자처한다. 소읍별과의 남은 사랑도, 어머니의 죽음을 둘러싼 진실도, 그리고 정비가 씌운 누명으로부터 자유로워지는 일마저도 그에게는 고구려가 강성한 제국으로 남기 위해 포기되어야 마땅한 개인적 가

341) 이태준, 『王子好童』, 《매일신보》, 1943. 3. 10.

치들에 불과할 뿐이다. 그 모든 문제를 호동은 자살이라는 초극의 형식을 취하여 매듭짓는다. 작자 이태준은 호동의 죽음을 주체적 선택인양 그려 보이나, 실상 이러한 갈등 해소 방식이 의도된 서사 기획이라는 데 이견이 있어 보이지는 않는다. 잠시나마 호동이 대무신왕에 대한 반역을 꿈꾸었던 사실만으로도 그는 더 이상 고구려의 충성된 신하일 수 없다. 작자는 호동의 이 충동적인 행동에 담긴 분노를 영웅의 몰락을 재촉한 성격적 결함으로 제시한다. 그 같은 정황 증거를 사전에 예비해 둘 때, 그의 죽음을 필연의 사태로 몰아갈 수 있기 때문이다. 죽음의 목전에 이른 호동의 유언, "얼마나 영광스러운 죽음이겠느냐"로써 작자는 다시 한 번 이 영웅의 최후가 갖는 상징성을 넌지시 알리는 한편 그 행위의 정당성을 옹호한다. "대의를 위해 사분(私憤)을 참기를 복검(伏劍)으로 침묵"한, 그 "호탕강직하고 충루의혈(忠淚義血)이 끌턴" 면모로 호동의 최후를 각인시키는 것이다. 작자 이태준이 붓 들기를 사양치 않았던 이유가 여기에 있었던 것은 아닐까. 바로 그 이유가 또한 이 작품을 민족서사에서 제국서사로 거슬러 읽을 수 있는, 아니 읽어야 할 단서일 것이다.

민족서사와 제국서사를 분별하여 규정하기란 결코 쉬운 일이 아닐뿐더러 어떻게 보면 무모하고도 소득 없는 시도일 수 있다. 특히 이태준의 『王子好童』처럼 양면적인 독해의 여지를 동시에 내장한 텍스트의 경우엔 더더욱 그러하다. 민족과 제국이 친화성과 호환성이 높은 기표들이라는 점을 감안한다면, 양자의 기의가 중첩된 담론이 어느 하나의 기표로 소환될 리는 만무하다. 문제는 민족서사에서 제국서사로의 전화된 독해를 가능케 만드는 기제가 무엇이냐에 있다. 『王子好童』에서 이는 국가에 대한

'충의'로 집약되는 주제 의식에서 발견된다. 민족과 제국 양자에 걸쳐있는 덕목으로서 '충의'가 이 텍스트를 양방향에서 읽게 만드는 공약수가 되는 것이다. 작자 이태준의 분열된 의식은 이 '충의'의 가치로서 은폐된다. 따라서 그가 서자였던 호동처럼 이등 국민, 곧 피식민인으로서의 존재 좌표를 의식적으로 자각하는 순간은 이 '충의'가 복수의 해석 가능성을 갖는 지점이다. 제국주의 담론을 전면에서 지지하지 않았다는 사실이 곧 그에 대한 부정의 의사 표현으로 해석될 수 없다 할진대, 『王子好童』이 대동아공영론의 파장 안에서 배태된 텍스트라는 사실이 부인되기는 어려워 보인다. 민족서사와 제국서사가 겹쳐진 텍스트로 『王子好童』을 읽을 수 있다면, 이는 이태준이 대동아공영의 논리를 무의식적 층위에서일지라도 내면화하였음을 말해주는 증거가 될 것이기 때문이다.[342)]

이광수의 『元曉大師』가 연재되기 전 《매일신보》 역사소설란을 장식했던 작품이 김동인의 『白馬江』(1941)이다. 문필보국(文筆報國)의 일념에서 제일선에까지 황군 장병을 위문 갔다가 건강을 해치고 돌아온 김동인은 기억상실에 시달리며 잠시 창작 활동과 멀어진다. 그러던 그가 2년여

342) 이태준의 이 시기 문학 활동과 관련하여 한수영의 다음과 같은 주장을 참조할 필요가 있다.

나는 이태준을 식민지배담론의 헤게모니에 투항하여 제국의 논리 안에서 지배자의 동일성을 전유함으로써 의사제국주의적 욕망을 드러내는 식민지적 무의식의 소유자로 읽는 것에 동의하지 않으며, 동시에 이태준을 그러한 포섭과 공모의 경계 바깥으로 건져내어 순연한 '저항'과 '비협력'의 영역에 위치지우는 해석 방식에도 동의하지 않는다. 이 글의 전제는, 신체제가 등장하는 1940년 전후의 이태준은 그가 이해하고 인식하는 범위 안에서 식민지배담론인 신체제론을 주관적으로 '전유'하며(따라서 식민지배담론의 헤게모니에 동의하며), 그 '전유'의 과정에서 식민지배담론이 지닌 논리적 체계의 공백과 비일관성의 틈새를 통해 '저항'한다는 것이다(한수영, 「이태준과 신체제-식민지배담론의 수용과 저항」, 『이태준 문학의 재인식』, 소명출판, 2004, 195~6쪽.).

만에 일제의 부여신궁(夫餘神宮) 건립 시책에 부응하기 위한 일환으로 쓴 작품이 『白馬江』이다. 때문에 이 작품의 친일 성향이 농후한 것은 당연하다. 동시에 보는 시각에 따라 역사 왜곡의 정도가 심한 텍스트라는 것을 알 수 있다. 『日本書紀』의 내용을 적극 수용한 흔적이 역력한 이 작품은 내선일체에 바탕한 동근동조론(同根同祖論)을 대전제로 삼고 있다. 백제의 찬란한 문화가 바다를 건너 '야마도(大和)'에 미쳐 오늘날의 대일본제국을 이룩한 초석이 되었다는 것과 백제인과 내지의 야마도 사람이 하나의 혈족이라는 것이 그 같은 전제의 근거다. 이 작품에서 역사적 사실로 굳어진 야마도와의 종족적 동질성이 새삼 강조되는 대목은 크다라(백제)의 국운이 장담할 수 없는 상황에 처한 시점에서다. 그러나 밖으로는 신라 문제가 있고, 안으로는 임금이 국정을 돌보지 않는 상황에서 크다라와 신라 혹은 당나라 사이에 충돌이 발생할 경우 야마도의 원조를 청하기가 힘들 정도로 양국의 관계는 소원해져 있는 상태다. 이에 왕의 사촌 복신은 큰길지 의자왕에게 형제국 야마도와의 외교적 중요성을 역사적인 배경 설명을 곁들여 역설한다.

> 그새 양국의 새가 약간 소원하게 되엇던게 실수옵지, 웨 소원하리ᄭᅡ 첫ᄶᅢ로 혈통으로 보아서 우리 부여씨(백제 왕실)의 혈통에 저나라 피가 얼마나 만히 석기엇습니ᄭᅡ ᄯᅩ 우리 부여씨의 피가 저나라 황실에는 얼마나 석기엇습니ᄭᅡ 우에다 우에로서 이가치 피가 얽힌만치, 아레 백성으로도 우리나라 백성이 얼마나 만히 저나라에 건너가서 잡거해 살며 저나라 백성은 ᄯᅩ 얼마나 우리나라에 건너와 잡거해 삽니ᄭᅡ 잡거해 살면서 혼인하

고 자손이 생기고 — 이러틋 서로 피가 교류되기 七八백년에 먼저 생긴 자손들은 각각 사는 나라의 백성으로 화하고 지금에 와서 내백성 네백성을 서로 가릴수가 도저히 업게 되지 안엇습니ㅆㅏ 우에와 아래가 한결ㅆㅏ치 어느 족속인지 구별치 못할 종족들이 다만 나라를 각각 달리하기 ㅆㅐ문에 내나라 네나라 구별하는ㅆㅜㄴ, 본시로 말하자면 형아 아우야 하고 지낼 새올시다[343]

복신이 야마도와의 관계 회복의 필요성을 강조한 것은 양국이 종족적 기원을 같이 하는 형제국이기 때문이다. 그 현재적 증거로 크다라의 왕자 풍(豊)이 야마도(大州, 왜국)[344]에 가 있을 뿐만 아니라 야마도 서울에는 「크다라부」가 설치되어 있다. 작자는 과거 백제에 국난이 있을 때, 야마도부의 재가 본국에 청병하여 백제를 여러 번 도왔다는 사실을 거론하며 양국의 돈독한 관계를 직접 나서 서술한다. 기술 전수를 위해 복신의 딸 봉

343) 김동인, 『白馬江』, 《매일신보》, 1941. 10. 14.

344) 표기 문제와 관련하여 이 작품이 환기시키는 바 역시 적지 않다. 신문연재본에서 고대 일본은 '야마도'로 백제는 '크다라'('그다라'와 혼용)로 호칭되고 있다. 그러던 것이 1952년 창문사 간행 단행본에서는 '왜국'과 '백제'로 수정된다. 달라진 정치적 환경이 그와 같은 변화를 반영했다고 말할 수 있을 것이다. 친일성의 흔적을 지워보고자 한 안타까운 노력의 일면이다. 그럼에도 불구하고 작품 곳곳에서 이 같은 의식적인 편집자 개입의 손길이 미처 닿지 못한 부분들이 발견된다. '부여씨(백제 왕실)'와 대비되는 '왜국 황실'이라는 위계 구도가 고스란히 수용되고 있는가 하면, 한토(漢土)의 '천자(天子)'에 대해 왜국의 '미까도'가 비교 우위를 지닌 존재로 부각되고 있기도 하다. 이러한 위계화는 양 텍스트에 공통적으로 등장하는 종실 복신의 다음과 같은 주장에서 명백히 그 저의가 드러난다.

우리나라에도 근자에 편입된 구하국(仇荷國)이며 소나리국(蘇奈理國) 등으로 바루 우리나라에 편입되기전ㅆㅏ지 — 그게 겨우 三十년전이로구나 그ㅆㅐㅆㅏ지만 해두 오랭캐나 一반이더니 우리나라에 편입되며 학문을 배우고 도덕을닥고 하더니 인제는 우리나라 내지나 다름이업시 됏으니 배와야 한다 배와야 해(김동인, 『白馬江』, 《매일신보》, 1941. 7. 29.)

니수가 「야마도」에 가 있었던 일을 두 나라의 우호를 다지기 위한 사명으로 설명하고 있는 것 역시 같은 맥락에서다. 자매나 다름없이 그려지는 봉니수와 야마도 처녀 오리메(야마도 호소 대신의 딸) 사이는 이를 대변하는 상징적 관계라 할 수 있다.

그러나 복신의 우려대로 크다라는 신라와 당나라 연합군의 공격에 700년 역사의 종언을 고하고 만다. 의자왕과 태자는 당나라에 잡혀가는 포로 신세로 전락하고 크다라의 삼천 궁녀는 대왕포에 몸을 던져 자살하기에 이른다. 쓰러지려는 국가를 어떻게든 붙들어 보려는 충신들은 야마도에 있는 왕자 풍(豊)을 새 임금으로 옹립할 계획으로 주류성에 모여 결사 항전을 다짐한다. 마침내 복신이 야마도의 구원병을 이끌고 돌아오는 장면에서 작품은 끝난다. 김동인은 이처럼 서사의 큰 밑그림만을 사료에서 빌려 왔다. 그리고 기록되지 않은 행간은 가공의 인물들의 몫으로 남겨 두고 있다. 의자왕의 황음 때문에 비궁에 갇히게 된 아내를 집기가 구출해 내며 충언을 간한 일이나 왕을 기망하는 신라 첩자 술비와 집기의 대립, 그리고 왕자 태(泰)의 개입으로 갈등이 심화되는 오리메가와 소가, 봉니수 사이의 삼각 애정관계 등이 이러한 허구에 해당하는 서사들이다. 그러나 작지 않은 비중에도 불구하고, 이들 사건은 애초의 창작 의도에서 보자면 부차적인 서사라 할 수 있다. 다분히 김동인 투 신문소설의 특징을 보여주는 통속적 구성 인자에 불과한 것이다.

"내선일체의 성지 백제를 배경으로 신체제에 즉응"[345]하기 위해 창작

345) 「新連載夕刊小說 『白馬江』」, 《매일신보》, 1941. 7. 8.

된 작품이 『白馬江』이다. 이 작품의 연재가 종결될 무렵 김동인은 같은 지면에 「感激과 緊張」이란 글을 발표함으로써 위와 같은 창작 동기에 내포된 바를 간접적으로 전하고 있다.

> 우리들文壇人이 時局에기픈關心을가지고 內鮮一體로 國民意識을노펴가게된것은 滿洲事變以後다 만주사변은「滿洲國」이탄생하고 만주국 성립의 감정이 支那事變으로 부화되자조선에선 「內鮮一體」의 부르지즘이 노피울리고 내선일체의 대행진이 시작된것이다 이번다시 大東亞戰이 발발되자인제는「내선일체」도 문제꺼리가 안되엇다지금은 다만 「일본신민」일 짜름이다 한天皇陛下의 아래서 生死를 가치하고 榮枯를 함께할한 백성일뿐이다「내지」와「조선」의 구별적 존재를 허락지안는 한民族일뿐이다 歷史的으로 種族을캐자면 다를지 모르나 일본인과 조선인은 지금은合體된 單一民族이다[346]

'민족개조론'을 단초로 이광수에 의해 누차 개진되어 온 '내선일체'의 의의를 김동인은 대동아전의 발발을 지켜보며 이처럼 그 수위를 한 차원 높여 되풀이한다. '내선일체'가 내지인과 조선인의 차이에서 출발하여 양자가 하나 될 것을 역설하였다면, 이제는 그와 같은 전제마저 부정되고 오로지 일본 신민만이 남게 되었다는 것이 김동인의 생각이다. 그리고 그로부터 내지와 조선이 하나의 민족이라는 결론이 유추되는 것이다. 이는

---

346) 김동인, 「感激과 緊張」, 《매일신보》, 1942. 1. 23.

이광수가 "조선인의 영생의 유일로를 조선인 전체를 일본화하는 일"에서 찾았던 것과 다르지 않거니와, 김동인은 『白馬江』에서 "얼마나장한가 우리 동방인을 동이(東夷)라 해서 업수히 여기는 당태종의 코를 석것스니 얼마나 장쾌한가"라는 야마도인 소가의 입을 빌어 이를 선언하고 있다. 소가가 기념비적 승리로 회고하는 그 사건이란 당의 고구려 원정 실패를 가리키는 바, 이 순간 크다라와 야마도가 고구려와 함께 '동방인', 즉 같은 민족으로 역사의 페이지에 등재되는 것을 보게 된다. 이태준이 『王子好東』에서 설정해 보인 '한(漢)과 동국(東國)'의 맞섬은 실상 이 '당(唐)과 동방인(東方人)'의 구도를 변주한 것에 지나지 않는다. 그리고 그것은 이미 『王子好東』에서 논의한 대로 '서구'의 대척점으로서 '대동아'를 상정하는 방식에 정확히 조응한다는 것을 알 수 있다. 나당연합군를 향한 크다라와 야마도의 항전이 "한 천황폐하 아래 생사를 같이하고 영고를 함께할 한 백성, 동방인" 모두가 승리로 이끌어야 할 성전(聖戰)으로서 '대동아전(大東亞戰)'의 역사적 메타포가 되는 것이다. "천하의 큰무대에 나서서 천하의 영웅호걸이라는 사람과 결쿠어보고 시픈"[347] 소가의 생각이야말로 이 전쟁에 담긴 제국의 야심을 대변한다.

이렇듯 1940년대 들어와 역사소설의 작자들이 하나같이 중국의 고대국가들을 적대국으로 묘사한 사정은 두 층위에서 해석이 가능하다. 첫째로 이 나라들은 한반도의 서쪽에 위치한다는 점에서 당대의 서구를 대체할 역사적 기표가 된다. 서구라는 타자가 상정되는 순간 내선일체가 궁극

347) 김동인, 『白馬江』, 《매일신보》, 1941. 12. 12.

적으로 지향하는 대동아에 대한 지리적 상상은 시작된다. 그리고 서구와의 대극의 위치에서 동아신질서의 위계는 수립될 수 있다. 즉, 식민지의 민족적 이질성을 소거하고 이를 대동아의 세계로 포획하는 과정에서 제국의 본토 일본으로부터의 비가시적 거리에 따른 식민지들의 계층적 배열을 이루는 데 그것이 결정적 기제가 되는 것이다. 또 하나, "내선일체가 고대의 복원을 통해 그 논리의 정당성을 구하기 위해서는 원형으로서의 고대를 훼손시킨 오염원을 찾아 응징하고 제거할 필요"[348]가 대두된다는 점을 들 수 있다. 조선과 일본이 같은 기원을 갖는 민족이라는 사실을 역사적으로 입증하기 위해서는 먼저 이 관계를 절연시킨 타자를 찾는 일이 급선무가 될 것이다. 원형이 파괴된 이후 동아시아의 구체제를 지배해온 세력으로 중국이 여기에서 지목된다. 새롭게 확립되어야 할 동아시아의 질서라는 문맥 아래서 중국이 역사상의 반면교사로 징발되는 셈이다. 과

348) '김동인이 비주체적인 신라가 당을 끌어들여 한반도의 다른 나라를 무너뜨린 시점을 원형 훼손의 결정적인 계기로 파악하고 있다'고 한수영은 분석한다. 소설이 사서(史書)가 전하는 그 후의 결말을 더 잇지 않고 의자왕을 구하러 야마도의 원군이 달려오는 장면에서 멈춘 이유가 바로 거기에서 비롯된다는 것이다(한수영, 「고대사 복원의 이데올로기와 친일문학 인식의 지평-김동인의 『백마강』을 중심으로」, 『실천문학』 통권 65호, 2003 봄, 197쪽.).

이와 관련하여 흥미로운 점은 이 작품의 결말이 실제로 신문에 연재되지 못했다는 사실이다. 소가며 야마도인들이 결사적으로 '큰길지'의 혈로를 마련하기 위해 신라군에 항전하는 장면이랄지, 신라의 정세를 살피기 위해 혈혈단신으로 길 떠나 소식이 끊겼던 복신이 주류성에 풍과 원병을 얻어 돌아온다는 대단원이 신문연재 당시 게재되지 못했던 것이다. 약 12회 정도의 연재분에 해당하는 이 작품은 결말은 1952년 창문사 판 단행본에 추가되어 있다. 정확히 말하자면 연재 당시 이 작품이 미완이었던 셈이다. 창문사 판본에 덧붙여진 내용으로 추측컨대, 연재가 중단되어야 할 텍스트 내적인 이유는 없어 보인다. 또한 김동인의 생몰 연도가 단행본 출간 한 해 전이었다는 사실로 미루어 볼 때, 이미 그 이전에 작품이 완결되어 있었다는 것을 알 수 있다. 그렇다면 그 유력한 사유는 개인적인 신상에서 찾을 수밖에 없을 터, 김동인이 이 당시 건강상의 문제로 고통 받고 있었다는 사실을 고려해 볼 필요가 있을 것이다. 아울러 그 단행본이 한국전쟁기에 출간됐다는 점 역시 흥미롭다.

거의 중국을 한결같이 침략국, 곧 적대적 타자로 재현한 것은 바로 그와 같은 제국의 논리를 작가들이 전유하고 있었기 때문이다.

그렇다면 내선일체마저 잊고서 한 민족이 되어 임해야 할 대동아전쟁에 즈음하여 김동인이 요구했던 신민의 자세는 어떠한 것이었는가? 이광수의 『元曉大師』와 이태준의 『王子好童』이 그러하듯이 백제의 망국사를 이야기하는 『白馬江』의 교훈 역시 '충'으로 환원되고 있기는 마찬가지다. 차이가 있다면 그 '충'이 '민족'과 '제국' 양 갈래로 동시에 향하는 대신 후자가 전자를 철저히 포박하는 가운데 주창된다는 점이 다를 뿐이다. 야마도 사람이 자손을 훈육하는 요점으로 소가가 집기에게 들려주는 다음과 같은 이야기에서 이 '충'의 성격과 대상은 선명히 드러난다. 그것은 "야마도천지에 군림하시어 당신의백성을호령하시"는 "신성하신 신분"[349]의 '미까도'를 향한 것이어야 하는 바, "야마도ㅅ사람이 임금께 품는 마음썯"을 가리키는 것이었다. 소가는 백제의 외교 정책과 기백 부족을 비판하며 "그다라를 내나라로 알고 그다라 청소년에게 야마도 청소년의 마음썯를 알게해 주면 될것"[350]이라는 대안을 집기에게 내놓는다. 야마도와 크다라가 한 종족인 이상 그 교육법 또한 다를 리 없다는 것이 소가의 판단이었던 것이다. 야마도 사람이 임금께 품는 관념을 크게 평가한 집기는 소가를 청하여 이 중대한 역할을 부탁한다. 이미 미까도의 칙허까지 얻어서 몸을 크다라에 바치기로 한 만큼 소가는 기쁘게 이 지중한 역할을 맡

349) 김동인, 『白馬江』, 《매일신보》, 1941. 12. 10.
350) 김동인, 『白馬江』, 《매일신보》, 1941. 12. 12.

는다. 그 후 소가가 "임금쎄 품는 마음쏘", 곧 '충'을 기르는 방법으로 크다라의 청소년들에게 힘쓴 것은 "사군도(事君道)와 보국도(報國道)를 배양"하는 일이었다. 전자가 '충'으로 맺어지는 임금과 신하 사이의 도리를 뜻하는 것이라면, 후자는 국가의 은혜에 답하는 '충'의 실행으로 해석될 수 있을 것이다. 이러한 충의 이념이 작가 당대에 소환하는 의미는 너무나 명확하다. 조선 사람이 명실 공히 황국 신민이 되기 위해서 어떤 인생관과 세계관을 가져야 하며 어떤 실천 운동을 해야 하는가라는 물음에 대해 "일본적 애국심"[351]이라 말한 이광수의 답변을 역사적으로 투사한 것이라고 볼 수 있기 때문이다. 따라서 "야마도ㅅ사람이 임쎄 품는 마음쏘"의 당대적 지향 역시 "萬世一系 君民一體 天皇中心을 바로 把握하는 것으로서 國體明徵"[352]에서 찾을 수밖에 없다. 야마도인의 충이 크다라인에게 복제되었듯이 조선의 신민이 마땅히 헌신해야 할 충의 대상이 국체라는 것을 김동인의 『白馬江』은 공표하고 있는 것이다.

일제가 패망하기 직전 《매일신보》의 유일한 연재소설이었던 박태원의 『元寇』 역시 역사소설이었다. 이는 식민 기간 내내 역사소설이 신문소설의 부침을 대표해왔음을 상징적으로 말해준다. 아울러 《매일신보》의 마지막 연재소설인 이 작품이 조선의 역사가 아닌 일본의 역사를 소재 삼고 있다는 점은 의미심장하다. 이 작품 이전에도 일본의 역사를 다룬 작품으로 1939년 장혁주가 『三千里』에 발표한 『加藤清正』이랄지 김동인이

351) 香山光郎, 「緊迫한 時局과 朝鮮人」, 『新時代』, 1941. 9.
352) 香山光郎, 「日本文化와 朝鮮」, 《매일신보》, 1941. 4. 22.

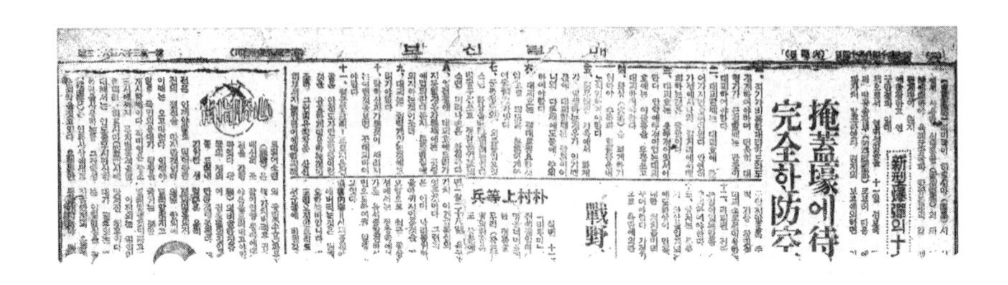

掩蓋壕에待
完全한防空

元寇 (76)

* 1945년 8월 14일자 《매일신보》 마지막 호에 연재된 『元寇』

1944년 8월에서 12월까지 『朝光』에 연재하다 중단한 『星巖의 길』이 있었다. 그러나 신문연재 역사소설로는 박태원의 『元寇』가 일본 역사를 바탕으로 쓰인 최초작이자 최후작이다. 해방과 함께 연재가 중단된 탓에 이 작품의 전모를 알 길은 요원하다. 그러나 연재 광고의 내용을 단서로 이후 전개되었을 서사의 윤곽을 어느 정도 예상해 볼 수는 있다.

> 다음에 실을 장편소설은 박태원 씨 작인 『원구』(元寇)다 원구는 말할것도 업시 원나라 홀필열(忽必烈)의 군사가 문영(文永) 홍안(弘安)년간에 우

리나라에 처드러온 큰난리다 그당시의군민들은 열심히 싸와서 이큰적을 훌륭히 물리첫거니와 오늘날 이대동아전쟁은 『원구』보다도 더큰국난이 다 이때를 당하야 어떠케 우리조상들이 잘싸웟나를 국민들에게 아리켜주어 전의를 크게 북도다주는 것이 필요할 것이다 『원구』를 물리친 이야기를 재미잇게 흥미잇도록 여러분께 전하랴는 것이 이소설의목적이다 독자들의 숙독을 바라는바다[353]

위의 인용문이 말해주듯 원나라가 고려를 침략한 사건이 이 작품의 시대적 배경이다. 창작의 직접적인 동기는 대동아전쟁을 수행중인 국민들의 전의를 고양시키는 데 있었다. 총 76회 연재분의 내용만으로는 편집자의 이 같은 기대 지평과 실제 작품 사이의 낙차를 가늠하기 어렵다. 뿐만 아니라 일본의 역사를 소재 삼은 작품이라고 판단하는 것도 성급한 예단일 수 있다. 따라서 현재 남아 있는 연재분의 내용을 정리해 보는 일이 이 작품의 성격을 밝히는 최상의 방책이 된다. 서장과 함께 3장까지 연재된 내용을 장 별로 정리해 보면 대략 다음과 같다.

• 서장(1～10회) : 몽고의 주구와 억압에 최우는 난리를 겪을 각오로 도읍을 개성에서 강화로 옮기고 사람을 북계 여러 고을로 보내어 화체들을 엄습하게 한다. 한편 골필렬은 일본 정토의 야심을 가지고 고려에 관대한 태도를 보인다.

353) 「다음실을 長篇小說 『元寇』」, 《매일신보》, 1945. 5. 15.

• 1장 : 원 세조가 일본정토를 위해 고려로 하여금 일천 척의 전선을 건조할 것과 군사 4만을 동원할 것을 사신 이장용에게 명한다.

• 3장 : 몽고가 통호(通好)하기를 청한 데 대해 일본 조정은 결전 의지를 천명하는 것으로 답한다.

이 작품의 서장은 고려사와 원사(元史)를 바탕으로 한 몽고의 고려 침략사를 연대기에 따라 개략적으로 서술하고 있다. 소설로 보기에 다소 지루한 역사적 기록들이 그 주요한 내용을 이룬다. 고려의 당면한 국가적 위란을 작품 서두에 장황히 서술한 의도가 궁금할 수밖에 없다. 서사 내적인 측면에서 보자면, 이는 앞으로 전개될 몽고와 일본의 대결에서 후자의 승리를 필연적인 귀결로 그려내기 위한 명분이자 복선이 될 것이다. 아울러 이는 이 작품이 이야기할 역사가 기록적 사실에 근거하고 있음을 말해준다. 고려의 역사는 식민지 조선의 전사이기도 하거니와, 그것이 제국의 역사와 맞물리는 시점에 대한 이와 같은 기술은 제국의 중심적 위치를 확인시켜주는 데 더없이 효과적인 서사 장치가 된다. 사실상 소설적 전개는 1장에 접어들면서 시작된다. 아쉽게도 현재 확인 가능한 자료에서 2장 부분은 유실된 상태다. 위에 정리된 내용을 보건대, 3장이 본격적인 이야기의 출발점이라는 것을 알 수 있다. 몽고의 침략을 예상하고 전의를 다지는 일본 조정 내 두 인물의 대화가 이 장의 중심 사건이다. 집권 「호-조-마사무리」와 련서 「호-조-도끼무네」가 그것들로, 바야흐로 서사의 주 무대가 일본 본토가 될 것임이 이로써 예고된다. 이들의 대화 가운데 도끼무네의 다음과 같은 주장은 연재광고에서 선전된 바 있는 주제 의식을 고스란히 집약한 것이라는 점에서 주목된다. 또한 작자 박태원의 당시 역사관의 일단이라고도 볼 수 있을 것이다.

> 신국(神國) 일본에 태어난 자로 뉘라서 싸움을 미워 안하며, 뉘라서 평화를 사랑안켓습니까. 그러나 절조를 굽히고, 체면을 상하면서까지 싸움을 피하려는 것이 아니니, 정의와 인도를 위하여 일어설 때, 누구보다도 용맹한 것이 또한 우리들입니다. 몽고, 저의가 비록 크고 강하다 하나, 우리는 쉽사리 겁내지 안습니다.[354)]

가마쿠라 막부 시절 원나라가 일본 본토 정복을 위해 감행한 해상 공략은 예상치 못한 태풍 때문에 좌절된다. 그래서 일본인들은 이를 두고 신이 도와준 바람이라는 뜻에서 '신풍(神風)'으로 칭한다. 대동아전쟁 수행 과정에서 1944년 창설된 '카미카제 특공대'가 이로부터 영감 받은 명칭이라는 것은 널리 알려진 사실이다. 따라서 당시 《매일신보》 연재소설란이 오직 하나 남은 한글 지면이었다는 점과 총독부 기관지로서의 매체적 특수성을 갖고 있다는 점을 굳이 고려하지 않더라도, 박태원의 『元寇』 창작의 근저에 이 두 역사적 사건을 연계시키려는 의도가 잠재해 있었으리라는 것을 쉽게 알아차릴 수 있다. 이러한 시대적 맥락을 염두에 둔다면, 몽고군을 오랑캐 원구(元寇)로 이에 맞서는 일본을 신국(神國)으로 배치시키고 있는 서사의 저의가 무엇이었겠느냐는 새삼 따져볼 필요가 없는

---

354) 박태원, 『元寇』, 《매일신보》, 1945. 8. 13.

우문이다. 『王子好東』의 '한(漢) 대 동국(東國)', 『白馬江』의 '당(唐) 대 동방인(東方人)'이라는 설정이 '서구'와 대결하는 '대동아'의 상상을 뜻했다면, 『元寇』에서 몽고 대 신국(新國)의 맞섬은 후자의 기표를 제국의 이미지로 전면화했다고 볼 수밖에 없을 것이기 때문이다. 특기할 만한 점은 그 같은 구도가 이태준의 『王子好東』, 김동인의 『白馬江』과 달리 제국 본토의 역사 해석 무대에서 복제되고 있다는 사실이다. 당대 수행 중인 대동아전쟁의 승리를 예감하는 역사적 증언으로 이 작품을 읽어야 마땅하다는 작자의 의중이 이러한 배경 설정에서부터 이미 확고히 배려된 것이다. 결론적으로 대동아전쟁의 의의를 긍정하고 국민들을 전의를 독려하기 위해 제국의 역사를 제국의 관점에서 제국의 서사로 기획한 텍스트가 『元寇』였음을 알 수 있다.

VI.

보론: 역사소설 연구를 반성하다

***

한국 근대문학 관련 문헌에서 '歷史小說'이라는 명칭이 사용된 예는 잡지 『少年』에 연재된 「A B C 契」가 최초였다. 육당의 번역물에 붙은 이 명칭은 서구로부터 번역된 이중역일 가능성이 높다. 개념을 수반한 용어로는 주요한이 1926년 「文藝通俗講話」라는 글을 통해 서구 근대소설의 맥락에서 처음 언급했다. 같은 해 나카니시 이노쓰께(中西伊之助)의 『熱風』 연재 예고와 이광수의 『麻衣太子』 광고에서도 '역사소설'이란 용어는 발견된다. 이후 연재 표제로 빈번하게 사용되면서 '역사소설'은 독자적인 양식성을 가정하는 용어로 자리 잡는다. 현대물과 역사물의 분화, 독자 폭의 확대, 그리고 야담운동과의 차별화 등은 이처럼 외래로부터 수입된 역사소설이 조선의 문화 질서에 파생시킨 역어(譯語)적 잉여들이었다. 그러나 역사 담론에 의탁한 글쓰기임에도 불구하고 식민 상태의 현실과 신문 저널리즘 정책의 제약적 조건으로 인하여 역사소설 창작이 기존의 정치적 담론 층위에 파생시킨 역어적 반향은 크다고 할 수 없는 것이었다.

초기 역사소설 창작에서 허구는 사실의 소설적 재현에 첨부되는 부차적 요소로 간주되었다. 1930년대 초반까지도 역사소설 작가들과 평자들은 단편적 사실에 허구를 결합하는 작(作)의 서술 방식과 사(史)의 정신을 표방한 기(記)의 서술 태도를 가치의 차등을 두어 구분했다. 역사소설 창작이 개시된 이후에도 기(記) 의식을 작(作)에 승(勝)하는 서술 태도로 간주하는 사고가 지배적이었던 것이다. 그 무게 중심이 점차 전자로부터 후자로 옮겨간 시점은 1930년대 중반에 이르러서였다. 역사 담론보다도 소설적 재미를 강화하기 위해 담화적 측면이 강조된 사정과 이는 관련된다. 1930년대 중반 이후 신문연재소설에서 역사소설이 주도적 위치를 점한 상황은 이렇듯 작(作)의 태도가 우세해짐으로써 나타난 결과였다.

역사소설 창작은 역사전기소설은 물론 신소설과 담화상의 차이를 갖는 글쓰기로 등장했다. 역사소설이 근대소설의 문맥에서 수입되어 신문연재소설로 안착했다는 사실이 그 하나의 증거다. 그러나 오늘날 역사소설로 분류되는 텍스트들이 신소설뿐만 아니라 사화와 사담, 야담 등의 역사담물과 변별될 정도로 근대소설의 미학을 온전히 구현하였다고 단언할 수는 없다. 이러한 맥락에서 역사소설의 기점 논의가 여전히 난제라는 것을 알 수 있다. 역사소설의 남상(濫觴)을 확정하기 위해서는 역사소설의 출현 배경과 정착 과정에 얽힌 복합적인 문맥을 우선 이해할 필요가 있다. 즉, 명칭의 등장과 용어의 수입 경로, 번역과 창작 사이의 편차, 그리고 신문연재소설로 자리 잡기까지 역사소설의 이입사에 대한 면밀한 고찰로부터 그 실질적인 준거를 찾아야 한다는 이야기다. 이 글은 그 준거점들로 역사소설이 근대적인 매체에 의해 번역되어 장형의 서사로 발화한 사실, 전대 서사문학의 전통과 거리 두기를 시도하며 근대소설의 한 양상으로 전개된 사실, 그리고 신문소설로서 연재란의 고정 지면에 정착된 사실 등을 제기했다. 연재 번역물 『熱風』에 대한 분석은 그 구체적인 검증 과정에서 하나의 실례로 제시된 것이었다. 이는 자국의 전사(前史)에 기대어 모국어로 쓰인 텍스트만을 한국 근대 역사소설로 등재시켜온 시각의 편협성을 지적하는 한편, 역사소설 쓰기가 요구될 수밖에 없었던 필연적 정황을 설명함으로써 한국 근대 역사소설의 기원을 찾기 위한 작업으로서의 의의를 동시에 갖는 것이었다. 그 연장선에서 역사담물과의 공조 및 경합의 국면을 통해 역사소설이 신문소설의 대표적인 글쓰기로 부상하기까지의 이력을 밝혀내는 작업 또한 이 글이 탐찰했던 과제의 하나다.

역사소설 연재에 부기되었던 '장편소설' 혹은 '연재소설'과 같은 표제들이 매체적 특성과 결코 무관하지 않다는 사실은 역사소설이 대중성을 획득할 수 있었던 사정과 관련하여 시사하는 바가 적지 않다. 장형의 서사물이 신문소설로서 적합할 수밖에 없다고 했을 때, 역사적 소재와 상상력의 결합에서 배태될 역사소설의 열린 외연은 그와 같은 조건에 부합할 가능성이 가장 높은 글쓰기라고 할 수 있기 때문이다. 소재의 무한성과 모티프의 전거성 면에서 장편소설로 가공되기에 최적의 환경을 역사소설이 구비하고 있는 것이다. 뿐만 아니라 역사소설은 시속성(時速性), 시의성(時宜性), 대중성과 같은 저널리즘의 요구에도 이상적으로 부합한 글쓰기였다. 무엇보다도 역사소설은 속도를 중시한 글쓰기였기에 대중성 획득이 용이했다. 사료의 연대기적 시간을 해체함으로써 서사의 계기적 시간을 임의적으로 재구할 수 있는 글쓰기가 역사소설이기 때문이다. 그러나 역사소설의 번성은 이러한 내재적 자질에서 비롯된 결과만은 아니었다. 다양한 역사담물의 공조적 역할 역시 컸다. 1930년대 역사소설은 역사담물의 번성이 가져온 역사물 일반에 대한 독자 대중의 관심을 부수적인 효과로 이용하는 한편, 신문연재소설로서 개별성을 동시에 추구했던 것이다.

그동안 한국 근대문학에서 '역사소설'은 역사적 제재를 취한 소설 일반을 가리키는 양식명으로 통용되었다. 그러나 실제로 역사소설은 고유의 양식 미학을 구유(具有)한 글쓰기는 아니었다. 역사소설이 장르 혹은 양식적 글쓰기로 고정된 데에는 역사소설 비평의 역할이 주효했다. 1920년대 후반에서 해방 이전까지의 역사소설 비평은 사실과 허구 간의 화해 불가능성이라는 역사소설의 내재적 모순을 반복적으로 문제 삼았다. 역사담물과의 차별화, 허구의 허용 범위, 그리고 전작소설로서의 가능성 등이 그 세부적인 논의거리였다. 그러나 그것은 결과적으로 역사소설의 독자적 미학을 상정할 수 없다는 사실을 역설적으로 드러냈을 뿐 공전의 논의에 그치고 말았다.

이러한 사실에 근거하여 한국 근대 신문연재 역사소설의 계보도를 작성하고자 필자가 일차적으로 관심을 가진 부분이 전대 서사문학 전통과의 교섭 국면이다. 한국 근대 역사소설은 번역된 글쓰기로 시작되었지만, 야담적 내용과 강사(講史)적 서술 태도의 층위에서 전대 서사문학의 전통이 차입된 글쓰기이기도 했다. 신문연재소설의 규범이 특화되는 상황과 맞물려 역사소설이 신문연재소설의 대명사로 양적인 번성을 구가해간 1930년대 중반 이후 전대 서사문학의 특질은 현저히 감퇴한다. 근대적인 신문연재소설로서의 면면이 그만큼 강화된 것이다.

과거 수난사를 다룬 이 시기 역사소설 텍스트들의 기저에는 대체로 작가의 근대적인 민족주의 의식이 투영되어 있었다. 현실의 정치 상황이 민족주의 담론의 투사를 역사소설 창작에 요청한 결과였다. 그러나 이를 적극 반영한 역사소설 창작은 비중 면에서 그다지 크지 않았다. 일제의 검열이 그 직접적인 요인이기도 했지만, 그와 함께 신문저널리즘의 상업적 압박 역시 만만치 않았기 때문이다. 한편 민족적 관점에서 국가적 위란을 제재 삼은 작품들은 대체로 식민 현실을 우회적으로 반영하는 차원에서 그 극복 의지를 피력했다. 광의의 민족주의 담론 안에서 읽을 수 있는 이들 텍스트는 민족 정체성에 대한 성찰에서부터 봉건적 충의 사상의 옹호, 그리고 계급적 세계관과의 착종에 이르기까지 꽤나 넓은 스펙트럼을 보여준다. 선과 악의 구분을 통해 중심인물을 영웅적으로 형상화한 서사 재현 방식은 이 시기 역사소설 창작의 공통된 창작 문법의 하나였다. 특히 작가의 민족의식이 강하게 투영된 작품들의 경우 이항 대립의 서사 갈등 구조 속에서 영웅사관의 역사의식이 강렬하게 표출되는 것을 볼 수 있다.

이 시기 역사소설의 통속화 경향은 신문연재소설의 일반적인 특성이면서 동시에 역사 담론에 바탕을 둔 글쓰기라는 점과도 관련이 깊다. 인물 형상의 상투성, 멜로드라마적인 서사 전개, 그리고 삽화적인 서사 구성 등이 그 공통된 자질들로 연애담, 인물 형상의 미화, 선악의 대비 구도, 궁중 비화, 선정적 묘사, 출세담과 복수담 등과 같은 서사 기제들을 통해 이는 구체화되었다. 흥미로운 사실은 이와 같은 요소들이 역사소설의 대중성을 보증해준 자산이었다는 점이다. 이는 작가들의 역사 전유 경로와 그 성격은 물론이거니와, 대중의 역사 기대 지평을 선 규정한 신문저널리즘의 정책과 독자 반응 사이의 절충점이 무엇이었는가를 말해준다. 역사를 매개로 매체와 작가, 그리고 독자 간의 공모적 관계가 이러한 통속성으로 발화되었다고 볼 수 있는 것이다.

1930년대 역사소설의 통속화는 탈정치적 성향과 맞물려 진행된 흐름이었다. 그러나 1940년대 들어와 역사소설은 전시동원체제의 정당성을 옹호하는 담론과 함께 연재되는 가운데 정치적 담론을 표면화하기에 이른다. 일제의 대동아공영론을 선전하는 제국서사로의 변신을 꾀함으로써 역사소설이 다시 한 번 그 번성을 구가한 시점이 이때다. 이광수의 『元曉大師』, 이태준의 『王子好童』, 김동인의 『白馬江』, 박태원의 『元寇』 등은 '충'의 이념이라는 공통된 주제 의식을 담고 있는 이 시기의 대표작들이다. 이들 작품에서 '충'의 미덕이 작자의 현실에 소환하는 의미는 너무나 명확하다. 당대적 문맥에서는 조선의 신민이 마땅히 헌신해야 할 충의 대상이란 국체로서 일본 천황과 제국을 향한 것일 수밖에 없기 때문이다. 이러한 의미에서 이들 텍스트는 대동아전쟁의 의의를 긍정하고 국민들의 전의를 독려하기 위해 제국의 서사로 헌정된 글쓰기였다고 말할 수 있다.

기존의 연구사를 검토하건대, 민족주의 담론이 역사소설 비평 담론의 실질적인 규준으로 기능해왔다는 것을 알 수 있다. 역사전기소설문학이 "그 시작부터 국운의 위란과 식민지 상황, 기타 제약된 시대의 현재를 과거와 연계시키는 역사적 상상력을 발휘하였고 역사적 우의로서 민족주의 및 이념적 장치로서의 성찰의 형태로 기여"[355]했다는 비교적 근래의 논의에서도 여전히 이 같은 관점이 강조되고 있는 것을 본다. 작가와 연구자

---

355) 이재선, 「역사소설의 성취와 반성」, 『현대 한국문학 100년』, 민음사, 1999, 151~2쪽.

양측의 암묵적 합의가 민족주의의 문학적 성소로 역사소설의 위상을 공인하고 있는 것이다. 역사소설 비평에 민족주의 담론이 얼마나 깊이 침윤되어 있는가는 역사소설의 유형화를 둘러싼 논의에서 구체적으로 확인된다. 소설의 유형화는 그 기준에 따라 천차만별이어서 한 작품을 특정 부류에 귀속시키는 것은 그만큼 무리한 작업이다. 그럼에도 불구하고 유형화 작업은 역사소설의 논의의 주요한 연구 과제로 줄기차게 제기되어 왔다. 그 문제의식은 "다양한 유형으로 분류하여 생각하는 것이 작품의 특질과 성격을 보다 정확하게 파악하기 위한 개방적 태도"[356]일 수 있다는 취지에서 발의된 것이었다. 문학의 장 안으로 역사소설 논의를 끌어들였다는 점에서 유형화 논의는 일정 부분 의의를 갖는다. 그러나 사실(史實)과의 거리, 역사의 문학적 수용 양태, 그리고 역사의식 또는 사관(史觀, 작가 의식의 각도) 등 그간의 역사소설 연구 유형화 작업[357]에서 반복적으로

356) 장영우, 「역사적 진실과 소설적 상상력」, 『현대 한국문학 100년』, 민음사, 1999, 202쪽.

357) 이재선은 두 가지 층위에서 역사소설을 분류한다. 그는 먼저 히스토리오그래피(historiography, 역사 서술)와의 관계를 고려하여 한국의 현대 역사소설을 두 방향에서 갈래짓는다. 공적 역사나 기록적인 사실성에 의존한 역사실록소설 및 외전적(外典的), 야사적 사실성에 근거한 야담소설류가 한 유형이라면, 다른 한 유형은 역사적인 사실에의 충실도와 함께 사적인 역사 및 허구적인 측면으로서의 가장적이고 창안적인 독립·일탈적 요소가 적지 않게 융합된 합성형 역사소설이다. 그리고 역사소설에서 역사가 실현되는 주요 기능론적 측면을 유형화의 두 번째 기준으로 제시하고 있다. 이에는 이념적 역사소설, 정보적 역사소설, 배경적 역사소설이 속한다. 조셉 터너, 해리 E. 쇼와 같은 서구 논자들의 이론을 바탕으로 역사소설 유형화를 꾀한 것임을 알 수 있다(이재선, 앞의 글, 124~8쪽.).

공임순은 그 연장선에서 서구와 중국의 이론을 모태 삼아 새로운 모델을 모색한다. 기록적(공적 역사), 가장적(역사〉환상), 창안적(역사〈환상), 환상적(환상) 유형 분류가 그것으로 발전사를 고려한 조셉 터너의 관점에 환상성을 중시한 루의 이론을 접목시킨 형태다. 공임순은 창안적 역사소설이 역사성을 한 축으로 해 자신에게 허용된 한도 내에서 상상력을 발휘하는 유형인 데 반해, 환상적 역사소설은 규범적인 기대에 도전하는 가장 주변적이지만

제시되어 온 기준들은 전거성의 문제를 혁신적으로 넘어설 만한 가늠자가 되지 못하는 것이 사실이다. 그 가운데서도 특히 역사의식에 따른 유형 분류는 문학 외적인 요인으로서 특정 이데올로기, 즉 민족주의 이념을 제일의 평가 잣대로 내장하고 있다는 점에서 편향적이라는 비판을 피하기 어렵다.

무엇보다도 역사소설 유형화 논의는 작품의 특질과 성격을 효과적으로 이해하는 방법론적 통로가 될 수 있는가라는 측면에서 의문을 갖게 한다. 그간의 논의가 소설 미학적 특성보다는 작가의 역사의식을 우선적으로 고려하는 경향을 보여 왔다는 사실이 유형화 연구의 유용성을 의심케 만드는 것이다. 유형화 연구 방법이 사실상 연구자의 평가자적 권위만을 강화시킨 기제가 되어 온 터, 그 실제적 효용과 함께 거기에 내재해 있는 글쓰기 권력 관계가 회의되어야 할 필요가 분명 있다. 이러한 맥락에서 향후 유형화 연구의 의의가 검증된다면, 그 방향은 작가의 역사의식이 아닌 인물들이 드러내는 역사 인식과 소설 미학적 고려라는 두 축의 긴장 관계 안에서 행해져야 할 것이다.

"주어진 사료 가운데 무엇을 선택하여 어떻게 해석하는가 하는 선택과 해석의 정신작용으로서의 역사의식"[358]을 역사소설가가 갖추어야 할 인

혁명적인 양식임을 강조한다. 그리고 그중에 환상적 양식을 가장 발전적인 형태로 고평한다. 환상적 역사소설이 합의된 리얼리티에 대한 급격한 단절을 통해 규범적인 리얼리티를 심문할 뿐만 아니라 역사성과 허구성에 대한 기존의 인식 틀을 반성적으로 숙고하고 그 변화 가능성을 타진한다는 점이 그와 같은 긍정적 평가의 근거다(공임순, 『우리 역사소설은 이론과 논쟁이 필요하다』, 책세상, 2000, 138~42쪽.).

358) 이주형, 앞의 글, 201쪽.

식론적 요건으로 상정하는 태도는 역사소설가에게 역사가가 되기를 요구하는 것과 다를 바 없다. 역사를 실체로 인정하고 그것이 현재적 삶과 관련이 있다는 시각, 즉 "현재의 구체적인 전제조건으로서 역사를 바라보는 관점"[359]은 문학에 대한 역사의 우위를 설파하기 위해 도출된 역사의식이다. 전거성을 기준으로 한 역사소설 유형화 논의의 부정성은 이처럼 공식적 역사의 지위를 암암리에 승인하는 데서도 발견된다. 그럼으로써 "종래의 역사가들이 콘텍스트(context)가 가진 이데올로기의 자기 재생산적 구조를 염두에 두고 텍스트(사료)를 읽지 않았듯이, 역사소설 연구가들 역시 (단지 사실로만 가득 차 있어 콘텍스트들 사이의 상관적 구조를 결여한) 콘텍스트에 분석 대상 텍스트를 비판적 검토 없이 투입시켜 읽는 오류"[360]를 범하는 것이다.

과거와의 교환이 이루어지는 (하나의 텍스트에 대한) 독서 과정에 역사가와 비평가는 해석자로서 개입하게 마련이다. 이와 같은 다양한 방식으로 콘텍스트와 타협하는 언어의 가변적인 사용이 곧 텍스트라 할 때, 해석의 콘텍스트는 최소한 쓰기, 수용, 그리고 비평적 읽기라는 세 겹의 층위를 갖게 된다.[361] 이러한 문맥을 간과한 채 기간의 역사소설 유형화 논의는 기록적 사실의 전거성만을 제일의 기준으로 제시해왔다. 역사를 주관적으로 전유하는 방식으로서의 역사의식과 구별되는, 역사인식이라는 관점

---

359) 게오르그 루카치, 이영욱 옮김, 『역사소설론』, 거름, 1987, 18쪽.

360) 임상우, 「역사 서술과 문학적 상상력」, 『문학과 사회』, 1992년 가을호, 817쪽.

361) Dominick Lacapra, "History and the Novel", *History & Criticism*, Cornell University Press, 1985, p. 127.

에서 역사 서술과 역사소설에 접근할 필요성이 이로부터 제기된다. 이때 '역사인식'이라 함은 민족주의 이념과 같은 외부 담론에 의해 구속되지 않은 역사 이해 방식을 가리키는 것으로서 '역사를 역사화'하는 태도를 뜻한다. 역사는 과거에 대한 진술의 자격으로 이야기된(혹은 속인) 현재에 있어서의 실천이고, 역사화한다는 것은 이 언어 수행의 측면을 분석해서 보여 주는 작업이다.[362] 일단 전해진 사료에 내재한 교리(canon)에 근거하여 역사 연구가 시작되지만, 역사가는 그 교리화된(canonized) 텍스트를 비교리적(noncanonized)으로 읽을 수 있어야 한다. 마찬가지로 역사소설 연구가가 역시 대상 텍스트의 소설화 문맥을 고려한 차원에서 분석을 수행해야 한다. 역사소설의 독해가 역사의식이라는 프리즘을 통해 사실(史實) 여부를 확인하는 절차가 아닌, 대상의 콘텍스트를 조감할 수 있는 인식의 지도 그리기가 되어야 한다는 것이다.

역사소설가가 사실성에 과도하게 얽매이는 순간 이미 그 글쓰기는 불구적인 운명을 피할 수 없다. 소설이라는 서사 형식을 통해 지속적으로 사실과 허구의 모순적 봉합이 추구될 경우 그 결과는 차연(差延)의 관계로 남을 수밖에 없을 것이기 때문이다. 창작 방법론으로서 리얼리즘 문학은 역사의식 또는 역사적 진실성이라는 매개를 통해 이 양자를 화해시키려 했던 기획이었다. 그러나 그와 같은 시도는 허구성을 전형성으로 윤색하여 사실성으로 치환시키는 목적의식 문학의 도식성에 이내 갇히고 말았다. 역사와 문학을 사실성과 허구성의 표상 관계 안에서 바라보는 관점

---

362) 사카이 나오키, 이득재 옮김, 『사산되는 일본어 · 일본인』, 문화과학사, 2003, 138~9쪽.

이 갖는 한계가 의심되지 못한 결과다. 역사소설을 단순히 역사와 소설 간의 결합 관계로 바라보았던 이러한 시각이 사실을 구원하기 위해 미학적 특질의 양해를 암묵적으로 전제했던 것은 예상된 수순이었다. 그러나 허구적 상상력에 기대어 비-사건적인 것(non-evenemential)으로써 역사의 이면을 밝혀내는 역사 서술의 보족적 글쓰기가 역사소설은 아니다. 역사소설의 거처는 역사학이 아닌 문학의 장이다. 문학 작품 속에서 펼쳐지는 역사상이 역사의 진실 및 현실과 결코 합치될 수 없는 독특한 진실과 현실이라는 사실이 이를 증거한다.[363] 이 글은 이러한 문제의식을 심화시키기 위한 정지 작업으로서 한국 근대 신문연재 역사소설의 기원과 계보에 천착했다. 그럼으로써 규정적 정의 하에서 역사소설 일반에 접근해온 기존의 연구 관행을 비판적으로 해체하고자 했다. 그 결과 한국 근대 신문연재 역사소설의 정착 배경과 전개 과정의 실상을 밝히는 소득을 거둘 수 있었다. 그러나 식민시기에 창작되고 유통된 텍스트로 그 대상을 한정한 것은 이 글의 한계이자 제한점이다. 해방 이후 텍스트로까지 그 범주를 확대해 한국 근현대 역사소설의 분절적 국면을 아울러 고찰하는 일이 과제로 남아 있다.

363) 호르스트 슈타인메츠, 서정일 옮김, 『문학과 역사』, 예림기획, 2000, 13쪽.

부록

일제 강점기 한국 근대 신문연재 역사소설 목록

작품명	작자	연재지	연재 시기	비고
熱風	中西伊之助	조선일보	1926. 2. 3~12. 21.	이보상 譯
麻衣太子	이광수	동아일보	1926. 5. 10~1927. 1.9.	
李朝奇傑「李大將傳」	金華山人	매일신보	1927. 9. 3~11. 23.	
林巨正傳	홍명희	조선일보	1928. 11. 21~1929. 12. 26./ 1932. 12. 1~1934. 9. 4./ 1934. 9. 15~ 1935. 12. 24./ 1937. 12. 12~1939. 3. 11.	『朝光』, 1940년 10월호, 226 ~ 248쪽. 미완
端宗哀史	이광수	동아일보	1928. 11. 30~1929. 12. 11.	
젊은 그들	김동인	동아일보	1930. 9. 2~1931. 11. 10.	
大盜傳 (全篇)	윤백남	동아일보	1930. 1. 16~3. 24.	
大盜傳 (後篇)	윤백남	동아일보	1931. 1. 1~7. 13.	
李舜臣	이광수	동아일보	1931. 6. 26~1932. 4. 3.	
白花	박화성	동아일보	1932. 6. 7~11. 22.	
雲峴宮의 봄	김동인	조선일보	1933. 4. 26~1934. 2. 17.	
烽火	윤백남	동아일보	1933. 8. 25~1934. 4. 18.	
天鵝聲	민태원	매일신보	1934. 1. 1~4. 23.	
深夜의 太陽	김기진	동아일보	1934. 5. 3~9. 19.	
黑頭巾	윤백남	동아일보	1934. 6. 10~1935. 2. 16.	
金尺의 꿈	조일제	매일신보	1934. 7. 23~1935. 1. 27.	
金尺의 꿈 (後篇)	조일제	매일신보	1935. 2. 13~12. 28.	
眉愁	윤백남	동아일보	1935. 4. 1~9. 20.	
異次頓의 死	이광수	조선일보	1935. 9. 30~1936. 4. 12.	
巨木이 넘어질때	김동인	매일신보	1936. 1. 1~2. 29.	연재 중단
錦衫의 피	박종화	매일신보	1936. 3. 20~12. 29.	
張禧嬪	차상찬	조선중앙일보	1936. 4. 29~9. 4.	

黃眞伊	이태준	조선중앙일보	1936. 6. 2~9. 4.	연재중단 : 동광당서점, 1938. 2, 하편 보충 단행본 출간.
燕山君	김동인	만선일보	1937. 1. 1~1939. 2. 20.	원본 확인 불가
恭愍王	이광수	조선일보	1937. 5. 28~6. 10.	연재 중단
待春賦	박종화	매일신보	1937. 12. 1~1938. 12. 25.	
晩香	윤승한	동아일보	1937. 12. 1~1938. 7. 18.	
無影塔	현진건	동아일보	1938. 7. 20~1939. 2. 7.	
夕陽虹	윤승한	동아일보	1939. 2. 21~10. 25.	
朝陽虹	윤승한	동아일보	1940. 2. 6~8. 10.	연재 중단
黑齒常之	현진건	동아일보	1939. 10. 25~1940. 1. 16.	
三五夜話 - 安東義妓	조일제	매일신보	1939. 11. 20~1940. 5. 21.	
多情佛心	박종화	매일신보	1940. 11. 16~1941. 7. 23.	
白馬江	김동인	매일신보	1941. 7. 24~1942. 1. 30.	연재 중단
元曉大師	이광수	매일신보	1942. 3. 1~10. 31.	
王子好童	이태준	매일신보	1942. 12. 22~1943. 6. 16.	
黎明	박종화	매일신보	1943. 6. 17~12. 13.	
元寇	박태원	매일신보	1945. 5. 15.~8. 14.	연재 중단

참고문헌

1.자료

• 잡지 :

『少年』, 『新東亞』, 『文章』, 『朝鮮之光』, 『三千里』, 『鐵筆』, 『靑春』, 『朝光』, 『東光』, 『春秋』, 『朝鮮文壇』, 『朝鮮文學』, 『開闢』, 『白光』, 『批判』, 『人文評論』, 『四海公論』, 『女性』, 『靑色紙』, 『大潮』, 『新時代』

• 단행본 :

『昭和十四年版 朝鮮文藝年鑑』(人文社), 『昭和十五年版 朝鮮文藝年鑑』(人文社), 『中等萬國史』(1907), 『十九世紀歐洲文明進化論』(右文館, 1908), 『朝鮮文學史』(안자산, 한일서점, 1922), 『朝鮮小說史』(김태준, 청진서관, 1933), 『黃眞伊』(이태준, 東光堂書店, 1946), 『元曉大師』(이광수, 生活社, 1948), 『나의 고백』(이광수, 春秋社, 1948), 『白馬江』(김동인, 창문사, 1952)

• 신문 :

《매일신보》, 《조선일보》, 《동아일보》, 《중외일보》, 《중앙일보》, 《조선중앙일보》, 《만몽일보》, 《만선일보》

2.국내 논저

1) 단행본

강영주, 『한국 역사소설의 재인식』, 창작과비평사, 1991.
곽학송 · 박계주, 『春園 李光洙 -그의 生涯 · 文學 · 思想』, 삼중당, 1963.
공임순, 『우리 역사소설은 이론과 논쟁이 필요하다』, 책세상, 2000.
권보드래, 『한국 근대소설의 기원』, 소명출판, 2000.
김교봉 · 설성경 『근대전환기 소설 연구』, 국학자료원, 1991.
김병철, 『한국근대번역문학사연구』, 을유문화사, 1975.
김붕구 외, 『새로운 프랑스 문학사』, 일조각, 1983.
김영민, 『한국근대소설사』, 솔, 1997.

김우종, 『韓國現代小說史』, 선명문화사, 1977.
김윤식, 『한국근대소설사연구』, 을유문화사, 1986.
민희식, 『프랑스 문학사』, 이화여자대학교 출판부, 1976.
백 철, 『新文學思潮史』, 신구문화사, 1968.
임형택 · 강영주 편, 『碧初 洪命憙 『林巨正』의 재조명』, 사계절, 1988.
정명기, 『한국야담문학연구』, 보고사, 1996.
조연현, 『한국현대문학사』, 인간사, 1956.
조용만 · 송민호 · 박병채, 『일제하 문화운동사』, 민중서관, 1970.
주요한, 『주요한 문집 새벽 1』, 요한기념사업회, 1982.
한원영, 『韓國近代 新聞連載小說研究』, 이회문화사, 1996.

2) 논문

강영주, 「韓國 近代 歷史小說 研究」, 서울대학교 박사학위논문, 1986.
곽동철, 「일제하의 도서 검열과 도서관에서의 지적 자유에 관한 연구」, 연세대학교 석사학위 논문, 1986.
박계홍, 「韓國近代小說史」, 대전어문연구회, 1963.
박용구, 「歷史小說私見」, 『문예』, 1953. 5./「歷史小說私見, 續」, 『문예』, 1953. 9.
박용구, 「역사소설의 현대성-몇 가지 오해에 대하여」, 《서울신문》, 1959.7. 23.
백낙청, 「歷史小說과 歷史意識」, 『창작과 비평』, 1967. 봄호.
백 철, 「歷史小說의 現場的 意義 -『歷史文學論』그 序說」, 《서울신문》, 1954. 11. 11.
백 철, 「고전부활과 현대문학」, 『현대문학』, 1957. 1.
윤고종, 「歷史小說과 散文情神」, 『펜』, 1955. 12.
이경훈, 「이광수의 친일문학 연구-그의 정치적 이념과 연관하여」, 연세대학교 박사학위논문, 1995.
이명희, 「『황진이』 · 『왕자호동』의 역사소설적 의미」, 『이태준 문학 연구』, 깊은샘, 1993.
이재선, 「역사소설의 성취와 반성」, 『현대 한국문학 100년』, 민음사, 1999.
이주형, 「한국 역사소설의 성취와 한계」, 『현대 한국문학 100년』, 민음사, 1999.
이지원, 「1930년대 民族主義系列의 古蹟保存運動」, 『東方學誌』 77·78·79 합본호, 1993.
이홍직, 「역사와 역사소설-시대를 바르게 깨우쳐주어야 한다」, 《서울신문》, 1958. 9. 22.
임상우, 「역사 서술과 문학적 상상력」, 『문학과 사회』, 1992년 가을호.
장영우, 「역사적 진실과 소설적 상상력」, 『현대 한국문학 100년』, 민음사, 1999.
전광용, 「遺產繼承과 創作의 方向」, 『자유문학』, 1956. 12.
전은경, 「김동인 장편역사소설 연구-『大首陽』을 중심으로」, 연세대학교 석사학위논문,

1987.
정선태, 「번역과 근대소설 문체의 발견」, 『대동문화연구』 48호, 성균관대학교 동아시아학술원 대동문화연구원, 2004. 12.
정종현, 「식민지 후반기(1937~1945) 한국문학에 나타난 동양론 연구」, 동국대학교 박사학위논문, 2005.
정창범, 「역사소설과 리아리티」, 『현대문학』, 1955. 10.
최유찬, 「1930年代 歷史小說論 研究」, 연세대학교 석사학위논문, 1983.
최일수, 「歷史小說과 植民史觀-春園과 東仁을 中心으로」, 『한국문학』, 1978. 4.
최현식, 「1910년대 번역·번안 서사물과 국민국가의 상상력」, 『한국 근대서사양식의 발생 및 전개와 매체의 역할』, 소명출판, 2005.
최 효, 「일제말 역사소설의 성격」, 고려대학교 석사학위논문, 1983.
하정일, 「친일의 기준을 어떻게 잡을 것인가-이태준을 중심으로」, 『이태준 문학의 재인식』, 소명출판, 2004.
한기형, 「근대잡지와 근대문학 형성의 제도적 연관」, 『대동문화연구』 48호, 성균관대학교 동아시아학술원 대동문화연구원, 2004. 12.
한수영, 「근대문학에서의 전통 인식」, 『소설과 일상성』, 소명출판, 2000.
한수영, 「고대사 복원의 이데올로기와 친일문학 인식의 지평-김동인의 『백마강』을 중심으로」, 『실천문학』 통권 65호, 2003 봄.
한수영, 「이태준과 신체제-식민지배담론의 수용과 저항」, 『이태준 문학의 재인식』, 소명출판, 2004.
한영환, 「韓國 近代 歷史小說의 研究」, 『研究論文集』 제2호, 성신인문과학연구소, 1969.
홍성암, 「韓國 近代 歷史小說 研究」, 한양대학교 박사학위논문, 1988.
홍정운, 「韓國 近代歷史小說 研究」, 동국대학교 박사학위논문, 1987.
홍효민, 「歷史小說의 文學的 位相」, 《경향신문》, 1956. 1. 13~14.
홍효민, 「歷史小說의 近代文學的 位置」, 『현대문학』, 1958. 8.

3. 국외 논저

Arjun Appadurai, 차원현·채호석·배개화 옮김, 『고삐 풀린 현대성』, 현실문화연구, 2004.
Avorom Fleishman, *The English Historical Novel*, Baltimore and London: The Johns Hopkins Press, 1971.
David Gross, *The Past in Ruins - tradition and the critique of modernity*, the

University of massachusetts Press, 1992.
Dominick Lacapra, "History and the Novel", *History & Criticism*, Cornell University Press, 1985.
Georg Lukaács, 이영욱 옮김, 『역사소설론』, 거름, 1987.
Horst Steinmetz, 서정일 옮김, 『문학과 역사』, 예림기획, 2000.
Jean Baudrillard, 하태완 옮김, 『시뮬라시옹』, 민음사, 2001.
Naoki Sakai, 이득재 옮김, 『사산되는 일본어 · 일본인』, 문화과학사, 2003.
Naoki Sakai, *Translation & Subjectivity*, University of Minnesota Press, 1997.
René Wellek · Austin Warren, 이경수 옮김, 『문학의 이론』, 문예출판사, 1987.
Rita Felski, 김영찬 · 심진경 옮김, 『근대성과 페미니즘』, 거름, 1998.
Svetlana Boym, *The Future of Nostalgia*, Basic Books, 2001.

加藤周一, 김태준 · 노영희 옮김, 『日本文學序說 2』, 시사일본어사, 1996.
柄谷行人 외, 송태욱 옮김, 『근대일본의 비평』, 소명출판, 2002.
上田信道, 「大衆少年雜誌の成立と展開」, 『國文學』, 學燈社, 2001. 5.
鈴木貞美, 김채수 옮김, 『일본의 문학개념』, 보고사, 2001.
坪內逍遙, 『小說神髓』, 岩波書店, 1999.

찾아보기

ㅇ